O HOMEM DUPLO

O HOMEM DUPLO

PHILIP K. DICK

TRADUÇÃO

Daniel Lühmann

**um outro
mundo esquisito
do outro lado
do espelho,**

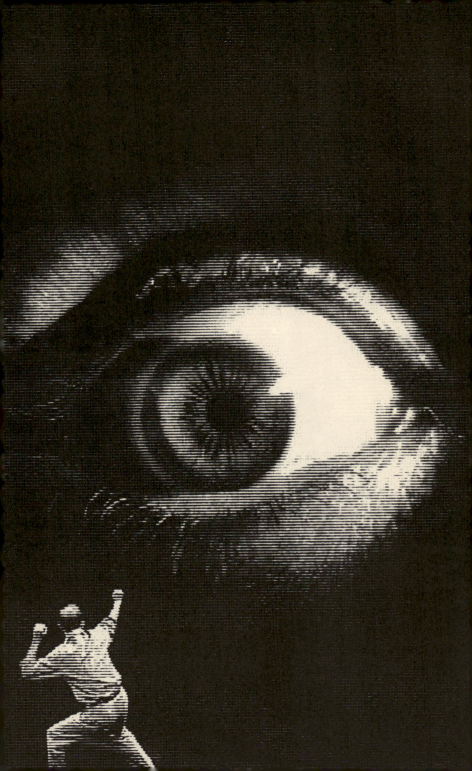

uma cidade do horror toda ao contrário,

com entidades irreconhecíveis

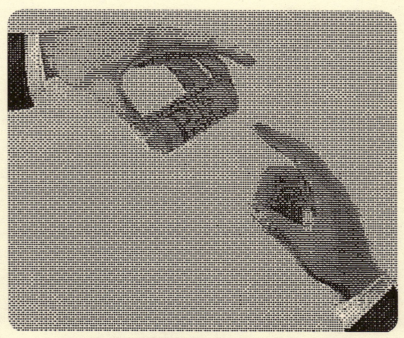

assombrando tudo.

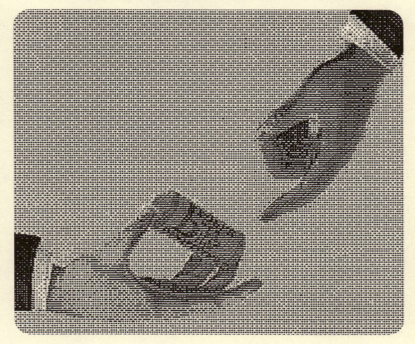

assombrando tudo.

O HOMEM DUPLO

1

Certa vez, um cara passou o dia todo chacoalhando piolhos dos próprios cabelos. O médico havia dito que ele não tinha piolho algum nos cabelos. Depois de passar oito horas tomando banho, todas debaixo da água quente e sofrendo a dor causada pelos tais piolhos, ele saiu e se secou, mas ainda havia piolhos nos seus cabelos. Na verdade, tinha piolhos por todo o corpo. Um mês depois, os piolhos tinham chegado a seus pulmões.

Sem ter mais o que fazer ou pensar, ele começou a teorizar sobre o ciclo de vida dos piolhos e, com ajuda da *Encyclopædia Britannica*, tentou estabelecer especificamente que piolhos eram aqueles. Eles agora estavam infestando sua casa. Leu sobre vários tipos diferentes e, por fim, notou que estavam também do lado de fora, o que o levou a concluir que eram afidídeos. Depois de firmar essa decisão em sua mente, ele nunca mais mudou de ideia, independentemente do que outras pessoas lhe dissessem... como: "afidídeos não picam pessoas".

Disseram isso a ele porque as picadas incessantes dos piolhos o deixavam atormentado. Na loja de conveniência da 7-Eleven, parte de uma rede espalhada por quase toda a Califórnia, ele comprou latas de spray de Raid e Black Flag e Yard Guard. Primeiro borrifou o conteúdo dessas latas pela casa, depois em si próprio. O Yard Guard parecia funcionar melhor que os outros.

Do ponto de vista teórico, ele observou três etapas no ciclo de vida dos piolhos. Primeiro, eles chegavam até ele para contaminá--lo através daqueles que ele chamava de Portadores, que eram pessoas que não entendiam seu papel na disseminação dos piolhos. Durante esse estágio, os piolhos não tinham maxilares ou mandíbulas (esta última palavra ele aprendeu nas semanas de pesquisa erudita, uma atípica ocupação livresca para um cara que trabalhava na oficina Mão na Roda – Freios e Pneus realinhando os tambores de freios dos outros). Sendo assim, os Portadores não sentiam nada. Ele costumava se sentar no canto mais afastado da sala de estar e ficava vendo os vários Portadores que entravam – muitos eram seus conhecidos de longa data, mas outros ainda novos para ele – cobertos de afidídeos nessa etapa particular em que ainda não picavam. Ele meio que sorria para si mesmo, porque sabia que o sujeito estava sendo usado pelos piolhos, mas ainda não tinha se tocado disso.

– Do que você está rindo, Jerry? – eles diziam.

Ele se limitava a dar um sorriso.

Na etapa seguinte, os piolhos criavam asas ou coisa assim, embora não fossem exatamente asas; de todo jeito, eram apêndices de certa forma funcionais que permitiam que eles pululassem, e assim eles migravam e se espalhavam – especialmente na direção dele. A essa altura, o ar ficava repleto deles; deixavam a sala de estar, a casa inteira, turvas. Durante essa etapa, ele tentava não inalar os bichos.

Acima de tudo, ele sentia pena de seu cachorro, porque via os piolhos pousando sobre ele e se instalando em todo o seu corpo, provavelmente chegando até os pulmões do cão, assim como também estavam no seu. Provavelmente – pelo menos era nisso que sua capacidade de empatia o levava a pensar – o cachorro estava sofrendo tanto quanto ele próprio. Será que ele deveria se desfazer do cachorro para o bem do animal? Não, ele ponderou: mesmo sem querer, agora o cachorro já estava infectado e carregaria os piolhos consigo aonde quer que fosse.

Às vezes ele tomava banho com o cachorro, tentando limpá-lo também. No entanto, não obtinha melhores resultados com o cão do que consigo próprio. Sentir o sofrimento do cachorro lhe fazia mal, ele nunca parou de tentar ajudá-lo. De certo modo, a pior parte era mesmo o sofrimento do animal, que sequer podia reclamar.

– Que porra você tá fazendo aí embaixo do chuveiro o dia inteiro com esse maldito cachorro? – foi o que seu amigo Charles Freck perguntou uma vez, quando apareceu e flagrou essa cena.

– Preciso tirar esses afidídeos dele – disse Jerry.

Então tirou Max, o cachorro, do chuveiro e começou a secá-lo. Perplexo, Charles Freck ficou assistindo enquanto Jerry passava óleo e talco de bebê nos pelos do cachorro. Por toda a casa havia latas de inseticidas, frascos de talco, além de óleo para bebê e cremes para a pele, tudo empilhado e jogado, e a maioria dos recipientes, vazia. Ele agora usava várias latas por dia.

– Não estou vendo nenhum afidídeo – disse Charles. – O que é um afidídeo?

– Pode até te matar – disse Jerry. – Um afidídeo é isso. Eles estão nos meus cabelos e na minha pele e nos meus pulmões, e a maldita dor que eles causam é insuportável. Vou ter que ir ao hospital.

– Mas por que eu não consigo ver nada disso?

Jerry pôs no chão o cachorro, que estava enrolado em uma toalha, e se ajoelhou no tapete felpudo.

– Vou te mostrar um deles – disse.

O tapete estava coberto de afidídeos, eles pipocavam por todos os lados, uns saltando mais alto do que outros. Ele estava procurando um que fosse especialmente grande, por causa da dificuldade que as pessoas tinham em vê-los.

– Traga para mim uma garrafa ou um pote daqueles que estão embaixo da pia, assim a gente pode fechar ou tampar para eu poder levar isso comigo quando for ao médico, aí ele vai conseguir analisar.

Charles Freck voltou com um pote de maionese vazio. Jerry continuou procurando até que, por fim, encontrou um afidídeo que estava dando um salto de mais de um metro pelo ar. O afidídeo tinha mais de dois centímetros de comprimento. Ele conseguiu pegá-lo, levou-o até o pote e fechou com a tampa. Depois, levantou o recipiente com um ar triunfante.

– Está vendo? – disse.

– Siiim... – respondeu Charles Freck, os olhos arregalados esmiuçando o conteúdo do pote. – Esse é dos grandes! Nossa!

– Me ajude a encontrar mais para mostrar ao médico – disse Jerry, se agachando de novo no tapete, com o pote do lado.

– Claro – foi o que Charles Freck disse e fez.

Na meia hora seguinte, eles conseguiram encher três potes com os piolhos. Ainda que novato nessa atividade, Charles conseguiu encontrar alguns dos maiores.

Era meio-dia, em junho de 1994, na Califórnia, em uma região de casas de plástico baratas, mas duráveis, há muito desocupada pelos caretas. Algum tempo atrás, no entanto, Jerry tinha borrifado tinta esmalte para metal em todas as janelas para não deixar a luz entrar. A iluminação do cômodo vinha de uma luminária de chão na qual ele tinha apenas parafusado spots de luz que ficavam acesos dia e noite, como se abolissem a passagem do tempo para ele e seus amigos. Ele gostava disso, gostava de se ver livre do tempo. Ao fazer isso, ele podia se concentrar em coisas importantes sem ser interrompido. Por exemplo: dois homens agachados em um tapete felpudo para tentar encontrar piolhos e encher vários potes.

– O que a gente ganha com isso? – perguntou Charles Freck mais tarde, naquele mesmo dia. – Quer dizer, o médico paga alguma recompensa ou coisa assim? Um prêmio? Alguma grana?

– Desse jeito eu consigo ajudar a aperfeiçoar a cura para esses bichos – disse Jerry.

Por sua constância, a dor tinha se tornado insuportável; ele nunca tinha se acostumado a ela, e sabia que jamais se acostumaria. A ânsia e a vontade de tomar outro banho o dominavam por completo.

– Cara – suspirou ele, se endireitando –, continue aí colocando eles nos potes enquanto eu vou dar uma mijada e tal – e tomou o rumo do banheiro.

– Beleza – concordou Charles, com suas pernas compridas tremendo enquanto ele se dirigia a um dos potes, com as duas mãos em concha. Por ser ex-veterano de guerra, ele ainda tinha um bom controle dos músculos e conseguiu chegar até o pote. Até que, de repente, disse: – Olha, Jerry, esses bichos meio que estão me dando arrepios. Não gosto de ficar aqui sozinho – e pôs-se de pé.

– Seu covarde desgraçado – disparou Jerry, ofegando de dor enquanto fazia uma breve pausa no banheiro.

– Você não poderia...

– Eu preciso mijar! – foi o que ele respondeu, batendo a porta e abrindo as torneiras do chuveiro; a água começou a cair.

– Eu tô com medo aqui! – a voz de Charles Freck chegava enfraquecida, muito embora ele estivesse claramente gritando em alto e bom som.

– Então vá se foder! – Jerry gritou em resposta, entrando no chuveiro. *De que porra servem os amigos?*, ele se perguntou com amargura. *Pra nada, pra nada! Pra porra nenhuma!*

– Esses merdinhas picam? – gritou Charles, colado na porta.

– Sim, eles picam – respondeu Jerry enquanto esfregava xampu nos cabelos.

– Foi bem o que pensei... – Uma pausa. – Posso lavar minhas mãos para tirar esses bichos e ficar esperando você sair?

Covarde de merda, foi o que Jerry pensou com uma fúria áspera. Não respondeu nada, apenas continuou se lavando. Não valia a pena responder àquele escroto... Ele não prestava nenhuma atenção a Charles Freck, só a si próprio. Às suas próprias necessidades vitais, exigentes, terríveis e urgentes. Todo o resto teria que esperar. Simplesmente não tinha mais tempo, não tinha; essas coisas não podiam ser adiadas. Todo o resto era secundário. Menos o cachorro; ele pensou em Max, o cachorro.

Charles Freck ligou para alguém que ele esperava que ainda tivesse algo para vender.

– Você consegue me arrumar umas dez mortes?

– Jesus, eu estou totalmente sem, tentando arranjar um pouco para mim também. Me avise se você encontrar algo, eu bem que gostaria de ter um pouco.

– O que deu errado com o fornecimento?

– Acho que pegaram uns caras.

Charles Freck desligou e então uma fantasia começou a percorrer suas ideias enquanto ele se arrastava desesperançado do orelhão – nunca se deve usar o telefone de casa para fazer uma chamada de compras – até onde seu Chevrolet estava estacionado. Nessa representação fantasiosa, ele passava de carro pela Drogaria Popular e via uma vitrine imensa: frascos de morte lenta, latas de morte lenta, potes e banheiras e tinas e tigelas de morte lenta, milhões de cápsulas e tabletes e ampolas de morte lenta, morte lenta misturada com anfetamina e heroína e barbitúricos e psicodélicos, de tudo... e ainda um letreiro gigantesco: AQUI ACEITAMOS SEU CRÉDITO. Sem mencionar: PREÇOS BAIXÍSSIMOS, OS MENORES DA CIDADE.

Mas, na verdade, a Drogaria Popular geralmente tinha uma vitrine cheia de nada: pentes, frascos de óleo mineral, desodorantes aerossol, sempre essas porcarias. *Mas aposto que lá atrás a farmácia tem morte lenta escondida sob sete chaves, em sua forma imaculada, pura, não adulterada, bruta,* era o que ele pensava enquanto ia dirigindo do estacionamento até o Harbour Boulevard, rumo ao trânsito da tarde. *Um saco de uns 25 quilos.*

Ele ficava se perguntando quando e como eles descarregavam o saco de 25 quilos de Substância D na Drogaria Popular todas as manhãs, seja lá de onde aquilo vinha... só Deus sabe, talvez viesse da Suíça ou quem sabe de outro planeta, habitado por uma raça mais inteligente. Provavelmente faziam a entrega bem cedo, junto com guardas armados... aquele Homem de pé com metralhadoras a laser e cara de mau, do jeito que ele sempre ficava. *Se alguém sumir com a minha morte lenta,* ele pensou através da cabeça do Homem, *acabo com a raça dele.*

Provavelmente a Substância D é um ingrediente de todo e qualquer medicamento que sirva para alguma coisa, pensou ele. *Uma pitada aqui e ali de acordo com a fórmula secreta e exclusiva do laboratório de origem alemão ou suíço que inventou isso.* Mas ele era macaco velho; as autoridades tinham dado um sumiço ou prendido todo mundo que estava vendendo ou transportando ou usando a Substância; assim, a Drogaria Popular – todos os milhões de unidades dela – seria tirada dos negócios por um ataque ou bombardeio, ou ainda seria multada por algum motivo. Era mais provável que fosse apenas multada. A Drogaria Popular tem costas quentes. Além do mais, como é que se pode atacar uma grande rede de farmácias? Ou se livrar dela por inteiro?

Eles só vendem coisas banais, pensou enquanto passava pela frente do estabelecimento. Sentia-se desprezível por ter meros trezentos tabletes de morte lenta restantes no seu esconderijo. Enterrados no quintal, embaixo das camélias, mais precisamente embaixo daquela híbrida com belos botões maiores e que não ficava marrom durante a primavera. *Só sobrou o suprimento de uma semana*, pensou. *E depois quando eu ficar sem? Merda.*

Suponha que todo mundo na Califórnia e em partes de Oregon ficasse sem no mesmo dia, pensou. *Nossa.*

Essa era a fantasia de horror mais implacável de todos os tempos que passava pela cabeça dele, pela cabeça de todos os drogados. Todo o oeste dos Estados Unidos ficando desabastecido simultaneamente, todo mundo surtando no mesmo dia, provavelmente por volta das seis da manhã de um domingo, enquanto os caretas estavam se arrumando para ir para a porra da igreja.

Cena: A Primeira Igreja Episcopal de Pasadena, às 8h30, no Domingo de Surto.

"Fiéis paroquianos, convoquemos a Deus neste exato momento para pedir Sua intervenção nas agonias daqueles que estão em suas camas, se debatendo em privação."

"Isso mesmo, isso mesmo", diz a congregação, concordando com o sacerdote.

"Mas antes que Ele intervenha com um novo suprimento de..."

Obviamente um policial notou algo na maneira de dirigir de Charles Freck que ele próprio não tinha notado; saiu, então, do lugar onde estava estacionado e o ia seguindo em meio ao trânsito, ainda sem ligar as luzes ou a sirene, mas...

Talvez eu esteja andando em zigue-zague ou algo assim, pensou ele. *Porcaria de uma viatura de merda que me viu fazendo alguma cagada. Vai saber o quê.*

POLICIAL: "Vamos lá, qual é o seu nome?".

"Meu *nome*?" (NÃO CONSEGUE PENSAR EM UM NOME.)

"Você não sabe seu próprio nome?", o policial faz sinal para um colega em outro carro. "Esse cara aqui está totalmente pirado."

"Não atirem em mim aqui", era o que dizia Charles Freck em sua representação fantasiosa induzida pela visão de uma viatura se aproximando dele. "Pelo menos me levem até a delegacia e atirem em mim lá, longe da vista dos outros."

Para sobreviver num estado policial fascista desses, ele pensou, *você sempre precisa conseguir inventar um nome, o seu nome. Em todas as ocasiões. Esse é o primeiro sinal que eles buscam para saber se você está chapado, que não é capaz de descobrir nem mesmo quem diabos você é.*

O que eu vou fazer, decidiu ele, *é estacionar assim que aparecer uma vaga, estacionar voluntariamente antes que ele ligue as luzes ou faça algo. Aí, quando ele encostar o carro do meu lado, vou dizer que estou com uma roda meio solta ou algum problema mecânico.*

Eles sempre acham isso ótimo, pensou ele. *Quando você desiste desse jeito e não consegue ir em frente. É igual a se jogar de costas no chão feito um animal, deixando exposta sua barriga molenga, desprotegida e indefesa. Vou fazer isso.*

E foi o que ele fez, virando com tudo para a direita e dando com as rodas da frente no meio-fio. A viatura passou reto.

Encostei o carro por nada, pensou. *Agora vai ser difícil entrar de volta com esse trânsito pesado.* Desligou o motor. *Acho que vou ficar aqui sentado por um tempo*, decidiu, *meditando em alfa ou* entrando em vários e diferentes estados alterados da consciência. Possivelmente assistindo a umas gatas passando a pé. Fico imaginando se fabricassem um projetor de ondas de tesão, em vez de ondas alfa. Começaria com ondas de tesão bem curtas, depois mais longas e maiores, cada vez maiores, até que ultrapassassem a escala.

Isso não está me levando a lugar algum, ele se deu conta. Eu deveria estar por aí tentando localizar alguém que ainda tenha um pouco para vender. Preciso conseguir minha dose, senão logo começo a surtar, daí não vou conseguir fazer mais nada. Nem mesmo sentar na sarjeta desse jeito. Eu não só não vou saber quem sou, como também não vou saber onde estou ou o que está acontecendo.

Mas o que está acontecendo?, ele se perguntou. Que dia é hoje? Se eu soubesse o dia, saberia todo o resto, iria recobrar tudo pouco a pouco.

Quarta-feira, centro de Los Angeles, região de Westwood. À frente, um daqueles shoppings gigantes cercados por uma parede que faz você quicar feito uma bola de borracha... a menos que tenha um cartão de crédito consigo e o passe na leitora eletrônica. Sem possuir nenhum cartão de crédito para ir a um dos shoppings, ele só podia depender do relato verbal de como as lojas eram por dentro. Obviamente, um grande número delas vendia bons produtos para os caretas, especialmente para as esposas caretas. Ele assistiu aos guardas uniformizados e armados detendo todas as pessoas no portão do shopping, conferindo se o homem ou a mulher era o mesmo que constava no cartão de crédito e se este não tinha sido roubado, vendido, comprado nem usado de maneira fraudulenta. Várias pessoas atravessavam o portão, mas ele imaginou que, sem dúvida, muitas iam só olhar as vitrines. *Nem todas aquelas pessoas deviam ter a grana ou o impulso de comprar àquela hora do dia*, refletiu. Era cedo, pouco depois de 2h. À noite, aí sim era hora. Todas as lojas se acendiam. Ele podia – todos os irmãos e irmãs também podiam – ver as luzes de fora, como uma enxurrada de faíscas, como um parque de diversões para crianças crescidas.

As lojas deste lado do shopping, que não exigiam um cartão de crédito e não contavam com guardas armados, não eram muitas. Lojas de utilidades: uma de sapatos e outra de televisores, uma padaria, uma oficina de consertos de eletrodomésticos portáteis, uma lavanderia automática. Ele observou uma garota que usava jaqueta curta de plástico e calças justas passeando de uma loja a outra. Ela tinha um cabelo bonito, mas não dava para ver seu rosto nem saber se ela era gostosa. *Não é um canhão*, pensou ele. A garota parou por um tempo em uma vitrine que exibia itens de couro. Ela estava de olho em uma bolsa com penduricalhos, ele podia vê-la espiando, pensando e namorando a bolsa. *Aposto que vai entrar e pedir para ver*, pensou.

A garota entrou na loja, do jeito que ele tinha imaginado.

Outra garota apareceu no meio do tráfego da calçada, esta com uma blusa de babados, saltos altos, cabelo prateado e muita maquiagem. *Tentando parecer mais velha do que de fato é*, pensou, *provavelmente nem saiu do colegial ainda*. Depois dela, não apareceu mais nada que valesse a pena comentar, então ele tirou o cordão que mantinha o porta-luvas fechado e de lá tirou um maço de cigarros. Acendeu um e sintonizou o som do carro em uma rádio de rock. Noutros tempos ele teve um toca-fitas estéreo, mas por fim, um dia em que estava de pileque, esqueceu de tirar o som quando trancou o carro. Naturalmente, ao voltar, todo o aparelho toca-fitas estéreo tinha sido roubado. *É isso que o descuido faz com você*, pensou ele, por isso agora só tinha mesmo o rádio chinfrim. Algum dia levariam esse também. Mas ele sabia onde dava para comprar outro usado, a preço de banana. De todo modo, o carro ia pifar qualquer dia desses, os anéis de óleo estavam gastos e a compressão tinha baixado muito. É claro que ele tinha queimado uma válvula na estrada uma noite em que estava voltando para casa levando um punhado de droga da boa. Às vezes, ele ficava paranoico quando pesava a mão na dose... não tanto em relação aos policiais, mas mais por causa da possibilidade de ser passado para trás por outros malucos. Algum doido desesperado na seca e esfarrapado igual a um filho da puta.

Agora, passou outra garota que se fez notar por ele. Cabelos pretos, bonita, andando devagar. Usava uma blusa decotada e calças brancas de brim bem gastas. *Opa, essa aí eu conheço*, pensou ele. *É a mina do Bob Arctor. Essa é a Donna.*

Ele abriu a porta do carro e saiu. A garota olhou para ele e continuou andando. Ele começou a segui-la.

Ela acha que eu estou de olho num rabo de saia, pensou ele enquanto andava em zigue-zague por entre as pessoas. Ela avançava rápido, ele mal a via agora quando ela olhava para trás. Um rosto calmo e seguro... Ele viu olhos grandes que o examinavam. Calculando a velocidade, será que ele ia conseguir alcançá-la? *Não nesse ritmo*, pensou. *Essa aí sabe se mexer.*

Na esquina, as pessoas pararam esperando que o sinal de SIGA tomasse o lugar do de PARE; os carros estavam fazendo curvas fechadas à esquerda. Mas a garota continuava, rápida mas digna, fazendo seu caminho em meio aos carros descompensados. Os motoristas fulminavam-na com o olhar, indignados. Ela sequer parecia notar.

– Donna! – Ele correu atrás dela quando o sinal abriu e conseguiu alcançá-la. Ela se recusou a correr, limitando-se apenas a apertar o passo. – Você não é a mina do Bob? – ele perguntou, tentando ficar na frente dela para ver seu rosto.

– Não, não – disse ela, seguindo diretamente até ele; ele recuou, porque ela empunhava uma faca pequena na direção do estômago dele. – Some daqui – disse ela, continuando a avançar sem hesitar nem reduzir o ritmo.

– Claro que é você – insistiu –, te conheci na casa dele.

Ele mal podia ver a faca, só um pedaço da lâmina de metal, mas sabia que ela estava ali. Ela seria capaz de esfaqueá-lo e continuar andando. Ele continuou recuando e reclamando. A garota levava a faca tão bem escondida que, provavelmente, mais ninguém entre as outras pessoas que estavam andando por ali conseguia ver. Mas ele sim, e vinha bem na sua direção à medida que ela se aproximava sem titubear. Então, ele deu um passo para o lado e a garota seguiu em frente, em silêncio.

– Caramba! – ele disse às costas dela. *Eu sei que é a Donna*, pensou. *Ela só não se ligou ainda em quem sou eu, que ela me conhece. Deve estar assustada, acho, pensando que vou forçá-la a alguma coisa. Você tem que tomar cuidado quando encontra uma mina estranha na rua, pensou, elas andam todas preparadas agora. Já passaram por muita coisa.*

Que faquinha bizarra, pensou ele. Garotas não deviam andar com isso, qualquer cara pode torcer o pulso delas com a lâmina junto, invertendo a direção do ataque a qualquer momento. Eu poderia ter feito isso, se eu realmente quisesse pegá-la. Ele ficou lá parado, sentindo raiva. *Eu sei que ela é a Donna*, pensou.

Quando começou a voltar para o carro estacionado, percebeu que a garota tinha saído do meio dos transeuntes e estava parada olhando silenciosamente para ele.

Ele andou com cuidado na direção dela.

– Uma noite, eu e o Bob e uma outra mina estávamos com umas fitas velhas do Simon & Garfunkel, e você estava lá – disse ele.

Ela estivera enchendo cápsulas com morte de primeira, uma a uma, cuidadosamente. Por mais de uma hora. *El Primo. Numero Uno*: Morte. Depois que terminara, ela dera uma cápsula para cada um e todos eles tomaram juntos. Menos ela. "Eu só vendo essas coisas", dissera ela, "se eu começar a tomar isso, vou torrar todos os meus lucros."

– Achei que você ia me derrubar e tentar transar comigo – disse a garota.

– Não, só estava pensando se você... – ele hesitou. – Bem, não queria uma carona. Mas na calçada? – disse ele, surpreso. – Em plena luz do dia?

– Talvez em alguma porta. Ou me arrastando para um carro.

– Eu te *conheço* – ele retrucou –, e o Arctor ia me matar se eu fizesse isso.

– Bom, eu não te reconheci – e deu três passos na direção dele –, sou meio míope.

– Você precisa usar lentes.

Ela tinha grandes e adoráveis olhos escuros, acolhedores. O que significava que não estava chapada.

– Eu tinha um par. Mas uma caiu dentro de uma tigela de ponche, e acho que alguém acabou se servindo e bebeu. Espero que o gosto tenha sido bom, originalmente elas tinham me custado 35 dólares.

– Você quer uma carona até onde você está indo?

– Você vai tentar transar comigo no carro.

– Não – disse ele –, não estou dando conta do recado nestas últimas semanas. Deve ser algo que estão colocando para adulterar o negócio, algum produto químico.

– Boa desculpa, mas já ouvi isso antes. Todo mundo quer transar comigo. Ou pelo menos tenta – emendou. – Ser mina é isso aí. Estou processando um cara na justiça por abuso e estupro. Estamos pedindo uma indenização de mais de 40 mil por danos.

– Até onde ele chegou?

– Colocou a mão perto do meu peito – disse Donna.

– Isso não vale 40 mil.

Eles foram andando juntos de volta até o carro dele.

– Você tem algo para vender? – perguntou ele. – Tô realmente precisado. Na verdade, tô praticamente sem. Porra, tô sem, pensa só. Pelo menos um pouco, se você conseguir.

– Eu posso arrumar um pouco para você.

– Uns tabletes – ele disse –, eu não injeto.

– Sim – ela concordou atentamente, a cabeça baixa. – Mas, olha só, está realmente em falta agora. O fornecedor está seco por enquanto. E acho que você já descobriu isso. Eu posso conseguir vários para você, mas...

– Quando? – ele interrompeu.

Eles chegaram ao carro. Ele parou, abriu a porta e entrou. Do outro lado, Donna entrou também e eles se sentaram lado a lado.

– Depois de amanhã – disse Donna. – Isso se eu conseguir pegar um pouco com esse cara. Acho que consigo.

Que merda, pensou ele. *Depois de amanhã.*

– Não dá para conseguir antes? Tipo... hoje à noite?

– No máximo amanhã.

– Por quanto?

– Cem por sessenta dólares.

– Caramba... Isso é sacanagem – disse ele.

– Elas são muito boas. Já peguei com ele antes, não é dessas coisas que você costuma comprar. Pode acreditar em mim, elas valem a pena. Na verdade, sempre que posso, prefiro pegar com ele mais a pegar com qualquer outra pessoa. Mas nem sempre ele tem. Ele acabou de viajar para o sul, acho. E foi ele mesmo quem pegou, por isso sei que é coisa boa de verdade. E você não precisa me pagar adiantado, só quando eu te entregar. Certo? Eu confio em você.

– Eu nunca pago adiantado – ele disse.

– Às vezes você precisa fazer isso.

– Tudo bem – disse ele. – Então você consegue me arrumar pelo menos cem? – Ele tentou calcular rapidamente quanto poderia pegar. Em dois dias ele provavelmente conseguiria juntar 120 dólares e pegar duzentos tabletes com ela. E se por acaso nesse meio-tempo aparecesse algo melhor de outras pessoas que ainda tinham, ele podia deixar para lá o acerto com ela e comprar desses outros. Eis a vantagem de nunca pagar adiantado; isso e nunca ser sacaneado.

– Você deu sorte de topar comigo – disse Donna enquanto ele dava partida no carro e engatava a marcha a ré para entrar no trânsito. – Eu tenho que encontrar esse cara daqui a uma hora mais ou menos, e ele provavelmente vai ficar com tudo o que eu conseguir arrumar... Teria sido o seu azar. Hoje realmente foi o seu dia – ela arrematou sorrindo, e ele sorriu também.

– Eu bem queria que você conseguisse pegar antes – disse ele.

– Se eu conseguir... – ela abriu a bolsa e tirou um bloco de notas e uma caneta que trazia impressos os dizeres FAÍSCAS CONSERTO DE BATERIAS. – Como faço para te encontrar? E já me esqueci do seu nome.

– Charles B. Freck – ele respondeu. – Passou, então, seu número de telefone (não o seu número de fato, mas o da casa de um amigo careta que ele costumava usar para recados desse tipo) e ela tomou nota laboriosamente. *Que dificuldade ela tem em escrever*, pensou ele. Ela ia examinando e rabiscando lentamente... *Eles não ensinam mais porra nenhuma para as garotas na escola*, pensou. *Uma total analfabeta. Mas gostosa. Ela mal consegue ler ou escrever, mas e daí? O que importa para uma gostosa é ter belas tetas.*

– Acho que eu me lembro de você – disse Donna. – Mais ou menos. Aquela noite foi meio vaga para mim, eu estava realmente desligada. Só o que me lembro mesmo é de colocar o pó dentro daquelas pequenas cápsulas de Librium que a gente esvaziou do conteúdo original. Devo ter derrubado pelo menos metade no chão – ela o encarou pensativa enquanto ele dirigia. – Você parece um cara sossegado. Você vai estar no mercado mais tarde? Vai querer mais depois de um tempo?

– Claro – disse ele, perguntando a si mesmo se conseguiria um preço melhor que o dela quando se encontrassem de novo, e achava que era bem provável que conseguisse; de todo modo, ele saía ganhando. Quer dizer, se daria bem de qualquer jeito.

A felicidade, pensou ele, *é saber que você conseguiu alguns comprimidos.*

O dia do lado de fora do carro, todas aquelas pessoas atarefadas, a luz do sol e o movimento passavam despercebidos. Ele estava feliz.

Olhe só o que ele tinha encontrado por acaso... na verdade, só porque um policial tinha emparelhado com ele acidentalmente. Um novo e inesperado abastecimento de Substância D. O que mais ele podia querer da vida? Agora ele provavelmente teria duas semanas diante de si, praticamente *meio mês*, antes de bater as botas ou quase isso... ficar sem Substância D fazia as duas coisas darem na mesma. Duas semanas! O coração dele disparou, e ele começou a sentir o odor da leve excitação da primavera entrando pelas janelas abertas do carro.

– Você quer ir encontrar o Jerry Fabin junto comigo? – ele perguntou à garota. – Estou levando um monte de coisas dele lá para a Clínica Federal Número Três, para onde eles o levaram ontem à noite. Mas vou levar um pouco por vez, porque talvez ele consiga sair e não quero ter que carregar tudo de volta.

– É melhor eu não me encontrar com ele – disse Donna.

– Você o conhece? O Jerry Fabin?

– Jerry Fabin acha que fui eu quem passou originalmente aqueles piolhos para ele.

– Os afidídeos.

– Bom, *naquela época* ele não sabia o que eram. É melhor eu manter distância. Da última vez que o vi, ele foi bem hostil. São os receptores do cérebro dele, pelo menos eu acho que seja isso. Parece que é, pelo menos é o que dizem os últimos panfletos do governo.

– Isso não tem muito conserto, tem? – disse ele.

– Não – disse Donna. – É irreversível.

– O pessoal da clínica falou que me deixaria vê-lo, e disseram que acreditavam que ele conseguiria, sabe... – ele gesticulou. – Não ser... – e gesticulou mais uma vez, era difícil encontrar palavras para dizer aquilo que ele estava tentando dizer sobre seu amigo.

– Você não tem nenhuma sequela no centro da fala, né? – disse Donna olhando para ele. – Não tem nada no seu... Como se chama mesmo? Lobo occipital.

– Não – respondeu ele, vigorosamente.

– Você tem algum tipo de sequela? – ela perguntou, dando um tapinha na cabeça.

– Não, é só que... sabe? É meio difícil para mim ficar falando dessas merdas de clínicas. Eu odeio as Clínicas de Afasia Neurológica. Uma vez fui visitar um cara em uma delas, ele estava tentando encerar o chão. Disseram que ele não dava conta de encerar o chão; quer dizer, ele não conseguia descobrir um jeito de fazer isso... Mas o que me pegou foi que ele continuou tentando. E não estou dizendo só por uma hora; porque, quando voltei lá um mês depois, ele ainda estava tentando. Do mesmo jeito que ele ficou tentando repetidamente durante a primeira vez que o vi naquele lugar, quando fui visitá-lo pela primeira vez. Ele não conseguia entender por que ele não dava conta de fazer aquilo direito. Eu me lembro da cara dele. Ele tinha certeza de que ia dar um jeito, se conseguisse se ligar no que estava fazendo de errado. Ele ficava se perguntando: "O que eu estou fazendo de errado?". Não tinha jeito de explicar para ele. Quer dizer, até falaram para ele... Porra, até eu falei, mas ainda assim ele não conseguia entender.

– Pelo que li, os receptores do cérebro dele são os primeiros a se escafeder – disse Donna com placidez. – O cérebro de alguém que levou uma bela pancada ou coisa assim, tipo algo muito pesado. – Ela observava os carros à frente. – Olhe só, tem um daqueles Porsches novos com dois motores – ela apontou, empolgada. – Uau.

– Conheci um cara que ficou ligadão em um desses novos Porsches – emendou ele –, e mandou ver na estrada de Riverside, pisando fundo até chegar a 250 por hora. Destruiu o carro – completou com um gesto. – Bem na traseira de um caminhão. Acho que ele nem viu nada.

Na cabeça dele uma fantasia se projetava: ele próprio no volante de um Porsche, mas percebendo a presença do caminhão, de todos os caminhões. E todo mundo que estava na estrada – a estrada de Hollywood, na hora do rush – percebia a presença dele. Claro que iam notar a presença dele, aquele cara bonitão, esbelto e de ombros largos dirigindo um Porsche novo a trezentos por hora, e todos os policiais de cara amarrada, assistindo à cena sem poder fazer nada.

– Você está tremendo – disse Donna, se inclinando e colocando a mão no braço dele; uma mão serena à qual ele respondeu de imediato. – Reduza a velocidade.

– Estou cansado – ele disse. – Passei dois dias e duas noites acordado contando piolhos. Contando todos eles e colocando-os em potes. No fim, quando a gente desistiu e se levantou e ficou pronto na manhã seguinte para colocar os potes no carro, para levar até o médico e mostrar para ele, não tinha nada nos potes. Estavam vazios. – Ele próprio conseguia sentir e ver o tremor de suas mãos, no volante, as mãos trêmulas conduzindo o volante a trinta quilômetros por hora. – Cada um daqueles merdinhas – disse ele. – Nada. Nenhum piolho. E aí me dei conta, porra, finalmente me dei conta. Comecei a pensar no cérebro dele, do Jerry.

O ar já não tinha mais cheiro de primavera e, de maneira abrupta, ele pensou que precisava urgentemente de uma dose de Substância D; o dia já ia mais avançado do que ele imaginava, ou então ele tinha tomado menos do que achava. Felizmente ele tinha uma cota portátil no porta-luvas, fazia tempo. Começou então a procurar uma vaga para estacionar.

– A mente prega umas peças na gente – disse Donna meio distante; ela parecia ter mergulhado em si mesma, estava bem longe. Ele se perguntou se seu jeito errático de dirigir a estava incomodando. Provavelmente era isso.

Outro filme fantasioso começou a passar de repente na cabeça dele, sem pedir licença: primeiro, ele viu um grande Pontiac estacionado com um macaco hidráulico na parte de trás, que estava escorregando, e uma criança de uns 13 anos, com uma cabeleira que parecia de palha, se esforçando para impedir que o carro andasse, ao mesmo tempo que gritava para conseguir ajuda. Viu a si mesmo e Jerry Fabin correndo juntos para fora da casa, a casa de Jerry, descendo pelo caminho lotado de latas de cerveja, até o carro. Ele próprio se agarrou na porta do carro, do lado do motorista, para conseguir abri-la e pisar no pedal do freio. Mas Jerry Fabin, descalço e usando só uma calça, com os cabelos desgrenhados para o alto – ele tinha acabado de acordar –, ultrapassou o carro e bateu com seu ombro nu e pálido, que nunca tinha visto a luz do dia, tirando o menino do rumo do carro. O macaco se inclinou e caiu, a traseira do carro foi parar no chão com tudo, a roda e o pneu foram embora, e o menino ficou bem.

"Tarde demais para pisar no freio", Jerry ofegou, tentando tirar aqueles cabelos feios e ensebados de cima dos olhos e piscando. "Não dava mais tempo."

"Ele tá bem?", gritou Charles Freck, o coração ainda disparado.

"Sim", disse Jerry de pé ao lado do menino, sem fôlego. "Porra!", gritou furioso com o garoto. "Não te falei para esperar que a gente faria isso junto com você? E quando um macaco hidráulico escorrega... Merda, cara, não dá para segurar mais de duas toneladas!", seu rosto se contraiu; o garoto, o Escrotinho, tinha um ar miserável e se contorcia de culpa. "Eu te falei isso um monte de vezes!"

"Fui tentar acionar o freio", explicou Charles Freck, ciente da sua imbecilidade, da igual cagada que tinha feito, tão grande quanto a do garoto e igualmente letal. Sua falha enquanto adulto em tentar reagir da maneira certa. Mas, de todo jeito, ele queria se justificar com palavras, igual ao menino: "Mas agora eu me dei conta...", insistiu, e então o filme fantasioso se desfez. Na verdade, era a reprise de um documentário, porque ele se lembrava do dia em que aquilo tinha de fato acontecido, na época em que eles moravam todos juntos. O sábio instinto de Jerry... caso contrário, o Escrotinho teria ficado embaixo da traseira do Pontiac, com a medula esmigalhada.

Os três se arrastaram de volta para a casa envoltos em um clima sombrio, sem nem mesmo parar a roda e o pneu, que continuavam rolando para longe dali.

"Eu estava dormindo", resmungou Jerry conforme eles entravam no ambiente escuro da casa. "Foi a primeira vez em duas semanas que os piolhos deram uma folga e eu consegui fazer isso. Passei cinco dias inteiros sem dormir... fiquei correndo pra lá e pra cá. Achei que talvez eles tivessem ido embora; eles *tinham* mesmo ido embora. Achei que eles finalmente tinham desistido e ido para outro lugar, tipo para o vizinho, abandonando a casa totalmente. Agora estou sentindo todos eles de novo. Aquele décimo veneno de insetos que eu comprei, talvez fosse o décimo primeiro... Fui enganado de novo, igual fizeram todas as outras vezes." Mas, agora, a voz dele parecia vencida, não mais irritada, apenas perplexa e de volume reduzido; ele pôs a mão na cabeça do Escrotinho e deu-lhe um bofetão certeiro. "Seu moleque idiota... Quando um macaco hidráulico escorrega, você tem que sumir de perto. Esqueça o carro. Jamais fique atrás dele nem tente fazer força contra todo aquele peso para bloqueá-lo com seu próprio corpo."

"Mas, Jerry, eu estava com medo que o eixo..."

"Foda-se o eixo. Foda-se o carro. É a sua vida."

Eles atravessaram a sala escura, todos os três, e a reprise daquele momento passado se dissipou e morreu para sempre.

2

– Prezados senhores do Lions Clube de Anaheim – anunciou o homem no microfone –, temos uma chance incrível na tarde de hoje, pois o Condado de Orange nos proporcionou a oportunidade de ouvir e fazer perguntas para um agente secreto da divisão de narcóticos da Delegacia de Polícia do Condado de Orange.

E esse homem de terno rosa de padrão trançado, uma larga gravata amarela de plástico, camisa azul e sapatos em imitação de couro abriu um grande sorriso. Era um homem com excesso de peso e também de idade, sem falar no excesso de alegria mesmo quando havia pouco ou até mesmo nada com que se alegrar.

Olhando para ele, o agente secreto da divisão de narcóticos sentiu náusea.

– Agora, vocês irão notar – disse o anfitrião do Lions Clube – que mal é possível enxergar esse sujeito que está sentado bem à minha direita, porque ele está usando aquilo que se chama de traje borrador, que é exatamente o mesmo traje que ele usa (e que, de fato, é obrigado a usar) durante algumas de suas atividades diárias, na verdade na maioria delas, visando o cumprimento da lei. Em breve ele explicará por quê.

O público, que espelhava as qualidades do anfitrião de todas as formas possíveis, observava o sujeito usando seu traje borrador.

– Este homem – declarou o anfitrião –, a quem vamos chamar de Fred, pois é sob esse codinome que ele relata as informações que consegue reunir, ao vestir seu traje borrador, não pode ter sua voz identificada nem mesmo por biometria de impressão vocal, tampouco por sua aparência. Ele se parece com um borrão indefinido, não é mesmo? Concordam comigo? – e deu um sorriso; o público, achando tudo aquilo realmente divertido, também disparou alguns sorrisos.

O traje borrador era uma invenção dos Laboratórios Bell, algo que surgiu por acidente das mãos de um funcionário chamado S. A. Powers. Ele vinha fazendo experimentos há alguns anos com substâncias desinibidoras que agiam sobre os tecidos nervosos e, uma noite, depois de ter aplicado em si próprio uma injeção intravenosa considerada segura e moderadamente euforizante, observara uma queda desastrosa no nível de líquido GABA em seu cérebro. Então, ele testemunhou subjetivamente uma lúrida atividade de fosfenos projetada na parede oposta de seu quarto, uma compilação em progressão frenética do que, na época, ele imaginou serem pinturas modernas abstratas.

Durante cerca de seis horas, em transe, S. A. Powers assistiu a milhares de pinturas de Picasso sucedendo umas às outras em alta velocidade, e depois ele foi agraciado com trabalhos de Paul Klee, mais do que o próprio pintor tinha sido capaz de pintar em toda a sua vida. S. A. Powers, então assistindo a pinturas de Modigliani que eram trocadas com uma rapidez furiosa, supôs (é preciso ter uma teoria para tudo) que os membros da Rosacruz estavam irradiando essas imagens para ele de forma telepática, provavelmente impulsionadas por microssistemas de retransmissão de um tipo avançado. Mas, por fim, quando chegou a vez de as pinturas de Kandinsky começarem a perturbá-lo, ele se lembrou de que o principal museu de artes de Leningrado era especializado justamente nesses artistas modernos abstratos, e concluiu que os soviéticos estavam tentando contatá-lo por telepatia.

Pela manhã, ele se lembrou de que uma queda drástica no nível de líquido GABA no cérebro normalmente era capaz de produzir esse tipo de atividade de fosfenos. Ninguém estava tentando entrar em contato com ele telepaticamente, fosse com ou sem amplificação de micro-ondas. Mas isso acabou lhe dando a ideia para o traje borrador. O design consistia basicamente em uma lente de quartzo multifacetada ligada a um computador miniaturizado cujos bancos de memória guardavam até 1,5 milhão de representações fisionômicas fracionadas de várias pessoas: homens, mulheres e crianças, com todas as variações codificadas e, depois, projetadas para fora em todas as direções de forma homogênea, até chegar a uma membrana superfina parecida com uma mortalha e grande o suficiente para se encaixar em um humano mediano.

À medida que o computador percorria seus bancos de memória, ia projetando todas as formações concebíveis de cor de olhos e cabelos, formatos e tipos de nariz, arcada dentária e de estrutura óssea facial; toda essa membrana que parecia uma mortalha assumia quaisquer características físicas projetadas a cada nanossegundo, para então mudar para as seguintes. De modo a tornar seu traje borrador ainda mais eficiente, S. A. Powers programou o computador para tornar aleatória a sequência de cada combinação. E para reduzir os custos (o pessoal do governo sempre gostava de fazer isso), ele encontrou a fonte para o material da membrana em um subproduto de uma grande indústria que já tinha negócios com Washington.

Em todo caso, o usuário do traje borrador podia ser qualquer um em uma combinação qualquer (que chegava a agregar até 1,5 milhão de sub-bits) ao longo de uma hora. Assim, qualquer descrição dele ou dela era irrelevante. S. A. Powers, como não podia deixar de ser, tinha inserido suas próprias características fisionômicas nas unidades computacionais, de modo que, enterrados em meio àquela permutação frenética de traços, os seus próprios podiam surgir e se combinar... em média, ele tinha calculado, eles seriam escolhidos e reunidos uma vez a cada cinquenta anos para cada traje, desde que eles durassem tanto tempo assim. Era o mais perto que ele chegaria da imortalidade.

– Com a palavra, esse borrão indefinido! – disse o anfitrião, e aplausos abundantes se seguiram.

Vestindo seu traje borrador, Fred, que também era Robert Arctor, resmungou e pensou: *Isto é horrível*.

Uma vez por mês, um agente secreto da divisão de narcóticos do condado era aleatoriamente escolhido para falar em reuniões de babacas, como essa. Hoje era a vez dele. Olhando para o público, ele se deu conta do quanto detestava caretas. Eles achavam tudo isso ótimo. Estavam sorrindo. Estavam sendo entretidos.

Talvez, naquele exato momento, os virtualmente incontáveis componentes de seu traje borrador estivessem reproduzindo a cara de S. A. Powers.

– Mas, falando sério só um instante – disse o anfitrião –, este homem aqui... – e fez uma pausa, tentando se lembrar.

– Fred – disse Bob Arctor. *S. A. Fred*.

– Fred, isso mesmo – e o anfitrião, revigorado, retomou o discurso, ribombando em direção a seu público. – Como vocês podem ver, a voz do Fred é como uma daquelas vozes computadorizadas quando você entra de carro em um banco em San Diego, perfeitamente inexpressiva e artificial. Ela não grava nenhuma característica em nossa mente, exatamente como quando ele faz relatórios para seus superiores no Programa, hmm, contra o Abuso de Drogas do Condado de Orange – e fez uma pausa significativa. – Como vocês podem ver, esses policiais correm um risco tremendo por causa das forças das drogas que, como sabemos, penetraram com uma habilidade espantosa nos diversos aparatos de aplicação da lei em toda a nossa nação... ou podem muito bem ter feito isso, segundo dizem os especialistas mais bem informados. Então, para proteger esses homens dedicados, o traje borrador se faz necessário.

Aplausos discretos para o traje borrador. E, em seguida, olhares cheios de expectativa na direção de Fred, que os espreitava, dentro de sua membrana.

38

– Mas em sua linha de trabalho de campo – acrescentou por fim o anfitrião, conforme se afastava do microfone para dar lugar a Fred –, obviamente ele não usa isso. Ele se veste como você ou eu, embora, é claro, sempre se valha do visual hippie dos diversos grupos subculturais nos quais ele se infiltra incansavelmente.

Ele fez um gesto na direção de Fred para que se levantasse e se aproximasse do microfone. Fred, Robert Arctor já tinha feito isso seis vezes antes, e sabia o que tinha que dizer e o que esperava por ele: os diversos níveis e tipos de perguntas imbecis e de uma estupidez sombria. A perda de tempo que isso representava para ele, junto com a raiva e um senso de futilidade que ele sempre sentia, e com intensidade cada vez maior...

– Se vocês me vissem na rua – ele disse ao microfone, depois que os aplausos se encerraram –, diriam: "Lá vai um lunático drogado e esquisitão". E então sentiriam repulsa e se afastariam.

Silêncio.

– Eu não me pareço com vocês – disse ele. – Eu não posso. Minha vida depende disso. – Na verdade, ele não tinha uma aparência tão diferente assim deles. E, de todo modo, ele usaria o que usa todos os dias independentemente de ser trabalho ou não, vida ou não. Ele gostava do que costumava usar. Mas o que ele estava dizendo tinha sido basicamente escrito por outras pessoas e colocado na sua frente para que ele memorizasse. Até dava para incluir uns cacos, mas todos os discursos tinham um formato padrão que eles usavam. Introduzidos um par de anos atrás por um chefe de divisão empolgado, agora tinham se tornado palavra de ordem.

Ele esperou enquanto absorviam tudo aquilo.

– Eu não vou contar para vocês logo de cara o que estou tentando fazer como um agente secreto empenhado em rastrear traficantes e, principalmente, a fonte de suas drogas ilegais pelas ruas de nossas cidades e pelos corredores de nossas escolas aqui no Condado de Orange. O que eu vou dizer para vocês – ele fez uma pausa, igual o haviam treinado para fazer na aula de relações públicas da academia – é do que eu tenho medo – arrematou.

Isso os fisgou, só tinham olhos para ele.

– O que eu temo – disse ele –, dia e noite, é que nossas crianças; e falo das suas crianças e das minhas crianças... – e fez outra pausa. – Eu tenho duas – e emendou com uma dose extra de calma –, pequenas, bem pequenas. – E então levantou a voz enfaticamente: – Mas não pequenas demais para serem viciadas, calculadamente viciadas, em favor do lucro, por parte daqueles que seriam capazes de destruir esta sociedade – mais uma pausa. – Ainda não sabemos quem são de fato esses homens – ele seguiu adiante com mais tranquilidade –, talvez até animais, que atacam os nossos jovens, como se estivessem em uma floresta selvagem e estrangeira, como se este fosse outro país que não o nosso. A identidade dos fornecedores desses venenos inventados com imundícies que destroem o cérebro e são diariamente injetadas, diariamente tomadas por via oral, e também diariamente fumadas por vários milhões de homens e mulheres (ou melhor, por aqueles que um dia foram homens e mulheres), vem sendo gradualmente desvendada. Mas no final, por Deus, iremos todos saber com certeza.

Uma voz do público soltou:

– Porrada neles!

E outra, igualmente empolgada:

– Peguem os comunistas!

Aplausos e repetições foram pipocando.

Robert Arctor ficou parado e olhou para eles, os caretas, em seus ternos gordos, suas gravatas gordas, seus sapatos gordos, e então pensou que a Substância D não seria capaz de destruir seus cérebros; eles não tinham cérebro.

– Conte como as coisas são – disparou uma voz feminina levemente antipática. Procurando por ela, Arctor localizou uma senhora de meia-idade não tão gorda, com as mãos ansiosamente entrelaçadas.

– A cada dia – disse Fred, Bob Arctor ou sabe-se lá quem – essa doença cobra de nós o seu preço. Ao fim de cada dia que passa, o fluxo de lucros... E para onde eles vão nós...

E interrompeu seu discurso. Nem que sua vida dependesse daquilo, ele não era capaz de desenterrar o resto daquela sentença, por mais que já a tivesse repetido um milhão de vezes tanto em aula quanto em falas anteriores.

Todas as pessoas na sala se calaram.

– Bom – disse ele –, de qualquer forma, não é uma questão de lucro. É outra coisa. É o que vocês veem acontecer.

Eles não notaram nenhuma diferença, ele avaliou, muito embora ele tivesse abandonado o discurso preparado e começasse a divagar por conta própria, sem a ajuda dos caras de relações públicas lá do Centro Cívico do Condado de Orange. *Que diferença faz, afinal?, pensou. E daí? O que eles realmente sabem e com o que se importam de verdade? Os caretas vivem em seus imensos condomínios fortificados, protegidos por seus guardas, sempre prontos a abrir fogo contra todo e qualquer drogado que tenta pular seus muros com uma fronha vazia para depenar o piano e o relógio elétrico e a navalha e o aparelho de som deles que ainda nem foram pagos, só para conseguir sua dose, aquela merda sem a qual ele talvez morra, simplesmente morra de tanta dor e choque causados pela abstinência. Mas quando você está vivendo lá dentro e olha para fora com toda segurança, pensou ele, e o seu muro tem cerca elétrica e seu guarda está armado, por que pensar nesse tipo de coisa?*

– Se você fosse diabético – ele retomou – e não tivesse dinheiro para uma dose de insulina, você roubaria para conseguir esse dinheiro? Ou simplesmente morreria?

Silêncio.

No fone de ouvido de seu traje borrador, uma voz diminuta disse:

– Acho melhor você voltar para o texto preparado, Fred. Recomendo mesmo que você faça isso.

No microfone que ficava na sua garganta, Fred, Robert Arctor ou quem quer que fosse, disse:

– Eu me esqueci. – Apenas seu chefe no Quartel-General do Condado de Orange, que não era o sr. F, quer dizer, o Hank, podia ouvir isso. Este era um superior anônimo, atribuído a ele apenas para esta ocasião.

– Seeeeei – disse o prompter metálico do oficial em seu fone de ouvido. – Eu vou ler para você. Repita comigo, mas tente fazer parecer casual – breve hesitação, páginas sendo viradas. – Vamos ver... "Ao fim de cada dia que passa, o fluxo de lucros... e para onde eles vão nós...", foi aí que você parou.

– Tenho um bloqueio com esse negócio – disse Arctor.

– "...logo definiremos" – disse o policial no prompter, sem prestar atenção –, "e então a retaliação seguirá rapidamente. E nesse momento, pelo bem da minha vida, eu não gostaria de estar na pele deles".

– Sabe por que eu tenho um bloqueio com esse negócio? – perguntou Arctor. – Porque é isso que leva as pessoas para as drogas. – *É por isso que você larga mão e vira um drogado, esse tipo de coisa*, pensou ele. *É por isso que você desiste e vai embora. Tomado pelo nojo.*

Mas então ele olhou mais uma vez para o público e percebeu que não era bem assim no caso deles. Esse era o único jeito como eles podiam ser atingidos. Ele estava falando com uns idiotas. Retardados mentais. Tudo tinha que ser ensinado do mesmo jeito que faziam na alfabetização: M de maçã, e a Maçã é redonda.

– D – ele disse em voz alta para o público – é de Substância D, como em Destrambelhado e Desespero e Deserção, você desertando seus amigos, eles desertando você, todo mundo desertando todo mundo, isolamento e solidão e ódio e suspeita uns dos outros. D – ele continuou –, por fim, de Desvanecimento, de morte. Morte lenta. Como nós... – ele parou. – Como nós, os drogados, a chamamos – sua voz pigarreou e oscilou. – Disso vocês provavelmente já sabem. Morte lenta. Da cabeça aos pés. Bom, é isso aí – ele andou de volta até seu lugar e se reacomodou, em silêncio.

– Você estragou tudo – disse o chefe no prompter. – Passe no meu escritório quando estiver voltando. Sala 430.

– Sim – disse Arctor. – Estraguei tudo.

Estavam olhando para ele como se ele tivesse mijado no palco bem na cara deles. Ele só não sabia muito bem o porquê disso.

Chegando ao microfone a passos largos, o anfitrião do Lions Clube disse:

– Antes de seu discurso, Fred tinha me pedido para começar fazendo um fórum de perguntas e respostas, com apenas uma breve declaração introdutória feita por ele. Tinha me esquecido de dizer isso. Então vamos lá... – ele levantou a mão direita. – Quem quer começar, pessoal?

Arctor logo ficou de pé novamente, meio desajeitado.

– Parece que Fred tem algo a acrescentar – disse o anfitrião, acenando para ele.

Indo lentamente de volta para o microfone, Arctor retomou o discurso de cabeça baixa e falando com precisão:

– Só isso. Não deem porrada neles só porque estão vidrados nisso. Falo dos usuários, dos viciados. Metade deles, a maioria deles, especialmente as garotas, não sabia nem de longe que estava tomando algo. Apenas tentem impedir que eles, as pessoas, qualquer um de nós, acabem consumindo – e olhou para cima brevemente. – Sabe, eles dissolvem algumas pílulas vermelhinhas em uma taça de vinho... estou falando dos traficantes. Quer dizer, eles dão a taça para uma garota, uma garotinha menor de idade, com umas oito ou dez pílulas dentro. Aí ela desmaia, e então injetam uma mistura nela, que é metade heroína e metade Substância D... – e interrompeu. – Obrigado.

Até que um homem o chamou:

– Como conseguimos impedir essa gente, senhor?

– Matem os traficantes – disse Arctor, tomando de volta o rumo de sua cadeira.

Ele não estava com vontade de voltar direto para o Centro Cívico do Condado de Orange nem para a Sala 430, por isso ficou percorrendo uma das ruas comerciais de Anaheim, inspecionando os quiosques do McDonald's e os lava-rápidos e postos de gasolina e as Pizza Hut e outras maravilhas.

Ao andar desse jeito, sem rumo pelas ruas, em meio a todo tipo de gente, sempre ficava com uma sensação estranha a respeito de quem ele era. Assim como dissera às pessoas no saguão do Lions, quando não estava usando seu traje borrador ele se parecia com um drogado. Falava como um drogado. Sem dúvida as pessoas em volta dele o tomavam por drogado e reagiam de acordo. Outros drogados... *Veja só*, pensou ele, *esses "outros", por exemplo: lhe lançavam olhares de "paz, irmão", coisa que os caretas não faziam.*

Você veste o manto e a mitra de um bispo, ponderou ele, *e anda por aí desse jeito, e as pessoas se curvam e ajoelham e coisas assim, tentam beijar seu anel, quem sabe até mesmo o seu rabo, e logo você virou mesmo um bispo. Por assim dizer. O que é a identidade?*, ele perguntou a si próprio. *Onde acaba a atuação? Ninguém sabe.*

Sua sensação de quem e o que era ficava realmente bagunçada quando algum Homem o abordava. Quando policiais fardados, em patrulha, ou policiais em geral, qualquer um deles, chegava, por exemplo, passando devagar pela sarjeta perto dele, com um jeito intimidante enquanto andava, e o colocava sob escrutínio de cima a baixo com um olhar intenso, afiado, metálico e inexpressivo, e então, como de costume e claramente por capricho, estacionava e acenava para ele.

"Vamos lá, mostre a sua identidade", diria o policial, estendendo a mão. E então, enquanto Arctor-Fred-sabe-Deus-quem revirava seu bolso da carteira, o policial gritaria para ele: "Você já foi PRESO?"; ou, numa variação da pergunta, acrescentando: "ANTES?". Como se ele estivesse prestes a ir para o xilindró naquele exato momento.

"O que tá pegando?", era o que ele costumava dizer, se dissesse alguma coisa. Naturalmente, uma multidão se formaria em volta. A maioria deles supondo que ele tinha sido pego vendendo na esquina. Eles soltavam um sorriso apreensivo e esperavam para ver o que acontecia, ainda que alguns deles, normalmente chicanos ou negros ou obviamente drogados, parecessem irritados.

E aqueles que pareciam irritados, depois de um curto intervalo, começavam a se dar conta de que pareciam irritados, mudando essa fisionomia rapidamente para um ar impassível. Porque todo mundo sabia que qualquer um que parecesse irritado ou apreensivo – não importa de que maneira, tanto faz – perto de policiais deve ter algo a esconder. Os policiais, em especial, sabiam disso, conforme rezava a lenda, e abordavam essas pessoas automaticamente.

Desta vez, no entanto, ninguém o incomodou. Muitos chapados estavam em evidência, ele era apenas mais um entre tantos.

O que eu sou, na verdade?, ele se perguntou. Desejou por um momento estar com o seu traje borrador. Aí, pensou, eu poderia continuar sendo um borrão indefinido e os pedestres, as pessoas na rua de modo geral, aplaudiriam. *Com a palavra, o borrão indefinido*, pensou, rememorando brevemente. Que jeito mais estranho de obter reconhecimento. Por exemplo, como eles podiam ter certeza de que não era outro borrão indefinido qualquer, e não o borrão certo? Podia ser qualquer outra pessoa que não o Fred ali dentro, ou ainda outro Fred, e eles nunca saberiam, nem mesmo quando o Fred abrisse a boca e começasse a falar. Eles não saberiam ao certo. Eles nunca saberiam. Podia ser o Al fingindo que era o Fred, por exemplo. Podia ser qualquer um lá dentro, podia até mesmo estar vazio. Lá no Q.G. do Condado de Orange eles podiam estar transmitindo uma voz para o traje borrador, controlado diretamente da delegacia de polícia. Nesse caso, o Fred podia ser qualquer um que estivesse na mesa dele naquele dia e por acaso pegasse o roteiro e o microfone, ou uma mistura de todo tipo de caras em suas mesas.

Mas acho que o que eu disse no final colocou um fim nisso, pensou ele. *Aquilo não tinha sido feito por ninguém lá do escritório. Aliás, os caras do escritório querem falar comigo sobre isso.*

Ele não estava ansioso por aquilo, então continuou se demorando e enrolando, indo para toda parte e para lugar nenhum. Afinal de contas, não fazia a menor diferença para onde você fosse no sul da Califórnia, sempre tinha a mesma loja do McDonald's em todos os lugares, como uma faixa circular que passa na sua frente quando você finge ir para outro lugar. E quando você finalmente sentia fome e ia ao tal McDonald's e comprava um hambúrguer, era o mesmo que tinham vendido a você da última vez e na anterior e assim por diante, até antes mesmo de você nascer, e, de todo modo, para completar, gente do mal (uns mentirosos) dizia que era tudo feito com moela de peru.

Agora, de acordo com a placa do lugar, eles tinham vendido o mesmo hambúrguer original 50 bilhões de vezes. Ele ficava imaginando se tinha sido para a mesma pessoa. A vida em Anaheim, na Califórnia, era um comercial por si só, repetido à exaustão. Nada mudava, só ia se espalhando mais e mais longe como um lamaçal de néon. O que sempre havia em excesso tinha sido congelado em permanência há muito tempo, como se a fábrica automática que produzia esses objetos aos montes tivesse travado o botão na posição *ligado*. *Como a terra virava plástico*, ele pensou, lembrando-se do conto de fadas "Como o mar virou sal". *Algum dia*, pensou, *seremos todos obrigados tanto a comprar o hambúrguer do McDonald's quanto a vendê-lo. Vamos ficar comprando e vendendo uns para os outros para sempre, direto da sala de casa. Assim, não vamos nem precisar pôr os pés para fora.*

Ele olhou para o seu relógio. Duas e meia: hora de fazer uma ligação de compras. De acordo com a Donna, ele podia conseguir com ela talvez uns duzentos tabletes de Substância D misturada com metanfetamina.

Naturalmente, depois de conseguir, ele levaria tudo para o Programa contra o Abuso de Drogas do Condado para que analisassem e depois destruíssem, ou seja lá o que fizessem com aquilo. Talvez eles mesmos usassem, ou qualquer outra lenda do tipo. Ou vendessem. Mas a compra que ele ia fazer com ela não era para prendê-la por tráfico; ele já tinha comprado dela várias vezes antes e nunca a havia prendido. Não tinha nada a ver com isso, enquadrar uma traficantezinha peixe pequeno, uma garota que achava legal e exótico vender droga. Metade dos agentes da divisão de narcóticos do Condado de Orange sabia que Donna traficava e a reconhecia de cara. Às vezes ela vendia no estacionamento do 7-Eleven, bem na frente do escâner holográfico automático que a polícia mantinha ali, e se safava. Em certo sentido, a Donna nunca podia ser pega, independentemente do que fizesse e na frente de quem quer que fosse.

O que significava essa transação com Donna, assim como todas as outras anteriores, era uma tentativa de traçar um caminho ascendente, por meio dela, até o fornecedor de quem ela comprava. Assim, as compras que ele fazia com ela foram aumentando gradativamente em quantidade. No começo, ele a tinha convencido – se é que se pode descrever assim – a dar dez tabletes para ele, um favor: uma transação entre amigos. Então, muito depois, ele tinha arranjado um saco de cem como recompensa, depois mais três sacos. Agora, se ele tivesse sorte, poderia conseguir uns mil, o que dava dez sacos. Finalmente, ele estaria comprando uma quantidade que ultrapassaria a capacidade econômica dela; ela não teria grana suficiente para adiantar ao fornecedor e garantir o produto na ponta dela. Assim, ia sair perdendo em vez de conseguir um grande lucro. Eles iam pechinchar, ela insistiria para que ele adiantasse pelo menos uma parte, ele se recusaria, ela não teria como adiantar por conta própria para sua fonte; o tempo se esgotaria... e mesmo numa transação pequena daquelas cresceria uma certa tensão; todo mundo ficaria impaciente; o fornecedor dela, quem quer que fosse, ficaria segurando a entrega e puto porque ela não tinha aparecido. Então, finalmente, se tudo desse certo, ela desistiria e diria a ele e a seu fornecedor: "Olha, é melhor vocês negociarem diretamente um com o outro. Conheço vocês dois, ambos são gente boa. Eu garanto para os dois. Vou marcar um lugar e um horário para vocês se encontrarem. Então, de agora em diante, você, Bob, pode começar a comprar direto, se for comprar nessas quantidades". Porque naquelas quantidades, para todos os efeitos, ele seria um traficante, eram quantidades bem próximas das de um traficante. Donna suporia que ele estava revendendo às centenas para obter lucro, já que estava comprando pelo menos mil por vez. Assim, ele subiria na escada e se tornaria o próximo da fila a se tornar traficante como ela, para talvez depois galgar mais um degrau e mais outro à medida que as quantidades que ele comprava aumentassem.

Finalmente – era esse o nome da operação – ele conheceria alguém bem no alto dessa estrutura que valesse a pena prender. Quer dizer, alguém que soubesse de algo, que fosse alguém em contato com aqueles que fabricavam ou alguém que distribuía do próprio fornecedor que conhecia pessoalmente a fonte original.

Diferente de outras drogas, a Substância D, aparentemente, tinha apenas uma fonte. Era uma droga sintética, e não orgânica; portanto, vinha de algum laboratório. Ela podia ser sintetizada e até já o havia sido em alguns experimentos do governo. Mas os próprios ingredientes eram derivados de substâncias complexas que eram quase tão difíceis de sintetizar. Na teoria, a droga podia ser fabricada por qualquer um que, primeiro, tivesse a fórmula e, segundo, também a capacidade tecnológica de montar uma fábrica. Mas, na prática, o custo era proibitivo. Além disso, aqueles que tinham inventado a droga e a ofereciam, vendiam-na a um preço baixo demais para permitir uma concorrência de verdade. E a distribuição disseminada sugeria que, muito embora fosse uma única fonte, ela tinha um layout diversificado, provavelmente uma série de laboratórios em várias regiões estratégicas, talvez um perto de cada grande centro urbano que fosse forte em consumo de drogas na América do Norte e na Europa. Por que nenhum desses lugares tinha sido encontrado era um mistério; mas, tanto do ponto de vista público como, sem dúvida, oficialmente debaixo dos panos, a implicação era que a Agência S. D. – nome cunhado arbitrariamente pelas autoridades – tinha penetrado esferas tão elevadas de grupos de aplicação da lei tanto regionais quanto nacionais, que quem descobrisse algo de útil sobre suas operações logo não daria mais bola para isso ou deixaria de existir.

Naturalmente, ele tinha várias outras pistas naquele momento além de Donna. Outros traficantes que ele pressionava progressivamente em busca de maiores quantidades. Mas como ela era a garota dele – ou pelo menos ele tinha algumas esperanças nesse sentido –, ela era seu alvo mais fácil. Visitá-la, falar com ela ao telefone, sair com ela ou recebê-la em casa... tudo isso também era um prazer pessoal. Em certo sentido, era o caminho de menor resistência. Se você tivesse que espiar e enviar relatórios sobre alguém, podiam muito bem ser pessoas com quem você já está saindo; isso levantava menos suspeitas e era menos sacal. E se você não encontrasse essa gente com frequência antes de começar a vigiá-la, no final teria que começar a fazer isso do mesmo jeito. No fim das contas, dava na mesma.

Ao entrar na cabine telefônica, ele fez a chamada.

Trim-trim-trim.

– Alô – disse Donna.

Todos os orelhões do mundo eram grampeados. Ou, se não o eram, era porque um pessoal de algum lugar ainda não tinha chegado até eles. Os grampos alimentavam eletronicamente as bobinas de armazenamento que ficavam em um ponto central, e mais ou menos uma vez a cada dois dias um documento impresso era obtido por um policial que ficava na escuta de vários telefones sem precisar sair de sua sala. Mal ele ligava para os cilindros de armazenamento e, a um simples toque, eles eram reproduzidos, pulando as partes em branco das fitas. A maioria das chamadas era inofensiva. O policial podia identificar aquelas que não o eram de cara. Era esse seu talento. Era para isso que ele recebia. Alguns policiais eram melhores nisso do que outros.

Enquanto ele e Donna conversavam, portanto, ninguém estava ouvindo. O replay talvez acontecesse no dia seguinte, no mínimo. Se eles discutissem alguma coisa notavelmente ilegal e o policial que estava monitorando pegasse algo, as impressões vocais seriam obtidas. Mas tudo o que ele e ela precisavam fazer era manter um tom moderado. O diálogo ainda poderia ser reconhecido como uma transação de drogas. Certa prudência governamental entrava em cena nesse ponto... não valia a pena passar por toda a chateação de impressões vocais e rastreamento para transações ilegais de rotina. Havia muitas desse tipo todos os dias da semana, em muitos telefones. Tanto Donna quanto ele sabiam disso.

– Como você tá? – ele perguntou.

– Bem – disse ela, pausando sua voz rouca e afetuosa.

– Como tá a sua cabeça hoje?

– Num lugar meio esquisito. Meio pra baixo... – pausa. – Meu chefe na loja me deu um esfrega hoje de manhã – Donna trabalhava atrás do balcão em uma pequena perfumaria no Gateside Mall, em Costa Mesa, aonde ia todas as manhãs dirigindo seu MG. – Sabe o que ele disse? Que esse cliente, um cara velho, de cabelos grisalhos, que deu um calote de dez pratas na gente... Ele disse que era minha culpa e que eu vou ter que compensar isso. Vai sair do meu salário. Então perdi dez pratas por conta de uma porra, desculpe o palavreado, que nem é culpa minha.

– Ei, será que consigo pegar algo com você? – disse Arctor.

A voz dela parecia meio rabugenta agora, como se ela não quisesse. O que era uma surpresa.

– Quanto... você quer? Não sei.

– Umas dez – ele disse. No combinado deles, um significava cem; era, então, um pedido de mil.

Para manter a fachada, se as negociações tinham que acontecer através de meios de comunicação públicos, era uma boa saída tentar mascarar uma quantidade grande como se fosse pequena. Na verdade, eles podiam fazer negócio para sempre tratando nessas quantidades, sem que as autoridades dessem a mínima para isso; caso contrário, as equipes de narcóticos ficariam revirando casas e mais casas em todas as ruas a todas as horas do dia, obtendo poucos resultados.

– "Dez" – Donna resmungou irritadiça.

– Tô realmente precisando – ele disse, mais com tom de usuário do que de traficante. – Eu te pago depois com o que conseguir.

– Não – ela disse ríspida –, eu te entrego de graça. Dez... – Agora, sem dúvida, ela estava especulando se ele estava traficando ou não. Provavelmente, estava – Dez. Por que não? Digamos... Daqui a três dias?

– Não dá para ser antes?

– Essas são...

– Tudo bem – disse ele.

– Eu te entrego.

– Que horas?

– Digamos umas oito da noite – ela fez as contas. – Ei, quero te mostrar um livro que eu arranjei, alguém deixou lá na loja. É bem legal. Tem a ver com lobos. Você sabe o que os lobos fazem? O lobo macho? Quando ele derrota seu oponente, ele não mata o bicho, e sim mija nele. De verdade! Ele fica de pé e mija no rival derrotado, depois some. É isso. O maior motivo de disputa entre eles é por território. E pelo direito de transar.

– Eu mijei em algumas pessoas agora há pouco – disse Arctor.

– Você tá me tirando? Como assim?

– Metaforicamente – ele disse.

– Não do jeito normal?

– Quer dizer – ele emendou –, eu disse a eles... – e interrompeu. Estava falando demais, que cagada. *Jesus*, pensou ele, e então continuou: – Esses caras, tipo motoqueiros, tá ligada? Ali pelos lados do Foster's Freeze? Eu estava passando por lá e eles disseram algo meio pesado. Então eu me virei e disse algo do tipo... – ele não conseguia pensar em nada naquele momento.

– Você pode me contar – disse Donna –, mesmo que seja supernojento. Você tem que ser supernojento com esses motoqueiros, senão eles não entendem.

– Eu falei para eles – disse Arctor – que prefiro montar numa porca a numa moto daquelas. A qualquer momento.

– Não entendi.

– Bom, uma porca é uma garota que...

– Ah tá, O.k., agora entendi. Que nojo.

51

– Te vejo então na minha casa, como você disse. Até mais – e começou a desligar.

– Posso levar o livro dos lobos para te mostrar? É do Konrad Lorenz. Na contracapa dizem que ele foi a maior autoridade em lobos de todo o planeta. Ah, sim, e tem mais uma coisa. Os dois caras que moram com você passaram na loja hoje, o Ernie-sei-lá--o-quê e aquele tal de Barris. Estavam te procurando, talvez você...

– O que tem? – disse Arctor.

– Aquele seu cefalocromoscópio que te custou novecentos dólares, que você sempre liga e põe para funcionar quando chega em casa... O Ernie e o Barris estavam fofocando sobre isso. Tentaram usar o aparelho hoje, mas ele não queria funcionar. Estava sem as cores e os padrões encefálicos, nada funcionava. Daí eles pegaram o kit de ferramentas do Barris e desparafusaram a placa de trás.

– Que porra você tá falando! – ele disse indignado.

– E disseram que o negócio tá todo fodido. Sabotagem. Fios cortados e esse tipo de coisa estranha... você sabe, essas coisas bizarras. Curtos-circuitos, peças quebradas. O Barris disse que tentou...

– Tô indo para casa agora – disse Arctor, desligando o telefone.

Meu maior bem, pensou ele com amargura. *E aquele idiota do Barris tentando consertar. Se bem que não posso ir para casa agora*, ele se deu conta. *Preciso ir até a Novos Rumos para conferir o que eles andam fazendo.*

Isso era a atribuição dele: obrigatória.

3

Charles Freck também estava pensando em visitar a Novos Rumos. O surto do Jerry Fabin o tinha pegado em cheio.

Sentado com Jim Barris no café Fiddler's Three em Santa Ana, ele brincava morosamente com um donut açucarado.

– É uma decisão difícil. Isso que eles fazem é te deixar fritando em crise de abstinência. Ficam de olho noite e dia para você não se matar ou não arrancar o próprio braço com os dentes, mas nunca te dão nada. Tipo, um médico vai te receitar alguma coisa. Valium, por exemplo.

Rindo, Barris conferiu seu *patty melt*, que na verdade era uma imitação de queijo derretido e carne moída de mentira dentro de um pão orgânico especial.

– Que tipo de pão é esse? – ele perguntou.

– Olhe no cardápio – respondeu Charles Freck –, lá eles explicam.

– Quando você entra nessa – disse Barris –, passa por sintomas que emanam dos fluidos básicos do corpo, mais especificamente dos que ficam no cérebro. Estou falando das catecolaminas, como a noradrenalina e a serotonina. Veja bem, funciona assim: a Substância D – na verdade qualquer droga viciante, mas acima de tudo a Substância D – interage com as catecolaminas de um jeito que o envolvimento fica travado no local em nível subcelular. Houve uma contra-adaptação biológica e, em certo sentido, para sempre – disse, dando uma grande mordida na metade direita do sanduíche.

– Eles costumavam acreditar que isso só acontecia com narcóticos alcaloides, como a heroína.

– Eu nunca injetei. É muito deprê.

A garçonete, gata e toda nos trinques em seu uniforme amarelo, de peitos atrevidos e cabelos loiros, foi até a mesa deles.

– Está tudo bem com vocês?

Charles Freck mirou-a com medo, olhando para cima.

– Você se chama Patty? – Barris perguntou, sinalizando para Charles Freck que estava tudo bem.

– Não – ela apontou para o crachá no seu peito direito –, é Beth.

Fico me perguntando como se chama o do lado esquerdo, pensou Charles Freck.

– A garçonete que nos atendeu da última vez se chamava Patty – disse Barris, fitando a garçonete de um jeito indecente –, igual ao sanduíche.

– Deve ter sido outra Patty, não essa do sanduíche. Acho que o nome dela se escreve com *i*.

– Tudo está muito bom – disse Barris; enquanto isso, dava para ver um balão de pensamento na cabeça de Charles Freck no qual Beth estava tirando as roupas e implorando para ser levada para a cama.

– Não para mim – disse Charles Freck. – Eu tenho um monte de problemas que ninguém mais tem.

– Mais pessoas do que você imagina – disse Barris com uma voz sombria. – E mais a cada dia. Este é um mundo doente, e que só vai ficando cada vez pior – e o balão de pensamento sobre a cabeça dele também foi ficando pior.

– Vocês gostariam de pedir uma sobremesa? – perguntou Beth, sorrindo para eles.

– Tipo o quê? – perguntou Charles Freck cheio de suspeita.

– Temos torta de morangos e de peras, tudo fresquinho – disse ela, sorrindo. – São feitas aqui, por nós mesmos.

– Não, a gente não quer nenhuma sobremesa – disse Charles Freck, e a garçonete saiu. – Isso é coisa de velha, essas tortas de fruta – se dirigindo a Barris.

– A ideia de ir por conta própria para a reabilitação certamente o deixa apreensivo – disse Barris. – Isso é uma manifestação de sintomas negativos significativos, esse seu medo. É a droga falando para te impedir de ir à Novos Rumos e de se livrar dela. Todos os sintomas são significativos, entende? Sejam eles positivos ou negativos.

– Não brinca – resmungou Charles Freck.

– Os negativos aparecem nos períodos de abstinência, que são gerados deliberadamente pelo corpo inteiro para forçar seu dono – que neste caso é você – a ficar frenético atrás de...

– A primeira coisa que fazem com você ao entrar na Novos Rumos é cortar sua pica – disse Charles Freck. – Tipo uma aula prática. Depois, a partir disso, eles tacam no ventilador.

– Aí é a vez do seu baço – disse Barris.

– Eles fazem o quê? Cortam...? O que isso faz, o baço?

– Ajuda você a digerir a comida.

– Como?

– Tirando a celulose dela.

– E aí acho que depois disso...

– Só alimentos sem celulose. Nada de folhas ou alfafa.

– Por quanto tempo dá para viver assim?

– Depende do seu comportamento – disse Barris.

– Quantos baços tem uma pessoa normal? – ele sabia que pelo menos os rins costumavam ser dois.

– Depende do peso e da idade.

– Por quê? – Charles Freck sentiu uma suspeita penetrante.

– Vão nascendo mais baços na pessoa com o passar dos anos. Quando um sujeito completa 80 anos...

– Você tá me sacaneando.

Barris gargalhou. *Ele sempre teve essa risada meio estranha,* pensou Charles Freck. *Uma risada meio irreal, como se fosse algo se quebrando.*

– Por que essa sua decisão – Barris disse então – de se internar para uma terapia de permanência em um centro de reabilitação para drogados?

– Jerry Fabin – ele disse.

– O Jerry era um caso à parte – disse Barris com um gesto despretensioso de rejeição. – Uma vez eu vi o Jerry Fabin cambaleando e capotando, se cagando todo, sem nem saber onde estava, tentando me convencer a pesquisar e procurar que veneno ele tinha usado, provavelmente sulfato de tálio... É usado em inseticidas e para matar ratos. Era furada, alguém dando o troco nele. Eu podia pensar em umas dez toxinas e venenos diferentes que poderiam...

– Tem outro motivo – disse Charles Freck. – Meu estoque está acabando de novo, e não aguento mais isso de sempre ficar sem e não saber se vou conseguir mais dessa merda algum dia.

– Bom, a gente não pode ter certeza nem de que vai ver o próximo nascer do sol.

– Merda... Eu estou com tão pouco agora que é tipo uma questão de dias. Além do mais... Acho que tem alguém me roubando. Não tem como eu estar usando todas elas tão rápido, alguém deve estar surrupiando da porra do meu esconderijo.

– Você consome quantos tabletes por dia?

– Isso é difícil de precisar. Mas não tanto assim.

– Você sabe que vai criando tolerância.

– Sei, claro, mas não desse jeito. Não consigo suportar ficar sem e coisa do tipo. Por outro lado... – refletiu ele. – Acho que consegui uma nova fonte. Aquela mina, a Donna. Donna qualquer coisa.

– Ah, a mina do Bob.

– A namorada dele – disse Charles Freck, concordando com a cabeça.

– Não, ele nunca transou com ela, ele só tenta.

– Ela é de confiança?

– Como assim? Na cama ou... – Barris fez um gesto levando a mão até a boca e engolindo.

– Que tipo de sexo é esse? – E então ele se ligou. – Ah, sim, essa última.

– Razoavelmente de confiança. Meio desmiolada. Como é de se esperar de uma mina, especialmente dessas mais sombrias. Traz o cérebro no meio das pernas, como a maioria delas. Provavelmente é lá que esconde também – e deu uma risada abafada. – O esconderijo de toda a carga do traficante dela.

– O Arctor nunca traçou essa mina? – disse Charles Freck, se inclinando na direção dele. – Ele fala dela como se tivesse.

– Esse é o Bob Arctor – disse Barris. – Fala de muitas coisas como se já tivesse feito. Mas não é a mesma coisa, nem um pouco.

– Nossa, mas como ele nunca a levou para cama? Ele não sobe mais?

Barris refletiu com sabedoria, ainda mexendo em seu sanduíche, que ele agora tinha cortado em pequenos pedaços.

– A Donna tem problemas. Provavelmente está usando heroína. A aversão que ela sente por qualquer contato físico... Junkies perdem o interesse em sexo porque os órgãos deles se incham com a vasoconstrição, entende? E já notei que a Donna demonstra uma incapacidade de excitação sexual além da conta, em um nível que não é natural. E não só em relação ao Arctor, mas... – ele fez uma pausa, irritadiço. – Também em relação a outros homens.

– Que merda, então você está dizendo que ela não libera.

– Ela até liberaria – disse Barris –, se fosse manipulada direito. Por exemplo... – e lançou um olhar misterioso. – Eu posso te mostrar como levá-la para a cama por 98 centavos.

– Eu não quero levá-la para a cama, só quero comprar dela. – Ele sentiu um incômodo. Sempre tinha algo estranho com o Barris que lhe dava um engulho no estômago. – Por que 98 centavos?

– ele disse. – Ela não iria pelo dinheiro, ela não faz programa. Além do mais, ela é a mina do Bob.

– O dinheiro não seria pago diretamente para ela – disse Barris com seu jeito preciso e educado. Ele se inclinou em direção a Charles Freck, com um misto de prazer e malícia agitando suas narinas peludas. E não era só isso, a coloração verde de seus óculos tinha embaçado. – A Donna cheira pó. Ela arreganharia as pernas para qualquer um que lhe desse um grama de cocaína, especialmente se alguns produtos químicos raros que eu ando pesquisando a fundo forem acrescentados de maneira estritamente científica.

– Gostaria que você não falasse desse jeito sobre ela – disse Charles Freck. – De todo modo, um grama de pó vem sendo vendido por mais de cem dólares hoje em dia. Quem tem essa grana?

Meio fungando, Barris declarou:

– Eu consigo extrair um grama de cocaína pura, incluindo os ingredientes de que preciso, mas não a minha mão de obra, a um custo total de menos de um dólar.

– Fala sério.

– Eu posso fazer uma demonstração para você.

– De onde vêm esses ingredientes?

– Do 7-Eleven – disse Barris, tropeçando em seus próprios pés e descartando pedaços do sanduíche de tanta empolgação. – Pague a conta que eu te mostro. Montei um laboratório temporário em casa, até que eu possa fazer um melhor. Você pode me assistir extraindo um grama de cocaína de materiais comuns e dentro da lei que podem ser comprados tranquilamente no 7-Eleven a um custo total de menos de um dólar. – E começou a andar pelo corredor. – Vamos lá – sua voz tinha um tom urgente.

– Claro – disse Charles Freck pegando a conta e indo atrás.

Que belo charlatão, pensou ele. *Ou talvez não. Com todos esses experimentos de química que ele faz e lendo o tempo todo na biblioteca do condado... talvez tenha um fundo de verdade. Imagine só o lucro*, pensou. *Imagine o quanto a gente poderia faturar!*

Ele correu atrás de Barris, que estava pegando as chaves de seu Karmann Ghia enquanto passava pelo caixa usando seu folgado macacão de paraquedista.

Eles pararam no estacionamento do 7-Eleven, desceram do carro e entraram na loja. Como de costume, tinha um policial grandalhão de pé por ali fingindo ler uma revista pornô no balcão da frente; na verdade, Charles Freck sabia que ele estava conferindo todo mundo que entrava para ver se não estavam tentando roubar o lugar.

– O que a gente veio pegar aqui? – ele perguntou a Barris, que estava percorrendo a esmo os corredores que vendiam comida.

– Uma lata de spray de Solarcaine – disse Barris.

– Spray para queimaduras de sol?

Charles Freck não acreditava de fato que aquilo estava acontecendo, mas, por outro lado, quem saberia? Quem poderia ter certeza? Ele seguiu Barris até o balcão, e dessa vez foi este quem pagou.

Eles compraram a lata de Solarcaine, passaram pelo policial e voltaram ao carro. Barris saiu ligeiro do estacionamento, desceu a rua e seguiu a todo vapor, ignorando as placas de limite de velocidade, até que finalmente parou em uma vaga na frente da casa de Bob Arctor, com todos aqueles jornais velhos intocados em meio à grama alta do jardim da frente.

Descendo do carro, Barris ergueu alguns objetos que balançavam presos por fios no banco de trás a fim de levá-los para dentro. Charles Freck viu um voltímetro, além de um outro aparelho para testes eletrônicos e uma pistola de solda.

– Para que servem essas coisas? – ele perguntou.

– Tenho um trabalho longo e árduo pela frente – disse Barris, carregando os vários itens mais a lata de Solarcaine pelo caminho que levava à porta da frente; então, entregou a chave da porta para Charles Freck. – E provavelmente não vou ser pago por isso. Como de costume.

Charles Freck destrancou a porta e eles entraram na casa. Dois gatos e um cachorro fizeram uma pequena algazarra para eles, emitindo sons esperançosos. Ele e Barris afastaram-nos para o lado com suas botas.

Na parte de trás da pequena sala de jantar, ao longo das últimas semanas, Barris tinha montado um laboratório meio esquisito, com todo tipo de frascos, objetos e algumas sucatas aqui e ali, coisas aparentemente sem valor que ele tinha afanado de vários lugares diferentes. De tanto ouvir falar disso, Charles Freck sabia que Barris acreditava mais na engenhosidade do que na parcimônia. "Você deve ser capaz de usar a primeira coisa que lhe cai nas mãos para atingir seu objetivo", pregava Barris. Uma tachinha, um clipe de papel, peças de um equipamento cujas outras partes tenham se quebrado ou desaparecido... Para Charles Freck, era como se um rato tivesse montado uma oficina ali, realizando experimentos com coisas que só ele mesmo valorizava.

O primeiro passo no plano de Barris era pegar um saco plástico do rolo que ficava perto da pia e espirrar todo o conteúdo do spray dentro dele, até esvaziar a lata ou, pelo menos, acabar com o gás.

– Isso é fora da realidade – disse Charles Freck –, muito fora da realidade.

– O que eles fizeram deliberadamente – disse Barris com um tom empolgado enquanto trabalhava – foi misturar a cocaína com um óleo para que ela não possa ser extraída. Mas o meu conhecimento de química é tamanho que sei exatamente como separar o pó do óleo. – Ele tinha começado a jogar sal vigorosamente dentro daquela meleca pegajosa que estava no saco. Então, derramou todo o conteúdo em um pote de vidro. – Vou congelar isso – anunciou ele, sorridente –, o que vai fazer com que os cristais de cocaína subam para a superfície, já que eles são mais leves que o ar. Quer dizer, do que o óleo. E depois, claro, a etapa final é um segredo meu, mas envolve um intrincado e metodológico processo de filtragem – ele abriu o freezer em cima da geladeira e colocou o pote lá dentro cuidadosamente.

– E isso vai ficar aí por quanto tempo? – perguntou Charles Freck.

– Por meia hora.

Barris sacou um de seus cigarros enrolados à mão, acendeu-o e se dirigiu até a pilha de equipamentos eletrônicos de teste. Ficou lá de pé, meditando, passando a mão em seu cavanhaque.

– Entendi – disse Charles Freck –, mas, quer dizer, mesmo que você consiga extrair um grama inteiro de cocaína disso aí, não posso usá-la com a Donna para... você sabe, levá-la para a cama em troca. Seria como comprá-la, é esse o saldo da história.

– Fazer uma troca – corrigiu Barris. – Você dá um presente a ela, e ela te dá outro. O presente mais precioso de uma mulher.

– Ela saberia que está sendo comprada – ele conhecia Donna o suficiente para se ligar nisso, ela ia sacar o golpe de cara.

– Cocaína é um afrodisíaco – murmurou Barris, um pouco para si próprio; ele estava montando os equipamentos de teste ao lado do cefalocromoscópio de Bob Arctor, o bem mais precioso dele. – Depois de cheirar boa parte disso aqui, ela vai ficar contente em abrir as pernas.

– Porra, cara – protestou Charles Freck –, você está falando da mina do Bob Arctor. Ele é meu amigo, e também o cara com quem você e o Luckman vivem.

Barris ergueu por um momento sua cabeça desgrenhada e observou Charles Freck atentamente por um tempo.

– Tem muita coisa sobre o Bob que você não sabe – disse ele –, que nenhum de nós sabe. Sua visão sobre ele é simplista e ingênua, e você acredita nas coisas que ele quer que você acredite.

– Ele é um cara de boa.

– Com certeza – disse Barris concordando com a cabeça e resmungando –, sem sombra de dúvidas. Um dos melhores caras do mundo. Mas eu... na verdade nós – falo daqueles que observaram o Arctor de maneira incisiva e perspicaz –, chegamos a distinguir nele algumas contradições. Tanto em termos de estrutura da personalidade quanto de comportamento. Em sua maneira geral de se relacionar com a vida. No seu estilo inato, por assim dizer.

– Você está falando de algo específico?

Os olhos de Barris dançaram um pouco por trás de seus óculos verdes.

– Essa sua dancinha com os olhos não significa nada para mim – disse Charles Freck. – O que tem de errado com o cefaloscópio para você estar mexendo nele assim? – ele se aproximou para olhar por conta própria.

– Diga para mim o que você está vendo na fiação aqui por baixo – emendou Barris, inclinando o chassi central em uma de suas extremidades.

– Estou vendo fios cortados – disse Charles Freck. – E um emaranhado do que parecem ser vários curtos-circuitos induzidos. Quem fez isso?

Os olhos espertos e alegres de Barris dançaram mais uma vez com um prazer especial.

– Essa porcaria que ele preza tanto não significa merda nenhuma para mim – disse Charles Freck. – Quem estragou o cefaloscópio? Quando isso aconteceu? Você descobriu isso recentemente? O Arctor não falou nada a respeito disso da última vez que o vi, e isso foi anteontem.

– Talvez ele não estivesse preparado para falar sobre isso ainda – disse Barris.

– Bom – disse Charles Freck –, até onde sei, o que você está dizendo são coisas enigmáticas de gente chapada. Acho que vou até uma das residências Novos Rumos, me inscrever e passar por todo o perrengue de abstinência, fazer terapia, participar de todo aquele joguinho destrutivo deles e ficar com aquela gente dia e noite, tudo para não precisar me juntar a uns doidões misteriosos iguais a você, que não fazem o menor sentido e que eu não consigo entender. Dá para ver que esse cefaloscópio foi todo ferrado, mas você não está me acrescentando nada. Você está insinuando que foi o próprio Bob Arctor quem fez isso com o equipamento caro dele mesmo, ou não? O que você está dizendo? Eu bem queria estar vivendo na Novos Rumos, onde eu não precisaria passar dia após dia por essas merdas importantes que eu sequer entendo, senão com você, com algum outro maluco destrambelhado da sua laia, pirado do mesmo jeito – e olhou-o fixamente.

– Eu não estraguei essa unidade transmissora – disse Barris com um tom especulativo, coçando a barba –, e duvido seriamente que Ernie Luckman tenha feito isso.

– Eu duvido seriamente que Ernie Luckman tenha estragado qualquer coisa em toda a sua vida, exceto por aquela vez que ele surtou com um ácido ruim e jogou a mesa da sala e todo o resto das coisas pela janela do apartamento deles, dele e daquela tal de Joan, no estacionamento do prédio. Isso é diferente. Normalmente o Ernie é mais controlado do que qualquer um de nós. Não, o Ernie não iria sabotar o cefaloscópio de outra pessoa. E o Bob Arctor... O negócio é dele, não é? O que ele faria então? Acordaria secretamente no meio da noite, sem que ele próprio soubesse, e faria isso, sacaneando a si mesmo? Isso foi feito por outra pessoa para sacanear com ele. Foi isso que aconteceu. – *Provavelmente foi você quem fez isso, seu filho da puta desgraçado,* Charles Freck pensou, *é você que tem o conhecimento técnico e essa mente esquisita,* e seguiu falando: – A pessoa que fez isso deveria estar ou em uma Clínica de Afasia Neurológica ou comendo capim pela raiz. De preferência a segunda opção, na minha opinião. O Bob curte de verdade esse cefaloscópio da Altec; já vi ele ligando isso várias vezes, logo que chega em casa do trabalho, à noite, assim que passa pela porta. Todo cara tem alguma coisa que é seu tesouro. E esse era o dele. Então, o que estou dizendo é que isso foi uma sacanagem com ele, cara, porra.

– É isso que estou dizendo.

– Isso o quê você está dizendo?

– "Logo que ele chega em casa do trabalho, à noite" – Barris repetiu. Faz algum tempo que ando desconfiando de para quem o Bob Arctor trabalha de fato, que organização é essa, especificamente, sobre a qual ele não pode nos contar.

– Ele trabalha na porra do Centro de Resgate de Selos Blue Chip, em Placentia – disse Charles Freck. – Ele me contou isso uma vez.

– Fico só imaginando o que ele faz lá.

– Ele pinta os selos de azul – disse Charles Freck, soltando um suspiro. Ele não gostava mesmo de Barris. Freck gostaria de estar em outro lugar, talvez pegando uma entrega com a primeira pessoa que encontrasse por acaso ou para quem ligasse fazendo um pedido. *Talvez eu devesse desencanar*, disse a si mesmo, mas então se lembrou do pote com óleo e cocaína gelando no freezer, um negócio de cem dólares por 98 centavos. – Escuta – disse ele –, quando esse troço vai ficar pronto? Acho que você está me enganando. Como é que o pessoal da Solarcaine poderia vender isso por tão pouco se tivesse um grama de cocaína dentro? Como eles sairiam no lucro?

– Eles compram em grandes quantidades – declarou Barris.

Um delírio instantâneo passou pela cabeça de Charles Freck: caminhões de carga lotados de cocaína dando ré para entrar na fábrica de Solarcaine (onde quer que ela ficasse, em Cleveland talvez), entregando toneladas e mais toneladas de cocaína pura, bruta, não adulterada e de alto nível, em um lugar da fábrica, onde ela seria misturada a óleo e algum gás nobre e outras porcarias, para então ser colocada em pequenas latas de spray de cores berrantes, as quais seriam empilhadas aos milhares nas lojas 7-Eleven e farmácias e supermercados. *O que a gente tem que fazer*, ruminou ele, *é roubar um desses caminhões de carga. Pegar o carregamento inteiro, talvez uns trezentos ou quatrocentos quilos... caralho, muito mais que isso. Quanto cabe em um caminhão de carga?*

Barris levou até ele a lata de spray de Solarcaine, agora vazia, para que ele inspecionasse e apontou o rótulo, onde todos os ingredientes estavam listados.

– Está vendo? Benzocaína. Só algumas pessoas mais espertas sabem que esse é um nome comercial da cocaína. Se eles dissessem no rótulo que é cocaína, as pessoas iam se ligar e no final acabariam fazendo a mesma coisa que eu. As pessoas simplesmente não têm estudo suficiente para se dar conta. Falo do treinamento científico, igual ao que eu tive.

– E o que você vai fazer com esse conhecimento? – perguntou Charles Freck. – Além, é claro, de deixar a Donna Hawthorne cheia de tesão?

– Pretendo escrever um best-seller, no final das contas – disse Barris. – Um texto para pessoas medianas sobre como fabricar drogas com toda a segurança em sua própria cozinha, sem infringir a lei. Isso não viola a lei. A benzocaína é uma substância permitida. Até liguei para uma farmácia e perguntei para eles. É usada em um monte de coisas.

– Minha nossa – disse Charles Freck impressionado e, então, olhou para seu relógio de pulso para ver quanto tempo mais ainda tinham que esperar.

Bob Arctor tinha sido informado por Hank, que era o sr. F., que devia vasculhar os centros de residência Novos Rumos da região para encontrar um grande traficante, a quem ele vinha investigando, mas que tinha abruptamente sumido de vista.

De tempos em tempos, um traficante, ao perceber que estava prestes a ir em cana, se refugiava em um desses centros de reabilitação para drogados, tipo o Synanon, o Center Point, o X-Kalay e a Novos Rumos, se passando por um viciado em busca de ajuda. Uma vez lá dentro, sua carteira, seu nome, tudo que pudesse identificá-lo, era-lhe tirado no preparo para a construção de uma nova personalidade que não fosse movida pelas drogas. Nesse processo de desnudamento, desaparecia boa parte do que o pessoal responsável pela aplicação da lei precisava para localizar o suspeito. Então, algum tempo depois, quando a pressão tinha diminuído, o traficante reaparecia e retomava sua atividade rotineira do lado de fora.

Ninguém sabia com que frequência isso acontecia. Os centros de reabilitação tentavam identificar quando estavam sendo usados dessa forma, embora nem sempre obtivessem sucesso. Um traficante, temendo ficar preso por quarenta anos, tinha motivação suficiente para contar uma lorota para o pessoal do centro que tinha o poder de admiti-lo ou recusar sua presença ali. Nesse ponto, a agonia sentida por ele era bastante real.

Subindo lentamente de carro pelo Katella Boulevard, Bob Arctor estava procurando o letreiro e o prédio de madeira da nova unidade da Novos Rumos, antes uma residência particular que o pessoal empolgado da reabilitação administrava na área. Ele não gostava de se meter em um desses lugares de reabilitação posando de possível residente em busca de ajuda, mas era o único jeito de fazer isso. Caso ele se identificasse como agente da divisão de narcóticos procurando por alguém, o pessoal que trabalhava lá (pelo menos a maioria deles) começaria a agir da maneira evasiva de praxe. Eles não queriam que sua família fosse incomodada pelo Homem, e ele conseguia se colocar em tal posição, apreciar a validade daquilo tudo. Afinal, esses ex-viciados deviam ficar em segurança. Na verdade, a equipe de reabilitação tinha o costume de garantir oficialmente a segurança deles quando entravam. Por outro lado, o traficante que ele estava procurando ocupava o topo do esquema todo, e usar os centros de reabilitação desse jeito ia contra os interesses de todos os lados. Ele não via outra escolha para si, ou para o sr. F., que o colocara na cola de Spade Weeks desde o começo. Weeks tinha sido o tópico principal de Arctor por um período interminável, sem chegar a nenhum resultado. E agora fazia dez dias inteiros que ele tinha sumido do mapa.

Ele identificou o letreiro com dizeres claros, parou o carro no pequeno estacionamento (que, no caso específico dessa unidade, era compartilhado com uma padaria) e andou de maneira irregular pelo caminho que levava até a porta de entrada, com as mãos enfiadas nos bolsos, fazendo sua ceninha de "chapado e miserável".

Pelo menos o departamento não usou contra ele o fato de ter perdido Spade Weeks. Na visão deles, oficialmente, isso só provava como Weeks era habilidoso. Tecnicamente, ele estava mais para aviãozinho do que para traficante: ele trazia carregamentos brutos de droga do México, em intervalos irregulares, até algum lugar perto de Los Angeles, onde os compradores se encontravam e dividiam o carregamento. O método que Weeks usava para ocultar a carga era eficiente: ele a prendia com fita embaixo do carro de algum careta que estivesse na frente dele ao passar pela alfândega, então rastreava o sujeito depois de cruzar a fronteira dos Estados Unidos e atirava nele na primeira oportunidade que parecesse conveniente. Se a patrulha da fronteira dos Estados Unidos descobrisse a droga grudada embaixo do carro de um careta, era ele quem ia para a cadeia, e não Weeks. O porte de drogas era *prima facie* na Califórnia. Azar do careta, de sua mulher e de seus filhos.

Melhor do que qualquer outro agente secreto do Condado de Orange, ele tinha reconhecido Weeks só de bater o olho: um cara negro e gordo, na casa dos 30 anos, com um padrão de discurso inconfundível, lento e elegante, como se tivesse sido memorizado em alguma escola de inglês ordinária. Na verdade, Weeks tinha saído das periferias de Los Angeles. O mais provável era que tivesse aprendido aquela dicção em audiocursos que tomara emprestados da biblioteca de alguma faculdade.

Weeks gostava de se vestir de maneira discreta, mas elegante, como se fosse um médico ou um advogado. Geralmente ele usava uma maleta cara em couro de crocodilo e óculos de armação feita com chifre. Além disso, normalmente estava armado com uma pistola para a qual tinha encomendado um cabo customizado da

Itália, muito fino e estiloso. Mas na Novos Rumos, todos esses apetrechos lhe seriam tirados; iriam vesti-lo como todos os outros, com roupas aleatórias recebidas de doações, e enfiariam sua maleta em algum armário.

Abrindo a pesada porta de madeira, Arctor entrou.

Um hall sombrio, uma sala à esquerda onde uns caras estavam lendo. Uma mesa de pingue-pongue na extremidade mais distante e depois uma cozinha. Nas paredes, vários pôsteres, alguns feitos à mão, outros impressos: O ÚNICO VERDADEIRO FRACASSO É FALHAR COM OS OUTROS, e assim por diante. Pouco barulho, pouca atividade. A Novos Rumos mantinha vários comércios; provavelmente a maioria dos residentes, fossem caras ou garotas, estava trabalhando nos salões de cabeleireiro e postos de gasolina e outros empregos de escritório. Ele ficou lá prostrado, esperando meio enfadado.

– Sim? – apareceu uma garota bonita, usando uma saia azul de algodão extremamente curta e uma camiseta que trazia estampado NOVOS RUMOS no pedaço que ia de um mamilo ao outro.

Com uma voz espessa, rouca e humilhada, ele disse:

– Eu tô... meio mal. Não dou mais conta do recado. Posso me sentar?

– Claro – a garota acenou e dois caras de aspecto medíocre foram até eles, com aparência impassível. – Levem-no a um lugar onde ele possa se sentar e deem um café para ele.

Que porre, pensou Arctor enquanto deixava os dois caras conduzi-lo até um sofá de aspecto gasto e com um estofado excessivo. Paredes lúgubres, observou ele. Tinta de doação igualmente lúgubre e de baixa qualidade. No entanto, eles sobreviviam à base de contribuições; tinham dificuldades para se bancar.

– Obrigado – ele chiou vacilante, como se fosse um grande alívio estar ali e se sentar. – Nossa – disse ele tentando domar seus cabelos; e então fez parecer que não conseguia e desistiu.

– Parece que você está vindo do inferno, meu amigo – disse-lhe a garota com firmeza, bem na frente dele.

– É verdade – concordaram os dois caras com um tom surpreendentemente irritado. – Todo cagado mesmo. O que você tem feito? Dormido em cima da sua própria merda?

Arctor piscou os olhos.

– Quem é você? – perguntou um dos caras.

– Dá para ver quem ele é – disse o outro. – Alguma dessas gentinhas saídas direto da lata de lixo. Olhe só – e apontou para o cabelo de Arctor. – Piolho. É por isso que você fica se coçando, Jack.

– Por que você veio até aqui, meu caro? – disse a garota, com tom calmo e superior, mas nem um pouco amigável.

Consigo mesmo, Arctor pensou: *Porque vocês têm um aviãozinho dos grandes em algum lugar aqui dentro. E eu sou o Homem. E vocês são uns idiotas, todos vocês.* Mas, em vez disso, ele resmungou com um tom servil, que obviamente era o que eles esperavam:

– Você disse que...

– Sim, amigo, você pode tomar um pouco de café – a garota sacudiu a cabeça e um dos caras se afastou obediente rumo à cozinha.

Uma pausa. E então a garota se inclinou e tocou no joelho dele.

– Você está se sentindo muito mal, não? – ela disse com suavidade.

Ele só podia acenar com a cabeça.

– Vergonha e um sentimento de nojo em relação a essa coisa que você é – disse ela.

– Isso mesmo – ele concordou.

– Por toda essa sujeira que você fez consigo mesmo. Uma fossa. Enfiando esse espinho no seu rabo dia após dia, injetando no seu próprio corpo...

– Eu não posso mais continuar – disse Arctor. – Este lugar foi a única esperança em que consegui pensar. Um amigo meu veio para cá, eu acho, ele disse que viria. Um cara negro, de uns 30 anos, educado, muito cortês e...

– Você vai conhecer a família depois – disse a garota. – Se você for considerado apto. Você precisa cumprir com as nossas exigências, você sabe. E a primeira delas é uma necessidade sincera.

– Isso eu tenho – disse Arctor –, uma necessidade sincera.

69

– Você tem que estar na pior para ser aceito aqui dentro.

– Eu estou – disse ele.

– O quanto você está viciado? Quanto costuma tomar?

– Uns trinta gramas por dia – disse Arctor.

– Puro?

– Sim – ele acenou com a cabeça –, eu tenho um açucareiro cheio em cima da mesa.

– Vai ser superpancada. Você vai roer seu travesseiro e desmanchá-lo em plumas toda noite. Vai ter penas por todo lado quando você acordar. E você vai ficar com um gosto ruim na boca, cheia de penas. E vai se sujar igual fazem os animais doentes. Você está pronto para isso? Você sabe que não vamos te dar nada aqui.

– Não tem nada – disse ele, a situação era um porre, deixando-o inquieto e irritadiço. – O meu amigo, o cara negro. Ele veio para cá? Eu espero mesmo que ele não tenha sido pego por aqueles porcos no meio do caminho. Ele estava tão chapado, cara, ele mal conseguia andar. Ele pensou...

– Não existem relacionamentos individuais na Novos Rumos – disse a garota. – Você vai aprender isso.

– Sim, mas ele conseguiu chegar até aqui? – disse Arctor.

Dava para ver que ele estava perdendo seu tempo. *Jesus*, pensou, *isso é pior do que o que fazemos no centro da cidade, esse interrogatório. Ela não libera porra nenhuma de informação. Políticas internas*, imaginou, *como um paredão de ferro. Depois que você entra em um lugar desses, passa a ser um homem morto para o mundo. Spade Weeks podia estar sentado logo depois da divisória, ouvindo tudo e se mijando de rir, ou talvez nem estivesse ali, ou qualquer outra possibilidade entre essas duas. Mesmo com um mandado... aquilo nunca funcionava. O pessoal da reabilitação sabia como andar arrastando os pés e ficar enrolando até que alguém que morava ali e era procurado pela polícia vazasse do lugar por alguma porta lateral ou se trancasse dentro da fornalha. No fim das contas, a equipe que trabalhava ali era toda formada por ex-viciados. E nenhuma agência de aplicação da lei gostava da ideia de revirar* uma dessas clínicas de reabilitação... os protestos públicos não parariam nunca.

Era hora de desistir de Spade Weeks, decidiu, e sumir daqui. Agora entendo por que nunca me mandaram para as bandas de cá antes, essa gente não é legal. Até onde me diz respeito, pensou, perdi indefinidamente meu alvo principal. O Spade Weeks não existe mais.

Vou voltar para falar com o sr. F., ele disse a si próprio, e esperar uma nova atribuição. Pros infernos. Ele ficou firme de pé e disse:

– Estou vazando daqui.

Agora os dois caras estavam de volta, um deles com uma caneca de café, o outro com uns folhetos aparentemente instrutivos.

– Você vai amarelar agora? – disse a garota, arrogante e desdenhosa. – Você não tem as bolas para manter sua decisão e sair da sujeira? Vai sair daqui se arrastando com a barriga no chão? – E os três o encararam raivosos.

– Depois – disse Arctor, se dirigindo para a porta da frente para sair dali.

– Seu drogado de merda – a garota disse nas costas dele. – Sem colhões, o cérebro frito, não sobrou nada. Suma daqui, pode sumir, a decisão é sua.

– Eu vou voltar – disse Arctor irritado.

Aquele clima era opressor, e agora que ele estava indo embora, a situação só piorava.

– Talvez a gente não te aceite de volta, seu frouxo – disse um dos caras.

– Você vai ter que implorar – disse o outro. – Quem sabe tenha que fazer umas súplicas bem pesadas. E, mesmo assim, talvez a gente não te queira aqui.

– Na verdade, a gente já não te quer aqui agora – disse a garota.

Arctor parou na porta e virou-se para encarar seus acusadores. Ele queria retrucar, mas não conseguia pensar em algo por nada nessa vida. Eles tinham esvaziado a cabeça dele.

Seu cérebro não funcionava. Sem pensamentos, sem resposta, sem dar o troco para eles, nem mesmo alguma ideia péssima e fraca lhe ocorria.

Esquisito, pensou ele, e ficou perplexo com isso.

Então, seguiu saindo do prédio até chegar a seu carro estacionado.

Até onde sei, pensou ele, *Spade Weeks desapareceu para sempre. Eu é que não vou voltar para dentro de um lugar desses.*

É hora de pedir uma nova atribuição, decidiu com certa indisposição. *Hora de ir atrás de outra pessoa.*

Eles são mais durões do que nós.

4

De dentro de seu traje borrador, o borrão nebuloso que tinha dado entrada como Fred encarava outro borrão nebuloso que se apresentava como Hank.

– Nada com a Donna, com o Charley Freck e... Vamos ver – o tom monótono e metálico de Hank se interrompeu por um segundo. – Certo, você cobriu o Jim Barris. – Hank fez uma anotação no bloco diante de si. – E você acha que o Doug Weeks provavelmente está morto ou fora desta área.

– Ou se escondendo e fora de atividade – disse Fred.

– Você ouviu alguém mencionar este nome: Earl ou Art De Winter?

– Não.

– E quanto a uma mulher chamada Molly? Uma meio grande.

– Não.

– E sobre dois crioulos, irmãos, com cerca de 20 anos, chamados Hatfield ou coisa assim? Eles possivelmente estão traficando sacos de meio quilo de heroína.

– Meio quilo? Sacos de *meio quilo* de heroína?

– Isso mesmo.

– Não – disse Fred. – Eu me lembraria disso.

– Um sueco, alto, com sobrenome sueco. Homem. Ficou preso um tempo, senso de humor irônico. Um homem alto, mas magro, carregando um bom tanto de dinheiro, provavelmente por causa da divisão de um carregamento no começo deste mês.

– Vou procurar por ele – disse Fred. – Sacos de meio quilo – e sacudiu a cabeça, ou melhor dizendo, o borrão nebuloso hesitou.

– Bom, este aqui está na cadeia – disse Hank folheando suas anotações holográficas; então levantou um retrato brevemente e depois leu o que estava escrito atrás. – Não, este aqui está morto, o corpo dele está lá embaixo – e continuou folheando; algum tempo se passou. – Você acha que aquela garota Jora está se prostituindo?

– Duvido muito. – Jora Kajas tinha apenas 15 anos. Já estava viciada em Substância D injetável, vivia em uma pocilga em Brea, no andar de cima, sua única fonte de calor era um aquecedor de água e sua renda vinha de uma bolsa de estudos que o estado da Califórnia lhe concedera. Até onde ele sabia, fazia seis meses que ela não ia às aulas.

– Quando ela estiver, me informe. Aí podemos ir atrás dos pais dela.

– Tudo bem – disse Fred, acenando com a cabeça.

– Cara, esses novatos vão ladeira abaixo muito rápido. Tinha uma aqui outro dia... ela parecia ter 50 anos. Cabelos grisalhos e ralos, dentes faltando, olhos afundados, os braços que mais pareciam cabos de vassoura... Perguntamos quantos anos tinha e ela disse: "Dezenove". Fomos conferir. "Você sabe quantos anos você parece ter?", uma matrona disse a ela. "Olhe no espelho." Então ela se olhou e começou a chorar. Perguntei há quanto tempo ela vinha injetando.

– Um ano – disse Fred.

– Quatro meses.

– As coisas que vendem nas ruas andam muito ruins esses dias – disse Fred, sem tentar imaginar a garota de 19 anos com os cabelos caindo. – E misturadas com mais porcaria do que de costume.

– Você sabe como ela ficou viciada? Os dois irmãos dela, que estavam traficando, entraram no quarto dela uma noite, seguraram a menina e injetaram nela, depois a estupraram. Os dois. Acho que para fazer a estreia dela nessa nova vida. Ela estava na esquina há uns meses quando a arrastamos para cá.

– Onde eles estão agora? – ele pensou que poderia deparar com eles.

– Cumprindo uma pena de seis meses por posse. E, além disso, a garota pegou gonorreia e nem tinha percebido. Aí o negócio foi tomando conta de tudo dentro dela, como acontece normalmente. Os irmãos acharam isso engraçado.

– Que caras bacanas – disse Fred.

– Vou te contar uma história que vai mexer contigo na certa. Você sabe dos três bebês que estão no Hospital Fairfield para os quais deram uns picos diários de heroína e que são muito novos para passar pela abstinência? Uma enfermeira tentou...

– Isso aí mexe comigo mesmo – disse Fred com seu tom monótono e mecânico. – Já ouvi o suficiente, obrigado.

– Quando você pensa que bebês recém-nascidos são viciados em heroína porque... – continuou Hank.

– Valeu – repetiu o borrão nebuloso chamado de Fred.

– Qual você acha que seria a pena para uma mãe que dá heroína de vez em quando para um bebê recém-nascido para acalmá-lo e fazer com que ele pare de chorar? Passar a noite na fazenda do condado?

– Algo por aí – disse Fred, inexpressivo. – Talvez um fim de semana, igual fazem com os bêbados. Às vezes eu gostaria de saber um jeito de pirar. Esqueci como se faz isso.

– É uma arte esquecida – disse Hank. – Se bobear existe um manual de instruções para isso.

– Tinha esse filme tempos atrás, por volta da década de 1970 – disse Fred –, que se chamava *Operação França*, sobre uma equipe formada por dois homens da divisão de narcóticos que cuidavam de casos de heroína. E quando fizeram a apreensão da vida deles, um acabou ficando totalmente pirado e começou a atirar em todo mundo que via pela frente, inclusive em seus chefes. Não fazia a menor diferença.

– Talvez seja melhor você não saber quem eu sou, então – disse Hank. – Você só poderia me acertar por acidente.

– Alguém vai acabar pegando todos nós no final das contas, de algum jeito – disse Fred.

– Vai ser um alívio. Um belo de um alívio – continuando a percorrer suas anotações, Hank emendou: – Jerry Fabin. Bom, vamos tirá-lo da lista. Fora de suspeita. Os caras do final do corredor contaram que o Fabin disse aos oficiais encarregados que o levaram para a clínica que um matador de aluguel anão, com um metro de altura, sem pernas, em um carrinho, estava atrás dele dia e noite. Mas ele nunca disse isso a ninguém porque, se o fizesse, eles iriam surtar e picar a mula, e aí ele ficaria sem amigos, sem ninguém para conversar.

– É – disse Fred, com um tom estoico. – O Fabin está fora. Eu li a análise do encefalograma que veio da clínica. Podemos nos esquecer dele.

Sempre que ele se sentava diante de Hank e fazia esses relatórios, sentia uma mudança profunda dentro de si. Geralmente só percebia isso depois, ainda que percebesse na hora que, por algum motivo, ele assumia um comportamento comedido e desapegado. Qualquer coisa que aparecesse e envolvesse quem quer que fosse não tinha nenhum significado emocional para ele nessas reuniões.

Primeiro, ele pensara que era por causa dos trajes borradores que ambos usavam; eles não podiam sentir a presença física um do outro. Depois, especulou que, na verdade, os trajes não faziam nenhuma diferença; era a situação em si. Por motivos profissionais, Hank minimizava de propósito o acolhimento habitual, a excitação de praxe em todas as direções. A ausência de raiva, de amor e de emoções fortes de qualquer tipo servia para ajudar os dois. Como poderiam se valer de um envolvimento intenso e natural quando estavam discutindo crimes cometidos por pessoas próximas de

Fred e, no caso de Luckman e Donna, pessoas queridas por ele? Ele precisava neutralizar a si próprio; ambos faziam isso, ele até mais do que Hank. Tornavam-se neutros; falavam de maneira neutra; com uma aparência neutra. Pouco a pouco foi ficando fácil fazer isso, sem combinações prévias.

E então, depois disso, todos os seus sentimentos ressurgiam aos poucos.

Uma indignação e até mesmo horror causados pelos acontecimentos que ele tinha presenciado vinham em retrospecto: choque. Longas sequências perturbadoras que não tinham precedentes. E com um áudio sempre alto demais dentro de sua cabeça.

Mas enquanto estava sentado na mesa diante de Hank, ele não sentia nada disso. Teoricamente, ele era capaz de descrever com impassibilidade qualquer coisa que tivesse testemunhado. Ou ouvir qualquer coisa que Hank dissesse.

Ele podia dizer meio de improviso, por exemplo, que "Donna está morrendo de hepatite e usando sua agulha para aniquilar o máximo possível de seus amigos. A melhor coisa a se fazer seria eliminá-la dando umas coronhadas antes que ela faça isso". Sua própria garota... *se* ao menos ele tivesse notado algo ou tivesse alguma certeza. Ou ainda: "Outro dia a Donna sofreu uma grande vasoconstrição por causa de um LSD análogo àquele do Mickey Mouse e metade dos vasos sanguíneos do cérebro dela pifou". Ou: "Donna está morta". E aí o Hank anotaria isso e talvez dissesse: "Quem vendeu esse negócio para ela e onde ele foi feito?" ou "Onde é o funeral? Nós devíamos ir atrás disso para anotar alguns nomes e placas de carro", e ele passaria a discutir isso sem sentimento algum.

O Fred era assim. Mas mais tarde Fred se transformava em Bob Arctor, em algum ponto na calçada entre o Pizza Hut e o posto de gasolina Arco (gasolina comum por 25 centavos o litro, só agora), e aquelas cores terríveis voltavam a ele pouco a pouco, quer gostasse disso, quer não.

Essa mudança nele, enquanto Fred, era uma economia de emoções. Bombeiros e médicos e agentes funerários faziam essa mesma viagem em seus trabalhos. Nenhum deles podia ter seus repentes e soltar algumas exclamações de tempos em tempos. Primeiro eles se cansariam e ficariam imprestáveis, depois passariam a cansar todo mundo em volta também, seja enquanto técnicos trabalhando ou como humanos fora do serviço. Um indivíduo tinha energia limitada.

Hank não forçou essa impassibilidade nele; ele *permitia* que fosse assim. Pelo seu próprio bem. E Fred apreciava isso.

– E o Arctor? – perguntou Hank.

Além de dar notícias sobre todo o restante das pessoas, Fred, quando estava com seu traje borrador, também prestava contas sobre si mesmo. Se ele não o fizesse, seu chefe (e, a partir dele, todo o aparato de aplicação da lei) ficaria sabendo quem era Fred, com ou sem o traje. Os agentes infiltrados iriam delatá-lo, e não tardaria para que ele, como Bob Arctor, sentado na sala de sua casa fumando e tomando drogas junto com outros viciados, também descobrisse que tinha um homenzinho de um metro de altura seguindo-o em seu carrinho. E ele não estaria alucinando, como tinha acontecido com Jerry Fabin.

– O Arctor não anda fazendo nada demais – disse Fred, como sempre. – Continua naquele empreguinho nos Selos Blue Chip, toma alguns tabletes de morte misturados com metanfetamina durante o dia...

– Não tenho tanta certeza – disse Hank, se atendo a uma folha de papel específica. – Temos aqui um relatório de um informante, cujas pistas sempre apontam para o fato de que Arctor tem muito mais dinheiro do que recebe no Centro de Resgate Blue Chip. Ligamos para eles e perguntamos de quanto era esse pagamento. Não é grande coisa. E aí, quando insistimos no assunto, o porquê disso, descobrimos que ele não tem um emprego fixo lá a semana toda.

– Tá de brincadeira. – Foi o que disse Fred com um tom sinistro, percebendo que todo aquele "dinheiro a mais" vinha claramente do tráfico que ele fazia. Toda semana ele sacava notas pequenas em um caixa disfarçado de máquina de refrigerantes Dr. Pepper, em um bar e restaurante mexicano em Placentia. Na verdade, eram pagamentos por informações que ele fornecia e que resultavam em condenações. Às vezes, essas quantias eram excepcionalmente altas, como quando houve uma grande apreensão de heroína.

Hank continuou lendo pensativo:

– E de acordo com esse informante, Arctor anda por aí misteriosamente, especialmente quando começa a anoitecer. Depois de chegar em casa, ele come e vai pra rua de novo sob algum pretexto. Às vezes com muita pressa. Mas ele nunca sai por muito tempo.

– Ele, na verdade seu traje borrador, tornou a encarar Fred.

– Você já observou isso alguma vez? Você pode verificar? Será que dá em alguma coisa?

– Mais provável que tenha a ver com a namorada dele, a Donna – disse Fred.

– Ora... "mais provável". Você deveria saber disso.

– É a Donna. Ele fica lá transando com ela o dia inteiro – ele sentiu um extremo desconforto. – Mas vou ficar de olho nisso e te dou notícias. Quem é esse informante? Pode ser alguém tentando sacanear o Arctor.

– Pô, a gente não sabe. Foi por telefone. Sem nenhuma impressão vocal. A pessoa estava usando algum tipo de grid eletrônico bizarro. – Hank deu uma risada que pareceu estranha saindo com aquele som metálico. – Mas funcionou. E ponto-final.

– Meu Deus – protestou Fred. – Deve ter sido aquele babaca louco de ácido do Jim Barris tentando conseguir a cabeça de Arctor com seu ódio esquizofrênico! O Barris fez uma infinidade de cursos de eletrônica quando servia no Exército, e também outros de manutenção de equipamentos pesados. Eu não daria muita bola para ele como informante.

– Não sabemos se é o Barris – disse Hank. – E, de todo jeito, talvez o Barris seja algo mais do que apenas um "babaca louco de ácido". Temos várias pessoas investigando isso. Mas nada que eu acredite que possa ser útil para você, pelo menos não por enquanto.

– De qualquer forma, ele é amigo do Arctor – disse Fred.

– Sim, sem dúvidas que é uma viagem dessas de sacanagem, por vingança. Esses drogados... que ficam ligando aqui toda vez que arrumam uma dor de cotovelo. Na verdade, parecia de fato que era alguém próximo do Arctor.

– Que cara legal – disse Fred com amargor.

– Bom, é assim que ficamos sabendo das coisas – disse Hank. – Qual a diferença entre isso e o que você está fazendo?

– Eu não estou fazendo isso por ressentimento – disse Fred.

– Então por que você está fazendo isso, de verdade?

– Porra, se pelo menos eu soubesse – foi sua resposta depois de um intervalo.

– Você está fora do caso Weeks. Acho que, por ora, vou te atribuir observar o Bob Arctor como tarefa primária. Ele tem algum nome do meio? Ele usa a inicial...

– Por que o Arctor? – disse Fred, soltando um barulho meio robótico e esganiçado.

– Ele é bancado secretamente, tem um envolvimento velado, faz inimigos por causa de suas atividades. Qual é o nome do meio do Arctor? – a caneta de Hank estava pacientemente aprumada. Ele aguardava uma resposta.

– Postlethwaite.

– Como se escreve isso?

– Não sei, não faço a mínima ideia – disse Fred.

– Postlethwaite – disse Hank, escrevendo algumas letras. – De que nacionalidade é isso?

– É galês – disse Fred, lacônico; ele mal podia escutar, seus ouvidos tinham perdido o foco também, assim como todos os seus demais sentidos, um de cada vez.

– É essa gente que canta sobre o homem de Harlech? Aliás, o que é "Harlech"? Uma cidade em algum lugar?

– Harlech foi onde houve a resistência heroica contra os yorkistas em 1468 – Fred interrompeu o discurso. *Caralho*, pensou ele. *Isso é horrível.*

– Espere, quero anotar isso – disse Hank, escrevendo com sua caneta.

– Isso significa que vocês vão vigiar a casa e o carro do Arctor? – disse Fred.

– Sim, com o novo sistema holográfico. É bem melhor e agora estamos com vários deles parados. Você vai querer que tudo isso seja armazenado e impresso, imagino. – E Hank anotou mais isso.

– Aceito o que for possível – disse Fred. Ele se sentia totalmente desnorteado com tudo aquilo. Ele queria que essa reunião terminasse logo, e não pôde deixar de pensar: *Se pelo menos eu pudesse tomar alguns tabletes...*

Diante dele, o outro borrão amorfo não parava de escrever, preenchendo todos os números de identificação de inventário de toda a parafernália tecnológica que, se aprovada, logo ficaria disponível para ele, o que significaria colocar um sistema de monitoramento constante de última geração em sua própria casa, em si mesmo.

Por mais de uma hora, Barris estava tentando aperfeiçoar um silenciador feito com materiais domésticos comuns que não custavam mais do que onze centavos. Ele quase tinha conseguido, usando papel-alumínio e um pedaço de espuma de borracha.

Na escuridão noturna do quintal posterior de Bob Arctor, em meio a punhados de ervas daninhas e entulhos, ele estava se preparando para disparar sua pistola com o silenciador caseiro acoplado.

– Os vizinhos vão ouvir – disse Charles Freck agitado. Ele estava vendo janelas acesas por todos os lados, várias pessoas deviam estar assistindo TV ou enrolando seus baseados.

– Eles só denunciam assassinos neste bairro – disse Luckman, que estava fora do campo de visão, mas acompanhava a cena.

– Por que você precisa de um silenciador? – Charles Freck perguntou a Barris. – Quer dizer, eles são ilegais.

– Nos dias de hoje e nesta época – disse Barris meio mal-humorado –, nesta sociedade degenerada em que a gente vive e com essa depravação do indivíduo, toda pessoa que se preze precisa estar sempre armada. Para se proteger. – Ele semicerrou os olhos e deu um tiro com a pistola equipada com o silenciador caseiro; um rumor imenso soou, ensurdecendo temporariamente os três, enquanto cachorros de quintais distantes começaram a latir.

Sorrindo, Barris começou a desenrolar o papel-alumínio da espuma de borracha. Ele parecia estar se divertindo.

– Isso com certeza funciona como silenciador – disse Charles Freck, imaginando quando a polícia ia aparecer. Uma porção de carros.

– O que esse negócio fez – explicou Barris, mostrando para ele e Luckman partes pretas queimadas ao longo da espuma de borracha – foi aumentar o som em vez de abafá-lo. Mas eu quase acertei. Aliás, em princípio, eu acertei mesmo.

– Quanto vale essa arma? – perguntou Charles Freck. Ele nunca teve uma arma. Em várias ocasiões, chegou a ter uma faca, mas alguém sempre acabava lhe roubando. Uma vez uma garota fez isso enquanto ele estava no banheiro.

– Não muito – disse Barris. – Cerca de uns trinta dólares uma usada, como é o caso desta. – Ele estendeu a pistola para Freck, que se afastou apreensivo. – Eu posso vendê-la para você. Você deveria mesmo ter uma para se proteger daqueles que podem te fazer mal.

– Tem muita gente desse tipo – disse Luckman com seu jeito irônico, arreganhando os dentes. – Eu vi no *L.A. Times* outro dia, estão dando um rádio transistorizado de graça para quem conseguir fazer mais mal ao Freck.

– Eu troco com você por um tacômetro da Borg-Warner – disse Freck.

– Que você roubou da garagem daquele cara do outro lado da rua – disse Luckman.

– Bom, provavelmente a arma também foi roubada – disse Charles Freck; quase tudo que valia algo tinha sido afanado; afinal de contas, isso indicava que o item era valioso. – Na verdade, o cara do outro lado da rua também roubou o tacômetro, para começo de conversa. Isso provavelmente já passou de mão em mão umas quinze vezes. Quer dizer, é um tacômetro bem legal mesmo.

– Como você sabe que ele roubou? – perguntou Luckman.

– Porra, cara, ele tem oito tacômetros na garagem dele, todos eles com fios cortados dependurados. O que mais ele poderia fazer com tantos assim, entende? Quem sai por aí e compra oito tacômetros?

– Eu pensei que você estava ocupado mexendo no cefaloscópio – disse Luckman, se dirigindo a Barris. – Você já terminou com aquilo?

– Não consigo trabalhar naquilo dia e noite, porque é muito extenso. Preciso espairecer um pouco – disse Barris, cortando mais um pedaço da espuma de borracha com um canivete meio complicado. – Agora sim vai segurar todo o som.

– O Bob acha que você está trabalhando no cefaloscópio – disse Luckman. – Ele está lá, deitado na cama no quarto dele e imaginando isso, enquanto você está aqui fora atirando com a sua pistola. Você não tinha combinado com o Bob que o aluguel atrasado que você está devendo seria compensado com o seu...

– É igual a cerveja boa – disse Barris –, uma reconstrução intrincada e meticulosa de um equipamento eletrônico danificado...

– Vá lá, dispare com o maior silenciador de onze centavos dos nossos tempos – disse Luckman, soltando um arroto.

Pra mim já deu, pensou Robert Arctor.

Ele estava deitado sozinho em seu quarto, à meia-luz, de costas, encarando o nada com um olhar severo. Debaixo de seu travesseiro estava seu revólver calibre .32 exclusivo da polícia. Ao ouvir a .22 de Barris sendo disparada no quintal, ele instintivamente pegara sua própria arma de debaixo da cama e colocou-a em um lugar de acesso mais fácil. Um movimento de segurança contra todo e qualquer perigo, ele ainda nem tinha pensado nisso de forma consciente.

Mas a sua .32 embaixo do travesseiro não serviria de muito contra algo tão indireto quanto a sabotagem de seu bem mais caro e precioso. Assim que chegara em casa da reunião com Hank, ele tinha conferido todos os outros equipamentos e achara que estava tudo bem, o carro principalmente; o carro era sempre a prioridade em uma situação dessas. O que quer que estivesse acontecendo e quem quer que estivesse por trás daquilo, era um covarde e desonesto: algum maluco desprovido de integridade ou de colhões, escondido em algum canto periférico da vida dele, disparando tiros certeiros em sua direção a partir de uma posição segura e oculta, de forma indireta. Não exatamente uma pessoa, e sim um sintoma móvel e escondido no modo de vida deles.

Houve uma época, certa vez, em que ele não vivia assim, com uma .32 debaixo do travesseiro, um lunático atirando com uma pistola em seu quintal sabe Deus por qual motivo, um outro maluco (ou talvez até o mesmo) impondo a impressão cerebral de sua própria cachola danificada em um valioso e caro cefaloscópio que todo mundo naquela casa, e também todos os seus amigos, adoravam e do qual tiravam proveito. Antigamente, Bob Arctor cuidara de sua vida de um jeito diferente: tinha uma esposa bastante parecida com todas as esposas que existem por aí, duas filhas pequenas, um lar estável que era varrido e limpo e arrumado todos os dias, os jornais intocados eram tirados da frente da casa e levados para a lixeira, ou, às vezes, eram até mesmo lidos. Até que um dia Arctor tinha batido a cabeça na quina de um armário de cozinha que estava bem em cima dele enquanto pegava uma pipoqueira elétrica embaixo da pia. Por algum motivo, a dor e o corte no seu couro cabeludo, tão inesperados e desmerecidos, afastaram as teias de aranha. Ocorreu-lhe imediatamente que ele não odiava o armário de cozinha; ele odiava sua esposa, suas duas filhas, sua casa inteira, o quintal e o cortador de grama motorizado, a garagem, o sistema de calefação, o jardim da frente, a cerca, toda aquela porra de lugar e todas as pessoas dentro dele. Ele queria o divórcio; queria se separar. E assim o fez, sem demora. Depois disso, não tardou a galgar degrau por degrau de uma nova e obscura vida, desprovida de tudo aquilo.

Provavelmente, ele deveria ter se arrependido dessa decisão. Mas isso não aconteceu. Sua vida não tinha nenhuma empolgação, zero aventura. Tudo fora muito seguro. Todos os elementos que a compunham estavam bem diante de seus olhos, não se podia esperar que nada de novo viesse dali. Uma vez lhe ocorreu a ideia de que era como um barquinho de plástico velejando para sempre e sem incidentes, até que finalmente afundaria, o que seria um alívio secreto para todos.

Mas naquele mundo sombrio onde ele agora habitava, coisas horrendas e surpreendentes e também uma coisa ínfima e assombrosa lhe incomodavam constantemente; ele não podia contar com nada. Assim como o dano deliberado e perverso causado a seu cefalocromoscópio da Altec, objeto em torno do qual orbitava a parte prazerosa de sua rotina, o momento do dia em que todos eles relaxavam e ficavam sossegados. Observando racionalmente, não fazia o menor sentido que alguém danificasse aquilo. Mas não eram muitos os verdadeiramente racionais em meio àquelas longas e tenebrosas sombras noturnas, pelo menos não estritamente. Essa atitude enigmática podia ter sido empreendida por quase qualquer um, movido por quase qualquer motivo. Por qualquer pessoa que ele tivesse conhecido ou encontrado. Qualquer um daquele punhado de esquisitões, loucos variados, viciados lesados e paranoicos psicóticos com rancores alucinados era capaz de agir na realidade, e não na fantasia. Alguém que, na verdade, ele *nunca* tinha conhecido e que estava implicando com ele aleatoriamente a partir da lista telefônica.

Ou então seu amigo mais próximo.

Talvez o Jerry Fabin, pensou ele, antes de o terem levado embora. Esse, sim, era uma carcaça toda danificada e envenenada. Ele e seus bilhões de afidídeos. Ele que culpava a Donna, e todas as garotas, na verdade, por tê-lo "contaminado". Aquele boiola. Mas se o Jerry tivesse se empenhado em sacanear alguém, teria sido a Donna, e não eu, pensou. E duvido que o Jerry conseguisse descobrir como abrir a placa inferior do equipamento. Ele podia até tentar, mas estaria lá até agora, apertando e soltando o mesmo parafuso. Ou então tentaria tirar a placa usando um martelo. Enfim, se o Jerry Fabin tivesse feito isso, todo o equipamento estaria cheio de ovos de insetos caídos dele. De dentro de sua cabeça, Bob Arctor soltava uma risada irônica.

Pobre desgraçado, pensou, e a risada interior se esvaiu. *Pobre filho da mãe: assim que os traços de metais complexos e pesados chegassem a seu cérebro... bom, era só isso mesmo. Apenas mais um em uma longa linhagem, uma entidade desconsolada em meio a tantas outras iguais a ele, uma quantidade praticamente interminável de retardados com danos cerebrais. A vida biológica continua,* pensou ele. *Mas a alma, a mente... Todo o resto está morto. Uma máquina com reflexos. Igual a um inseto. Fadado a repetir padrões, um único padrão para todo o sempre. Fosse isso apropriado ou não.*

Fico imaginando como ele costumava ser, ponderou Arctor. Ele não conhecia Jerry há tanto tempo assim. Charles Freck alegava que houve uma época em que Jerry funcionava até que bastante bem. *Eu precisaria testemunhar isso para poder acreditar,* pensou.

Talvez eu devesse contar ao Hank sobre a sabotagem do meu cefaloscópio, pensou. *Eles saberiam imediatamente o que isso implica. Mas, de qualquer modo, o que eles podem fazer por mim? Eis o risco que se corre ao fazer esse tipo de trabalho.*

Esse trabalho, essas coisas não valem a pena, pensou. *Não existe tanto dinheiro assim nessa porra de planeta. Mas, no final das contas, aquilo não era questão de dinheiro.* "Por que você foi acabar fazendo essas coisas?", *foi a pergunta que Hank certa vez lhe fizera. O que qualquer homem, desempenhando qualquer tipo de trabalho, sabe acerca de suas motivações reais? Tédio, talvez; o desejo por um pouco de ação. Uma hostilidade secreta em relação a todas as pessoas ao seu redor, a todos os seus amigos, até mesmo às garotas. Ou um motivo horrível e positivo: por ter assistido a um ser humano a quem você amou profundamente, de quem você se aproximou muito, abraçou, beijou, dormiu junto, com quem se preocupou, fez amizade e, acima de tudo, alguém a quem você admirou... ver essa pessoa viva e acolhedora se deteriorando por dentro, queimando do coração para fora. Até que ela começasse a emitir estalidos feito um inseto, repetindo incessantemente a mesma frase. Uma* gravação. *O ciclo fechado de uma fita.*

"... Eu sei que se eu tomasse só mais uma dose..."

Eu ficaria bem, ele pensou. E continuaria dizendo isso quando três quartos de seu cérebro tivessem virado mingau, igual ao do Jerry Fabin.

"... Eu sei que se eu tomasse só mais uma dose, meu cérebro iria se regenerar."

Então ele teve um lampejo: o cérebro de Jerry Fabin igual à fiação toda fodida do cefalocromoscópio: fios cortados, retorcidos e em curto, peças sobrecarregadas e estragadas, linhas em sobretensão, fumaça e um cheiro ruim. E alguém sentado ali com um voltímetro, tentando rastrear o circuito e resmungando: "Minha nossa, vários resistores e compressores precisam ser trocados", e assim por diante. Até que, finalmente, Jerry Fabin se tornaria apenas um zumbido repetitivo. E eles acabariam desistindo.

Enquanto isso, na sala de Bob Arctor, seu cefaloscópio de mil dólares, personalizado e de alta qualidade, fabricado pela Altec, depois de ter sido supostamente consertado, projetaria na parede uma pequena mancha de um tom cinza sem brilho:

EU SEI QUE SE EU TOMASSE SÓ MAIS UMA DOSE...

Depois disso, eles jogariam o cefaloscópio, estragado e sem possibilidade de conserto, junto com Jerry Fabin, igualmente estragado e sem possibilidade de conserto, na mesma lata de lixo.

Ora, ora, pensou ele. *Quem precisa do Jerry Fabin? Exceto talvez pelo próprio Jerry Fabin, que uma vez tinha vislumbrado projetar e construir um sistema de som quadrifônico e TV de uns dois metros de comprimento de presente para um amigo, e quando lhe perguntaram como ele transportaria um objeto tão grande e tão pesado da sua garagem até a casa do amigo, ele respondera:* "Não tem problema, cara, é só dobrar, eu até já comprei as dobradiças. É só dobrar esse negócio todo, colocar dentro de um envelope e mandar para ele por correio".

De todo jeito, não teremos que ficar varrendo esses afidídeos para fora da casa depois que o Jerry passar por aqui para visitar, pensou Bob Arctor. Ele sentia vontade de rir ao pensar nisso; certa vez tinham inventado um procedimento – na verdade, foi coisa do Luckman, porque ele é que era engraçado e esperto, bom para essas coisas – sobre uma explicação psiquiátrica para essa viagem dos afidídeos do Jerry. Naturalmente tinha a ver com a infância dele. Jerry Fabin, então no primeiro ano da escola, chega em casa com seus livrinhos debaixo do braço, assoviando alegremente, e depara com esse afidídeo gigante, com mais de um metro de altura, sentado na mesa de jantar ao lado de sua mãe, enquanto ela olha carinhosamente para o bicho.

"O que está acontecendo?", pergunta o pequeno Jerry Fabin.

"Este é o seu irmão mais velho que você ainda não conhecia", diz a mãe. "Ele veio morar com a gente. Eu gosto mais dele do que de você, e ele é capaz de fazer muitas coisas que você não consegue."

Desse momento em diante, a mãe e o pai de Jerry Fabin nunca mais pararam de compará-lo desfavoravelmente com seu irmão mais velho, que é um afidídeo. À medida que os dois iam crescendo, Jerry foi obviamente desenvolvendo um complexo de inferioridade cada vez maior. Depois do colegial, seu irmão ganhou uma bolsa para a faculdade, enquanto Jerry foi trabalhar em um posto de gasolina. Depois disso, o irmão afidídeo se torna um famoso médico ou cientista que ganha o Prêmio Nobel, e Jerry continua lá, empurrando pneus no posto de gasolina e ganhando um dólar e cinquenta centavos por hora. Seus pais não se cansam de lembrá-lo disso, vivem repetindo:

"Se ao menos você tivesse puxado um pouco ao seu irmão...".

Por fim, Jerry foge de casa, mas seu subconsciente continua acreditando que os afidídeos são superiores a ele. A princípio ele se imagina a salvo, mas depois começa a ver afidídeos por toda parte, em seus cabelos e em volta da casa, porque seu complexo de inferioridade se transformou em uma espécie de culpa sexual, e os afidídeos são uma punição que ele inflige a si próprio etc.

Isso já não parecia mais divertido. Não agora que o Jerry tinha sido arrastado no meio da noite a pedido de seus próprios amigos. Eles mesmos, que estiveram com ele naquela noite, decidiram fazer isso, não era algo que podia ser adiado ou evitado. Naquela noite, Jerry tinha empilhado diante da porta todas as porcarias de objetos que tinha em casa, talvez uns quinhentos quilos de besteiras em geral, como sofás e cadeiras e geladeira e aparelho de TV, e então disse a todos que um afidídeo superinteligente de outro planeta estava lá fora se preparando para arrombar a porta e pegá-lo. E outros aterrissariam em breve, mesmo que ele conseguisse acabar com esse. Esses afidídeos extraterrestres eram muitíssimo mais inteligentes que os humanos e atravessariam paredes se fosse necessário, revelando, assim, seus verdadeiros poderes secretos. Para se salvar enquanto fosse possível, ele precisava inundar a casa de gás cianeto, coisa que estava preparado para fazer. Mas como ele estava preparado para fazer isso? Ele já tinha vedado todas as janelas e portas hermeticamente com fita. Depois sugeriu que todas as torneiras da cozinha e do banheiro fossem abertas para inundar a casa, dizendo que o tanque de água quente na garagem estava repleto de cianeto, e não de água. Ele sabia disso há muito e estava guardando para o último momento, um golpe final. Todos eles morreriam, mas pelo menos os afidídeos superinteligentes não conseguiriam entrar.

Seus amigos ligaram para a polícia, que arrombara a porta da frente e arrastara Jerry para a Clínica de Afasia Neurológica. A última coisa que ele dissera para todos eles foi:

"Tragam as minhas coisas depois... tragam a minha jaqueta nova que tem aquelas miçangas nas costas". Ele tinha acabado de comprar essa peça e gostava muito dela. De todas as coisas, era a de que mais gostava. Na cabeça dele, todos os outros objetos estavam contaminados.

Não, pensou Bob Arctor, *isso não parece engraçado agora*, e ficou se perguntando como é que podia ter sido algum dia. Talvez fosse algo oriundo do medo, aquele medo pavoroso que todos eles sentiram nas últimas semanas perto de Jerry. Este tinha contado a eles que, em algumas noites, ele perambulava pela casa com uma espingarda, sentindo a presença do inimigo. Preparando-se para atirar antes de levar um tiro. Quer dizer, as duas coisas.

E agora, pensou Bob Arctor, *sou eu quem tem um inimigo. Ou pelo menos vim seguir seus passos: indícios dele. Outro maluco surtado em seu estágio derradeiro, igual ao Jerry. E quando chega o estágio derradeiro dessa merda*, ele pensou, *isso te acerta com tudo. Melhor do que qualquer especial televisivo patrocinado pela Ford ou pela GM no horário nobre.*

Ele ouviu batidas na porta de seu quarto.

– O que foi? – disse ele, colocando a mão na arma embaixo de seu travesseiro.

Ouviu murmúrios. A voz de Barris.

– Entre – disse Arctor, tentando alcançar a luminária da cabeceira.

Barris entrou, os olhos brilhando.

– Ainda está acordado?

– Um sonho me acordou – respondeu Arctor. – Um sonho religioso. Houve um estrondo gigantesco de trovão, e de repente os céus se abriram e apareceu a figura de Deus, com sua voz ressoando na minha direção... O que foi mesmo que ele disse? Ah, sim: "Você está me envergonhando, meu filho". Ele estava carrancudo. Eu estava tremendo no sonho, aí olhei para cima e disse: "O que foi que eu fiz agora, Senhor?". E Ele respondeu: "Você deixou a pasta de dente aberta de novo". Foi aí que me dei conta de que Ele era minha ex-esposa.

Sentando-se, Barris colocou uma mão sobre cada um de seus joelhos, que estavam cobertos com couro, alisou-se suavemente, balançou a cabeça e começou a confrontar Arctor. Ele parecia estar de extremo bom humor, e disse todo enérgico:

– Bom, eu tenho uma opinião hipotética e inicial de quem pode ter danificado o seu cefaloscópio de maneira sistemática e maliciosa, e que pode vir a fazer isso de novo.

– Se você veio dizer que foi o Luckman...

– Ouça – disse Barris, balançando para a frente e para trás com agitação. – E s-s-se eu te dissesse que previ há semanas um problema sério com um desses aparelhos domésticos, especialmente algo caro e difícil de consertar? A minha teoria estava *pedindo* para que isso acontecesse! Isso é uma confirmação da minha teoria geral das coisas!

Arctor lançou um olhar para ele.

Afundando lentamente em sua posição, Barris retomou seu sorriso calmo e luminoso:

– Você – disse ele, apontando.

– Você acha que fui eu quem fez isso? – disse Arctor. – Que eu mesmo fodi meu cefaloscópio que não tem seguro? – Ele foi tomado por desgosto e raiva. Era tarde da noite, ele precisava de sua cota de sono.

– Não, não... – respondeu Barris rapidamente, com ar angustiado. – Você está *olhando* para a pessoa que fez isso, que detonou o seu cefaloscópio. Essa era minha declaração completa, que eu não pude proferir.

– Você fez isso? – perplexo, ele encarou Barris, cujos olhos estavam obscurecidos por uma espécie de triunfo turvo. – Por quê?

– Quer dizer, minha teoria diz que eu fiz isso – declarou Barris. – Obviamente sob sugestão pós-hipnótica. E com um bloqueio amnésico, para que eu não me lembrasse depois – e desatou a rir.

– Até mais tarde – disse Arctor, apagando sua luminária de cabeceira – Muito mais tarde.

Barris se levantou, hesitante:

– Ei, mas você não percebe... Eu tenho habilidades técnicas avançadas e especializadas em eletrônica. E também tenho acesso ao objeto... eu moro aqui. No entanto, o que eu não consigo entender é o que me levaria a fazer isso.

– Você fez isso porque você é louco – disse Arctor.

– Talvez eu tenha sido contratado por forças secretas – murmurou Barris com certa perplexidade. – Mas quais seriam os motivos dessas forças? Possivelmente para levantar suspeitas e causar problemas entre nós, causar discórdia a ponto de acabar com tudo, fazendo com que brigássemos uns com os outros, todos nós, sem saber em quem confiar, quem é o inimigo e coisas assim.

– Então eles conseguiram o que queriam – disse Arctor.

– Mas por que eles iam querer fazer isso? – Barris ia dizendo enquanto rumava até a porta, suas mãos se agitando com urgência. – Tanto trabalho... Tirar a placa da parte de baixo, conseguir uma senha para a porta da frente...

Vou ficar satisfeito quando recebermos os escâneres holográficos e eles forem instalados em todo canto desta casa, pensou Bob Arctor. Ele tornou a encostar em sua arma, tranquilizou-se e então se perguntou se deveria se certificar de que ela ainda estava carregada. *Mas então,* acabou se dando conta, *vou ficar imaginando se o pino de disparo se foi, se tiraram a pólvora das balas e assim por diante, interminável e obsessivamente, igual a um garoto contando as rachaduras da calçada para sentir menos medo. O pequeno Bobby Arctor, no primeiro ano da escola, voltando para casa com seus livrinhos, aterrorizado pelo desconhecido que estava diante dele.*

Levando a mão para baixo, ele tateou a estrutura da cama por um tempo até que seus dedos encontraram uma fita adesiva. Com Barris ainda no quarto e assistindo a toda a cena, ele arrancou a fita e dela tirou dois tabletes de Substância D misturada com quaak. Levou-os até a boca e mandou tudo goela abaixo, sem água mesmo, e então tornou a se deitar, suspirando.

– Suma daqui – disse a Barris.

E dormiu.

5

Era preciso que Bob Arctor estivesse fora de casa por um determinado período para que ela fosse devidamente (ou seja, de forma certeira) grampeada, incluindo o telefone, muito embora a linha telefônica já fosse monitorada em outro lugar. Normalmente a prática consistia em observar a casa em questão até verem que todo mundo tinha saído dela, de maneira que sugerisse que não voltariam tão logo. Às vezes as autoridades tinham que esperar por dias, ou até mesmo várias semanas. Por fim, se nada disso funcionasse, encontravam algum pretexto: os moradores eram informados que um dedetizador ou alguma porcaria do tipo passaria uma tarde inteira e todo mundo teria que sumir dali até, digamos, umas seis da tarde.

Mas neste caso o suspeito Robert Arctor tinha gentilmente saído de sua casa e levado junto os dois colegas que moravam com ele para conferir um cefalocromoscópio que eles poderiam pegar emprestado até que Barris colocasse o seu para funcionar de novo. Os três foram vistos partindo no carro de Arctor, com semblantes sérios e determinados. Depois, mais tarde e em um ponto conveniente, que nada mais era do que um orelhão em um posto de gasolina, Fred se valeu do grid de áudio de seu traje borrador e ligou para relatar que definitivamente ninguém estaria em casa pelo resto daquele dia. Ele tinha ouvido por alto uma conversa dos três caras, que haviam decidido ir até San Diego em busca de um cefaloscópio barato e todo estragado que um cara estava vendendo por umas cinquenta pratas. Preço de viciado em heroína. Por aquele valor, até valiam a pena a viagem longa e o tempo investido.

Além do mais, isso deu às autoridades a oportunidade de fazer uma batida ilegal mais completa do que seu pessoal disfarçado costumava fazer quando ninguém estava olhando. Eles arrancaram as gavetas da escrivaninha para ver se havia algo pregado com fita atrás delas. Tiraram os lustres para ver se centenas de tabletes não brotariam pelos buracos. Olharam dentro das privadas para ver se não encontravam papelotes em papel higiênico, escondidos para ser mandados embora automaticamente caso a descarga fosse acionada. Chegaram até a olhar no congelador da geladeira para ver se algum daqueles pacotes de ervilhas e feijão na verdade não continha droga congelada com etiquetas astutamente trocadas. Enquanto isso, os complexos escâneres holográficos foram montados, e os policiais se posicionaram em vários lugares diferentes para testá-los. O mesmo se deu com os escâneres de áudio. Mas a parte de vídeo era mais importante e tomou mais tempo. E, claro, os escâneres nunca podiam ficar visíveis. Era preciso ser habilidoso para montá-los assim. Era preciso testar uma série de lugares diferentes. Os técnicos que faziam isso eram muito bem pagos, porque se eles fizessem merda e um escâner holográfico fosse identificado depois por um dos habitantes do lugar, então todos estes saberiam que tinham sido invadidos e estavam sob escrutínio, o que os faria pegar leve nas suas atividades. Além do mais, em alguns casos, eles podiam até arrancar todo o sistema de escaneamento e vendê-lo.

Nos tribunais, tinha se provado difícil conseguir condenações por roubo e venda de aparelhos de investigação instalados ilegalmente na casa de alguém, refletiu Bob Arctor enquanto dirigia no sentido sul da estrada para San Diego. A polícia só podia pegar alguém de fato em outro lugar, alegando outra violação das leis. Os traficantes, no entanto, reagiam diretamente quando em situação análoga. Ele se lembrava do caso de um traficante de heroína que, para sacanear uma garota, tinha plantado dois pacotes de heroína no cabo do ferro de passar dela e então fez uma denúncia anônima ao disque-denúncia. Antes que pudessem tomar alguma providência em relação a isso, a garota encontrou a heroína, mas em vez de se livrar dela, acabou vendendo tudo. A polícia apareceu, não encontrou nada, então obteve a impressão vocal do telefonema e prendeu o traficante por ter dado falso testemunho às autoridades. Depois de pagar a fiança e ser liberado, o traficante foi atrás da garota tarde da noite e bateu nela até quase matá-la. Quando o cara foi pego e lhe perguntaram por que ele tinha arrancado um dos olhos dela e quebrado seus dois braços, além de várias costelas, ele explicou que a garota tinha passado a mão em dois pacotes de heroína de primeira que eram dele, vendeu tudo com um bom lucro e não dividiu com ele. *Essa era a mentalidade de um traficante*, pensou Arctor.

Ele deixou Luckman e Barris pelo caminho, fingindo que ia roubar o cefaloscópio. Isso não só deixava os dois sem muito o que fazer, impedindo-os de voltar para casa enquanto acontecia a instalação dos grampos, como também lhe permitia conferir um sujeito que ele não via há mais de um mês. Ele raramente tomava esse rumo, e parecia que a garota não fazia nada além de injetar metanfetamina duas ou três vezes por dia e fazer programas para pagar por isso. Ela morava com seu traficante, que por acaso também era seu cafetão. Dan Mancher geralmente ficava fora durante o dia, o que era bom. O traficante também era viciado, mas Arctor não tinha conseguido descobrir em quê. Provavelmente várias drogas diferentes. De todo modo, o que quer que fosse, Dan tinha se transformado em alguém esquisito e vicioso, imprevisível e violento. Era de impressionar que a polícia local não o tivesse pego há tempos por infrações de perturbação da ordem. Talvez eles tivessem sido comprados. Ou, o que era mais provável, eles simplesmente não davam a mínima; essas pessoas viviam em uma região de casebres em meio a cidadãos velhos e pobres. A polícia só entrava naquele apanhado de prédios de Cromwell

Village – e em suas lixeiras, estacionamentos e ruas de cascalho – quando se tratava de algum crime grande.

Nada parecia contribuir tanto para a impressão de miséria quanto as estruturas de blocos de basalto projetadas justamente para tirar as pessoas da miséria. Ele estacionou, encontrou as escadas com cheiro de urina que estava procurando, subiu em meio à escuridão e encontrou a porta do prédio de número quatro que estava marcada com a letra G. Uma lata cheia de soda cáustica Drāno estava jogada em frente à porta, ele então pegou-a automaticamente e ficou imaginando quantas crianças brincavam por ali, sem deixar de se lembrar por um momento de suas próprias filhas e das atitudes que tomava para protegê-las ao longo dos anos. Esse era um deles, pegar essa lata. Ele a usou para bater na porta.

Então, o fecho da porta chacoalhou e ela se abriu, ainda acorrentada do lado de dentro. Do outro lado, apareceu a garota, Kimberly Hawkins.

– Sim?

– E aí, cara? – disse ele – Sou eu, o Bob.

– O que você tem aí?

– Uma lata de Drāno.

– Tá brincando?

Ela destravou a porta de maneira apática; sua voz também carregava a mesma apatia. Kimberly estava mal, dava para ver; mal pra caramba. Além disso, a garota estava com um olho roxo e um corte no lábio. E, ao olhar em volta, ele notou que as janelas daquele apartamento pequeno e bagunçado estavam quebradas. Cacos de vidro pelo chão, junto com cinzeiros derrubados e garrafas de Coca.

– Você está sozinha? – ele perguntou.

– Sim. Eu e o Dan brigamos e ele se mandou. – A garota, metade chicana, pequena e não muito bonita, olhou para baixo sem enxergar nada, com o aspecto de uma viciada em metanfetamina. Então, ele notou que a voz dela arranhava enquanto ela falava. Algumas drogas faziam isso. Garganta inflamada também.

O apartamento provavelmente não ficava aquecido, não com aquelas janelas quebradas.

– Ele te deu uma surra – disse Arctor enquanto colocava a lata de Drāno em uma prateleira alta, em cima de uns romances pornôs de bolso, a maioria deles bem antiga.

– Bom, pelo menos ele não estava com a faca dele, graças a Deus. Aquela faca Case que agora ele leva pendurada em uma bainha no cinto – disse Kimberly enquanto se sentava em uma cadeira que estava com as molas saindo pelo estofado. – O que você quer, Bob? Eu estou ferrada, de verdade.

– Você quer que ele volte?

– Bom... – e ela deu de ombros, bem de leve. – Quem sabe?

Arctor foi até a janela e olhou para fora. Sem dúvida o Dan Mancher apareceria por ali mais cedo ou mais tarde. A garota era uma fonte de dinheiro, e Dan sabia que ela ia precisar de umas doses depois que acabasse seu suprimento.

– Até quando você consegue aguentar? – perguntou ele.

– Mais um dia.

– Você tem como conseguir de outro lugar?

– Sim, mas não tão barato assim.

– O que tem de errado com a sua garganta?

– É uma gripe – disse ela. – Por causa do vento que entra aqui.

– Você deveria...

– Se eu for a um médico, ele vai ver que eu estou usando metanfetamina. Não posso ir.

– Um médico não daria a mínima para isso.

– Claro que daria – e então ela ouviu o som do escapamento de um carro, irregular e bem alto. – É o carro do Dan? Um Ford Torino 1979 vermelho?

Pela janela, Arctor olhou para o estacionamento cheio de lixo e viu um Torino vermelho todo batido estacionando, soltando uma fumaça preta pelo seu escapamento duplo, e a porta do motorista se abrindo.

– É sim.

– Ele provavelmente está com a faca – disse Kimberly, fechando a porta com duas travas extras.

– Você tem um telefone?

– Não – disse ela.

– Você devia arrumar um telefone.

A garota deu de ombros.

– Ele ainda vai te matar – disse Arctor.

– Não agora. Você está aqui.

– Mas depois sim, quando eu tiver ido embora.

Kimberly voltou a se sentar e deu de ombros mais uma vez.

Depois de alguns momentos, eles ouviram alguns passos do lado de fora, e depois uma batida na porta. Em seguida, Dan começou a gritar para que ela abrisse a porta, ao que ela gritou de volta que não e que tinha alguém com ela.

– Tudo bem – disse Dan com uma voz aguda. – Vou rasgar seus pneus. – Ele desceu correndo enquanto Arctor e a garota assistiam juntos pela janela quebrada ao passo que Dan Marcher, um magricela de cabelo curto e com jeito de gay, levando uma faca na mão, se aproximou do carro da garota enquanto ainda gritava com ela, em um volume alto o suficiente para que qualquer um que morasse ali pudesse ouvir. – Vou rasgar os seus pneus, a porra dos seus pneus! E depois vou te matar! – ele se inclinou e rasgou o primeiro e depois o segundo pneu do velho Dodge dela.

De repente, Kimberly se levantou, foi num sobressalto até a porta do apartamento e começou a destrancar os vários trincos da porta, frenética.

– Tenho que fazer ele parar com isso! Ele está rasgando todos os meus pneus! Eu não tenho seguro!

– O meu carro também está lá – disse Arctor, impedindo-a; ele não estava com sua arma, obviamente, e Dan tinha a tal faca Case e estava descontrolado. – Pneus não são...

– Meus *pneus*! – a garota se esforçou para abrir a porta, soltando um grito agudo.

– É isso que ele quer que você faça – disse Arctor.

– Lá embaixo a gente pode ligar para a polícia – ofegou Kimberly. – Eles têm um telefone. Me deixe *sair*! – ela se livrou dele com uma força tremenda e conseguiu abrir a porta. – Vou ligar para a polícia. Meus pneus! Um deles é novo!

– Eu vou com você – disse ele, pegando-a pelo ombro; ela desceu a escada aos tropeções na frente dele, que mal conseguia alcançá-la. Ela já tinha chegado ao apartamento vizinho e estava batendo na porta.

– Abram, por favor! Por favor, eu quero ligar para a polícia! Por favor, me deixem ligar para a polícia!

Arctor ficou de pé ao lado dela e bateu na porta, dizendo:

– Nós precisamos usar o telefone de vocês. É uma emergência.

Abriu a porta um senhor de idade, usando uma blusa cinza, calça social amarrotada e gravata.

– Obrigado – disse Arctor.

Kimberly entrou com tudo, correu até o telefone e ligou para o operador. Arctor ficou lá olhando para a porta, esperando que Dan aparecesse. Não havia mais nenhum barulho, exceto Kimberly balbuciando com o atendente: um relato confuso, algo como uma briga por causa de um par de botas que valia sete dólares.

– Ele disse que eram dele porque eu tinha lhe dado de Natal – murmurou ela –, mas na verdade eram minhas, porque eu paguei por elas. Daí ele foi pegá-las e eu rasguei a parte de trás das botas com um abridor de latas, então ele... – e interrompeu seu discurso; depois, acenando com a cabeça, emendou: – Tudo bem, muito obrigada. Sim, vou esperar na linha.

O senhor de idade olhou para Arctor, que devolveu o olhar. No cômodo ao lado, uma senhora de idade com um vestido estampado assistia a tudo em silêncio, o rosto rígido de medo.

– Isso deve ser ruim para vocês – disse Arctor para os dois velhinhos.

– Acontece o tempo inteiro – disse o senhor. – Ouvimos esses dois a noite inteira, todas as noites, e ele sempre dizendo que vai matá-la.

– A gente devia ter voltado para Denver – disse a senhora. – Eu te disse isso, a gente devia ter mudado de volta para lá.

– Essas brigas horríveis – disse o senhor. – Eles estão sempre quebrando coisas, todo esse barulho – e olhou arrasado para Arctor, talvez em busca de ajuda ou compreensão. – O tempo todo, não param nunca. E o que é pior, você sabe que toda vez...

– Sim, conte isso para ele – insistiu a senhora.

– O que é pior – disse o senhor com dignidade – é que toda vez que saímos de casa para comprar algo ou passar no correio, pisamos... Você sabe, naquilo que os cachorros deixam.

– Aquilo que os cachorros fazem – disse a senhora indignada.

Um carro da polícia local apareceu. Arctor deu seu depoimento como testemunha sem se identificar como um agente de aplicação da lei. O policial anotou o depoimento dele e tentou conseguir também um de Kimberly como denunciante, mas o que ela dizia não fazia o menor sentido: ela não parava de falar de maneira meio desconexa sobre o par de botas e por que ela o havia comprado, sobre o quanto aquilo significava para ela. O policial, sentado com sua prancheta e alguns papéis, mirou Arctor uma vez e ficou observando-o com uma expressão fria que este não conseguiu entender, mas que, de todo jeito, não o agradava. Por fim, o policial aconselhou Kimberly a arrumar um telefone e ligar caso o suspeito voltasse e causasse mais confusão.

– Você notou os pneus rasgados? – disse Arctor quando o policial começou a ir embora. – Você avaliou o veículo dela lá fora no estacionamento e observou pessoalmente a quantidade de pneus rasgados, os cortes no revestimento feitos com um instrumento pontiagudo e há pouco tempo? Ainda está até vazando ar.

O policial olhou para ele novamente com a mesma expressão e saiu sem fazer nenhum comentário.

101

– É melhor você não ficar por aqui – Arctor disse a Kimberly. – Ele deveria ter te aconselhado a sumir daqui, perguntado se você tinha algum outro lugar onde poderia ficar.

Kimberly se sentou no sofá puído de sua sala repleta de restos, seus olhos estavam mais uma vez sem brilho agora que ela tinha parado com aquele esforço inútil de tentar explicar sua situação para o investigador. Ela deu de ombros.

– Eu te dou uma carona até algum lugar – disse Arctor. – Você tem algum amigo que poderia...

– Some daqui, porra! – disse Kimberly abruptamente e com um tom maligno, bastante parecido com o de Dan Mancher, só que mais rouco. – Some daqui, cai fora, Bob Arctor. Some, some, desgraçado. Você não vai vazar? – Sua voz ficou mais estridente e então irrompeu em desespero.

Ele saiu e seguiu lentamente escada abaixo, degrau por degrau. Quando chegou no último deles, alguma coisa deu uma batida e foi rolando atrás dele: era a lata de Drāno. Ele ouviu a porta dela se fechando, uma trava após a outra. *Fechaduras inúteis*, ele pensou. Tudo inútil. O investigador recomenda a ela que ligue caso o suspeito volte. Como ela pode fazer isso sem sair do apartamento? E aí o Dan Mancher vai esfaqueá-la até a morte, como fez com os pneus. E (lembrando-se da reclamação dos velhinhos do andar de baixo) ela provavelmente vai pisar em cima de merda de cachorro e depois cair morta. Ele sentiu vontade de soltar um riso histérico por causa das prioridades dos velhinhos. Não só um maluco detonado do andar de cima dava surras e ameaçava matar e provavelmente logo mataria mesmo uma jovem viciada que fazia programas e que sem dúvida estava com a garganta inflamada, sem falar em outras várias doenças possíveis, mas *além disso tudo...*

Enquanto ele voltava dirigindo com Luckman e Barris rumo ao norte, soltou uma gargalhada em alto e bom som.

– Merda de cachorro... Merda de cachorro – *dá para encontrar humor em merda de cachorro se você se ligar*, pensou ele. *Que coisa engraçada isso de merda de cachorro.*

– É melhor mudar de faixa e passar esse caminhão da Safeway – disse Luckman. – Esse grandalhão aí mal se mexe.

Ele passou para a faixa da esquerda e ganhou velocidade. Mas então, quando ele tirou o pé do acelerador, o pedal caiu de uma vez só no tapete; ao mesmo tempo, o motor do carro começou a roncar cada vez mais alto e o carro se lançou para frente a uma velocidade imensa e feroz.

– Mais devagar! – disseram Luckman e Barris ao mesmo tempo.

Agora o carro tinha chegado a quase 160 por hora. Adiante, uma Kombi se agigantava. O pedal do acelerador tinha quebrado: não voltava e não fazia mais nada. Tanto Luckman, que estava a seu lado, quanto Barris, atrás dele, lançaram os braços para o alto instintivamente. Arctor girou o volante com tudo e passou pela esquerda da Kombi, onde ainda restava um pequeno espaço até que um Corvette assumiu a lacuna. O Corvette buzinou e eles ouviram seus freios guinchando. Agora tanto Luckman como Barris estavam gritando; de repente, Luckman se esticou e desligou a ignição; enquanto isso, Arctor mudou a marcha para o ponto morto. O carro reduziu a velocidade, ele conseguiu frear, passou para a faixa da direita e então, com o motor finalmente desligado e em ponto morto, deslizou para o acostamento e, pouco a pouco, conseguiu parar de vez.

O Corvette, há muito deixado para trás na estrada, ainda buzinava toda a sua indignação. E agora o caminhão gigante da Safeway passava por eles e por um momento ensurdecedor também disparou sua buzina a ar.

– Que porra foi essa? – disse Barris.

Arctor, com as mãos e a voz e todo o resto de si tremendo, disse:

– A mola de tração no cabo do pedal... do acelerador. Algo deve ter travado ou quebrado – e apontou para baixo.

Todos eles miraram o pedal, que ainda estava caído no chão. O motor tinha acelerado com tudo até chegar ao seu máximo de rotações por minuto, que era um tanto considerável para esse carro. Ele nem tinha medido a velocidade mais alta atingida, provavelmente tinha sido bem mais que 160. E ele se deu conta de que, apesar de ter pisado nos freios num reflexo, o carro tinha apenas reduzido.

Em silêncio, os três desceram no acostamento e levantaram o capô. Uma fumaça branca saiu dos cabeçotes de óleo e também da parte de baixo. E uma água quase fervente borbulhou pelo duto de transbordamento do radiador. Luckman se aproximou do motor quente e apontou:

– Não foi a mola. É a conexão do pedal com o carburador, está vendo? Ela se desfez – a haste comprida estava desconectada do resto, a esmo, pendurada, impotente e inútil com seu anel de travamento ainda no lugar. – Por isso o acelerador não voltou quando você tirou o pé. Mas... – ele inspecionou o carburador por um tempo, franzindo o cenho.

– O carburador tem um dispositivo de segurança – disse Barris, arreganhando um sorriso e mostrando seus dentes que pareciam de mentira. – Esse sistema, quando os conectores...

– Mas por que isso quebraria assim? – Arctor interrompeu. – Esse anel de travamento não deveria manter a porca no lugar? – ele passou a mão pela haste. – Como isso poderia simplesmente cair desse jeito?

Como se não o estivesse ouvindo, Barris continuou:

– Se, por algum motivo, essa conexão é perdida, o motor deveria cair em ponto morto, como medida de segurança. Mas, em vez disso, ele foi acelerando com tudo. – Ele se inclinou para tentar ver melhor o carburador. – Esse parafuso ficou completamente solto. O parafuso que leva para o ponto morto. Por isso, quando a conexão se perdeu, o dispositivo de segurança foi para o outro lado: ele subiu em vez de descer.

– Como isso pode ter acontecido? – disse Luckman em alto e bom som. – Ele teria como se desparafusar completamente assim por acidente?

Sem responder, Barris sacou seu canivete, abriu a pequena lâmina e começou a apertar lentamente o parafuso que ajusta para o ponto morto. Ele contou em voz alta. Vinte voltas para devolver o parafuso ao lugar.

– Para soltar o anel de travamento e o conjunto da porca que mantêm juntas as hastes de conexão do acelerador, seria preciso ter uma ferramenta especial – disse ele. – Algumas ferramentas, na verdade. Imagino que leve uma meia hora para resolver isso. Eu tenho o que precisa, mas na minha caixa de ferramentas.

– A sua caixa de ferramentas ficou lá em casa – disse Luckman.

– Sim – anuiu Barris. – Então vamos ter que ir até um posto de gasolina e pegar as ferramentas deles emprestadas ou então chamar o guincho até aqui. Acho melhor chamar alguém aqui para dar uma olhada antes de pegar a estrada de novo.

– Olha, cara – disse Luckman em voz alta –, isso aconteceu por acidente ou foi algo feito de propósito, tipo o cefaloscópio?

Barris ponderou, ainda exibindo seu sorriso cheio de astúcia e pesar:

– Eu não tenho como afirmar nada disso com certeza. Normalmente, sabotar um carro, causar algum dano malicioso para provocar um acidente... – e lançou um olhar para Arctor, com seus olhos invisíveis por trás dos óculos de lentes verdes. – Nós quase batemos. Se aquele Corvette estivesse vindo mais rápido... Praticamente não tinha por onde escapar. Você deveria ter desligado a ignição assim que percebeu o que tinha acontecido.

– Eu coloquei no ponto morto quando percebi – disse Arctor. – Por um segundo eu não estava entendendo nada – *se tinham sido os freios*, pensou ele, *ou o pedal do freio tivesse caído no chão, eu teria me ligado antes e saberia melhor o que fazer, mas aquilo era tão... estranho.*

– Alguém fez isso de propósito – disse Luckman em voz alta. Ele ficou andando em círculos, furioso, dando golpes no ar com os dois punhos. – FILHO DA PUTA! A gente quase caiu! Eles quase pegaram a gente, caralho!

Barris, mantendo-se visível no acostamento da estrada, com todo o tráfego que passava zumbindo, pegou uma caixinha de

105

rapé feita com chifre onde guardava seus tabletes de morte e tomou vários deles. Em seguida, passou a caixa de rapé para Luckman, que tomou alguns e passou para Arctor.

– Talvez seja isso que esteja fodendo a gente – disse Arctor, recusando a caixinha, irritadiço. – Zoando os nossos cérebros.

– Drogas não são capazes de sabotar a conexão de um acelerador e o ajuste do ponto morto do carburador – disse Barris, ainda oferecendo a caixinha de rapé para Arctor. – É melhor você tomar pelo menos umas três dessas. São de primeira, mas suaves. São misturadas com um pouco de metanfetamina.

– Some com essa merda de caixinha de rapé daqui – disse Arctor.

Na cabeça dele, umas vozes cantavam uma música terrível em alto e bom som, como se a realidade em volta dele tivesse azedado. Tudo à sua volta – os carros que passavam rápido, os dois caras, seu próprio carro com o capô levantado, o cheiro de fumaça, a luz forte e quente do meio-dia – tinha um aspecto rançoso, como se, ao longo desse episódio, seu mundo tivesse apodrecido, mais do que qualquer outra coisa. O menor dos acontecimentos ganha proporções imensas por causa desse negócio perigoso, não assustador, mas como se tudo apodrecesse e começasse a feder diante de seus olhos e orelhas e nariz. Ele se sentiu mal, então fechou os olhos e estremeceu.

– Que cheiro você está sentindo? – perguntou Luckman. – Tem alguma pista, cara? Algum cheiro do motor que...

– Merda de cachorro – disse Arctor. Ele conseguia sentir o cheiro disso vindo do motor. Inclinando-se, sentiu o cheiro com toda a clareza e cada vez mais forte. *Que esquisito*, pensou. *Puta troço esquisito do caralho*. – Vocês estão sentindo cheiro de merda de cachorro? – ele perguntou a Barris e Luckman.

– Não – disse Luckman, olhando para ele, e dirigiu-se a Barris. – Tinha algum psicodélico misturado nessa droga?

Barris, sorrindo, balançou a cabeça.

Ao se inclinar sobre o motor quente e sentindo cheiro de merda de cachorro, Arctor tinha certeza de que aquilo era uma ilusão:

não tinha nenhum cheiro de merda de cachorro. Mas ainda assim ele sentia o fedor. E agora estava vendo o conjunto do motor todo lambuzado, especialmente perto dos conectores, umas manchas de cor marrom-escura, uma substância feiosa. *É óleo*, pensou. *Óleo que vazou, jogado. Talvez tenha algum cabeçote vazando.* Mas ele precisava se abaixar e tocar aquilo para ter certeza, para assegurar sua convicção racional. Seus dedos alcançaram as manchas marrons e grudentas, e então recuaram. Ele tinha passado os dedos em merda de cachorro. Todo o conjunto do motor estava coberto por uma camada de merda de cachorro, até os fios. Então ele se deu conta de que também tinha merda no corta-fogo. Olhando para cima, ele viu que tinha também no isolamento acústico embaixo do capô. Aquele fedor lhe devolveu as forças e ele tornou a fechar os olhos, estremecendo.

– Ei, cara – disse Luckman com precisão, pegando Arctor pelo ombro. – Você está tendo um flashback, é isso?

– Ingressos de teatro de graça – concordou Barris, gargalhando.

– É melhor você se sentar – disse Luckman, guiando Arctor de volta para o banco do motorista e fazendo-o se sentar. – Cara, você surtou mesmo. Sente aí. Fique calmo. Ninguém morreu e pelo menos estamos alertas agora – ele fechou a porta do carro ao lado de Arctor. – Estamos bem agora, sacou?

– Quer um punhado de merda de cachorro, Bob? Para dar uma mastigada? – disse Barris, aparecendo na janela.

Abrindo os olhos, mais calmo, Arctor o encarou. Os olhos de Barris, cobertos pelas lentes verdes, não transpareciam nada, não davam nenhuma pista. *Será que ele disse isso mesmo?*, pensou Arctor. *Ou será que minha cabeça está inventando coisas?*

– O que foi, Jim? – disse ele.

Barris começou a gargalhar. E não parou mais.

– Deixe ele em paz, cara – disse Luckman, socando Barris nas costas. – Vá se foder, Barris!

– O que ele acabou de falar? – Arctor perguntou a Luckman – Que diabos ele falou exatamente?

– Sei lá – disse Luckman. – Não consigo entender metade das coisas que o Barris fala para as pessoas.

Barris ainda estava sorrindo, mas agora em silêncio.

– Barris, seu maldito – Arctor se dirigiu a ele. – Eu sei que foi você quem fez isso, zoou o cefaloscópio e agora o carro. Você que fez isso, caralho, seu filho da puta desgraçado de uma figa. – Sua voz mal podia ser ouvida por ele, mas enquanto ele gritava isso para Barris, que continuava sorrindo, aquele terrível fedor de merda de cachorro foi aumentando. Ele desistiu de tentar falar e ficou sentado diante do volante inútil de seu carro, tentando não vomitar. *Graças a Deus que o Luckman viera junto*, pensou ele. *Ou então tudo teria se acabado para mim hoje, nas mãos desse desmiolado esquisito dos infernos, esse desgraçado que vive bem na mesma casa que eu.*

– Pega leve, Bob – a voz de Luckman se infiltrou na direção dele em meio às ondas de náusea.

– Eu sei que foi ele – disse Arctor.

– Diabos, mas por quê? – era o que Luckman parecia estar dizendo, ou pelo menos tentando. – Ele também teria morrido junto, cara. Por quê, cara? Por quê?

O cheiro de Barris, ainda sorrindo, sobrepujou Bob Arctor, e ele vomitou no painel de seu próprio carro. Milhares de pequenas vozes tilintavam, reluziam para ele, e o cheiro finalmente recuou. Milhares de pequenas vozes clamando seus estranhamentos; ele não conseguia entendê-las, mas finalmente ele conseguia ver, e o cheiro estava se dissipando. Ele estremeceu e alcançou o lenço que estava em seu bolso.

– O que tinha nesses tabletes que você deu para a gente? – Luckman perguntou para o sorridente Barris.

– Porra, eu também tomei uns – disse Barris –, assim como você. E nós não tivemos nenhuma bad trip. Então não foi a droga. E foi muito rápido. Como poderia ter sido a droga? O estômago não consegue absorver...

– Você me envenenou – disse Arctor furioso, com a visão quase límpida e as ideias clareando, exceto pelo medo. Agora o medo tinha começado, uma resposta racional no lugar da insanidade. Medo em relação àquilo que quase tinha acontecido, do que aquilo significava, um medo terrível, medo do Barris sorridente e daquela maldita caixinha de rapé e das explicações dele e das suas frases e modos e hábitos e costumes e idas e vindas. E da denúncia anônima feita para a polícia a respeito de Robert Arctor, com aquele grid de Mickey Mouse para esconder sua verdadeira voz que tinha funcionado muito bem. Exceto pelo fato de que só podia ter sido o Barris.

Esse filho da puta está atrás de mim, pensou Bob Arctor.

– Eu nunca vi alguém ficar tão louco tão rápido – Barris ia dizendo. – Mas então...

– Você está bem agora, Bob? – disse Luckman. – Vamos limpar esse vômito, sem problemas. É melhor você ficar no banco de trás.

Tanto ele quanto Barris abriram as portas do carro. Arctor deslizou vertiginosamente para fora. Para Barris, Luckman disse:

– Tem certeza de que você não deu nada para ele?

Barris levantou suas mãos, em protesto.

6

Tópico: o que um agente disfarçado da divisão de narcóticos mais teme não é levar um tiro ou uma surra, mas sim tomar por engano uma dose considerável de alguma droga psicodélica que comece a passar um interminável longa-metragem de terror em sua cabeça pelo resto da vida, ou então que lhe injetem uma dose mexicana, metade heroína, metade Substância D, ou ambas as opções mais algum veneno do tipo estricnina, algo capaz de quase matá-lo, mas não completamente, para que aconteça justamente isto: um vício e um filme de terror para o resto da vida. Ele irá se afundar numa existência à base de agulhas e colheres, ou então ficar se debatendo pelas paredes de um hospital psiquiátrico, ou ainda, no pior dos casos, em uma clínica federal. Ele irá se sacudir dia e noite para tentar se livrar dos afidídeos ou ainda quebrar a cabeça para sempre tentando entender por que não consegue mais encerar um chão. E tudo isso irá acontecer deliberadamente. Alguém descobriu o que ele estava fazendo e acabou por pegá-lo. E o pegaram desse jeito. O pior dos jeitos: com as coisas que eles vendem e por causa das quais ele estava atrás deles.

Isso significava, refletiu Bob Arctor enquanto dirigia cuidadosamente de volta para casa, *que tanto os traficantes quanto os agentes da narcóticos sabiam o que as drogas das ruas faziam às pessoas. Nisso eles estavam de acordo.*

Um mecânico do posto Union perto de onde eles tinham estacionado rebocou o carro, conferiu o que tinha acontecido e finalmente consertou-o por trinta dólares. Mais nada parecia estar errado, exceto pelo fato de que o mecânico tinha ficado avaliando a suspensão dianteira do lado esquerdo por um bom tempo.

– Tem algo de errado aí? – perguntou Arctor.

– Parece que você vai ter uns probleminhas para fazer curvas fechadas – disse o mecânico. – Ele não desvia da rota nem um pouco?

O carro não fazia nenhum desvio, pelo menos não que Arctor tivesse notado. Mas o mecânico se recusou a prolongar o assunto; ele só ficou cutucando a mola da bobina e a junta esférica e o para-choque cheio de óleo. Arctor pagou para ele e o caminhão de reboque foi embora. Então, ele voltou para o carro junto com Luckman e Barris – agora os dois iam no banco de trás – e retomou o rumo do Condado de Orange, ao norte.

À medida que dirigia, Arctor ficou ruminando sobre outras recorrências irônicas nas mentes de agentes de narcóticos e traficantes. Vários agentes de narcóticos que ele tinha conhecido se faziam de traficantes quando trabalhavam à paisana e acabavam vendendo haxixe, às vezes até heroína. Era um bom disfarce, mas também proporcionava ao agente um lucro cada vez maior em relação a seu salário de oficial, somado ao que ele ganhava de bônus quando ajudava a encontrar e apreender uma carga considerável. Além disso, como resultado natural, os agentes se aprofundavam cada vez mais no uso de suas próprias drogas, todo aquele estilo de vida: tornavam-se traficantes viciados e endinheirados além de agentes de narcóticos e, depois de algum tempo, alguns deles até começavam a abandonar suas atividades de aplicação da lei para traficar em tempo integral. Mas também nesses casos alguns traficantes, seja para sacanear seus inimigos ou quando esperavam por apreensões iminentes, começavam a atuar como agentes antidrogas e seguiam esse caminho, acabando como uma espécie de infiltrados extraoficiais do departamento de narcóticos. Tudo acabou ficando muito obscuro. De todo modo, o mundo das drogas era mesmo um mundo sombrio para qualquer um. Para Bob Arctor, por exemplo, ele acabara de se tornar sombrio: naquela mesma tarde, percorrendo a estrada de San Diego, enquanto ele e seus dois colegas estiveram a dois palitos de serem tirados do jogo, as autoridades estavam, em nome dele, grampeando devidamente sua casa – assim ele esperava –, e se isso tivesse mesmo sido feito, então era provável que de agora em diante ele estaria a salvo do tipo de coisa que tinha acontecido hoje. Era um golpe de sorte que, no fim das contas, justamente isso pudesse significar a diferença entre acabar envenenado ou atingido por um tiro ou viciado ou morto, comparado a pegar seu inimigo, pegar quem quer que estivesse atrás dele e que hoje quase tinha conseguido, de fato, pegá-lo. Depois que os escâneres holográficos tivessem sido instalados no local, matutou ele, haveria pouquíssimas tentativas de ataque ou sabotagem contra ele. Ou pelo menos pouquíssimas tentativas bem-sucedidas de ataque ou sabotagem.

Isso era quase a única coisa que o tranquilizava. O culpado, ele refletia enquanto dirigia o mais cautelosamente possível pelo trânsito pesado de fim de tarde, pode escapar quando ninguém está atrás dele... ele tinha ouvido isso em algum lugar, e talvez fosse verdade. No entanto, o que era verdade com toda a certeza era que o culpado tinha fugido, desaparecendo do mapa e tomado várias precauções ligeiras quando alguém o perseguia de fato: alguém de verdade, um especialista e, ao mesmo tempo, escondido. E também muito perto. *Tão perto quanto o banco de trás deste carro*, pensou ele. *Tanto que, se ele estiver com aquela porcaria de pistola .22, de ação simples e fabricação alemã, junto com aquele suposto silenciador irrisório, ridículo e tão porcaria quanto, e o Luckman caísse no sono como sempre, ele pode muito bem enfiar uma bala de ponta afundada por trás do meu crânio e eu vou cair morto igual ao Bobby Kennedy, que morreu com feridas de bala desse mesmo calibre... um buraco bem pequeno.*

E não só hoje, mas todos os dias. E todas as noites.

Exceto que, em casa, quando eu for conferir os tambores de armazenamento dos escâneres holográficos, logo vou saber direitinho o que todo mundo que mora lá tem feito e quando e provavelmente até por quê, incluindo eu mesmo. Vou assistir a mim mesmo acordando no meio da noite para mijar, ele pensou. *Vou assistir a todos os quartos praticamente 24 horas por dia... Ainda que com algum atraso. Não vai me ajudar muito se os escâneres holográficos me flagrarem tomando uma bela dose de alguma droga desnorteadora que os Hell's Angels roubaram de um arsenal militar e colocaram no meu café; outra pessoa da companhia que fosse até os tambores de armazenamento teria que me ver me debulhando, não mais capaz de ver ou de saber onde estou ou o que sou. Seria uma retrospectiva que nem eu vou chegar a ver. Outra pessoa vai ter que fazer isso por mim.*

– Fico pensando no que está acontecendo lá na casa enquanto a gente ficou fora o dia todo – disse Luckman. – Você sabe, isso prova que tem alguém por aí querendo te sacanear pesado, Bob. Espero que a casa ainda esteja lá quando a gente voltar.

– Pois é – disse Arctor. – Nem pensei nisso. E não conseguimos um cefaloscópio emprestado, de todo jeito – e fez sua voz parecer pesada de resignação.

– Eu não me preocuparia muito com isso – disse Barris, com uma voz surpreendentemente alegre.

– Ah, não? – disse Luckman com raiva. – Jesus, eles devem ter arrombado a casa e roubado tudo o que a gente tem. Tudo o que o Bob tem, no caso. E ainda matado ou pisoteado os bichos. Ou...

– Eu deixei uma surpresinha para qualquer um que entrasse na casa enquanto a gente estivesse fora – disse Barris. – Dei uma aprimorada hoje bem cedo... Trabalhei até conseguir. É uma surpresa eletrônica.

Bruscamente e escondendo sua preocupação, Arctor disse:

– Que tipo de surpresa eletrônica? É a minha casa, Jim, você não pode simplesmente ir fazendo as suas coisas...

– Calma, calma – disse Barris. – Como diriam nossos amigos alemães, *leise*, que significa "fique tranquilo".

– O que é?

– Se a porta da frente for aberta durante nossa ausência, meu gravador de vídeo começa a funcionar – disse Barris. – Ele está embaixo do sofá. Tem uma fita de duas horas. Eu coloquei três microfones multidirecionais da Sony em três diferentes...

– Você devia ter me contado – disse Arctor.

– E se eles entrarem pelas janelas? – disse Luckman. – Ou pela porta de trás?

– Para aumentar as chances de entrarem pela porta da frente em vez de outros meios menos usuais – continuou Barris –, eu deixei a porta da frente providencialmente destrancada.

Depois de uma pausa, Luckman começou a soltar um riso abafado.

– E supondo que eles não saibam que está destrancada? – disse Arctor.

– Eu deixei um bilhete – disse Barris.

– Você está me sacaneando!

– Sim – disse Barris então.

– Você está de sacanagem com a gente ou não? – disse Luckman. – Nunca sei dizer, quando vem de você. Ele está sacaneando, Bob?

– Vamos ver quando estivermos de volta – disse Arctor. – Se tiver um bilhete na porta e ela estiver destrancada, vamos saber que ele não está de sacanagem com a gente.

– Provavelmente eles tirariam o bilhete depois de depenar e vandalizar a casa, e aí trancariam a porta – disse Luckman. – Então não vamos saber. Nunca vamos saber. Com certeza. Vai virar aquela área cinzenta de novo.

– Claro que eu estou brincando – disse Barris, vigorosamente. – Só um psicótico faria uma coisa dessas, deixar a porta da frente da própria casa destrancada e com um recado.

Virando-se, Arctor perguntou para ele:

– O que você escreveu no bilhete, Jim?

– Para quem é esse bilhete? – Luckman se intrometeu. – Eu nem sabia que você sabe escrever.

Com condescendência, Barris disse:

– Eu escrevi: "Donna, pode entrar; a porta está destrancada. Nós..." – e Barris interrompeu o discurso. – É para a Donna – arrematou ele, mas sem nenhuma suavidade.

– Então ele fez isso – disse Luckman. – Ele fez mesmo. Tudo isso.

– Assim – emendou Barris, retomando o tom suave –, vamos saber quem tem feito essas coisas, Bob. E isso é de vital importância.

– A menos que tenham levado o gravador quando reviraram o sofá e todo o resto – disse Arctor. Ele estava pensando rapidamente no quanto isso podia, de fato, ser um problema, mais um exemplo desse talento eletrônico bagunçado e meio infantil do Barris. *Que inferno, eles vão encontrar os microfones nos primeiros dez minutos e rastreá-los até chegar ao gravador, concluiu ele. Vão saber exatamente o que fazer. Vão apagar a fita, rebobiná-la, deixá-la como estava, deixar a porta destrancada e o bilhete pendurado. Na verdade, talvez a porta destrancada tenha facilitado o trabalho deles. Maldito Barris, pensou ele. Grandes planos geniais que funcionam para ferrar o universo. De qualquer forma, ele provavelmente se esqueceu de ligar o gravador na tomada. É claro, se ele o encontrar desconectado...*

Ele vai argumentar que isso prova que alguém esteve lá, pensou. Ele vai ficar ligado nisso e encher nossas cabeças por dias. Alguém entrou, sacou o aparelho dele lá e habilmente o desligou. Então, ele decidiu, se encontrarem o gravador desconectado, espero que pensem em ligá-lo de volta, mas não só isso, que também o coloquem para funcionar direito. Na verdade, o que eles deviam mesmo fazer seria testar todo aquele sistema de detecção, executar um ciclo completo dele de maneira tão detalhada quanto fazem com o seu próprio, ter certeza absoluta de que ele está funcionando perfeitamente e então voltá-lo para um ponto em branco, uma tábula rasa, mas na qual algo certamente teria sido inscrito se alguém

– eles próprios, por exemplo – entrasse na casa. Caso contrário, as suspeitas de Barris seriam instigadas para sempre.

Enquanto dirigia, ele prosseguiu com sua análise hipotética da situação por meio de um segundo exemplo bem estabelecido. Eles tinham aparecido com isso e infiltrado nos bancos de memória dele próprio durante seu treinamento policial na academia. Ou então ele tinha lido isso nos jornais.

Tópico. Uma das maneiras mais eficazes de sabotagem industrial ou militar se limita a causar danos que nunca podem ser completamente provados – ou sequer provados em absoluto – de que algo foi feito de maneira deliberada. É como um movimento político invisível, talvez ele nem exista de verdade. Se uma bomba for ligada à ignição de um carro, então obviamente existe um inimigo; se um prédio público ou uma sede política é explodida, então existe um inimigo político. Mas se acontece um acidente ou uma série deles, se o equipamento simplesmente tem uma falha de funcionamento, se ele aparenta ter problemas, e ainda mais, se isso acontece lentamente, ao longo de um período de tempo natural, com várias pequenas falhas e problemas de ignição, aí a vítima, seja ela uma pessoa ou um partido ou um país, nunca consegue defender a si mesmo.

Na verdade, especulava Arctor enquanto dirigia lentamente pela estrada, a pessoa começa a assumir que é paranoica e que não tem inimigos; começa a duvidar de si própria. Seu carro tinha pifado normalmente; fora só um golpe de azar. E seus amigos concordavam. Estava na cabeça dele. E isso o destruía mais profundamente do que qualquer outra coisa que pudesse ser rastreada. No entanto, é algo que demora. A pessoa ou as pessoas tentando derrubá-lo deviam insistir e dar investidas e se valer do acaso ao longo de um intervalo prolongado. Enquanto isso, se a vítima for capaz de descobrir quem eles são, tem mais chances de pegá-los... certamente mais do que, digamos, se atirarem nele com um rifle com mira de longo alcance. Essa é a *sua* vantagem.

Ele sabia que todas as nações do mundo treinam e enviam hordas de agentes para soltar uns parafusos aqui, amarrar uns fios ali, cortar cabos e causar pequenos incêndios, perder documentos... pequenos contratempos. Um chiclete mascado colocado dentro de uma máquina de xerox em uma repartição do governo é capaz de destruir um documento insubstituível (e essencial): em vez de entregar uma cópia, acaba destruindo o original. Muito sabão e papel higiênico, como bem sabiam os yippies dos anos 1960, são capazes de arruinar todo o sistema de esgoto de um prédio inteiro de escritórios e forçar todos os funcionários a se afastarem por uma semana. Uma naftalina no tanque de um carro estraga o motor em questão de duas semanas, quando ele já estiver em outra cidade, sem deixar resíduos que possam ser analisados no combustível. Qualquer estação de rádio ou TV pode ser tirada do ar por causa de um bate-estacas que corta acidentalmente um cabo de micro-ondas ou de fornecimento de energia. E assim por diante.

Muitas das antigas classes sociais aristocratas sabiam como agiam as empregadas e jardineiros e outros funcionários: um vaso quebrado aqui, uma relíquia de família inestimável que escorrega de mãos impertinentes...

"Por que você faria isso, Rastus Brown?"

"Ah, só m'isqueci de..." e aí não restava nenhum recurso, ou muito pouco. Fosse para um rico proprietário, para um escritor de cunho político impopular junto ao regime, uma nova e pequena nação levantando o punho para os EUA ou para a URSS...

Certa vez, um embaixador americano na Guatemala tinha uma esposa que se gabou publicamente do fato de que seu marido, "com uma pistola na mão", tinha derrubado o governo de esquerda daquele pequeno país. Depois de sua derrocada abrupta, o embaixador, com seu trabalho feito, fora transferido para um pequeno país asiático, e enquanto dirigia seu carro esportivo notou repentinamente um caminhão carregado de feno que andava lentamente e parou no acostamento pouco à sua frente. Pouco depois, nada restava do embaixador, exceto por um monte de pedaços espalhados.

Ter empunhado uma pistola, e contado com todo o exército particular da CIA para apoiá-lo, não lhe fez bem algum. Sua esposa não escreveu nenhum louvor poético a respeito disso.

"Hum, fazê o quê?", foi o que o dono do caminhão de feno provavelmente disse às autoridades locais. "Fazê o quê, sinhô? Eu só..."

Ou como sua própria ex-mulher, lembrou Arctor. Naquela época, ele trabalhava como investigador para uma seguradora ("Seus vizinhos da frente costumam beber muito?") e ela se opunha ao fato de que ele ficava fazendo seus relatórios até tarde da noite em vez de se maravilhar a cada aparição dela. Mais para o fim do casamento, ela tinha aprendido a fazer algumas coisas enquanto ele trabalhava até tarde, como queimar a mão enquanto acendia um cigarro, sentir que tinha alguma coisa dentro do seu olho, tirar o pó do escritório dele ou então ficar interminavelmente procurando um pequeno objeto por perto ou em volta de sua máquina de escrever. De início, ele interrompia o trabalho, ressentido, e sucumbia a se deixar arrebatar pela simples presença dela, mas depois que ele deu com a cabeça em uma quina da cozinha enquanto pegava uma pipoqueira, acabou encontrando uma solução melhor.

– Se eles matarem os nossos bichos, vou soltar bomba neles – disse Luckman. – Vou pegar todos. Vou contratar um profissional lá de Los Angeles, tipo um bando dos Panteras.

– Eles não vão fazer isso – disse Barris. – Não se ganha nada fazendo mal aos animais. Eles não fizeram nada.

– E eu fiz? – disse Arctor.

– Obviamente eles acham que sim – disse Barris.

– *Se eu soubesse que seria fácil assim, eu mesma o tinha matado* – disse Luckman. – Lembram?

– Mas ela era uma careta – disse Barris. – Aquela garota nunca chapou, e ainda tinha uma grana preta. Lembra do apartamento dela? Os ricos nunca entendem o valor da vida. Isso é outra coisa. Lembra da Thelma Kornford, Bob? Aquela baixinha com uns peitões... Que nunca usava sutiã e a gente ficava sentado olhando as tetas dela? Que foi no nosso apartamento pedir para a gente matar aquela libélula para ela? E aí quando explicamos...

No volante de seu carro lento, Bob Arctor se esqueceu de assuntos hipotéticos e ficou repassando um momento que tinha impressionado a todos eles: aquela garota careta, deliciosa e elegante, com uma blusa de gola rulê e calças boca de sino e peitos hipnotizantes que pediu que eles matassem um inseto inofensivo, mas que na verdade era bom porque se livrava dos mosquitos – isso num ano em que um surto de encefalite estava previsto no Condado de Orange –, e quando viram o que era e explicaram a ela, ela veio com essas palavras que, para eles, se tornou um lema irônico e maligno a ser temido e desprezado:

SE EU SOUBESSE QUE SERIA FÁCIL ASSIM,
EU MESMA TINHA MATADO.

Para eles, isso tinha resumido (e continuava resumindo) o que eles mais detestavam em seus inimigos caretas, considerando que eles tinham inimigos; de todo modo, uma pessoa bem-educada-e-com-todos-os-privilégios-financeiros como Thelma Kornford se tornou de uma só vez sua inimiga ao enunciar aquilo, a partir do quê eles deram o dia por encerrado, vazaram do apartamento dela e voltaram para o canto zoneado deles, para perplexidade da garota. O abismo entre o mundo deles e o dela falou por si só, por mais que eles tivessem pensado em transar com ela, e assim continuou sendo. *O coração dela*, refletiu Bob Arctor, *era uma cozinha vazia: com piso no chão, encanamentos de água e um escorredor com superfícies pálidas e bem esfregadas, mais um copo abandonado no canto da pia e com o qual ninguém se importava.*

Certa vez, antes de se dedicar exclusivamente ao trabalho como agente secreto, ele tomou o testemunho de um casal de caretas de classe alta e bem de vida, cujos móveis tinham sido roubados enquanto eles estavam fora, certamente por alguns drogados; naquela época, essas pessoas ainda viviam em áreas onde gangues errantes roubavam o que podiam, deixando pouca coisa para trás. Gangues profissionais, com walkie-talkies nas mãos de informantes que assistiam a tudo o que acontecia na mesma rua a certa distância para avisar sobre a volta dos trouxas. Ele se lembrava do homem e de sua mulher dizendo: "Pessoas que arrombam sua casa e levam sua TV em cores são o mesmo tipo de criminosos que matam animais ou vandalizam obras de arte inestimáveis". "Não", explicara Bob Arctor, fazendo uma pausa nas suas anotações do testemunho, "o que faz vocês pensarem isso?" Viciados, pelo menos até onde ia a experiência dele, raramente faziam mal a animais. Ele tinha presenciado viciados alimentando e tomando conta de animais machucados por longos períodos de tempo, quando caretas provavelmente "botariam para dormir" esses mesmos bichos, uma expressão bem típica dos caretas, se é que isso existia... além de ser um termo antigo do Sindicato para assassinato. Uma vez ele tinha ajudado dois malucos totalmente chapados envolvidos no triste calvário de soltar uma gata que tinha se empalado em uma janela quebrada. Os malucos, mal e mal capazes de enxergar ou entender qualquer coisa, tinham hábil e pacientemente trabalhado quase uma hora inteira para tirar a gata até que ela estivesse livre, ainda que todos eles (tanto os malucos quanto a gata) estivessem sangrando um pouco, com a gata já calma nas mãos deles, um cara dentro da casa junto com Arctor e o outro do lado de fora, onde estavam a traseira e o rabo. A gata estava finalmente liberta e sem nenhum ferimento grave, então lhe deram de comer. Eles não sabiam a quem ela pertencia, mas obviamente ela estava com fome, tinha sentido cheiro de comida pela janela quebrada deles e, por fim, como não tinha conseguido chamar a atenção de ninguém, tentou pular para dentro. Eles não tinham notado a presença dela até ouvirem seu grito, e aí deixaram de lado suas mais variadas viagens e sonhos por um tempo por causa dela.

Quanto às "obras de arte inestimáveis", ele não tinha tanta certeza, porque não entendia ao certo o que aquilo significava.

Em My Lai, durante a Guerra do Vietnã, 450 obras de arte inestimáveis tinham sido vandalizadas até serem completamente destruídas por ordens da CIA: obras de arte inestimáveis além de bois e galinhas e outros animais não listados. Quando ele pensava nisso, sempre sentia certa melancolia e achava difícil pensar em pinturas em museus e coisas assim.

– Vocês acham – disse ele em voz alta, enquanto dirigia laboriosamente – que quando morremos e aparecemos diante de Deus no Dia do Juízo Final, nossos pecados são listados em ordem cronológica ou em ordem de gravidade, que também pode ser crescente ou decrescente, ou ainda em ordem alfabética? Porque eu não quero Deus ralhando comigo quando eu morrer aos 86 anos de idade. "Ah, então você foi o garoto que roubou três garrafas do caminhão de Coca-Cola que estava estacionado no 7-Eleven nos idos de 1962? Você tem muito o que explicar..."

– Acho que eles passam por uma referência cruzada – disse Luckman. – Aí eles só te entregam uma impressão de computador que reúne toda uma longa coluna que já foi calculada.

– Pecado – disse Barris, soltando uma risada – é um mito judaico-cristão datado.

– Talvez eles coloquem todos os seus pecados em um grande barril de picles – disse Arctor, virando-se para encarar Barris, o antissemita. – Um barril de picles *kosher* que eles simplesmente erguem e derramam todo o conteúdo de uma vez só na sua cara, aí você fica lá encharcado nos seus pecados. Os seus próprios pecados e talvez mais alguns de outra pessoa que foram colocados ali por engano.

– Outra pessoa com o mesmo nome – Luckman disse –, outro Robert Arctor. Quantos Robert Arctor você acha que existem, Barris? – Ele cutucou Barris. – Será que os computadores da Cal Tech conseguem nos dizer isso? E, ao fazer isso, ainda cruzar as referências de todos os Jim Barris junto?

Bob Arctor pensou consigo mesmo: *Quantos Bob Arctor será que existem? Mas que pensamento esquisito e fodido. Que eu me lembre, são dois,* pensou ele. *Um chamado Fred, que ficará assistindo ao outro, chamado Bob. A mesma pessoa. Será que é isso mesmo? Será que o Fred é a mesma pessoa que o Bob? Será que alguém sabe disso? Eu saberia se alguém soubesse, porque sou a única pessoa no mundo que sabe que Fred é Bob Arctor. Mas quem sou eu?,* pensou ele. *Qual deles sou eu?*

Quando diminuíram a velocidade na entrada da casa, estacionaram e andaram cautelosamente rumo à porta da frente, encontraram o bilhete de Barris e a porta destrancada, mas quando abriram a porta com todo o cuidado, tudo parecia estar da maneira como tinham deixado ao sair.

As suspeitas de Barris vieram à tona instantaneamente. Ele murmurou um "ah..." ao entrar e levou a mão rápido até o alto da estante perto da porta, onde estava sua pistola .22, a qual ele agarrou enquanto os outros caras andavam por ali. Os animais os abordaram normalmente, clamando por comida.

– Bom, Barris, estou vendo que você está certo – disse Luckman. – Com certeza alguém esteve aqui, porque dá para ver... Você também está vendo isso, não, Bob? Como eles foram escrupulosos em encobrir todas as pistas que teriam deixado e que confirmariam... – então, ele soltou um peido para mostrar seu desgosto e foi até a cozinha procurar uma lata de cerveja na geladeira. – Barris, você está fodido – disse ele.

Ainda andando pela casa, em alerta e com sua arma, Barris o ignorou enquanto tentava descobrir indícios reveladores. Assistindo à cena, Arctor pensou, *talvez ele encontre algo. Eles podem ter deixado algum indício.* E considerou: *Estranho como a paranoia pode se vincular à realidade de vez em quando, brevemente. Em condições bastante específicas, como no dia de hoje. A próxima coisa que o Barris vai fazer é argumentar que eu atraí todo mundo para fora de casa de propósito para permitir que invasores secretos pudessem fazer suas coisas aqui. E depois ele vai identificar quem e por que e tudo mais, e na verdade talvez ele até já tenha feito isso.*

Já o fez há algum tempo; na realidade, há tempo suficiente para começar suas ações de sabotagem e destruição do cefaloscópio, do carro e sabe Deus do que mais. Talvez, quando eu acender a luz da garagem, a casa começará a pegar fogo. Mas o mais importante é: será que o pessoal dos grampos veio, instalou todos os monitores e conseguiu encerrar o trabalho? Ele só saberia disso ao certo quando fosse falar com Hank e este lhe desse uma prova conclusiva com o layout dos monitores e o local de acesso dos tambores de armazenamento. E quaisquer outras informações adicionais que o chefe da equipe de grampos e outros especialistas envolvidos nessa operação quisessem despejar em cima dele, nessa peça orquestrada contra Bob Arctor, o suspeito.

– Olhem só isso! – disse Barris, virando um cinzeiro na mesa de centro. – Venham aqui! – Ele foi incisivo em convocar os dois, que responderam na hora.

Abaixando-se, Arctor sentiu um calor que subia do cinzeiro.

– Uma bituca de cigarro ainda quente – disse Luckman, perplexo. – Com certeza.

Jesus, pensou Arctor, eles foderam tudo mesmo. Um deles fumava e, num reflexo, colocou a bituca de cigarro aqui. Então eles devem ter acabado de ir embora. O cinzeiro, como sempre, estava transbordando. Os caras provavelmente imaginaram que ninguém perceberia esse acréscimo e, em poucos momentos, a bituca teria esfriado.

– Espere um instante – disse Luckman examinando o cinzeiro, até que pescou uma ponta no meio das bitucas de tabaco. – É esta ponta que está quente. Eles acenderam um baseado enquanto estavam aqui. Mas o que eles fizeram? Que porra eles fizeram? – Ele franziu a testa e continuou de olho, irritado e perplexo. – Porra, Bob, o Barris estava certo. Alguém esteve aqui! Esta ponta ainda está quente, dá para sentir o cheiro dela se você pegar – disse ele, segurando-a bem embaixo do nariz de Arctor. – Isso mesmo, ainda está queimando um pouco lá dentro. Provavelmente é uma semente. Eles não dichavaram direito antes de enrolar o baseado.

– Talvez – disse Barris, igualmente austero – esta ponta não tenha sido deixada aqui por acidente. Esta prova pode não ser um deslize.

– E agora? – disse Arctor, imaginando que tipo de equipe de grampos teria um integrante que fumava um baseado na frente dos outros enquanto estava trabalhando.

– Talvez eles tenham passado aqui justamente para plantar drogas na casa – disse Barris. – Preparam o terreno para nós, depois ligam fazendo uma denúncia... Talvez tenha droga escondida assim no telefone, por exemplo, e nas tomadas. Vamos ter que revirar a casa inteira e deixá-la totalmente limpa antes que liguem fazendo a denúncia. E provavelmente temos só algumas horas para fazer isso.

– Você fica com as tomadas, eu vou desmontar o telefone – disse Luckman.

– Espere – disse Barris, segurando a mão dele. – Se eles nos pegarem esmiuçando tudo justo antes da batida...

– Que batida? – disse Arctor.

– Se estivermos correndo para todo lado frenéticos e jogando drogas na privada – disse Barris –, aí não vamos poder alegar que não sabíamos que a droga estava aqui, por mais que seja verdade. Eles vão pegar a gente com a mão na massa. E isso talvez também faça parte do plano deles.

– Puta merda – disse Luckman enojado, e se jogou no sofá. – Merda, merda, merda. Não podemos fazer nada. Provavelmente tem droga escondida em milhares de lugares que nunca vamos encontrar. Estamos ferrados – ele encarou Arctor, tomado de fúria. – Estamos ferrados!

– E aquele seu negócio com o gravador que estava ligado à porta da frente? – disse Arctor a Barris; ele tinha esquecido disso, e aparentemente Barris e Luckman também.

– Sim, a essa altura isso deve ser bastante esclarecedor – disse Barris; ele se ajoelhou perto do sofá, alcançou algo embaixo dele, soltou um gemido e então arrastou um pequeno gravador de fitas cassete feito de plástico. – Isso deve nos contar bastante coisa

– ele começou a falar e de repente seu rosto se crispou. – Bom, no final das contas, isso provavelmente não seria tão importante assim – e puxou o cabo de energia da parte de trás e colocou o gravador na mesa de centro. – Sabemos o fato principal: que eles entraram aqui na nossa ausência. Essa era a função principal.

Silêncio.

– Já até sei o que aconteceu – disse Arctor.

– A primeira coisa que eles fizeram ao entrar foi desligar o gravador – disse Barris. – Eu deixei ligado, mas olhem só como está desligado agora. Então, por mais que...

– Não gravou nada? – disse Luckman desapontado.

– Eles agiram rápido – disse Barris. – Antes mesmo que um pequeno pedaço de fita passasse pelo cabeçote de gravação. Isso aqui, aliás, é um gravador bem competente, um Sony. Ele tem cabeçotes separados para reproduzir, apagar e gravar, e um sistema Dolby de redução de ruídos. Eu comprei bem barato, num escambo. E nunca tive nenhum problema com ele.

– Momento obrigatório de descanso – disse Arctor.

– Com certeza – concordou Barris enquanto se acomodava e se esticava em uma cadeira, tirando seus óculos. – Nessa altura do campeonato, não temos nenhum outro recurso em vista dessas técnicas evasivas deles. Mas você sabe, Bob, que tem uma coisa que você poderia fazer, ainda que demande um certo tempo.

– Vender a casa e me mudar daqui – disse Arctor.

Barris acenou com a cabeça.

– Mas que inferno – protestou Luckman –, esta é a nossa casa.

– Quanto está valendo uma casa assim nesta região? – perguntou Barris, com as mãos atrás da cabeça. – Qual o preço de mercado? Fico pensando também a quantas andam os juros. Talvez você consiga ter um lucro considerável, Bob. Por outro lado, talvez você saia no prejuízo fazendo uma venda rápida. Mas, Bob, meu Deus, você está lidando com profissionais.

– Vocês conhecem um bom corretor? – Luckman perguntou aos dois.

– Que motivo daríamos para vender? Eles sempre perguntam – disse Arctor.

– É, não dá para contar a verdade ao corretor – concordou Luckman. – A gente podia dizer... – ele ficou refletindo enquanto bebia sua cerveja meio mal-humorado. – Não consigo pensar em nada. Barris, que motivo, que porcaria a gente podia dizer?

– Vamos dizer na cara dura que tem narcóticos plantados em toda a casa e que, como não sabemos onde eles estão, resolvemos mudar e deixar o novo proprietário ser pego por isso em vez de nós – disse Arctor.

– Não – discordou Barris. – Não acho que a gente possa ser sincero assim. Eu sugeriria que você dissesse que foi transferido de trabalho, Bob.

– Para onde? – disse Luckman.

– Cleveland – respondeu Barris.

– Acho que temos que contar a verdade para eles – disse Arctor. – Na verdade, podíamos colocar um anúncio no *L.A. Times*: "Casa de conjunto habitacional moderno, com três quartos e dois banheiros, com droga de primeira escondida pelos cômodos, fácil de mandar embora pela descarga; droga incluída no preço de venda".

– Mas aí ficariam ligando e perguntando que tipo de droga é – disse Luckman. – E nós não sabemos, pode ser qualquer coisa.

– Nem quanto tem escondido – murmurou Barris. – Compradores em potencial podem vir a perguntar da quantidade.

– Do tipo, poderia ser uns cinquenta gramas de pontas de baseados, alguma porcaria assim, ou então quilos de heroína – disse Luckman.

– O que eu sugiro – disse Barris – é ligar para o departamento de abuso de drogas do condado, informar a situação a eles e pedir que venham tirar a droga. Fazer buscas pela casa, encontrar a droga e se livrar dela. Porque, sendo realista, não temos tempo para vender a casa de fato. Uma vez eu fui atrás de saber da situação jurídica para esse tipo de transação, e a maioria dos manuais de direito concorda que...

126

– Você está louco – disse Luckman encarando-o como se ele fosse um dos afidídeos de Jerry. – Ligar para o departamento de abuso de drogas? Os agentes da narcóticos vão chegar aqui em menos tempo do que...

– Esse é o melhor dos casos – continuou Barris suavemente –, e todos nós podemos passar por testes com detectores de mentiras para provar que não sabíamos onde estava ou o que era e até mesmo quem foi que escondeu essas coisas. Está lá sem nosso conhecimento ou permissão. Se você disser isso para eles, Bob, eles vão te livrar – e, depois de uma pausa, veio a admitir: – No final das contas. Quando todos os fatos vierem à tona no tribunal.

– Mas, por outro lado – disse Luckman –, temos nossos próprios esconderijos, que sabemos onde ficam e coisa e tal. Isso significa que temos que mandar embora pela descarga tudo o que temos guardado? E se esquecermos de algo, uma mísera unidade? Jesus, isso é horrível!

– Não tem saída – disse Arctor. – Parece que eles pegaram a gente.

De um dos banheiros, apareceu Donna Hawthorne, com uma calça corsário engraçada, os cabelos desgrenhados e a cara amassada de sono.

– Eu entrei, como dizia no bilhete – disse ela. – Aí fiquei sentada aqui por um tempo e capotei. O bilhete não dizia quando vocês estariam de volta. E por que vocês estão gritando? Meu Deus, como estão tensos. Vocês me acordaram.

– Por acaso você acabou de fumar um baseado? – perguntou Arctor. – Antes de capotar?

– Claro – disse ela. – Caso contrário, não consigo dormir.

– A ponta é da Donna – disse Luckman. – Entregue para ela.

Meu Deus, pensou Bob Arctor. *Eu estava entrando nessa viagem tanto quanto eles. Todos nós acabamos entrando nisso com tudo.* Ele se chacoalhou, deu de ombros e piscou os olhos. *Mesmo sabendo o que sei, ainda acabei entrando nesse lugar paranoico e surtado junto com eles, vendo a situação da perspectiva deles...*

127

Uma zona, pensou ele. *Sombrio, mais uma vez: a mesma escuridão que os recobre também toma conta de mim, a escuridão desse mundo de sonhos lúgubre onde ficamos pairando.*

– Você acaba de tirar a gente dessa – ele disse a Donna.

– Tirar do quê? – disse ela, confusa e sonolenta.

Não que eu esteja envolvido ou saiba o que deveria ter acontecido aqui hoje, pensou ele, mas essa garota... ela devolveu minha cabeça no lugar, tirou nós três dessa. Uma garota pequena e de cabelos escuros, usando uma roupa esquisita, a quem eu investigo, engano e, espero eu, ainda consiga levar para a cama... Mais um mundo real baseado em enganação e sacanagem, pensou ele, com essa garota gostosa bem no centro de tudo: um ponto de racionalidade que tirou a gente da doidice abruptamente. Caso contrário, até onde nossas cabeças teriam chegado? Nós três estávamos completamente alucinados.

Mas não era a primeira vez, pensou ele. Nem mesmo a única só hoje.

– Vocês não deviam deixar a casa aberta desse jeito – disse Donna. – Vocês podiam ter sido roubados e seria culpa de vocês próprios. Até mesmo essas seguradoras gigantes e capitalistas se negam a pagar se você deixa uma porta ou janela aberta. Esse foi o principal motivo que me fez entrar quando vi o bilhete. Alguém devia estar aqui se estava aberto desse jeito.

– Faz quanto tempo que você está aqui? – Arctor perguntou a ela. *Talvez ela tivesse zicado a instalação dos grampos, talvez não. Provavelmente não.*

Donna consultou seu relógio de pulso digital Timex de vinte dólares, que ele tinha dado a ela.

– Faz uns 38 minutos. Ei, Bob – e seu rosto se iluminou –, eu trouxe aquele livro dos lobos. Você quer dar uma olhada agora? Tem umas porcarias bem pesadas nele, se você aguentar o tranco.

– A vida – Barris começou a dizer, como que para si mesmo – é pesada e ponto; a viagem é uma só e é barra-pesada. Tão pesada que te leva para o caixão. E isso vale para tudo e todos.

128

– Por acaso eu te ouvi dizendo que vai vender sua casa? – Donna perguntou a ele. – Ou, sei lá, eu que estava sonhando? Não consegui distinguir. Tudo o que ouvi parecia meio surtado e esquisito.

– Todos nós estamos sonhando – disse Arctor. *Se o viciado é o último a saber que é um viciado, então talvez o homem seja o último a saber que está de fato dizendo o que ele próprio diz*, refletiu Arctor. Ficou imaginando ainda quão sério tinha falado em meio a toda aquela porcaria que Donna ouvira por acaso. Ficou imaginando quanto da insanidade daquele dia, sua própria insanidade, era real ou se era só uma loucura compartilhada por contato, pela situação. Como sempre, Donna era um ponto fundamental de realidade para ele; para ela, essa era a pergunta básica e natural. Ele bem que gostaria de ser capaz de responder.

7

No dia seguinte, Fred apareceu usando seu traje borrador para se informar sobre a instalação dos grampos.

– Os seis escâneres holográficos que estão operando no local neste exato momento (achamos que seis devem ser suficientes por ora) transmitem para um apartamento de segurança que fica descendo a rua, na mesma quadra da casa de Arctor – explicou Hank estendendo uma planta da casa de Bob Arctor sobre a mesa de metal que estava entre eles. Fred se tranquilizou ao ver isso, mas não muito. Ele pegou a folha de papel e estudou a localização dos vários escâneres nos vários cômodos, colocados aqui e ali para que tudo ficasse sob escrutínio constante tanto de vídeo quanto de áudio.

– Então eu tenho que ir a esse apartamento para ouvir as gravações – disse Fred.

– Usamos esse lugar como ponto de monitoramento de gravações de umas oito (ou agora talvez sejam nove) casas ou apartamentos que estão sendo vigiados nesse bairro em particular. Então você vai esbarrar com outras pessoas que estão acompanhando outras gravações. *Esteja sempre com o seu traje nessas ocasiões.*

– Eu vou ser visto entrando nesse apartamento, é muito perto.

– Acho que sim, mas é um conjunto imenso, com centenas de unidades, e foi o único que encontramos e que era viável do ponto de vista eletrônico. Vai ter que servir, pelo menos até conseguirmos um despejo jurídico de outra unidade em outro lugar. Estamos trabalhando nisso... Duas quadras mais adiante, onde você ficará menos visível. Daqui a uma semana mais ou menos, acho. Isso se os escâneres holográficos puderem ser transmitidos com uma resolução aceitável ao longo dos cabos de microrrelé e linhas de transferência de informações tecnológicas iguais às antigas...

– Então vou usar a conversa de que estou pegando alguma mulher naquele conjunto se o Arctor ou o Luckman ou algum desses drogados me virem entrando lá. – Isso não complicava muito as coisas. Na verdade, só reduzia o tempo que ele ficava em trânsito e pelo qual não recebia, o que era um fator importante. Ele podia muito bem ir até o tal apartamento de segurança, ver as reproduções dos escâneres, definir o que era relevante para seus relatórios e o que podia ser descartado, e aí voltar rápido para...

Para minha própria casa, pensou ele. *A casa de Arctor. Subindo a rua até aquela casa onde eu sou o Bob Arctor, o drogado barra-pesada sob suspeita e que estava sendo escaneado sem saber, e aí a cada par de dias eu dou uma desculpa para descer a rua e entrar nesse apartamento onde eu sou o Fred, reproduzindo quilômetros e mais quilômetros de fitas para ver o que eu mesmo fiz, e essa história toda me deprime*, pensou ele. *A não ser pela proteção – e pelas informações pessoais valiosas – que isso irá me fornecer.*

Provavelmente quem quer que esteja me caçando vai ser pego pelos escâneres holográficos já na primeira semana.

Ao se dar conta disso, ele se sentiu mais calmo.

– Muito bem – ele disse a Hank.

– Então agora você sabe onde os escâneres holográficos foram colocados. Se eles precisarem de assistência, provavelmente você mesmo pode fazer isso quando estiver na casa do Arctor sem ninguém por perto. Você entra na casa dele normalmente, não?

Que bela merda, pensou Fred. *Se eu fizer isso, vou aparecer nas reproduções dos escâneres. Aí, quando vier trazê-las para o Hank, obviamente eu vou ser uma das pessoas que aparecem nelas, e isso estraga tudo.*

Até agora, ele nunca tinha contado para o Hank como ele sabia o que sabia sobre seus suspeitos; ele próprio como Fred, o eficaz dispositivo de monitoramento que portava as informações. Mas agora tinha esses escâneres holográficos e de áudio, que não cortavam as imagens automaticamente na edição como seu relatório oral fazia com todas as menções que o identificavam. Eles veriam o próprio Robert Arctor ajustando os escâneres quando eles pifassem, sua cabeça crescendo até tomar toda a tela. Mas, por outro lado, *ele* seria o primeiro a reproduzir as fitas armazenadas, ainda seria possível editar. O único problema era que isso exigiria tempo e cuidado.

Mas *o que* cortar na edição? Cortar o Arctor, totalmente? Arctor era o suspeito. Ou apenas Arctor quando ele fosse mexer nos escâneres.

– Eu vou me cortar na edição, para que vocês não me vejam – disse ele. – Para fins convencionais de proteção.

– Claro. Você nunca fez isso antes? – Hank alcançou algumas fotografias para mostrar a ele. – Você usa um dispositivo de apagamento em lote que exclui qualquer parte onde aparece você como informante. Isso para os escâneres holográficos, claro. Para os de áudio, não tem nenhuma política estabelecida a ser seguida. Mas você não vai ter nenhum grande problema com isso. Acreditamos que você é um dos indivíduos no círculo de amigos de Arctor que frequenta aquela casa... ou você é Jim Barris, ou Ernie Luckman, ou Charles Freck, ou Donna Hawthorne...

– Donna? – ele deu uma gargalhada, ou melhor, foi o traje que gargalhou à sua maneira.

– Ou o Bob Arctor – continuou Hank, averiguando sua lista de suspeitos.

– Eu faço relatórios sobre mim mesmo o tempo todo – disse Fred.

– Sendo assim, você terá que se incluir de tempos em tempos nas fitas dos escâneres que entrega para nós, porque se você se editar sistematicamente, conseguiremos deduzir quem é você por eliminação, quer você queira, quer não. Na verdade, o que você tem que fazer é se incluir na edição. Como posso chamar isso? De um jeito inventivo, artístico... Diabos, a palavra é *criativo*... Como acontece, por exemplo, durante os curtos intervalos em que você estiver sozinho na casa fazendo suas pesquisas, fuçando nos papéis e gavetas, ou fazendo a assistência de um escâner dentro do campo de visão de outro, ou...

– Vocês deviam simplesmente mandar alguém ir até a casa de uniforme mesmo uma vez por mês – disse Fred. – E mandar essa pessoa dizer: "Bom dia! Estou aqui para fazer a assistência dos dispositivos de monitoramento que foram instalados secretamente no local de vocês, e também no telefone e no carro". Talvez o Arctor acabe até pagando a conta.

– Arctor provavelmente apagaria o cara e depois desapareceria.

– Isso se o Arctor estiver escondendo tanto assim. Isso ainda não foi provado – disse Fred, o traje borrador.

– Arctor deve estar escondendo um bom tanto. Temos mais informações recentes sobre ele que foram reunidas e analisadas. Não existe dúvida substancial disso: ele é um blefe, uma nota de três contos. Ele é um fake. Então fique na cola dele até ele escorregar, até a gente ter o suficiente para prendê-lo e conseguir mantê-lo assim.

– Você quer que eu plante provas?

– Discutimos isso depois.

– Você acha que ele é um dos bambambãs da... você sabe, da Agência S. D.?

– O que a gente *acha* não tem nenhuma importância para o seu trabalho – disse Hank. – Nós avaliamos, *você* faz relatórios com suas próprias conclusões limitadas. Isto não é pra te menosprezar, mas nós temos informações, muitas informações, que não ficam disponíveis para você. A perspectiva mais ampla. A perspectiva computadorizada.

133

– O Arctor está ferrado – disse Fred. – Se é que ele está envolvido em algo. E, pelo que você diz, tenho a sensação de que ele está sim.

– Se continuarmos assim, logo teremos um processo contra ele – disse Hank. – E aí podemos cair em cima dele, o que vai ser um prazer para todos nós.

Fred, com um ar estoico, memorizou o endereço e o número do apartamento, e de repente se lembrou de ter visto um jovem casal com jeito de drogados que tinha desaparecido abruptamente, mas que de vez em quando entrava e saía do prédio. Foram pegos, e o apartamento deles foi tomado para esse fim. Ele tinha gostado deles. A garota tinha cabelos longos e meio loiros, não usava sutiã. Uma vez ele passou por ela de carro enquanto a garota estava carregando compras e lhe ofereceu uma carona; eles bateram um papo. Ela era do tipo orgânico, curtia megavitaminas e algas e sol, era simpática, tímida, mas acabou recusando. Agora ele conseguia entender por quê. Era óbvio que os dois estavam escondendo algo. Ou, mais provável, traficando. Por outro lado, se precisassem de um apartamento, uma batida por posse resolveria o problema, e isso era algo que sempre dava para se providenciar.

Que fim teria aquela casa grande e toda imunda do Bob Arctor na mão das autoridades, quando ele fosse tirado do jogo?, pensou. *Um centro ainda maior de processamento de informações da inteligência, na certa.*

– Você ia gostar da casa do Arctor – ele disse em voz alta. – Está detonada e normalmente cheia de sujeira de drogados, mas é grande. Tem um quintal legal, vários arbustos.

– Foi isso mesmo que o pessoal da instalação relatou. Algumas possibilidades excelentes.

– Eles *o quê*? Eles relataram que era uma casa "cheia de possibilidades", foi isso? – a voz do traje borrador matraqueou de forma enlouquecedora, sem nenhum tom ou ressonância, o que só o deixou ainda mais bravo. – Tipo o quê?

– Bom, uma possibilidade óbvia: a sala tem vista para o cruzamento, então os carros que passam podem ser capturados e as placas deles... – Hank continuou averiguando seus muitos papéis. – Mas o Burt Sei-lá-o-quê, que estava chefiando o pessoal, achou que tinham deixado a casa se deteriorar tanto que não valeria a pena tomá-la. Como um investimento.

– Como assim? Deteriorada de que jeito?

– O telhado.

– O telhado está perfeito.

– A pintura interna e externa. A condição do piso. Os armários da cozinha...

– Besteira – disse Fred, ou pelo menos foi o que o traje murmurou. – O Arctor pode até ter deixado uma pilha de louça, não ter tirado o lixo nem varrido e tal, mas no fim das contas, três caras morando lá sem nenhuma mina? Ele foi largado pela mulher, são elas que têm que fazer essas coisas. Se Donna Hawthorne tivesse se mudado para lá do jeito que o Arctor queria que ela fizesse, implorou para ela fazer isso, ela teria dado um trato. De todo modo, qualquer serviço de faxina profissional colocaria a casa inteira no lugar, pelo menos no que diz respeito à limpeza, em meio dia. Quanto ao telhado, isso realmente me deixa puto porque...

– Então você recomenda que a gente fique com a casa depois que o Arctor for preso e perder a propriedade.

Fred, o terno, olhou para ele.

– E então? – disse Hank impassível, com a caneta a postos.

– Eu não tenho nenhuma opinião, nem que sim, nem que não – e Fred se levantou de sua cadeira para ir embora.

– Não vá embora ainda – disse Hank, indicando para que ele voltasse a se sentar, e pescou uma folha entre os papéis da sua mesa. – Tenho um memorando aqui...

– Você sempre tem memorandos para todo mundo – disse Fred.

– Este memorando – disse Hank –, me instrui a mandar você para a Sala 203 hoje antes de partir.

– Se for sobre aquela porcaria de discurso antidrogas que eu fiz no Lions Club, já levei uma bela enrabada por conta disso.

– Não, não é nada disso – Hank passou para ele a folha oscilante. – Isso é outra coisa. Eu já acabei o que tinha para fazer com você, então, por que não vai direto para lá agora e resolve logo isso?

De repente, ele deparou com uma sala toda branca com acessórios de metal e cadeiras de metal e uma mesa de metal, tudo chumbado no lugar, uma sala com cara de hospital, depurada e estéril e fria, com uma luz muito forte. Na verdade, à direita tinha uma balança com uma placa: AJUSTES DEVEM SER FEITOS SOMENTE POR TÉCNICOS. Dois agentes o encaravam, ambos usando um uniforme completo da Delegacia de Polícia do Condado de Orange, mas com faixas médicas.

– Você é o oficial Fred? – disse um deles, o que tinha um bigode pontudo.

– Sim, senhor – disse Fred. Ele se sentia assustado.

– Tudo bem então, Fred, primeiro deixe-me declarar, como você certamente foi informado, que suas instruções e relatórios são monitorados e depois reproduzidos para estudo, caso algo tenha passado despercebido nas sessões originais. Isso é um procedimento operacional padrão, claro, e se aplica a todos os oficiais que se reportam oralmente, não só a você.

– Além disso – disse o outro agente –, todos os outros contatos que você mantém com o departamento, sejam eles telefonemas ou atividades adicionais, como o seu recente discurso público em Anaheim, para os garotos do Rotary Club...

– Lions... – disse Fred.

– Você toma Substância D? – perguntou o agente à esquerda.

– Essa pergunta – disse o outro – é discutível porque assumimos como certo que, no seu trabalho, você é obrigado a fazer isso. Então não responda. Não que seja algo incriminador, mas é simplesmente discutível – e apontou para uma mesa onde havia uma série de blocos e outros objetos vagabundos de plástico colorido, além de outros itens que o oficial Fred não conseguia identificar. – Venha até aqui e sente-se, oficial Fred. Nós vamos aplicar rapidamente vários testes fáceis. Isso não vai tomar muito do seu tempo e você não vai sentir nenhum desconforto físico.

– Sobre esse discurso que eu fiz... – disse Fred.

– Isto aqui – disse o agente médico à esquerda, enquanto se sentava e pegava uma caneta e alguns formulários – é fruto de uma pesquisa recente do departamento que mostra que vários agentes secretos que trabalham nessa área foram internados em Clínicas de Afasia Neurológica no último mês.

– Você está ciente da elevada capacidade viciante da Substância D? – questionou o outro agente a Fred.

– Com certeza – disse Fred. – É claro que sei.

– Agora, vamos fazer estes testes com você – disse o agente que estava sentado –, seguindo a ordem e começando com o que chamamos de nível básico ou...

– Vocês acham que eu sou um viciado? – disse Fred.

– Se você é ou não um viciado não é a questão principal, já que esperamos um agente bloqueador vindo da Divisão Militar de Aparelhagem Química para Guerras em algum momento nos próximos cinco anos.

– Estes testes não dizem respeito às propriedades viciantes da Substância D, mas... Bom, antes disso, deixe-me passar a você este Teste de Figura e Fundo, que estabelece a sua capacidade imediata de distinguir uma figura do fundo. Está vendo este diagrama geométrico? – E colocou um cartão desenhado na mesa, diante de Fred. – Dentro dessas linhas aparentemente insignificantes existe um objeto familiar que todos nós somos capazes de reconhecer. Você tem que me dizer qual é...

Tópico. Em julho de 1969, Joseph E. Bogen publicou seu artigo revolucionário chamado "O outro lado do cérebro: Uma mente apositiva". Nesse artigo, ele citava um obscuro dr. A. L. Wigan, que, em 1844, escreveu o seguinte:

> A mente é essencialmente dual, assim como os órgãos com os quais ela é exercitada. Essa ideia se apresentou a mim e eu a ela, e me dediquei por mais de um quarto de século, sem ser capaz de encontrar uma única objeção válida ou até mesmo plausível. Assim, acredito-me capaz de provar que: (1) cada cérebro é um todo distinto e perfeito como um órgão de pensamento; (2) um processo separado e distinto de pensamento ou de raciocínio pode ser realizado em cada cérebro simultaneamente.

Em seu artigo, Bogen concluiu: "Acredito [assim como Wigan] que cada um de nós tem duas mentes em uma pessoa. Existe uma série de detalhes a serem levados em conta neste caso. Mas, por fim, devemos confrontar diretamente a resistência principal à visão de Wigan: isto é, o sentimento subjetivo que cada um de nós possui de que somos Unos. Essa convicção de Unicidade é uma das opiniões mais prezadas pelo Homem Ocidental...".

– ... esse objeto e apontar para ele dentro do diagrama.

Estão bancando a dupla Mutt & Jeff para cima de mim, pensou Fred.

– Qual o motivo de tudo isso? – perguntou ele, olhando para o agente, e não para o diagrama. – Aposto que é por causa do discurso no Lions Clube – disse ele, tomado de certeza.

– Em muitas das pessoas que tomam a Substância D ocorre uma separação entre o hemisfério direito e o hemisfério esquerdo do cérebro – disse o agente que estava sentado. – Há uma perda da *gestalt* adequada, que é um defeito tanto no sistema de percepção quanto no sistema de cognição, ainda que, *aparentemente*, o sistema cognitivo continue funcionando normalmente. Mas o que agora se recebe do sistema de percepção é contaminado pelo fato de estar separado, portanto, ele também passa a apresentar falhas graduais de funcionamento, vai se deteriorando de maneira progressiva. Você já localizou o objeto familiar em meio ao desenho das linhas? Você pode encontrá-lo para mim?

– Você não está falando sobre vestígios de acúmulo de metais pesados nos pontos neurorreceptores, né? – disse Fred. – Danos irreversíveis...

– Não – disse o agente que estava de pé. – Isso não é um dano cerebral, mas uma espécie de toxicidade, toxicidade cerebral. É uma psicose cerebral tóxica que atinge o sistema de percepção ao seccioná-lo. O que você tem diante de si, este teste de figura e fundo, mede a precisão do seu sistema de percepção para atuar como um todo unificado. Você consegue ver a forma aqui? Normalmente ela salta aos seus olhos.

– Estou vendo uma garrafa de Coca – disse Fred.

– O correto é uma garrafa de refrigerante – disse o agente que estava sentado, e tirou o desenho, colocando outro no lugar.

– Vocês notaram alguma coisa ao estudar minhas instruções ou algo assim? – disse Fred. – Alguma coisa escapou? – *Foi o discurso*, pensou ele – E o discurso que eu fiz? Eu mostrei alguma disfunção bilateral nessa ocasião? Foi por isso que me arrastaram até aqui para fazer esses testes? – Ele já tinha lido sobre esses testes de secção cerebral que eram aplicados pelo departamento de tempos em tempos.

– Não, isso é de rotina – disse o agente que estava sentado. – Nós entendemos, oficial Fred, que agentes secretos têm a necessidade de tomar drogas no exercício de seu trabalho. Aqueles que foram parar em clínicas...

– Permanentemente? – perguntou Fred.

– Permanentemente, não muitos. Mais uma vez, essa contaminação da percepção que pode acontecer ao longo do tempo pode levar a...

– Às sombras – disse Fred. – Ela coloca tudo na escuridão.

– Você está ouvindo alguma conversa cruzada? – um dos agentes perguntou a ele de repente.

– O quê? – ele falou, incerto.

– Entre os hemisférios. Quando há algum dano no hemisfério esquerdo, que é onde normalmente se situam as habilidades linguísticas, às vezes o hemisfério direito tenta assumir, dando o melhor de si.

– Não sei – disse ele –, não que eu saiba.

– Pensamentos que não sejam seus de fato. Como se outra mente ou pessoa estivesse pensando no seu lugar. Mas de forma diferente daquela que você costuma pensar. Até mesmo palavras em língua estrangeira que você não conhece. Isso são coisas aprendidas pela sua percepção periférica em algum momento da sua vida.

– Nada parecido com isso. É algo que eu perceberia.

– Costumava-se acreditar que o hemisfério direito não tinha nenhuma capacidade linguística, mas isso foi antes de um monte de gente ter ferrado seus hemisférios esquerdos com drogas e dado ao hemisfério direito uma oportunidade de entrar em cena. Para preencher o vácuo.

– Com certeza vou ficar de olhos bem abertos para isso – disse Fred, e ouviu a tonalidade meramente mecânica de sua voz, feito uma criança obediente na escola. Concordar em obedecer qualquer ordem boçal era algo imposto a ele por aqueles que detinham autoridade. Aqueles que eram maiores do que ele e que estavam em posição de impor sua força e vontade sobre ele, fosse isso algo razoável ou não.

Apenas concorde, ele pensou. *E faça o que te disserem para fazer.*

– O que você está vendo nesta segunda imagem?

– Uma ovelha – disse Fred.

– Mostre-me a ovelha – o agente que estava sentado se inclinou para a frente e girou a imagem. – Uma incapacidade ao discriminar em um Teste de Figura e Fundo te coloca em maus lençóis. Em vez de não identificar forma alguma, você percebe formas defeituosas.

Tipo merda de cachorro, pensou Fred. *Merda de cachorro com certeza seria considerada uma forma defeituosa. Em qualquer padrão. Ele...*

Dados indicam que o hemisfério menor e silencioso é especializado na percepção gestáltica, sendo primariamente um sintetizador no trato de recepção de informações. Em contraste, a fala, o maior hemisfério, parece operar de maneira mais lógica, analítica, algo como um computador, e conclusões sugerem que um possível motivo de lateralização cerebral no homem é a incompatibilidade básica das funções de linguagem, por um lado, e as funções perceptivas sintéticas, por outro.

...se sentiu mal e deprimido, quase da mesma forma que durante seu discurso no Lions Clube.

– Não tem nenhuma ovelha aí, né? – disse ele. – Mas eu cheguei perto pelo menos?

– Isto não é um teste de Rorschach, em que um borrão confuso pode ser interpretado de várias maneiras por várias pessoas – disse o agente que estava sentado. – Neste teste, um único objeto específico foi delineado. Neste caso, é um cachorro.

– Um o quê? – disse Fred.

– Um cachorro.

– Como dá para dizer que é um cachorro? – Ele não tinha visto nenhum cachorro. – Mostre para mim – o agente...

Esta conclusão encontra provas comprobatórias no animal de cérebro dividido cujos hemisférios podem ser treinados para perceber, ponderar e agir de forma independente. No ser humano, em que o pensamento propositivo normalmente é lateralizado em um hemisfério, o outro hemisfério evidentemente se especializa em um modo diferente de pensamento, que pode ser chamado de *apositivo*. As regras ou métodos através dos quais o pensamento propositivo é elaborado "deste" lado do cérebro (o lado que fala, lê e escreve) foram submetidos a análises de sintaxe, semântica, lógica matemática etc. por vários anos. As regras segundo as quais o pensamento apositivo é elaborado do outro lado do cérebro precisarão ser estudadas por muitos anos mais.

...virou o cartão. Na parte de trás, o contorno formal, simples e contundente de um CACHORRO tinha sido inscrito, e agora Fred o reconhecia como a forma desenhada em meio às linhas da parte da frente. Na verdade, era um tipo específico de cachorro, um greyhound, com o abdômen retraído.

– O que significa isso, o fato de eu ter visto uma ovelha? – disse ele.

– Provavelmente é só um bloqueio psicológico – disse o agente que estava de pé, transferindo seu peso de uma perna para a outra. – Somente depois de passar por todo o conjunto de cartões, e depois de vários outros testes...

– Este teste é superior ao de Rorschach – interrompeu o agente que estava sentado, sacando o próximo desenho –, porque ele não tem cunho interpretativo. Tem tantas possibilidades erradas quanto você conseguir imaginar, *mas apenas uma é a correta*. O objeto correto que o Departamento de Ilustrações Psicológicas dos Estados Unidos incutiu na imagem e se certificou, para cada um dos cartões. Essa era a resposta certa, porque foi assim que chegou de Washington. Ou você entendeu ou não, e se você demonstrar uma *recorrência* de não entendimento, aí precisaremos proceder para o ajuste de um dano funcional de percepção e te afastar por um tempo, até que você se saia bem no teste mais para a frente.

– Uma clínica federal? – disse Fred.

– Sim. Agora, o que você está vendo neste desenho, em meio a essas linhas específicas em preto e branco?

A Cidade da Morte, pensou Fred enquanto analisava o desenho. *É isso o que vejo: a morte em várias formas, não apenas em uma forma correta, mas por toda parte. Mercenários com menos de um metro de altura em seus carrinhos.*

142

– Apenas me diga – disse Fred. – Foi o discurso no Lions Club que alertou vocês?

Os dois agentes médicos trocaram olhares.

– Não – disse, por fim, o que estava de pé. – Na verdade, tem a ver com uma conversa que aconteceu por acaso, só umas bobagens entre você e o Hank. Foi umas duas semanas atrás... perceba, existe um atraso tecnológico para processar todo esse lixo, toda essa informação bruta que chega. Eles ainda nem chegaram ao seu discurso. Na verdade, isso só vai acontecer daqui a uns dois dias.

– Que bobagens foram essas?

– Algo sobre uma bicicleta roubada – disse o outro agente. – Uma suposta bicicleta de sete marchas. Vocês estavam tentando entender onde tinham ido parar as três marchas que estavam faltando, não era isso? – mais uma vez os dois agentes médicos trocaram olhares. – Vocês acharam que tinham ficado no chão da garagem de onde foi roubada, não foi isso?

– Mas que inferno – protestou Fred. – Isso foi culpa do Charles Freck, não minha; foi ele quem deixou todo mundo com o rabo em polvorosa falando disso. Eu só achei que era engraçado.

BARRIS (*De pé no meio da sala com uma bicicleta novinha em folha, bastante satisfeito*): Olhem só o que consegui por vinte dólares.

FRECK: O que é isso?

BARRIS: Uma bicicleta de corrida com dez marchas, praticamente intacta. Eu vi no quintal do vizinho e perguntei sobre ela; eles tinham umas quatro, então ofereci vinte dólares em dinheiro e eles me venderam. Gente de cor. Eles até ergueram a bicicleta pela cerca para mim.

LUCKMAN: Eu não sabia que dava para comprar uma bicicleta de dez marchas quase nova por vinte dólares. É impressionante o que dá para fazer com vinte dólares.

DONNA: Parece com a bicicleta da garota que mora na minha frente e que foi roubada um mês atrás. Eles provavelmente roubaram, esses negros.

ARCTOR: Claro que roubaram, se eles estavam com quatro. E ainda vendendo tão barato assim.

DONNA: Você tem que devolver para a garota que mora na minha frente, se for dela. De qualquer modo, você deveria deixá-la dar uma olhada para ver se é dela.

BARRIS: É uma bicicleta de homem. Então, não pode ser dela.

FRECK: Mas por que você diz que tem dez marchas quando são só sete?

BARRIS: (*Surpreso*) O quê?

FRECK: (*Indo até a bicicleta e apontando*) Olha só, tem cinco marchas aqui e duas marchas aqui na outra ponta da corrente. Cinco e duas...

Quando o quiasma óptico de um gato ou de um macaco passa por uma divisão sagital, as informações recebidas pelo olho direito vão apenas para o hemisfério direito e, da mesma maneira, o olho esquerdo informa apenas o hemisfério esquerdo. Se um animal com essa operação é treinado para escolher entre dois símbolos usando apenas um olho, testes posteriores mostram que ele é capaz de fazer a escolha certa com o outro olho. Mas se as comissuras, especialmente o corpo caloso, forem cortados antes do treinamento, o olho que estava coberto inicialmente e seu hemisfério ipsilateral devem ser treinados desde o começo. Isto é, o treinamento não é transferido de um hemisfério a outro se as comissuras forem cortadas. Esse é o experimento fundamental de secção cerebral de Myers e Sperry (1953; Sperry, 1961; Myers, 1965; Sperry, 1967).

... dão sete. Então é uma bicicleta de apenas sete marchas.

144

LUCKMAN: Sim, mas até mesmo uma bicicleta de corrida de sete marchas vale mais de vinte dólares. Ele fez um bom negócio mesmo assim.

BARRIS (*Irritado*): Essa gente de cor me disse que tinha dez marchas. É sacanagem.

(*Todos se reúnem para examinar a bicicleta e contam as marchas repetidamente.*)

FRECK: Agora estou contando oito. Seis na frente, duas atrás. Isso dá oito.

ARCTOR (*Logicamente*): Mas deveriam ser dez. Não existem bicicletas com sete ou oito marchas. Não que eu saiba. O que você acha que aconteceu com as marchas que estão faltando?

BARRIS: Esses caras de cor devem ter mexido nisso, tirando as marchas sem as ferramentas apropriadas nem conhecimento técnico, e aí quando remontaram, deixaram três marchas caídas no chão da garagem. Provavelmente elas ainda estão jogadas lá.

LUCKMAN: Então a gente devia ir pedir de volta essas marchas que estão faltando.

BARRIS (*Ponderando irritado*): Mas é aí que tá a sacanagem: eles provavelmente vão querer me vender essas marchas, e não me dar, como deveriam. Fico imaginando o que mais eles devem ter estragado. (*Conferindo toda a bicicleta.*)

LUCKMAN: Se formos todos juntos, eles vão nos dar; pode apostar, cara. Vamos nós todos, certo? (*Olhando em volta em busca de assentimento.*)

DONNA: Vocês têm certeza de que só tem sete marchas?

FRECK: Oito.

DONNA: Sete, oito, tanto faz. Só estou dizendo para perguntar para alguém antes de ir até lá. Para mim, não parece que eles tenham desmontado nem feito nada com ela. Então, antes de vocês irem até lá falar um monte de merda para eles, descubram. Tão ligados?

ARCTOR: Ela está certa.

LUCKMAN: Para quem a gente devia perguntar? Quem a gente conhece que é uma autoridade em bicicletas de corrida?

FRECK: Vamos perguntar para a primeira pessoa que aparecer. Vamos levá-la até a entrada e aí quando aparecer algum maluco a gente pergunta para ele. Assim teremos um ponto de vista imparcial.

(*Todos levaram a bicicleta até a entrada e logo encontraram um jovem negro estacionando seu carro. Apontando com ar inquisidor para as sete – ou oito? – marchas, perguntaram para ele quantas eram, muito embora eles pudessem ver – tirando o Charles Freck – que eram só sete delas: cinco em uma extremidade da corrente e duas na outra. Cinco mais dois dá sete. Isso eles podiam confirmar com os próprios olhos. O que estava rolando?*)

JOVEM NEGRO (*Calmamente*): O que vocês precisam fazer é multiplicar a quantidade de marchas da frente pela quantidade de trás. Não é uma adição, e sim uma multiplicação, porque, como vocês podem ver, a corrente vai de uma ponta a outra, e falando na proporção de marchas, são cinco (*Ele aponta as cinco marchas*) vezes cada uma das duas que tem na frente (*E aponta as outras duas*), o que dá uma vez cinco marchas, que são cinco, e depois quando você muda essa alavanca aqui no guidão (*Ele faz uma demonstração*), a corrente vai para o outro lado aqui na frente e interage com as mesmas cinco que ficam atrás, o que dá mais cinco. A soma que existe é de cinco mais cinco, que dá dez. Estão vendo como funciona? É assim, a proporção das marchas sempre é resultado de...

(*Eles agradecem o garoto e levam a bicicleta de volta para dentro. O jovem negro, que eles nunca tinham visto antes, não tinha mais de 17 anos e estava dirigindo um carro de transporte de carga todo batido, continuou fechando o veículo enquanto eles fecharam a porta da frente de casa e ficaram ali parados.)*

LUCKMAN: Alguém tem droga aí? "Onde há droga, há esperança". (*Ninguém...*

Todas as provas indicam que a separação dos hemisférios cria duas esferas independentes de consciência dentro de um único crânio, isto é, dentro de um único organismo. Essa conclusão é perturbadora para algumas pessoas que encaram a consciência como uma propriedade indivisível do cérebro humano. Parece algo prematuro para outros, que insistem que as capacidades reveladas até então pelo hemisfério direito estão no nível de um autômato. Existe, é bem verdade, uma desigualdade hemisférica nos casos atuais, mas pode muito bem ser uma característica dos indivíduos que estudamos. É inteiramente possível que caso um cérebro humano seja dividido em uma pessoa muito jovem, ambos os hemisférios poderiam, em consequência disso, desenvolver separada e independentemente funções mentais de ordem elevada, em um nível atingido somente no hemisfério esquerdo de indivíduos normais.

... ri.)

– Sabemos que você era uma das pessoas desse grupo – disse o agente médico que estava sentado. – Não importa qual delas. Nenhum de vocês conseguiu olhar para a bicicleta e perceber a simples operação matemática envolvida para determinar a quantidade desse sistema diminuto de proporção de marchas. – Fred percebeu certa compaixão na voz do representante, certa dose de gentileza. – Uma operação dessas é um teste de aptidão de colégio. Vocês estavam todos chapados?

– Não – disse Fred.

– Eles aplicam testes de aptidão assim em crianças – disse o outro agente médico.

– Então o que está errado, Fred? – perguntou o primeiro agente.

– Eu me esqueci – disse Fred, e então se calou antes de continuar: – Para mim, parece que é um caso de cognição fodida, e não de percepção. O pensamento abstrato não está envolvido numa situação dessas? Não...

– Você pode até pensar isso – disse o representante que estava sentado. – Mas os testes mostram que o sistema cognitivo falha porque não está recebendo dados precisos. Em outras palavras, as informações recebidas estão distorcidas de tal forma que, quando você começa a raciocinar sobre o que está vendo, faz isso de maneira errada porque não... – o agente gesticulou, tentando encontrar um jeito de se expressar.

– Mas uma bicicleta de dez marchas tem, na verdade, sete – disse Fred. – O que vimos estava certo. Duas na frente e cinco atrás.

– Mas vocês não notaram, nenhum de vocês, como elas interagem: cinco atrás com *cada uma* das duas da frente, como o rapaz negro disse a vocês. Ele era um homem muito instruído?

– Provavelmente não – disse Fred.

– O que o negro viu foi diferente do que todos vocês viram – disse o agente que estava de pé. – Ele notou dois cabos diferentes de conexão entre os sistemas de marchas traseiro e dianteiro, dois cabos simultâneos e diferentes que eram perceptíveis para ele entre as marchas da frente e que chegam até as cinco marchas traseiras ao mudar... O que vocês viram foi *um* cabo conectando todas elas.

– Mas então isso daria seis marchas – disse Fred. – Duas na frente e mais um conector.

– E isso é uma percepção imprecisa. Ninguém ensinou isso para o garoto negro. O que ensinaram para ele, se é que alguém ensinou algo, foi como entender, cognitivamente, qual era o significado desses dois conectores. Vocês deixaram um deles completamente de lado, todos vocês. O que vocês fizeram foi que, apesar de contar as duas marchas da frente, vocês as *perceberam* como uma homogeneidade.

– Vou me esforçar mais da próxima vez – disse Fred.

– Que próxima vez? Da próxima vez que comprarem uma bicicleta de dez marchas roubada? Ou da próxima vez que vocês abstraírem a percepção de todas as informações cotidianas?

Fred continuou em silêncio.

– Vamos continuar com o teste – disse o agente que estava sentado. – O que você está vendo neste, Fred?

– Merda de cachorro de plástico – disse Fred. – Igual àquelas que eles vendem aqui na região de Los Angeles. Posso ir embora agora? – era o discurso do Lions Club, tudo de novo.

No entanto, os dois agentes começaram a rir.

– Sabe, Fred – disse o que estava sentado. – Se você conseguir manter seu senso de humor assim, talvez consiga fazer algo.

– *Fazer algo*? – repetiu Fred – Fazer o quê? Parte da equipe? "Fazer" com uma garota? Fazer o bem? Mandar fazer? Fazer sacanagem? Fazer sentido? Fazer dinheiro? Fazer dar tempo? Definam os termos de vocês. Em latim, "fazer" é *"facere"*, que sempre me lembra de *"fodere"*, que é "foder" em latim, e eu não...

O cérebro de animais mais desenvolvidos, incluindo o homem, é um órgão duplo que consiste de hemisférios direito e esquerdo que são conectados por um istmo de tecido nervoso chamado de corpo caloso. Há cerca de quinze anos, Ronald E. Myers e R. W. Sperry, à época na Universidade de Chicago, fizeram uma descoberta surpreendente: quando essa conexão entre as duas metades do cérebro é cortada, cada hemisfério funciona independentemente, como se fosse um cérebro completo.

...ando entendendo merda nenhuma que valha a pena ultimamente, nem merda de plástico, nem qualquer outro tipo de merda. Se vocês dois são aqueles moleques psicólogos que têm ouvido minhas reuniões com o Hank, qual é o negócio da Donna então? Como consigo me aproximar dela? Quero dizer, como é que se faz isso? Com esse tipo de garota doce, única e teimosa?

– Cada garota é diferente – disse o agente que estava sentado.

– Falo de me aproximar dela eticamente – disse Fred. – E não entupir a menina de comprimidos e bebida e depois meter nela enquanto ela estiver caída no chão da sala.

– Compre flores para ela – disse o agente que estava de pé.

– O quê? – disse Fred, arregalando os olhos sob o filtro do seu traje.

– Nesta época do ano você pode comprar umas florzinhas da primavera. Nos departamentos de floricultura da J. C. Penney ou do Kmart. Ou então uma azaleia.

– Flores... – murmurou Fred. – Você está falando de flores de plástico ou de verdade? Das de verdade, imagino eu.

– As de plástico não são boas – disse o agente que estava sentado. – Elas parecem que são... Bom, falsas. Falsas de alguma maneira.

– Posso ir embora agora? – perguntou Fred.

Depois de uma troca de olhares, ambos os agentes acenaram com a cabeça.

– Vamos te avaliar em outra ocasião, Fred – disse o que estava de pé. – Não é tão urgente assim. Hank irá te avisar sobre uma futura consulta marcada.

Por algum motivo obscuro, Fred sentiu vontade de dar um aperto de mão em cada um deles ao sair, mas não o fez; apenas saiu sem dizer nada, um pouco chateado e um pouco aturdido, provavelmente por causa do jeito que o haviam dispensado, tão de repente assim. *Eles estiveram repassando meu material repetidamente*, pensou ele, *tentando encontrar indícios de que estou lesado, e aí encontraram algo. De todo modo, acharam o suficiente para quererem me submeter a esses testes.*

Flores da primavera, pensou ele enquanto ia até o elevador. *Pequeninas. Elas provavelmente crescem perto do chão e muita gente pisa nelas. Será que elas crescem livremente, selvagens? Ou em tanques especiais, em imensas fazendas fechadas? Fico imaginando como é o campo. Os terrenos e coisas assim, os cheiros estranhos. E onde será que encontro isso?, imaginou ele. Aonde você tem que ir e como faz para chegar e ficar lá? Que tipo de* viagem é essa, qual será a passagem que você precisa? E com quem se compra essa passagem?

Eu gostaria de levar alguém comigo quando for até lá, pensou ele, talvez a Donna. Mas como chamar alguém para fazer isso, uma garota, quando você nem sabe como se aproximar dela? Quando você vem dando em cima dela sem conseguir nada... nem o primeiro passo. A gente devia fazer isso logo, pensou ele, porque depois todas as flores da primavera iguais a essas que ele mencionou terão morrido.

8

A caminho da casa de Bob Arctor, onde normalmente dava para encontrar um bando de pirados para passar um tempo chapado sossegado, Charles Freck bolou uma brincadeira para sacanear Barris e retrucar aquela baboseira que tinha acontecido no restaurante Fiddler's Three naquele mesmo dia. Em sua cabeça, enquanto tentava habilmente escapar dos radares-armadilha que a polícia mantinha por todo canto (as vans com radar da polícia que ficavam de olho nos motoristas normalmente assumiam o disfarce de Kombis velhas e meio toscas, pintadas com um marrom sem graça e conduzidas por uns malucos de barba; quando via uma dessas, ele reduzia a velocidade), ele imaginou uma prévia da piada:

FRECK (*Casualmente*): Comprei uma plantação de metedrina hoje.

BARRIS (*Com uma cara meio esnobe*): Metedrina é um comprimido, tipo anfetamina. É bola, cristal, sintetizada em laboratório. Não é algo orgânico, tipo maconha. Não existe isso de plantação de metedrina igual tem de maconha.

FRECK (*Liberando o final da piada para cima dele*): Estou dizendo que herdei 40 mil de um tio e comprei uma plantação que fica escondida na garagem desse cara, onde ele produz metedrina. Quer dizer, ele tem uma fábrica onde produz anfetamina. Plantação no sentido de...

Ele não conseguia acertar a fala em cheio enquanto dirigia, porque parte de sua mente estava concentrada nos carros e luzes em volta dele; mas ele sabia que, quando chegasse à casa do Bob, ia fazer o Barris cair na piada direitinho. E principalmente se tivesse um monte de gente lá, o Barris ia morder a isca na hora e ia ficar na cara para todo mundo que ele é um perfeito de um cuzão. E isso seria um belo troco para ele, porque o Barris, pior do que qualquer outra pessoa, não suportava quando tiravam com a cara dele.

Ao descer do carro, ele deparou com Barris do lado de fora, trabalhando no carro de Bob Arctor. O capô estava levantado, e tanto Barris quanto Arctor estavam de pé com um monte de ferramentas de automóveis.

– E aí, cara? – disse Freck, batendo a porta do carro e se aproximando com um ar casual. – Barris... – disse ele na sequência com um jeito descontraído, colocando a mão no ombro de Barris para chamar sua atenção.

– Agora não – resmungou Barris, que estava com suas já imundas roupas de conserto cobertas de graxa e coisas assim.

– Comprei uma plantação de metedrina hoje – disse Freck.

– De que tamanho? – disse Barris com uma carranca impaciente.

– Como assim?

– Uma plantação de que tamanho?

– Bom... – disse Freck, imaginando como continuar a piada.

– Quanto ela custou? – disse Arctor, também sujo de graxa por causa do conserto do carro; pelo que Freck viu, eles tinham tirado o carburador, o filtro de ar, as mangueiras e tudo o mais.

– Umas dez pratas – disse Freck.

– O Jim teria conseguido mais barato para você – disse Arctor, encurtando a conversa. – Não conseguiria, Jim?

– Estão praticamente dando essas fábricas de metanfetamina – disse Barris.

– Mas esta é uma garagem inteira, porra! – protestou Freck. – Uma fábrica! Capaz de produzir um milhão de tabletes por dia, com uma máquina que faz os comprimidos e tudo. Completa!

– E tudo isso custou dez dólares? – disse Barris, abrindo um sorriso.

– Onde é que fica? – perguntou Arctor.

– Não fica pelas bandas de cá – disse Freck inquieto. – Vão se foder, vocês dois.

Fazendo uma pausa no trabalho (Barris fazia várias pausas em seu trabalho, fosse conversando com alguém ou não), ele disse:

– Olhe só, Freck, se você tomar ou injetar muita metanfetamina, você começa a falar igual ao Pato Donald.

– E daí? – disse Freck.

– Aí ninguém consegue te entender – completou Barris.

– O que você disse, Barris? Não consegui compreender – disse Arctor.

Com o rosto dançando de contentamento, Barris imitou a voz do Pato Donald. Freck e Arctor riam e se divertiam. Barris não parou mais, finalmente indicando o carburador.

– E o carburador? – questionou Arctor, já sem sorrir.

– Você está com o eixo do afogador entortado – disse Barris com a voz de volta ao normal, mas ainda com um sorriso largo. – Todo o carburador vai ter que ser refeito. Caso contrário, o afogador vai te deixar na mão quando você estiver dirigindo pela estrada, aí vai achar que o motor está sobrecarregado e morto e algum babaca vai te acertar em cheio na traseira. E possivelmente o combustível bruto que passa pelas paredes dos cilindros, caso chegue tão longe assim, vai acabar com a lubrificação, então os seus cilindros vão ser atingidos e vão ficar estragados permanentemente. E aí você vai precisar realinhá-los.

– Por que o eixo do afogador está torto? – perguntou Arctor.

Dando de ombros, Barris continuou e desmontou o carburador, sem responder nada. Deixou isso nas mãos de Arctor e Charles Freck, que não sabiam nada de motores, especialmente de consertos complexos assim.

Saindo da casa, Luckman, usando uma camiseta estilosa e uma calça Levi's de cintura alta, com um livro nas mãos e óculos escuros, disse:

– Eu liguei e eles estão conferindo quanto vai te custar para refazer o carburador desse carro. Daqui a pouco eles retornam, por isso deixei a porta da frente aberta.

– Você poderia colocar um com quatro cilindros em vez de dois, já que está fazendo isso mesmo – disse Barris. – Mas vai precisar de um novo conjunto de válvulas. A gente podia conseguir um usado mais barato.

– Mas vai ficar com a marcha muito lenta com um Rochester de quatro cilindros – disse Luckman. – É disso que você está falando? Não ia mudar de marcha direito, nem aumentar a marcha.

– Os ativadores de ponto morto poderiam ser substituídos por ativadores menores que compensariam isso – disse Barris. – E com um taquímetro, as rotações por minuto seriam controladas para não embalar o motor além da conta. O taquímetro avisaria quando a marcha não estivesse aumentando. Normalmente só de tirar o pé do acelerador já aumenta a marcha se a conexão automática de transmissão não fizer isso. Eu sei também onde a gente consegue um taquímetro. Na verdade, eu tenho um.

– Isso aí – disse Luckman. – Bom, se ele mandasse ver para mudar de marcha e conseguisse bastante torque de repente em uma emergência na estrada, ele reduziria a marcha e aceleraria tanto que a junta do cabeçote explodiria, ou então coisa muito pior. Explodiria todo o motor.

– Ele veria o salto do ponteiro do taquímetro – disse Barris, paciente. – E reduziria.

– Em uma ultrapassagem? – disse Luckman. – No meio da ultrapassagem de um caminhão? Porra, ele teria que continuar afundando o pé, com altas rotações ou não. Ele teria que detonar o motor em vez de reduzir, porque se reduzisse, nunca ia conseguir fazer a ultrapassagem que estava tentando.

– Aceleração – disse Barris. – Num carro pesado desses, a aceleração o levaria adiante mesmo que ele reduzisse.

– E subindo uma ladeira? – perguntou Luckman. – O impulso não te leva muito longe ladeira acima quando você está ultrapassando.

Dirigindo-se a Arctor, Barris disse:

– Quanto este carro... – Ele se inclinou para ver qual era. – Este... – Seus lábios se mexeram. – Olds.

– Ele pesa uns quinhentos quilos – disse Arctor, enquanto Charles Freck viu que ele lançava uma piscadela na direção de Luckman.

– Então você está certo – disse Barris. – Não teria muita massa de inércia com um carro leve desses. Ou será que teria? – Ele alcançou uma caneta e algo onde pudesse escrever. – Uns quinhentos quilos viajando a cem por hora concentra uma força igual a...

– Dá uns quinhentos quilos – acrescentou Arctor –, com os passageiros dentro e o tanque cheio e uma caixa lotada de tijolos no porta-malas.

– Quantos passageiros? – perguntou Luckman, inexpressivo.

– Doze.

– São seis atrás – disse Luckman – e seis na...

– Não – disse Arctor. – São onze atrás e o motorista sozinho na frente. Então, olha só, as rodas de trás vão ter mais peso de tração. Aí ele não vai derrapar.

– Mas este carro derrapa? – disse Barris olhando para cima, em alerta.

– A menos que tenha onze pessoas na parte de trás – disse Arctor.

– Então seria melhor encher o porta-malas com sacos de areia – disse Barris. – Três sacos de areia de cem quilos. Aí os passageiros poderiam ser distribuídos de maneira mais equilibrada e ficariam mais confortáveis.

156

– E se fosse uma caixa de uns trezentos quilos de ouro no porta-malas? – perguntou Luckman. – Em vez de três de cem de...

– Dá para ficar na sua? – disse Barris. – Estou tentando calcular a inércia deste carro a cem quilômetros por hora.

– Ele não chega a cem – disse Arctor. – Um dos cilindros já era. Eu ia te contar. Perdeu uma das hastes ontem à noite, quando eu estava voltando do 7-Eleven.

– Então por que a gente está tirando o carburador? – perguntou Barris. – Precisamos tirar o cabeçote inteiro por conta disso. Na verdade, muito mais. Na verdade, o bloco todo deve estar rachado. Bom, é por isso que não quer nem dar partida.

– Seu carro não quer dar partida? – Freck perguntou a Bob Arctor.

– Ele não quer dar partida porque a gente tirou o carburador – disse Luckman.

– Por que mesmo a gente tirou o carburador? – questionou Barris, intrigado. – Já me esqueci.

– Para conseguir trocar as molas e todas as outras peças pequenas – disse Arctor. – Para isso não foder de novo e quase matar a gente. O mecânico do posto Union recomendou que a gente fizesse isso.

– Se vocês não ficassem falando tanta merda feito um bando de chapados de anfetamina – disse Barris –, eu conseguiria terminar minhas contas e calcular como este carro específico e com esse peso lidaria com um carburador Rochester de quatro válvulas, modificado naturalmente com ativadores menores de ponto morto. – Agora ele estava genuinamente ressentido. – Então CALEM A BOCA!

Luckman abriu o livro que levava nas mãos. Então, ele se aprumou muito mais que de costume; seu peitoral grande inflou, assim como seus bíceps:

– Barris, vou ler para você. – E começou a ler do livro com um tom especialmente fluente. – "Aquele a quem é dado ver o Cristo de maneira *mais real* do que qualquer outra realidade..."

– O quê? – disse Barris.

Luckman continuou a ler:

– "... do que qualquer outra realidade do Mundo, o Cristo onipresente e que se torna mais magnânimo em toda parte, o Cristo que é a determinação final e o princípio plasmático do Universo..."

– O que é isso? – perguntou Arctor.

– Chardin. Teilhard de Chardin.

– Nossa, Luckman... – disse Arctor.

– "... esse homem vive de fato em uma região onde nenhuma multiplicidade pode afligi-lo e que, no entanto, é o ofício mais ativo de realização universal." – Luckman fechou o livro.

Com um elevado nível de apreensão, Charles Freck se colocou entre Barris e Luckman.

– Relaxem, vocês dois aí.

– Saia da frente, Freck – disse Luckman, recuando seu braço direito a uma posição baixa para dar um soco em cheio em Barris. – Venha aqui, Barris, vou te encher de porrada até amanhã por falar assim com seus superiores.

Com um grito selvagem e suplicante de terror, Barris derrubou a caneta e o bloco de papel e saiu desembestado num caminho errático até a porta da frente da casa, berrando enquanto corria:

– Acho que ouvi o telefone, é o conserto do carburador.

Eles ficaram assistindo enquanto ele ia embora.

– Eu só estava brincando com ele – disse Luckman, esfregando seu lábio inferior.

– E se ele pegar a arma e o silenciador? – disse Freck, com um nervosismo totalmente desmedido; ele foi pouco a pouco se deslocando na direção de seu carro estacionado, para se jogar depressa embaixo dele caso Barris voltasse atirando.

– Chega mais – Arctor disse a Luckman e eles retomaram o trabalho no carro, enquanto Freck ficou apreensivo e fazendo nada perto de seu próprio carro, se perguntando por que ele tinha decidido aparecer por ali justo hoje. Não estava nada de boa ali hoje, como era de costume, nem um pouco. Ele tinha sentido umas

158

vibrações ruins por trás daquela brincadeira, desde o começo. *Que porra não está dando certo?*, ele se perguntou, e voltou meio sombrio para seu carro, pronto para dar partida.

Será que as coisas vão ficar pesadas e esquisitas aqui também, ele se perguntou, igual aconteceu na casa do Jerry Fabin nas últimas semanas em que ele estava lá? Costumava ser sossegado aqui, pensou, todo mundo comprando e usando, curtindo um rock psicodélico, Stones principalmente. A Donna sentada aqui, de botas e jaqueta de couro, enchendo as pílulas, o Luckman bolando uns baseados e contando do seminário que ele pretendia dar na UCLA sobre como fumar drogas e enrolar baseados, e como um dia ele repentinamente bolaria o baseado perfeito, que seria colocado numa redoma de vidro com gás hélio lá no Constitution Hall ao lado de outros itens de igual importância, como parte da história americana. Quando olho para trás, pensou ele, mesmo quando eu e o Jim Barris estávamos no Fiddler's dia desses... Era uma época melhor. Foi o Jerry quem começou esse negócio que está acontecendo aqui, foi isso que levou o Jerry embora. Como é que os dias e os acontecimentos e momentos tão bons podem ficar ruins tão rápido e sem motivo, sem motivo aparente? É só... Mudança. E causada por nada.

– Vou vazar – ele disse a Luckman e Arctor, que estavam assistindo enquanto ele acelerava.

– Não, fica aí, cara – disse Luckman com um sorriso afetuoso. – A gente precisa de você, você é nosso irmão.

– Nem, tô caindo fora.

De dentro da casa, Barris apareceu cuidadosamente. Ele trazia um martelo.

– Era engano – gritou ele, avançando com toda a cautela, hesitando e se aproximando como um caranguejo em um filme de drive-in.

– Para que esse martelo? – perguntou Luckman.

– Para consertar o motor – disse Arctor.

– Achei que era o caso de trazer isso – Barris explicou enquanto voltava cuidadosamente para perto do Olds. – Já que ele estava lá dentro e eu vi por acaso.

– As pessoas mais perigosas – disse Arctor – são aquelas que têm medo da própria sombra. – Isso foi a última coisa que Freck ouviu enquanto partia; ele ficou imaginando o que Arctor queria dizer, se estava falando dele, Charles Freck. Sentiu-se envergonhado. *Mas, merda*, pensou ele, *por que ficar por perto quando é um puta saco? Qual o barato disso? Nunca tome partido nessas cenas ruins*, ele lembrou a si próprio; esse era seu lema de vida. Então ele foi embora de carro sem olhar para trás. *Deixa esses caras aí se estranhando*, pensou. *Quem precisa deles?* Mas ele se sentiu mal, mal de verdade, por deixá-los e por presenciar aquela mudança sombria, e mais uma vez se perguntou por que e o que aquilo significava, mas então lhe ocorreu que talvez as coisas assumissem o sentido contrário de novo e melhorassem, e isso o alegrou um pouco. Na verdade, isso fazia com que um filme imaginário passasse na sua cabeça enquanto ele dirigia evitando os carros invisíveis da polícia:

ALI TODOS ELES FICARAM SENTADOS COMO ANTES.

Até mesmo pessoas que estavam mortas ou lesadas, como o Jerry Fabin. Eles ficaram todos sentados aqui e ali, em meio a uma espécie de luz clara, que não era bem a luz do dia, e sim algo melhor que isso, uma espécie de mar que estava entre eles e também acima.

Donna e umas outras garotas estavam tão gatas: elas estavam de shorts e blusas de alcinhas, ou então de regatas sem sutiã. Ele conseguia ouvir uma música, ainda que não conseguisse de fato distinguir que faixa era nem de qual disco. *Acho que é Hendrix!*, pensou ele. *Isso aí, uma faixa antiga do Hendrix, ou então agora de repente era Janis. Todos eles: Jim Croce e Janis, mas especialmente Hendrix*. "Antes de morrer", murmurava o próprio Hendrix, "me deixe viver a minha vida do jeito que eu quiser", e na hora essa fantasia se desfez porque ele tinha esquecido tanto que Hendrix estava morto quanto a maneira como o Hendrix e também a Janis tinham morrido, isso sem falar no Croce. Hendrix e Janis tendo uma overdose de heroína, os dois tão gente boa, dois seres humanos incríveis, e então ele se lembrou de ter ouvido o agente da Janis dizendo que só dava uns duzentos contos de vez em quando para ela. Ela não podia ficar com todo o resto, com tudo o que ganhava, por causa do vício em drogas. E aí, dentro de sua cabeça, ele começou a ouvir a música "All is loneliness" dela e começou a chorar. E foi nesse estado que ele dirigiu até em casa.

Na sala de sua casa, sentado com seus amigos e tentando decidir se ele precisava de um carburador novo, de um refeito ou de um híbrido de carburador e conjunto de válvulas, Robert Arctor sentia o escrutínio silencioso e constante, a presença eletrônica dos escâneres holográficos. E se sentia bem com isso.

– Parece que você está de boa – disse Luckman. – Gastar cem contos não me deixaria tão de boa assim.

– Decidi andar pela rua até encontrar um Olds igual ao meu – explicou Arctor –, para então desparafusar o carburador e não pagar nada por isso. Como todo mundo que a gente conhece.

– Especialmente a Donna – disse Barris concordando. – Eu queria que ela não tivesse passado por aqui naquele dia enquanto a gente estava fora. A Donna rouba tudo o que ela dá conta de carregar, e quando não dá conta, liga para a gangue de ladrões camaradas dela, aí eles aparecem e carregam tudo para ela.

– Vou te contar uma história que ouvi sobre a Donna – disse Luckman. – Então, uma vez a Donna colocou uma moeda de 25 em uma dessas máquinas de comprar selos que têm uma bobina dentro. A máquina estava meio surtada e ficou cuspindo selos sem parar. Enfim, ela ficou com uma cesta cheia de selos, mas a máquina *ainda* continuava cuspindo sem parar. No fim das contas, ela tinha mais de 18 mil selos de quinze centavos, ela e seus amigos malandros contaram. Bom, isso foi legal, mas o que Donna Hawthorne ia fazer com todos eles? Ela nunca escreveu uma carta sequer na vida, tirando uma para seu advogado, para processar um cara que tentou sacaneá-la numa venda de droga.

– A Donna faz *isso*? – disse Arctor. – Ela tem um advogado para recorrer quando algo dá errado em uma transação ilegal? Como ela pode fazer isso?

– Provavelmente ela só diz que o cara está devendo uma grana para ela.

– Imagine só receber uma intimação de um advogado dizendo que ou você paga ou vai a julgamento por causa de uma venda de droga – disse Arctor, perplexo com Donna, como lhe era de costume.

– Enfim – continuou Luckman –, lá estava ela com uma cesta cheia que tinha pelo menos 18 mil selos de quinze centavos, e que diabos ela ia fazer com aquilo? Você não pode vender tudo de volta para os Correios. Enfim, quando o pessoal dos correios fosse fazer a assistência da máquina, iam notar que ela deu pau, e qualquer um que aparecesse em um guichê com todos aqueles selos de quinze centavos, especialmente com uma bobina inteira deles... Porra, eles iam se ligar; na verdade, eles ficariam esperando por ela, certo? Então ela pensou a respeito. Claro, depois que ela colocou tudo no carro e se mandou de lá. E aí ela ligou de novo para essa gangue de malandros com quem ela trabalha e pediu para eles chegarem com uma britadeira toda exótica e especial, resfriada e silenciada à água (a qual, meu Deus, eles também tinham roubado) e, no meio da noite, soltaram a máquina de selos que estava chumbada no concreto e levaram para a casa dela na carroceria de um Ford Ranchero. Que eles provavelmente roubaram também. Por causa dos selos.

– Você quer dizer que ela vendeu os selos? – disse Arctor, admirado. – De uma máquina de venda? Um por um?

– Eles remontaram, pelo menos foi o que fiquei sabendo, e recolocaram a máquina de selos em um cruzamento movimentado, por onde passa um monte de gente, mas fora do campo de visão de qualquer caminhão dos correios, e aí colocaram a máquina para funcionar de novo.

– Teria sido mais inteligente só detonar a caixa onde ficam as moedas – disse Barris.

– Daí eles ficaram vendendo selos por algumas semanas – disse Luckman. – Até que eles acabaram, como aconteceria naturalmente em algum momento. E então que diabos aconteceu? Posso imaginar o cérebro de Donna pensando nisso durante essas semanas, aquele cérebro camponês de meia tigela... A família dela é de origem camponesa de algum país europeu. Enfim, quando acabaram os selos da máquina, a Donna decidiu transformar a máquina em uma que vendesse refrigerantes, que também é dos correios... Eles são bem cautelosos. E você pode ir em cana para sempre por isso.

– Isso é verdade? – disse Barris.

– Isso o quê? – disse Luckman.

– Essa mina é perturbada – disse Barris. – Ela devia ser presa. Você percebe que todos os nossos impostos foram reajustados porque ela roubou esses selos? – ele parecia irritado novamente.

– Então escreva para o governo e conte para eles – disse Luckman, com o rosto frio de aversão por Barris. – Peça um selo para a Donna para poder mandar, ela te vende um.

– A preço cheio – disse Barris, igualmente puto.

Os escâneres holográficos, pensou Arctor, *terão quilômetros e quilômetros dessa baboseira em suas fitas caras. Não quilômetros e quilômetros de fitas inúteis, mas quilômetros e quilômetros de fitas viajandonas.*

Não era o que acontecia enquanto Robert Arctor estava sentado diante de um escâner holográfico que importava, ele ponderou; era o que acontecia – pelo menos para ele... Para quem? Para Fred – enquanto Bob Arctor estava em algum outro lugar ou dormindo e os outros estavam sendo escaneados. Então é melhor eu vazar como tinha planejado, pensou ele, deixando esses caras aqui e mandando outras pessoas que eu conheço virem para cá. Eu deveria deixar minha casa superacessível de agora em diante.

163

E então um pensamento horrível e espantoso cresceu dentro dele. *Digamos que, quando eu rebobinar as fitas, eu vá ver a Donna aqui, abrindo uma janela com uma colher ou uma lâmina de faca, e entrando e destruindo meus bens e roubando tudo. Uma outra Donna: a garota que ela é de verdade, ou pelo menos como ela é quando eu não estou vendo. Toda aquela história filosófica de "quando uma árvore cai na floresta". Como será a Donna quando não tem ninguém por perto para observá-la?*

Será que essa garota astuta, adorável e simpática, muito simpática, supersimpática, imaginou ele, se transforma instantaneamente em uma víbora? Será que vou ver uma mudança que vai me atordoar as ideias? A Donna ou o Luckman, qualquer um com quem eu me importo. Igual seu gato ou cachorro de estimação quando você sai de casa... O gato esvazia uma almofada e começa a esconder suas coisas valiosas dentro dela: um rádio-relógio, um barbeador, tudo o que ele der conta de esconder antes de você voltar. Ele vira completamente outro gato quando você não está, te sacaneando e arranhando tudo, ou acendendo seus baseados, ou andando pelo telhado, fazendo ligações de longa distância... Só Deus sabe. Um pesadelo, um outro mundo esquisito do outro lado do espelho, uma cidade do horror toda ao contrário, com entidades irreconhecíveis assombrando tudo, a Donna se deslocando de quatro, comendo da tigela dos bichos... Uma viagem psicodélica qualquer, selvagem, insondável e horripilante.

Inferno, pensou ele; *nesse sentido, talvez o Bob Arctor também acorde de madrugada de um sono profundo e faça umas doidices assim. Tente transar com a parede. Ou então apareçam vários malucos misteriosos que ele nunca viu antes, um monte deles, com cabeças especiais que giram 360°, feito corujas. E os escâneres de áudio vão pegar essas conspirações bizarras e malucas maquinadas por ele e por esses caras para explodir o banheiro do posto Standard enchendo a privada com explosivos de plástico, Deus sabe com que motivação lunática. Talvez esse tipo de coisa aconteça todas as noites enquanto ele só imagina que está dormindo... e desapareça durante o dia.*

Bob Arctor, especulou ele, *pode aprender mais novas informações sobre si próprio do que está preparado para saber, mais do que sabe sobre Donna e sua jaquetinha de couro, e sobre Luckman com seus panos chiques, e até mesmo sobre o Barris – talvez quando não tem ninguém por perto, o Jim Barris simplesmente vai dormir. E dorme até que os outros voltem.*

Mas ele duvidava disso. Era mais provável que o Barris sacasse um transmissor escondido em meio à bagunça e ao caos do quarto dele – que, como todos os outros quartos da casa, agora estavam pela primeira vez sob escaneamento 24 horas – e enviasse um sinal criptografado para um bando de filhos da puta criptógrafos com quem ele estava conspirando agora a serviço de sei-lá-quem ele ou esses caras estivessem conspirando. *Uma outra ramificação das autoridades*, refletiu Bob Arctor.

Por outro lado, o Hank e aqueles caras do centro não ficariam muito felizes se o Bob Arctor saísse de casa, agora que esse monitoramento caro e elaborado tinha sido instalado, e nunca mais fosse visto: nunca mais aparecesse em nenhuma das fitas. Por isso, ele não poderia ir embora só para realizar seus planos pessoais de vigilância à custa dos planos deles. Afinal de contas, o dinheiro era deles.

No script que estava sendo filmado, ele teria que ser o ator principal a todo momento. *Ator, Arctor*, ele pensou. *Bob, o Ator que está sendo caçado, ele que é a presa número um.*

Dizem que você nunca reconhece sua voz ao ouvi-la pela primeira vez reproduzida em uma gravação. E quando você se vê em vídeo ou coisa assim, em um holograma 3D, você tampouco se reconhece visualmente. Você pensava que era um homem alto e gordo com cabelos pretos e, em vez disso, você é uma mulher pequena e magra sem cabelo nenhum... Será isso? *Tenho certeza de que vou reconhecer Bob Arctor*, ele pensou, *pelo menos pelas roupas que ele usa ou por um processo de eliminação. Quem não for o Barris ou o Luckman e morar aqui só pode ser o Bob Arctor. A menos que seja um dos cachorros ou gatos. Vou tentar manter meu olho profissional bem treinado para fisgar algo que ande sobre duas pernas.*

– Barris, vou sair para ver se consigo comprar feijão – então, ele fingiu se lembrar de que não tinha carro e fez uma expressão condizente. – Luckman, a sua Falcon está funcionando?

– Não – disse Luckman pensativo, depois de considerar um pouco. – Acho que não.

– Posso pegar seu carro emprestado, Jim? – Arctor pediu a Barris.

– Fico pensando... Se você consegue dirigir meu carro – disse Barris.

Isso sempre surgia como uma espécie de defesa quando alguém tentava pegar o carro de Barris emprestado, porque ele tinha feito algumas modificações especiais nele:

(a) na suspensão

(b) no motor

(c) na transmissão

(d) na traseira

(e) na unidade de tração

(f) no sistema elétrico

(g) na dianteira e na direção

(h) e também no relógio, no acendedor de cigarro, no cinzeiro, no porta-luvas. Especialmente no porta-luvas. Barris sempre o mantinha fechado. O rádio também tinha sido engenhosamente *alterado* (sem nunca explicar como ou por quê). Ao sintonizar uma estação, você só ouvia bipes com um minuto de intervalo. Todos os botões de sintonizar chegavam a uma única transmissão que não fazia o menor sentido e, estranhamente, nunca se tocava rock. Às vezes, quando acompanhavam Barris em uma compra e ele estacionava e saía do carro, deixando-os sozinhos, ele colocava nessa mesma estação com o som especialmente alto. Se eles mudassem de rádio enquanto ele não estivesse, Barris se tornava incoerente e se recusava a falar ou sequer a dar uma explicação no caminho de volta. Até então, ele não tinha explicado nada. Provavelmente, ao ser sintonizado naquela frequência, seu rádio transmitia:

(a) para as autoridades;

(b) para uma organização política paramilitar privada;

(c) para o Sindicato;

(d) para extraterrestres de inteligência elevada.

– O que eu quero dizer – falou Barris – é que ele vai andar a...

– Ah, caralho! – Luckman interrompeu bruscamente. – É só um motor comum de seis cilindros, seu babaca. Quando a gente estaciona no centro de Los Angeles o cara do estacionamento dirige seu carro, então, por que o Bob não pode? Seu escroto.

Agora, Bob Arctor também tinha alguns aparelhos, algumas modificações escondidas que tinham sido feitas no rádio de seu próprio carro. Mas ele não falava a respeito disso. Na verdade, foi o Fred quem fez isso. Ou, de todo modo, alguém fez, e fizeram algo um pouco parecido com o que Barris alegava que diversos dos seus aparelhos eletrônicos faziam, mas que, por outro lado, eles não faziam.

Por exemplo, todos os veículos a serviço da lei emitem uma interferência específica de espectro total, que soa como uma falha nos supressores de ruídos nos rádios de carros comuns. Como se a ignição do carro da polícia estivesse com problema. No entanto, Bob Arctor, como um agente da paz, havia recebido um dispositivo que, quando instalado dentro do rádio de seu carro, lhe contava várias coisas, ao passo que, para outras pessoas – a maioria delas –, esses mesmos barulhos não transmitiam informação alguma. Essas outras pessoas sequer reconheciam que a estática continha informações. Em primeiro lugar, os diferentes sons secundários contavam a Bob Arctor o quanto o veículo da lei estava próximo do dele e, em seguida, que variedade de departamento ele representava: cidade ou condado, patrulha rodoviária, polícia federal e assim por

167

diante. Ele também recebia os bipes com intervalo de um minuto que faziam as vezes de checagem de tempo para um carro estacionado: as pessoas que estavam no carro estacionado podiam estabelecer quantos minutos tinham esperado sem nenhum gesto armado evidente. Isso era útil, por exemplo, quando eles estabeleciam que iam invadir uma casa dentro de exatos três minutos. O *zzz zzz zzz* do rádio do carro informava precisamente da passagem desses três minutos.

Ele também sabia da rádio AM que tocava as dez mais continuamente, além de um bom tanto de falatório dos DJs entre cada uma delas, o que às vezes não era exatamente um falatório, em certo sentido. Se essa estação fosse sintonizada no carro e o barulho dela preenchesse o seu veículo, qualquer um que ouvisse por acaso escutaria uma estação convencional de música pop e as típicas falas chatas de um DJ e, assim, não perceberia nada nem se ligaria de modo algum no fato de que o suposto DJ de repente, na surdina e, com o exato mesmo estilo de voz tagarela com que dizia "E esta vai em especial para Phil e Jane, uma nova canção de Cat Stevens chamada...", eventualmente dizia algo mais parecido com "O carro azul vai continuar em sentido norte por 1,5 quilômetro no sentido de Bastanchury, e as outras unidades vão..." e assim por diante. Nunca – e isso contando todos os caras e minas que andavam de carro com ele, mesmo quando ele era obrigado a ficar sintonizado nas informações e instruções da polícia, como quando uma grande apreensão estava acontecendo ou uma grande ação que o envolvesse estava em andamento – ninguém percebera nada. Ou, caso tivessem notado, provavelmente acharam que estavam pessoalmente chapados e paranoicos e acabaram se esquecendo.

Ele também estava ciente dos vários carros da polícia à paisana, tipo uns Chevrolets velhos de traseira elevada e com escapamentos barulhentos (e ilegais) e aquelas listras de corrida, sendo dirigidos de maneira imprevisível e em alta velocidade por uns sujeitos modernosos e de aparência selvagem... a partir dos ruídos que seu rádio emitia em todas as frequências através da estação que trazia informações especiais, ele sabia quando alguém passava ventando ou o deixava comendo poeira. Ele sabia como ignorar.

Além disso, quando ele apertava o botão que supostamente trocava de AM para FM no rádio de seu carro, uma determinada estação em uma frequência específica transmitia uns murmúrios indefinidos de uma música que parecia de elevador, mas esse barulho que chegava a seu carro era filtrado e decifrado pelo microfone transmissor que tinha dentro do rádio. Assim, o que quer que fosse dito pelas pessoas no carro naquela ocasião era capturado pelo equipamento e divulgado para as autoridades. Mas aquilo que essa estação descolada específica ficava tocando, por mais alto que fosse o volume, não era recebido por eles e não interferia em nada; o grid eliminava tudo.

O que Barris *alegava* ter feito tinha certa semelhança com o que ele, Bob Arctor, enquanto oficial secreto de aplicação da lei, tinha de fato no rádio de seu próprio carro. Mas, além disso, em relação a outras modificações feitas na suspensão, no motor, na transmissão etc., não havia sido feita nenhuma alteração de nenhum tipo. Isso seria óbvio e malvisto. E, em segundo lugar, milhões de malucos por automóveis poderiam fazer modificações igualmente cabeludas em seus carros, então ele apenas conseguiu uma grana para colocar um motor bem potente no seu e deixou por isso mesmo. Qualquer veículo de alta potência pode se aproximar e deixar outro para trás. Barris vivia falando merdas a esse respeito. Uma Ferrari tem suspensão e manobras e direção que nenhuma "modificação secreta e especial" consegue bater, então que se foda. E policiais não podem dirigir carros esportivos, nem mesmo os mais baratos. Deixe a Ferrari de lado. No fim das contas, é a habilidade do motorista que decide tudo.

No entanto, ele tinha mesmo mais uma atribuição da lei. Pneus muito atípicos. Eles tinham mais faixas de aço dentro, iguais às que a Michelin tinha colocado alguns anos antes em seus modelos X. Estes eram todos de metal e se desgastavam rápido, mas tinham vantagens em termos de velocidade e aceleração. A desvantagem estava no custo, mas ele os havia conseguido de graça com a divisão que lhe atribuía verbas, e que não era como aquela máquina de Dr. Pepper da qual ele pegava dinheiro. Isso funcionava bem, mas ele só conseguia verbas quando fosse absolutamente necessário. Ele próprio trocara os pneus, quando ninguém estava vendo. O mesmo acontecera com as alterações do rádio.

O único medo em relação ao rádio não era que fosse detectado por algum intrometido, como o Barris, e sim um simples roubo. Esses dispositivos acrescidos faziam com que a substituição ficasse cara, caso fossem roubados. Ele teria que arrumar uma desculpa rápido.

Além disso, ele naturalmente levava uma arma escondida em seu carro. Nem o Barris, com suas viagens sinistras de ácido e suas fantasias chapadas, jamais teria projetado aquele esconderijo, o local onde ela estava de fato. Barris teria cogitado um lugar exótico para escondê-la, como a coluna da direção, em algum espaço vazio. Ou dentro do tanque de combustível, pendurada por um fio igual ao pacote de cocaína de *Sem destino*, um filme clássico, que, por acaso, era o pior lugar possível para esconder algo em uma moto. Qualquer oficial da lei que tivesse visto o filme se ligaria na hora no que aqueles sujeitos espertos com ares de psiquiatras tinham descoberto de maneira elaborada: que os dois motoqueiros queriam ser pegos e, se possível, também mortos. No carro dele, a arma estava no porta-luvas.

O negócio pseudointeligente no carro de Barris ao qual ele não parava de fazer alusão provavelmente tinha alguma semelhança com a realidade, a realidade do próprio carro modificado de Arctor, porque muitos dos truques de Arctor eram procedimentos padrão e tinham sido mostrados na TV de madrugada e em talk-shows por especialistas em eletrônica que tinham ajudado a projetá-los, ou que tinham lido a respeito em publicações comerciais, ou os haviam visto, ou ainda tinham sido demitidos de algum laboratório da polícia e guardavam rancor. Assim, a essa altura, um cidadão comum (ou, como Barris sempre dizia com seu jeito cerimonioso e semieducado, o típico cidadão médio) já sabia que nenhum meganha corria o risco de mandar parar um Chevrolet '57 tresloucado e a toda velocidade com aquelas listras de corrida, tendo atrás do volante algo parecido com um adolescente radical chapado tomando uma cerveja Coors... só para descobrir que tinha parado um carro disfarçado da divisão de narcóticos em plena perseguição de sua presa. Por isso, hoje em dia os cidadãos médios sabem como e por que esses carros da divisão de narco-tráficos indicavam continuamente suas identidades entre si e para seus colegas, enquanto roncavam os motores por aí assustando velhinhas e caretas, deixando-os indignados a ponto de escrever cartas... Que diferença fazia, afinal? O que de fato faria diferença – e em uma medida espantosa – seria se os punks, os loucos por carros antigos, os motoqueiros e especialmente os traficantes e aviõezinhos e intermediários conseguissem construir e equipar seus próprios carros com aparelhos sofisticados assim.

Assim eles conseguiriam passar zumbindo direto. Impunes.

– Então vou andando – disse Arctor, que era o que ele queria fazer mesmo; ele tinha que deixar Barris e Luckman no jeito, ele *tinha* que sair para andar.

– Aonde você está indo? – disse Luckman.

– Pra casa da Donna – chegar até a casa dela a pé era quase impossível; por isso, dar uma desculpa dessas era garantia de que nenhum dos dois o acompanharia. Ele vestiu seu casaco e tomou o rumo da porta da frente. – Vejo vocês depois.

– O meu carro... – Barris emendou como quem foge da raia.

– Se eu tentasse dirigir o seu carro – disse Arctor –, eu aperta-ria o botão errado e ele sairia voando pelo centro de Los Angeles igual ao balão da Goodyear e iam ter que jogar borato em cima dos poços de petróleo em chamas para me salvar.

– Fico feliz que você consiga entender meu lado – resmungou Barris enquanto Arctor fechava a porta.

Sentado na frente do cubo holográfico do Monitor Dois, Fred, vestido com seu traje borrador, assistia impassível enquanto o holograma mudava continuamente diante de seus olhos. No apartamento de segurança, outros investigadores assistiam outros hologramas de outras fontes, reproduções em sua maioria. Fred, no entanto, assistia ao desenrolar de um holograma ao vivo; as imagens eram gravadas, mas ele tinha passado por cima das fitas armazenadas para acompanhar a transmissão no exato momento em que ela acontecia na casa supostamente detonada de Bob Arctor.

Dentro do holograma, em cores vivas e com alta resolução, estavam sentados Barris e Luckman. Na melhor poltrona da sala, Barris estava inclinado sobre um cachimbo de haxixe que ele vinha montando há dias. Seu rosto tinha se tornado uma máscara de concentração enquanto ele enrolava um fio branco sem parar em volta do bojo do cachimbo. Na mesa de centro, Luckman estava diante da TV, debruçado sobre um prato de frango enlatado, enchendo a boca com colheradas desajeitadas enquanto assistia a um filme de faroeste. Quatro latas de cerveja – vazias – tinham sido esmagadas por seu punho imponente sobre a mesa; agora ele estava alcançando a quinta lata pela metade, derrubou-a e derramou tudo, pegou de volta e praguejou um pouco. Ao ouvir o palavrão, Barris levantou o olhar, mirou-o igual a Mime do *Anel dos Nibelungos* e então retomou seu trabalho.

Fred continuava assistindo.

– Porcaria de TV da madrugada – gargarejou Luckman com a boca cheia de comida; então ele repentinamente derrubou a colher, se levantou cambaleando e tropeçando, virou na direção de Barris com as duas mãos para o alto, gesticulando sem dizer nada, com a boca aberta e cuspindo comida meio mastigada em suas roupas e no chão. Os gatos se adiantaram, ansiosos.

Barris interrompeu a confecção do cachimbo de haxixe e mirou o desafortunado Luckman. Frenético e agora gargarejando uns barulhos horríveis, Luckman liberou a mesa de centro das latas de cerveja e do prato de comida usando uma só mão; tudo foi parar no chão. Os gatos saíram com tudo, aterrorizados. Parado, Barris continuou olhando fixamente para ele. Luckman foi cambaleando alguns passos rumo à cozinha; o escâner, dentro de seu cubo e observado pelos olhos horrorizados de Fred, acompanhou Luckman enquanto ele tateava às cegas na penumbra da cozinha em busca de um copo, tentando abrir a torneira e enchê-lo de água. No monitor, Fred se sobressaltou; paralisado, ele viu Barris ainda sentado no Monitor Dois, retomando minuciosamente o interminável enrolar do fio em volta da cuia do cachimbo. Barris sequer tornou a olhar para cima; o Monitor Dois o mostrou mais uma vez trabalhando atento.

As fitas de áudio ressoaram com sons de coisas quebrando, uma agonia furiosa: um estrangulamento humano e o estrondo furioso de objetos caindo no chão enquanto Luckman lançava potes e panelas e pratos e talheres numa tentativa de chamar a atenção de Barris. Em meio ao barulho, Barris continuava metódico com seu cachimbo e não tornou a olhar para o alto.

Na cozinha, no Monitor Um, Luckman caiu no chão de joelhos com tudo, de uma só vez, com um baque contundente, e ficou caído com as pernas arreganhadas. Barris continuou enrolando o fio em seu cachimbo, e agora um pequeno sorriso pérfido apareceu em seu rosto, nos cantos da boca.

De pé, Fred encarava a imagem em choque, paralisado e galvanizado, tudo ao mesmo tempo. Foi pegar o telefone da polícia ao lado do monitor e se conteve, continuando a assistir.

Por vários minutos, Luckman ficou sentado no chão da cozinha sem se mexer, enquanto Barris enrolava o fio sem parar, inclinado feito uma idosa concentrada em seu tricô, sorrindo para si mesmo, sempre sorrindo e balançando de leve. Então, abruptamente, Barris lançou o cachimbo para longe, se levantou, olhou atentamente para a forma que Luckman tinha assumido no chão da cozinha, para o copo d'água quebrado ao lado dele, todos aqueles fragmentos e panelas e pratos quebrados, e só então o rosto de Barris reagiu de repente com um desalento meio falso.

Barris tirou os óculos e seus olhos se arregalaram de um jeito grotesco, agitando seus braços com um pavor desamparado, correndo para lá e para cá, até que se agachou perto de Luckman, parou a uma pequena distância dele e recuou, ofegando.

Ele está fazendo uma cena, Fred se deu conta. *Ele está armando seu show de pânico e descoberta. Como se ele tivesse acabado de entrar em cena.* No cubo do Monitor Dois, Barris se contorcia, engasgava de pesar com o rosto bem vermelho, e então foi oscilando até o telefone, pegou-o de supetão, derrubou-o no chão e pegou de volta com as mãos trêmulas... *Ele tinha acabado de descobrir que Luckman, sozinho na cozinha, tinha morrido engasgado com um pedaço de comida*, notou Fred, *sem ninguém por perto para ouvi-lo ou ajudá-lo. E agora Barris estava frenético tentando conseguir ajuda. Tarde demais.*

No telefone, Barris estava falando com uma voz estranha, lenta e aguda:

– Operador, vocês chamam de equipe de engasgamento ou de reanimação?

– Senhor – o fone chiou de seu alto-falante para Fred –, tem alguém que não está conseguindo respirar? O senhor gostaria...

– Acho que é uma parada cardíada – Barris estava falando ao telefone com sua voz baixa, urgente, calma e com ar profissional, uma voz fatal com a consciência do risco e da gravidade e do tempo que se esgotava. – Ou é isso ou a aspiração involuntária de um bolo na...

– Senhor, qual é o endereço? – interrompeu o operador.

– O endereço... – disse Barris. – Vamos ver, o endereço é...

Em voz alta e de pé, Fred soltou:

– Jesus.

De repente, Luckman, que estava esticado no chão, arqueou convulsivamente. Ele estremeceu e, em seguida, vomitou o material que estava obstruindo sua garganta, se debateu um pouco e abriu os olhos, que estavam fixos e inchados com aquela confusão.

– Hmmm... Parece que ele está bem agora – disse Barris suavemente ao telefone. – Obrigado, não vamos precisar de nenhuma ajuda no fim das contas – e desligou o aparelho rapidamente.

– Minha nossa – resmungou Luckman com um tom denso enquanto se sentava. – Caralho – ele ofegou ruidoso enquanto tossia e se esforçava para tomar um ar.

– Você tá bem? – perguntou Barris, com um fundo de preocupação.

– Devo ter engasgado. Eu desmaiei?

– Não exatamente. Mas acabou entrando num estado alterado de consciência. Por alguns segundos. Provavelmente em estado alfa.

– Meu Deus! Eu me sujei todo! – Sem firmeza e cambaleando de fraqueza, Luckman tentou ficar de pé sozinho e ficou balançando para a frente e para trás meio tonto, buscando apoio nas paredes. – Estou realmente ficando decadente, igual a um velho bebum – ele resmungou desgostoso e foi na direção da pia para se lavar, com passos vacilantes.

Assistindo a tudo isso, Fred sentiu o medo se esvair. O cara ia ficar bem. Mas Barris! Que tipo de pessoa ele era? Luckman se recuperou mesmo sem a ajuda dele. *Que destrambelhado*, pensou. *Que destrambelhado bizarro. Onde ele estava com a cabeça para ficar parado daquele jeito?*

– Um cara pode até bater as botas desse jeito – disse Luckman enquanto jogava água em si próprio na pia.

Barris sorriu.

– Ainda bem que eu tenho uma constituição física bem forte – disse Luckman, tomando goles de água de um copo. – O que você estava fazendo enquanto eu estava deitado lá? Batendo punheta?

– Você me viu no telefone – disse Barris. – Acionando os paramédicos. Entrei em ação quando...

– Lorota – disse Luckman amargamente, e continuou dando goles em sua água limpa e fresca. – Eu sei o que você faria se eu caísse morto... você roubaria tudo nos meus esconderijos. Até vasculharia os meus bolsos.

175

– É impressionante o quanto a anatomia humana é limitada – disse Barris. – O fato de que o ar e a comida compartilham a mesma passagem de ar. Desse jeito o risco de...

Silenciosamente, Luckman mostrou o dedo do meio para ele.

Um guinchar de freios. Uma buzina. Bob Arctor ergueu os olhos rapidamente para o trânsito da noite. Um carro esportivo, com o motor ligado, parado no meio-fio; dentro dele, uma garota acenando para ele.

Donna.

– Jesus – ele disse mais uma vez e foi a passos largos até o meio-fio.

Abrindo a porta de seu MG, Donna disse:

– Eu te assustei? Passei por você quando estava indo para sua casa quando me liguei que era você dando um rolê, daí fiz um retorno e voltei. Entre aí.

Em silêncio, ele entrou no carro e fechou a porta.

– Por que você está andando perdido assim? – disse Donna. – Por causa do seu carro? Ainda não foi consertado?

– Eu acabei de fazer um troço maluco – disse Bob Arctor. – Não uma viagem imaginária, mas... – e ele deu de ombros.

– Eu tô com o seu negócio – disse Donna.

– O quê? – disse ele.

– Mil tabletes de morte.

– *Morte*?

– Sim, morte de primeira. É melhor eu ir dirigindo. – Ela engatou a primeira marcha, saiu com o carro, tomou o rumo da rua e, quase repentinamente, ela estava indo muito rápido; a Donna sempre dirigia muito rápido e ficava colada nos carros da frente, mas com maestria.

– Aquele maldito Barris! – disse ele. – Você sabe como ele opera? Ele não mata ninguém que ele quer ver morto; só fica por perto até aparecer uma situação em que essas pessoas morrem.

E ele fica sentado lá enquanto elas morrem. Na verdade, ele arma algo para elas morrerem enquanto ele fica vendo de fora. Mas não tenho muita certeza de como ele faz isso. Enfim, ele arruma um jeito para deixar as pessoas morrerem – em seguida, ele retomou o silêncio, pensando consigo mesmo. – Tipo, o Barris não colocaria explosivos feitos de plástico na ignição do seu carro, o que ele faria...

– Você tá com a grana? – disse Donna. – Para o negócio? É de primeira mesmo, e eu preciso do dinheiro agora. Eu tenho que estar com ele hoje à noite porque preciso pegar outras coisas.

– Claro – ele estava com o dinheiro na carteira.

– Eu não gosto do Barris – disse Donna enquanto dirigia. – E não confio nele. Ele é louco, você sabe. E quando você está perto dele, fica louco também. Mas quando não está perto dele, você fica bem. Agora você está louco.

– Eu? – disse ele, assustado.

– Sim – disse Donna calmamente.

– Bom... Jesus... – ele não sabia como responder àquilo, especialmente porque Donna nunca estava errada.

– Ei – disse Donna animada. – Você pode me levar a um show de rock? No Estádio de Anaheim na semana que vem. Pode?

– Na certa – disse ele, mecanicamente, e aí se ligou no que Donna tinha dito, pedindo para sair com ele, e emendou animado: – *Beleeeeeeza*! – ele sentia a vida voltando a si; mais uma vez aquela garota pequena e de cabelos escuros que ele amava tanto tinha voltado a se importar com ele. – Que noite?

– É domingo à tarde. Vou levar um pouco daquele haxixe escuro e oleoso e ficar bem chapada. Eles nem vão notar a diferença, vai ter milhares de pessoas chapadas lá. – Ela lançou um olhar crítico para ele. – Mas você precisa usar algo arrumado, não essas roupas esquisitas que você usa às vezes. Quer dizer... – a voz dela se suavizou. – Quero que você fique gato, porque você é gato.

– Tudo bem – disse ele, encantado.

– Estamos indo para a minha casa – disse Donna enquanto avançava noite adentro em seu carrinho –, e você está mesmo com o dinheiro, vai me pagar e aí a gente toma alguns tabletes, fica bem chapado e de boa, e talvez você queira comprar uma garrafa de Southern Comfort e a gente fique de porre também.

– Uau, nossa! – disse ele com sinceridade.

– O que eu realmente quero fazer hoje – disse Donna enquanto reduzia a marcha e entrava com o carro em sua própria rua – é ver um filme no drive-in. Comprei um jornal e vi o que está em cartaz, mas não consegui achar nada que preste, só no Torrane Drive-In, mas já começou. Começou às cinco e meia. Saco.

Ele olhou para o relógio e disse:

– Então nós perdemos...

– Não, ainda dá para ver a maior parte – ela deu um sorriso caloroso para ele enquanto parava o carro e desligava o motor. – É uma maratona *Planeta dos Macacos*, com todos os onze filmes. Vai das 19h30 até 8h de amanhã de manhã. Posso ir trabalhar direto do drive-in, então preciso me trocar agora. Aí a gente fica sentada lá vendo filmes, chapados e tomando Southern Comfort a noite inteira. Nossa, você está a fim? – Ela o encarou, esperançosa.

– Está bem – ele ecoou.

– Isso, isso, isso – Donna saltou do carro e deu a volta para ajudá-lo a abrir a porta. – Quando foi que você viu todos os filmes *Planeta dos Macacos*? Eu vi a maioria deles no começo do ano, mas aí passei mal mais para o final e tive que vazar. Foi um sanduíche de presunto que me venderam lá no drive-in. Fiquei puta de verdade, perdi justo o último filme, em que eles revelam que todos os famosos da história, tipo o Lincoln e o Nero, eram secretamente macacos e conduziam toda a história humana desde o princípio. É por isso que quero tanto ir agora de novo. – Ela baixou o tom de voz enquanto eles se dirigiam para a porta da frente. – Eles me sacanearam me vendendo aquele sanduíche de presunto, então o que eu fiz, não vá me levar a mal, na próxima vez que a gente foi ao drive-in, aquele em La Habra, enfiei uma moeda torta na máquina e mais algumas outras em outras máquinas de venda, só para descontar. Eu e o Larry Talling... Você lembra do Larry, aquele cara com quem eu estava saindo? A gente entortou várias moedas de 25 e 50 usando o torno dele e uma chave inglesa grandona. Eu me certifiquei de que todas as máquinas eram da mesma empresa, claro, e aí ferramos um bom tanto delas, praticamente todas, para falar a verdade. – Ela destrancou a porta da frente com a chave fazendo movimentos lentos e solenes à meia-luz.

– Não é uma boa ideia te sacanear, Donna – disse ele enquanto eles entravam no apartamento pequeno e arrumado dela.

– Não pise no tapete peludo – disse Donna.

– Vou pisar onde então?

– Fique parado, ou então pise nos jornais.

– Donna...

– Não venha me encher o saco por ter que andar nos jornais. Você sabe quanto eu gastei para lavar meu tapete? – ela estava de pé, desabotoando sua jaqueta.

– Mão de vaca – disse ele, tirando seu próprio casaco. – Uma mão de vaca camponesa de origem francesa. Você já jogou algo fora alguma vez na vida? Você guarda até pedaços de fio que são pequenos demais para...

– Algum dia – disse Donna, balançando seus cabelos escuros enquanto se despojava da jaqueta de couro –, eu vou me casar e vou precisar de todas essas coisas que estou guardando. Quando você se casa, precisa de tudo o que há. Tipo, achamos esse espelho grandão no quintal do vizinho. Tivemos que ir em três e levamos mais de uma hora para passá-lo por cima da cerca. Algum dia...

– Dessas coisas todas que você guarda, quantas você comprou e quantas você roubou? – perguntou ele.

– *Comprar*? – ela estudou o rosto dele hesitante. – O que você quer dizer com *comprar*?

– Tipo quando você compra droga – disse ele. – Uma negociação de droga. Tipo agora – e sacou sua carteira. – Eu te dou dinheiro, certo?

Donna acenou com a cabeça enquanto o observava com obediência (na verdade, mais por educação), mas mantendo a dignidade. Com certa reserva.

– E aí você me entrega um tanto de droga por essa quantia – disse ele, segurando as notas. – O que eu quero dizer com *comprar* é uma extensão ao universo mais amplo de transações comerciais humanas, igual a esta que nós dois estamos fazendo agora, uma negociação de droga.

– Acho que estou entendendo – disse ela, com seus grandes olhos escuros tomados por placidez, mas sempre alerta. Ela estava disposta a aprender.

– Quantas... Por exemplo, quando você ficou grudada na traseira daquele caminhão de Coca-Cola e acabou roubando-o, em quantas garrafas de Coca você passou a mão? Quantos engradados?

– O suficiente para um mês – disse Donna. – Para mim e para meus amigos.

Ele a encarou com tom de reprovação.

– É uma forma de permuta – disse ela.

– Então o que... – Ele começou a gargalhar. – O que você dá em troca?

– Eu me dou.

Agora ele estava gargalhando em alto e bom som.

– Para quem? Para o motorista do caminhão, que provavelmente teve que fazer um bom...

– A Coca-Cola Company é um monopólio capitalista. Ninguém mais pode fazer Coca, só eles, é igual ao que faz a empresa telefônica quando você quer ligar para alguém. Todos eles são monopólios capitalistas. Você sabia – seus olhos escuros faiscaram – que a fórmula da Coca-Cola é um segredo guardado a sete chaves e transmitido há gerações, conhecido apenas por algumas poucas pessoas da mesma família, e que quando morrer o último deles que guarda a fórmula na memória, não vai mais existir Coca? Por isso tem uma cópia de segurança da fórmula guardada em um cofre em algum lugar – acrescentou ela meditativa. – Fico só imaginando onde... – ela ruminou consigo mesma, os olhos em faíscas.

– Você e esses seus amigos ladrões nunca vão encontrar a fórmula da Coca-Cola, nem em um milhão de anos.

– MAS QUEM DIABOS QUER FABRICAR COCA QUANDO SE PODE ROUBAR DIRETO DOS CAMINHÕES DELES? Eles têm vários caminhões. Sempre dá para ver algum passando bem devagar. Eu fico na rabeira deles sempre que posso; eles ficam putos. – Ela soltou um sorrisinho secreto, ardiloso e endiabrado na direção dele, como se estivesse tentando seduzi-lo para sua estranha realidade, onde ela ficava para sempre na cola de caminhões lentos que iam ficando cada vez mais putos e impacientes até que, quando eles paravam, em vez de seguir adiante como outros motoristas fariam, ela parava e descia do carro igual a eles e roubava tudo o que tinha no caminhão. Não tanto por ser uma ladra nem por vingança, mas porque na hora em que o caminhão parava de fato ela já tinha encarado os engradados de Coca por tanto tempo que sabia o que podia fazer com todos eles. *Sua impaciência voltava a ser ingenuidade.* Ela tinha enchido o carro – não o MG, mas o grande Camaro que ela tinha na época, antes de ter dado perda total nele – com engradados e mais engradados de Coca, e aí por um mês ela e seus amigos idiotas tomaram o quanto quiseram de Coca grátis e depois disso...

Ela tinha devolvido os vasilhames em lojas diferentes para pegar o reembolso.

– O que você fez com as tampas das garrafas? – ele perguntou a ela de repente. – Enrolou todas em musselina e depois guardou no seu baú de cedro?

– Joguei todas elas fora – disse ela, melancólica. – Não há nada que você possa fazer com as tampas de Coca. Não tem mais concursos nem nada assim – e ela desapareceu no outro cômodo, voltando com várias sacolas de polietileno. – Você quer contar isso aqui? – perguntou ela. – Tem uns mil, com certeza. Eu pesei tudo na minha balança de precisão antes de pagar por eles.

– Tudo bem – disse Arctor. Ele aceitou as sacolas, ela aceitou o dinheiro e ele pensou: *Donna, mais uma vez eu podia te enquadrar, mas provavelmente nunca vou fazer isso independentemente do que você fizer, mesmo que seja contra mim, porque tem algo de maravilhoso e cheio de vida e doce em você, e eu jamais destruiria isso. Eu não entendo direito, mas existe.*

– Posso ficar com uns dez? – ela perguntou.

– Dez? Dez tabletes de volta? Claro.

Ele abriu uma das sacolas. Era difícil soltar o nó, mas ele era bom nisso – e contou exatos dez tabletes para ela. Depois mais dez para si próprio. E fechou a sacola de novo. E carregou todas elas para junto de seu casaco que estava no armário.

– Você sabe o que eles estão fazendo nas lojas de fita cassete agora? – disse Donna enérgica quando ele voltou; os dez tabletes não estavam mais à vista, ela já os havia escondido. – Com as fitas?

– Eles te prendem quando você as rouba – ele disse.

– Isso eles sempre fizeram. O que eles fazem agora, tipo... quando você leva um LP ou uma fita até o balcão e o atendente tira a etiqueta que está colada? Adivinhe só. Adivinhe o que eu acabei descobrindo do pior jeito. – Ela se largou em uma cadeira, rindo por antecipação, e pegou um cubinho enrolado em papel-alumínio que ele identificou ser haxixe antes mesmo de ela abrir. – Aquilo não é um simples adesivo colado com o preço. Tem algum tipo de liga metálica nele, e se o adesivo não for tirado pelo atendente no caixa e você tentar sair com ele passando pela porta, o alarme dispara.

– E como você descobriu isso da pior maneira?

– Uma adolescente descolada tentou sair com um disco escondido no casaco bem na minha frente e o alarme disparou, eles pegaram a menina e logo vieram os porcos.

– E quantos *você* estava levando escondido?

– Três.

– Também tinha droga dentro do seu carro? – disse ele. – Porque depois que te pegarem pelo roubo da fita, eles confiscam o seu carro, aí você ia ficar procurando por ele no centro da cidade

182

e o carro seria guinchado várias vezes e eles acabariam encontrando a droga e te prendendo por isso também. E aposto que você não fez isso por aqui, aposto que você foi a um lugar onde...

Ele ia começar a dizer "onde você não conhece ninguém que trabalha com a lei que possa intervir", mas ele não podia dizer aquilo, porque estava falando dele próprio. Se algum dia a Donna fosse presa, pelo menos se fosse em algum lugar onde ele tivesse influência, ele ia ralar para ajudá-la. Mas ele não podia fazer nada no Condado de Los Angeles, por exemplo. E se isso acontecesse algum dia, e acabaria acontecendo mesmo, seria assim: longe demais para que ele pudesse ficar sabendo ou ajudar. Então começou a passar um filme dentro da cabeça dele, um sonho de terror: Donna, assim como o Luckman, morrendo sem que ninguém ouvisse ou se importasse ou fizesse algo a respeito. Podiam até ouvir, mas, assim como o Barris, continuariam impassíveis e inertes até que tudo estivesse acabado para ela. Ela não morreria literalmente como tinha acontecido com o Luckman – "tinha"? ele queria dizer "poderia" ter acontecido –, mas ela era viciada em Substância D, então não ia só ficar na cadeia, teria que passar por abstinência, *cold turkey* e tudo. E como ela também estava traficando, não só usando – e também tinha histórico de roubo – ela ficaria presa por um tempo e várias, várias coisas terríveis aconteceriam com ela. Então, quando ela voltasse, seria uma Donna diferente. Aquela expressão suave e atenciosa que ele tanto curtia, aquele carinho... tudo isso seria transformado em sabe Deus o quê, mas, de todo modo, algo vazio e esgotado. Como aconteceria a todos eles algum dia, Donna ia dar em algo, mas ele esperava que ela durasse muito mais e além do que sua própria vida. E onde ele sempre pudesse ajudá-la.

– Corajosa – ele disse a ela então, com um ar triste – sem ser Assustadora.

– O que é isso? – Depois de um instante, ela entendeu. – Ah, essa história de terapia de análise transacional. Mas quando eu fumo haxixe... – ela tinha pegado o cachimbo de cerâmica para haxixe que ela própria fizera, redondo feito uma bolacha-do-mar, e estava começando a acendê-lo. – Aí eu fico Sonolenta. – Encarando-o, feliz e com os olhos brilhantes, ela soltou uma risada e lhe passou seu precioso cachimbo. – Vou te fazer uma peruana, então – declarou ela. – Sente aí.

Enquanto ele se acomodava, ela ficou de pé e deu vários tragos no cachimbo, devolvendo-o à atividade, e então gingou na direção dele, inclinou-se e, enquanto ele abria a boca – igual a um filhote de passarinho, pensou ele, como sempre costumava pensar quando ela fazia isso –, ela exalou aqueles jatos intensos e potentes de fumaça acinzentada de haxixe para dentro dele, preenchendo-o com sua própria energia quente e ousada e incorrigível, que era ao mesmo tempo um relaxador que acalmava e adocicava aos dois ao mesmo tempo: ela que fazia a peruana e Bob Arctor que a recebia.

– Eu te amo, Donna – disse ele. Para ele, essa peruana era a substituição que ele tinha para relações sexuais com ela, e talvez fosse até melhor. Valia muito a pena. Era muito íntimo e muito esquisito de encarar assim, porque, em primeiro lugar, ela podia colocar algo dentro dele e depois, se quisesse, ele podia colocar algo dentro dela. Uma troca igualitária que ia e vinha até acabar o haxixe.

– É, tô ligada nisso de você estar apaixonado por mim – disse ela, e então soltou um riso e se sentou sorridente ao lado dele, para dar um pega no cachimbo, desta vez para si mesma.

9

– Ei, Donna, cara... – disse ele. – Você gosta de gatos?

Ela pestanejou, seus olhos estavam vermelhos.

– Essas coisinhas idiotas que ficam se movendo um pouco acima do chão.

– Acima não, *sobre* o chão.

– Idiota. Atrás dos móveis.

– E as florzinhas da primavera? – disse ele.

– Sim – respondeu ela. – Tô ligada. Essas florzinhas de primavera meio amarelas. As primeiras a darem as caras.

– Antes – disse ele. – Antes de qualquer outra coisa.

– Sim – ela acenou com a cabeça de olhos fechados, absorvida em sua viagem. – Antes que alguém pise nelas e aí... Já era.

– Você me conhece – disse ele. – Você consegue me sacar.

Ela se recostou e deixou de lado o cachimbo de haxixe, que tinha apagado.

– Já chega – disse ela, e seu sorriso logo se esvaiu.

– O que tem de errado? – disse ele.

– Nada – ela balançou a cabeça e parou por aí.

– Posso te abraçar? – perguntou ele. – Estou com vontade de fazer isso. Tudo bem? Tipo ficar abraçado. O.k.?

Os olhos dela, escuros, cansados, desfocados e com as pupilas dilatadas se abriram.

– Não – disse ela. – Não, você é feio demais.

– O quê? – disse ele.

– Não! – disse ela, agora mais incisiva. – Eu cheiro muito pó. Preciso tomar muito cuidado porque eu cheiro muita cocaína.

– *Feio*! – ele repetiu para ela, furioso. – Vá se foder, Donna.

– Apenas deixe meu corpo em paz – disse ela, encarando-o.

– Claro, claro – disse ele, ficando de pé e se afastando. – É melhor você estar falando sério. – Ele sentiu vontade de ir até seu carro, pegar o revólver no porta-luvas e atirar na cara dela, fazendo seu crânio e seus olhos explodirem em pedacinhos. Até que a vontade passou, todo esse ódio e fúria motivados pelo haxixe. – Foda-se – disse ele, melancólico.

– Eu não gosto que as pessoas fiquem apalpando meu corpo – disse Donna. – Tenho que tomar cuidado com isso porque eu cheiro muito. Já até planejei: um dia eu vou até a fronteira do Canadá com uns dois quilos de pó na minha racha. Vou dizer que sou católica e virgem. Aonde você está indo? – Agora ela estava alarmada e começou a se levantar.

– Estou caindo fora daqui – disse ele.

– Seu carro está na sua casa, eu que trouxe você. – A garota fez força para levantar, toda desgrenhada e confusa e meio sonolenta, e foi vagueando até o armário para pegar sua jaqueta de couro. – Eu te levo de volta. Mas você entende por que tenho que proteger minha racha? Dois quilos de pó valem...

– Nem a pau, porra – disse ele. – Você está chapada demais para andar dois metros que seja e nunca deixa ninguém dirigir esse seu carrinho.

– Mas isso é porque ninguém mais consegue dirigir a porra do meu carro! – ela gritou de um jeito selvagem, encarando-o. – Ninguém consegue fazer direito, homens especialmente! Seja para dirigir ou qualquer outra coisa! Você estava com as mãos bem na minha...

Então ele estava em algum lugar lá fora, na escuridão, andando sem rumo, sem casaco e numa parte estranha da cidade. Não tinha ninguém com ele. *Sozinho pra caralho*, pensou, até que ouviu Donna correndo atrás dele, tentando alcançá-lo e sem fôlego, porque ela tinha fumado tanta maconha e haxixe naqueles dias que seus pulmões estavam quase cheios de resina. Ele parou, ficou de pé sem se virar e esperou, sentindo-se bastante pra baixo.

Aproximando-se dele, Donna reduziu a velocidade, ofegante:

– Sinto muito mesmo por ter te feito mal. Pelo que eu disse. Eu estava fora de mim.

– Sim – disse ele. – *Muito feio*!

– Às vezes, depois de trabalhar o dia inteiro e ficar muito, muito cansada, o primeiro pega que eu dou me deixa chapada. Você quer voltar? Ou o quê? Quer ir ao drive-in? E o Southern Comfort? Eu não posso comprar... Não vão vender para mim – disse ela, fazendo uma pausa. – Eu sou menor de idade, entende?

– Sem problema – disse ele, e voltaram andando juntos.

– Esse haxixe é do bom mesmo, hein? – perguntou Donna.

– É haxixe escuro e pegajoso, o que significa que é saturado de alcaloides de ópio – disse Bob Arctor. – O que você está fumando é ópio, e não haxixe... sabia disso? É por isso que é tão caro... sabia disso? – Ele ouviu sua voz aumentar de tom e parou de andar. – Você não está fumando haxixe, minha querida. Você está usando ópio, e isso significa um vício para a vida inteira que custa... Por quanto estão vendendo meio quilo de haxixe hoje em dia? Você vai ficar fumando e se sentindo sonolenta cada vez mais, até não conseguir mais dirigir seu carro e ficar na rabeira dos caminhões e precisando usar todo dia antes de ir para o trabalho...

– Já estou precisando dar um pega antes de ir trabalhar – disse Donna. – E também ao meio-dia e logo que chego em casa. É por isso que estou traficando, pra comprar meu haxixe. Vai tudo pro haxixe.

– Ópio – repetiu ele. – Quanto está custando o *haxixe* hoje em dia?

– Uns 10 mil dólares por meio quilo – disse Donna. – Do bom.

– Jesus! Tão caro quanto heroína.

– Eu jamais injetaria alguma coisa. Nunca injetei nem nunca vou. Quando você começa a se picar não passa de uns seis meses, independentemente do que estiver usando. Até mesmo água de torneira. Você fica viciado...

– Você *está* viciada.

– Todos nós estamos – disse Donna. – Você usa Substância D. E daí? Qual a diferença agora? Eu estou feliz. Você não está feliz? Eu chego em casa e fumo haxixe de primeira toda noite... É o que eu curto. Não tente me mudar. Nunca tente me mudar, seja a minha personalidade ou os meus valores. Eu sou assim. E gosto de me aliviar com haxixe. Essa é a minha vida.

– Você já viu fotos de alguém que fuma ópio faz tempo? Tipo os chineses das antigas, ou algum indiano que fuma muito ópio hoje em dia. Já viu como eles ficam quando envelhecem?

– Eu não espero viver muito – disse Donna. – E daí? Não quero ficar fazendo hora extra. Você quer? Por quê? O que tem neste mundo? Você já viu... Merda, e o Jerry Fabin? Veja só o que acontece com quem pesa a mão com Substância D. O que tem de verdade neste mundo, Bob? É só um lugar antes da próxima parada, e estão punindo a gente aqui só porque nascemos maus...

– Você *é* católica.

– A gente já está sendo punido aqui, então se dá para relaxar de vez em quando ficando chapado, porra, vai *fundo*. Outro dia eu quase empacotei enquanto estava dirigindo pro trabalho. Estava com o som ligado, fumando no meu cachimbo e não vi esse cara, um velho dirigindo um Ford Imperator 84...

– Você é idiota – disse ele. – Muito idiota.

– Eu vou morrer nova de qualquer jeito, você sabe. Não importa o que eu faça. Provavelmente na estrada. Estou quase sem freios no meu carro, você acredita? E só este ano já tomei quatro multas por dirigir em alta velocidade. Agora preciso fazer aulas de direção de novo, que saco. Por seis meses.

– Então algum dia... – disse ele. – Eu nunca mais vou poder te ver com meus próprios olhos, é isso? Nunca mais.

– Por causa das aulas de direção? Não, depois de seis meses...

188

– Em meio às lápides – explicou ele. – Você vai sumir do mapa antes mesmo que as leis da Califórnia, essas malditas leis escrotas da Califórnia, te deixem comprar uma lata de cerveja ou uma garrafa de goró.

– Isso aí! – exclamou Donna, em alerta. – O Southern Comfort! Vamos lá! A gente vai tomar uma garrafa de Southern Comfort e pegar os filmes *dos Macacos*? Vamos? Ainda tem uns oito pela frente, incluindo aquele do...

– Preste atenção em mim – disse Bob Arctor pegando-a pelos ombros; ela instintivamente se afastou.

– Não – disse ela.

– Sabe o que eles talvez te deixem fazer uma vez só? Talvez só uma vezinha? Podem te deixar entrar na boa, só uma vez, e comprar uma lata de cerveja.

– Por quê? – disse ela, admirada.

– Um presente para você, por ser boa gente – disse ele.

– Eles me serviram uma vez! – exclamou Donna, de puro prazer. – Foi em um bar! A garçonete do bar me perguntou o que eu queria, eu estava toda bem-vestida e acompanhada de um pessoal, aí eu disse: "Eu quero um Collins de vodca" e ela me serviu. E isso foi no La Paz, que é um lugar bem bacana. Nossa, dá pra acreditar? Eu fiquei com isso na memória, o Collins de vodca, por causa de uma propaganda. Então, se algum dia eu pedisse isso desse jeito em um bar, eu ia parecer descolada, né? – De repente, ela colocou o braço nos ombros dele e o abraçou enquanto eles andavam, coisa que ela quase nunca fazia. – Foi a maior viagem de todos os tempos, da minha vida.

– Então acho que você já ganhou o seu presente. O único.

– Tô ligada – disse Donna. – Tô ligada! Claro que, depois, essas pessoas com quem eu estava disseram que era melhor ter pedido algum drinque mexicano tipo uma Tequila Sunrise, porque, afinal, é um bar meio mexicano, aquele restaurante La Paz. Da próxima vez, já vou sabendo disso, gravei bem aqui na minha memória para caso eu passe lá de novo. Sabe o que eu vou fazer algum dia, Bob? Vou me mudar para o norte, para Oregon, e vou viver na neve. Vou tirar neve da entrada de casa todas as manhãs e ter uma casinha e um jardim com horta.

– Você precisa economizar para fazer isso. Tem que economizar toda a sua grana. É caro.

– O sei-lá-quem vai me arrumar isso – disse Donna, encarando-o e repentinamente acanhada. – Como ele se chama mesmo?

– Quem?

– Você sabe... – a voz dela estava suave, como quem conta um segredo, e estava fazendo isso com ele, Bob, porque eles eram amigos e ela confiava nele. – O Cara Certo. Até já sei como ele vai ser. Ele vai me levar para o norte com o Aston-Martin dele. E é lá que vamos ter uma casinha antiga no meio da neve, ao norte daqui. – Depois de uma pausa, ela continuou: – Neve supostamente é legal, né?

– Você nunca viu? – disse ele.

– Só vi neve uma vez em San Berdoo, lá no alto das montanhas, mas estavam caindo uns flocos, tudo cheio de lama, e eu levei um baita tombo. Não quero neve assim, quero neve *de verdade*.

– Você é otimista em relação a isso? – disse Bob Arctor, com o coração pesando. – Você acha que vai acontecer mesmo?

– Claro que vai! – e ela acenou com a cabeça. – As cartas me disseram.

Então eles continuaram andando em silêncio de volta ao apartamento dela, para pegar o carro. Donna, embalada por seus sonhos e planos, e ele... Ele se lembrou de Barris, e depois de Luckman, e depois de Hank, e depois do apartamento de segurança, e então se lembrou de Fred.

– Olha, cara... – disse ele. – Posso ir com você para Oregon? Quando você for embora de vez?

Ela sorriu para ele com gentileza e, com uma ternura profunda, respondeu que não.

E, por conhecê-la, ele entendeu que ela estava falando sério e que isso não ia mudar. Ele sentiu um arrepio.

– Você está com frio? – ela perguntou.

– Estou sim – disse ele. – Muito frio.

– Tenho aquele aquecedor da MG no carro, ele é bom para quando a gente estiver no drive-in... vai te esquentar bem – ela pegou e apertou a mão dele, ficou segurando-a até que, de repente, deixou-a cair.

Mas o verdadeiro toque dela durou mais um pouco, dentro do coração dele. Aquilo permaneceria. Em todos os anos de vida pela frente, todos aqueles longos anos sem ela, sem vê-la ou ter notícias ou ficar sabendo de qualquer coisa a respeito dela, se estava viva ou feliz ou morta ou sei lá o quê, aquele toque ia ficar guardado e encerrado dentro dele, sem jamais ir embora. Aquele único toque da mão dela.

Naquela noite, ele levou para casa uma viciada em heroína bonitinha chamada Connie para trepar com ela em retribuição pelas dez doses mexicanas que ele tinha lhe dado.

Magra e de cabelos longos e lisos, a garota se sentou na beirada da cama dele e ficou penteando sua cabeleira esquisita. Era a primeira vez na vida que ela ia embora com ele – eles tinham se conhecido numa festa de viciados –, e ele sabia pouquíssimo a respeito dela, embora tivesse carregado seu número de telefone por semanas. Por ser viciada em heroína, ela era naturalmente frígida, mas isso não era bem um problema; só a tornava indiferente ao sexo no que dizia respeito a seu próprio prazer, mas, por outro lado, ela sequer se incomodava com o tipo de sexo que estava fazendo.

Isso era óbvio só de olhar para ela. Connie se sentou meio despida, sem sapatos, segurando um grampo de cabelo na boca e olhando ao redor com indiferença, com certeza viajando sozinha dentro de sua própria cabeça. Seu rosto, longo e ossudo, tinha uma espécie de força; *provavelmente*, pensou ele, *porque os ossos, e especialmente a linha do maxilar, eram pronunciados.* Em sua bochecha direita tinha uma espinha. Sem dúvida ou ela não dava a mínima para isso ou nem tinha notado; assim como o sexo, espinhas pouco importavam para ela.

Talvez ela não soubesse dizer a diferença. Talvez para ela, viciada de longa data, sexo e espinhas tivessem qualidades semelhantes ou até idênticas. *Dá muito o que pensar isso de vislumbrar a mente de um viciado por um instante,* imaginou ele.

– Você tem uma escova de dentes que eu possa usar? – disse Connie, que tinha começado a balançar a cabeça e murmurar, como os viciados costumavam fazer àquela hora da noite. – Ah, foda-se... Dentes são só dentes. Eu escovo... – A voz dela tinha ficado tão baixa que ele não conseguia ouvi-la, embora soubesse pelo movimento de seus lábios que ela continuava a falar.

– Você sabe onde fica o banheiro? – ele perguntou a ela.

– Que banheiro?

– Nesta casa.

Tornando a despertar, ela voltou a se pentear por reflexo:

– Quem são esses caras que estão aqui até essas horas, enrolando baseados e fazendo barulho sem parar? Imagino que morem aqui com você. Com certeza moram. Esses tipos de caras precisam fazer isso.

– Dois deles moram – disse Arctor.

Seus olhos de peixe morto voltaram a encará-lo.

– Você é boiola? – perguntou Connie.

– Eu tento não ser. Por isso que você está aqui hoje.

– Você faz muita força para não ser?

– Pode acreditar nisso.

– Sim, acho que estou prestes a descobrir – disse Connie, e acenou com a cabeça. – Se você é um gay latente, provavelmente quer que eu tome a iniciativa. Deite aí que eu vou te traçar. Quer que eu tire a sua roupa? Tudo bem, fique deitado aí que eu faço o resto.

– Ela estendeu a mão na direção do zíper da calça dele.

Mais tarde, em meio à semiescuridão, ele ficou meio adormecido por causa, por assim dizer, da dose que ele próprio consumira. Connie estava roncando ao seu lado, deitada de barriga para cima e com os braços ao longo do corpo, para fora das cobertas. Ele conseguia vê-la vagamente. *Esses viciados*, pensou ele, *dormem igual ao Conde Drácula. Ficam encarando o teto fixamente até que, de repente, se sentam, igual a uma máquina acionada da posição A para a posição B. "Já deve ser dia", diz o viciado, ou então a fita que fica rodando em sua cabeça, tocando as instruções do que deve ser feito. A mente de um viciado é como a música que você ouve no rádio-relógio... às vezes parece bonita, mas só está ali para te fazer reagir. A música do rádio-relógio serve para te acordar, enquanto a música do viciado faz com que você se torne um meio de conseguir mais droga, da maneira que for. Ele, uma máquina, faz de você a máquina* dele.

Todo viciado é uma gravação, pensou ele.

Mais uma vez ele cochilou, pensando nessas coisas ruins. *E, no final das contas, o viciado, se for uma garota, não tem nada além de seu próprio corpo para vender. Igual à Connie,* pensou, *esta Connie que está bem aqui.*

Abrindo os olhos, ele se virou em direção à garota ao seu lado e viu Donna Hawthorne.

Instantaneamente ele se pôs sentado. *Donna!*, pensou ele. Ele conseguia ver o rosto dela com clareza. Sem dúvidas. *Jesus!*, pensou ele, e foi na direção do abajur na cabeceira. Seus dedos alcançaram a luminária, que oscilou e foi parar no chão. A garota, no entanto, continuava dormindo. Ele continuava encarando-a e, então, pouco a pouco, voltou a enxergar Connie, com seu rosto fino e esquisito, o maxilar firme e afundado, aquela cara macilenta de uma viciada completamente fora de si. Connie, e não Donna; uma garota, e não a outra.

Ele tornou a se deitar e, sentindo-se miserável, conseguiu voltar a dormir de alguma maneira, imaginando o que aquilo significava e assim por diante, sem parar, entrando na escuridão.

– Eu não ligo se ele fedia ou não – murmurou a garota ao seu lado mais tarde, meio sonhando, tomada pelo sono. – Eu ainda o amava.

Ele ficou imaginando de quem ela estaria falando. *Um namorado? Seu pai? Um gato? Uma preciosa pelúcia da infância? Talvez todas as opções,* pensou ele. Mas ela tinha dito "amava", e não "ainda amo". Obviamente esse sujeito, fosse alguém ou alguma coisa, já tinha ido embora. *Talvez,* refletiu Arctor, *eles (quem quer que eles fossem) a tenham obrigado a se desfazer dele porque ele fedia demais.*

Provavelmente era isso. Ele imaginou quantos anos ela tinha nessa época, essa viciada saudosista e toda acabada que estava cochilando ao lado dele.

10

Em seu traje borrador, Fred sentou-se diante de um punhado de reproduções holográficas em turbilhão, assistindo a Jim Barris lendo um livro sobre cogumelos na sala de Bob Arctor. *Por que cogumelos?*, Fred se perguntou, e adiantou as fitas para uma hora depois. E lá continuava Barris, lendo muito concentrado e fazendo anotações.

Pouco tempo depois, Barris colocou o livro de lado e saiu da casa, ficando fora do alcance dos escâneres. Ao voltar, estava carregando um saquinho de papel, que ele colocou na mesa de centro e abriu. Então, tirou cogumelos secos de dentro do saco e começou a compará-los um por um com as fotos coloridas do livro. Com um cuidado excessivo e atípico para ele, comparou cada um deles. Por fim, colocou de lado um cogumelo de aspecto horrível e devolveu os outros ao saco. Do seu bolso, ele tirou um punhado de cápsulas vazias e aí, com uma precisão igualmente cautelosa, começou a esmigalhar pedaços desse cogumelo específico dentro das cápsulas, fechando uma de cada vez.

Depois disso, Barris começou a fazer telefonemas. O grampo telefônico registrou automaticamente os números chamados.

– Alô, aqui é o Jim.

– E daí?

– Consegui um negócio do bom.

– Não brinca.

– *Psilocybe mexicana*.

– O que é isso?

– Um cogumelo alucinógeno raro usado em cultos secretos há milhares de anos. Você começa a voar, fica invisível, entende o que os animais falam...

– Não, valeu – e a pessoa desligou o telefone.

Ele começou a discar novamente.

– Alô, aqui é o Jim.

– Jim? Que Jim?

– Aquele de barba... Óculos verdes, calça de couro. A gente se conheceu num evento na casa da Wanda...

– Ah, sim, Jim, claro.

– Você está a fim de uns psicodélicos orgânicos?

– Bom, não sei... – O tom era de certo desconforto. – Você tem certeza de que é o Jim? Sua voz não parece com a dele.

– Consegui um negócio inacreditável, um raro cogumelo orgânico da América do Sul, usado em cultos indígenas secretos há milhares de anos. Você começa a voar, fica invisível, consegue entender o que os animais falam, seu carro desaparece...

– Meu carro sempre desaparece quando eu estaciono em alguma área sujeita a guincho, haha.

– Eu consigo arranjar umas seis cápsulas de *Psilocybe* para você.

– Por quanto?

– Cinco dólares cada cápsula.

– Impressionante! De verdade? Olha só, posso te encontrar em algum lugar – depois mudando para um tom suspeito. – Acho que me lembro de você, sabe... você me sacaneou uma vez. Onde você descolou esses cogumelos? Como posso saber que não é só um ácido fraco?

– Eles foram trazidos para os Estados Unidos dentro de um ídolo de barro – disse Barris. – Como parte de uma remessa de obras de arte trazidas para um museu e vigiadas cuidadosamente, e essa imagem estava sinalizada. Os porcos da alfândega nem desconfiaram. Se não bater legal eu devolvo o seu dinheiro – ele acrescentou.

– Bom, isso não vai adiantar de nada se minha cabeça for devorada e eu ficar pendurado em uma árvore.

– Eu mesmo tomei um faz uns dois dias para testar – disse Barris. – A melhor viagem da minha vida, uma explosão de cores. Melhor que mescalina, com certeza. Não quero sacanear meus clientes, sempre testo minhas coisas eu mesmo antes de vender. É garantido.

Atrás de Fred, surgira outro traje borrador que estava assistindo ao monitor holográfico.

– O que ele está mascateando? Mescalina, é isso?

– Ele estava colocando uns cogumelos em cápsulas – disse Fred. – Uns cogumelos que ele ou alguma outra pessoa adquiriu.

– Alguns cogumelos são extremamente tóxicos – disse o traje borrador atrás de Fred.

Um terceiro traje deixou por um instante os hologramas que estava esmiuçando e se juntou aos dois.

– Alguns cogumelos *Amanita* contêm quatro toxinas que destroem os glóbulos vermelhos. Demora duas semanas para levar à morte e não tem antídoto. É uma dor incalculável. Só especialistas sabem reconhecer com certeza um cogumelo colhido assim na natureza.

– Eu sei – disse Fred, e marcou os números de referência desse pedaço da fita para uso do departamento.

E Barris estava discando mais uma vez.

– Que violação do estatuto acontece nesse caso? – disse Fred.

– Propaganda enganosa – disse um dos dois trajes borradores, e ambos começaram a rir e voltaram para suas próprias telas, enquanto Fred continuou assistindo.

No Monitor Holográfico Quatro, a porta de entrada da casa se abriu e Bob Arctor entrou, com um ar abatido.

– Oi.

– Olá – disse Barris, juntando suas cápsulas e enfiando-as bem fundo no bolso – E aí, como você pegou a Donna? – E deu uma risada. – Talvez em várias posições?

– Olha, vai se foder – disse Arctor, e saiu do Monitor Holográfico Quatro para ser registrado um pouco depois em seu quarto pelo escâner cinco. Lá, depois de fechar a porta com um chute, Arctor tirou várias sacolas de plástico cheias de tabletes brancos; ele ficou parado e hesitante por um momento e depois enfiou tudo embaixo da cama, fora do campo de visão, e tirou o casaco. Ele parecia cansado e infeliz; seu rosto estava retraído.

Por um momento, Bob Arctor se sentou na beirada da cama desarrumada e lá ficou, sozinho. Por fim, balançou a cabeça, ergueu-se e ficou de pé meio oscilante... Então, arrumou o cabelo e saiu do quarto, para ser capturado pelo escâner da sala central, enquanto se aproximava de Barris. Nesse meio-tempo, o escâner dois tinha testemunhado Barris escondendo o saquinho de cogumelos embaixo das almofadas do sofá e colocando o livro sobre cogumelos na prateleira, onde mal dava para notá-lo.

– O que você estava fazendo? – Arctor perguntou a ele.

– Pesquisa – declarou Barris.

– De quê?

– Das propriedades de algumas entidades micetológicas de natureza bastante delicada – disse Barris, e soltou uma risada. – As coisas não deram muito certo com a senhorita peitões, né?

Arctor olhou na direção dele e depois foi para a cozinha ligar a cafeteira.

– Bob – disse Barris, seguindo-o com tranquilidade. – Desculpe se eu disse alguma coisa que te ofendeu – e ficou ali enquanto Arctor esperava esquentar o café, batucando e cantarolando à toa.

– Cadê o Luckman?

– Acho que está por aí tentando roubar um orelhão. Ele levou o seu macaco hidráulico; isso normalmente significa que ele vai tentar arrombar um orelhão, não é isso?

198

– Meu macaco hidráulico – repetiu Arctor.

– Olha... – disse Barris. – Eu poderia te ajudar nas suas tentativas de traçar essa mocinha...

Fred avançou a fita em fast-forward, até que o leitor indicou que duas horas tinham se passado.

– ... pague a porra do seu aluguel atrasado ou então comece a trabalhar nessa merda de cefaloscópio – era o que Arctor dizia a Barris com um tom acalorado.

– Eu já encomendei os resistores que...

Mais uma vez Fred avançou a fita. Outras duas horas se passaram.

Agora o Monitor Holográfico Cinco mostrava Arctor em seu quarto, na cama, com um rádio-relógio sintonizado na KNX, tocando um folk rock indistinto ao fundo. O Monitor Dois, na sala, mostrava Barris sozinho, retomando sua leitura sobre cogumelos. Nenhum deles fez nada por muito tempo. Num dado momento, Arctor se mexeu e foi até o rádio para aumentar o volume, obviamente quando começou a tocar uma música que ele gostava. Na sala, Barris continuava lendo, mal se mexia. Por fim, Arctor voltou a deitar na cama, imóvel.

Até que o telefone tocou. Barris foi atender e colocou o fone na orelha.

– Alô?

– Senhor Arctor? – disse uma voz de homem do outro lado da linha.

– Sim, é ele – disse Barris.

Vou me foder na mão desse sabichão escroto, Fred disse a si mesmo e foi aumentar o volume do grampo telefônico.

– Senhor Arctor – disse a pessoa do outro lado com uma voz baixa e pausada –, sinto muito te incomodar tão tarde, mas aquele cheque seu ainda não compensou...

– Ah, sim – disse Barris. – Tentei ligar para vocês para falar disso. A situação é a seguinte, senhor: eu tive um desarranjo intestinal, hipotermia, espasmos pilóricos, cólicas... Não consegui me organizar ainda para cobrir esse chequezinho de vinte dólares e, francamente, não pretendo fazer isso tão cedo.

– O quê? – respondeu o homem, não assustado, mas com um tom rouco.

– Sim, senhor – disse Barris, acenando com a cabeça. – O senhor me ouviu muito bem.

– Senhor Arctor, esse cheque já foi devolvido pelo banco duas vezes, e esses sintomas febris que você está descrevendo...

– Acho que me deram algo ruim – disse Barris, com um sorriso largo e resoluto estampado em seu rosto.

– *Eu* acho que você é um desses... – o homem parecia estar buscando a palavra certa.

– Pense o que quiser – disse Barris, ainda com o mesmo sorriso.

– Senhor Arctor – disse o homem com uma respiração intensa ao telefone. – Eu vou até a procuradoria local com esse cheque e, aproveitando que estou com o senhor na linha, tenho algumas coisas para dizer sobre como me sinto em relação a...

– Siga em frente, não estou nem aí, tchau tchau – disse Barris, batendo o telefone.

A unidade de grampeamento telefônico registrou automaticamente o número de onde aquele homem tinha ligado, capturando-o por meios eletrônicos através de um sinal inaudível gerado assim que o circuito era estabelecido. Fred viu o número que estava marcado em um medidor, desligou o sistema de fornecimento de fita de todos os escâneres holográficos, pegou seu telefone da polícia e pediu os registros daquele número.

– Chaveiros Englesohn, endereço 1343 Harbor em Anaheim, garotão – informou-lhe o operador da polícia.

– Chaveiros... – repetiu Fred. – O.k.

Ele tinha anotado as informações e desligou o telefone. Um chaveiro... Vinte dólares, um valor redondo. Isso sugeria algum trabalho feito fora da oficina. Provavelmente tiveram que ir até algum lugar e fazer uma cópia. Quando o "proprietário" tinha perdido sua chave.

Hipótese: Barris tinha se passado por Arctor, chamado os Chaveiros Englesohn para fazer ilegalmente uma "cópia" da chave, talvez para a casa ou o carro ou as duas coisas, alegando para eles que tinha perdido todo o seu molho de chaves... Mas então o chaveiro, como medida de segurança, pediu a Barris algum documento de identidade, e ele entrou em casa e roubou um talão de cheques em branco de Arctor e usou para pagar o chaveiro. O cheque não tinha fundos. Mas por que não? Arctor tinha um saldo alto em sua conta; um cheque pequeno daqueles seria compensado sem problemas. Mas se isso acontecesse, Arctor ia deparar com a informação em seu extrato e reconheceria que não era dele, mas sim de Jim Barris. Então Barris revirou os armários de Arctor e achou (provavelmente em alguma ocasião anterior) um talão antigo de uma conta que já nem existia mais e usou isso. Como a conta tinha sido encerrada, o cheque não foi compensado. E agora Barris estava lascado.

Mas por que o Barris simplesmente não se apresentou e pagou o cheque em dinheiro? Daquela forma, o credor já estava irritado e ligando e por fim levaria a situação até a procuradoria local. Arctor ia acabar descobrindo e um monte de merda cairia bem na cabeça de Barris. Mas o jeito como Barris tinha falado ao telefone com aquele credor que já estava puto... Ele o havia instigado de maneira dissimulada a uma hostilidade ainda maior, a partir da qual o chaveiro poderia fazer qualquer coisa. Pior ainda: a descrição que Barris tinha feito daquela "febre" era a mesma de alguém em abstinência de heroína, e qualquer um que entendesse um pouco do assunto perceberia na hora. E Barris ainda tinha encerrado a chamada com uma insinuação clara de que era um viciado e tanto, e daí? Tudo isso se passando por Bob Arctor.

Àquela altura, o chaveiro sabia que tinha um devedor viciado que havia lhe dado um cheque sem fundo e não estava nem se importando com isso, nem tinha a menor intenção de resolver a situação. E o viciado agia desse jeito porque obviamente estava tão chapado e fissurado e tomado pela droga que, para ele, tanto fazia. E isso era um insulto à América, um insulto deliberado e sórdido.

Na verdade, esse arremate de Barris era uma citação direta do badalado ultimato de Tim Leary destinado ao establishment e a todos os caretas. E eles estavam no Condado de Orange, cheio de defensores da família e militares com armas, só esperando alguma insolência atrevida desse tipo por parte dos barbudos drogados.

Barris tinha armado uma explosão para Arctor. Na melhor das hipóteses, que ele se ferrasse com o cheque sem fundo e, na pior, uma explosão ou algum outro ataque pesado em retaliação, sem que Arctor tivesse a menor noção do que estava a caminho.

Por que isso?, Fred se perguntou. Ele anotou em seu bloco o código de identificação dessa sequência da fita e depois também o código do grampo telefônico. Por que Barris estava armando para Arctor desse jeito? Que diabos Arctor tinha feito? *Deve ter sacaneado feio o outro para estar recebendo isso em troca*, pensou Fred. *Era pura maldade. Mesquinho, vil, do mal.*

Esse tal de Barris, pensou, *é um filho da puta. Ele vai acabar matando alguém.*

Um dos trajes borradores que estava no apartamento de segurança junto com ele acabou por fisgá-lo dessa introspecção.

– Então você conhece esses caras? – o traje apontou para os monitores holográficos que agora estavam desligados diante de Fred. – Sua função é ficar no meio deles disfarçado?

– Sim – disse Fred.

– Não seria má ideia avisar de alguma forma a esse pessoal sobre a toxicidade do cogumelo que esse cara está colocando para eles, esse palhaço de óculos verdes que fica mascateando. Você consegue transmitir essa informação sem comprometer o seu disfarce?

– A qualquer momento que algum deles sentir uma náusea violenta... – emendou o outro traje borrador que estava por perto, de sua cadeira giratória. – Isso geralmente é indício de envenenamento causado por cogumelos.

202

– É parecido com estricnina? – disse Fred, sentindo sua cabeça tomada por um insight gélido, uma recordação daquele dia com Kimberly Hawkins e a merda de cachorro e como ele passou mal no seu carro depois de...

No seu.

– Vou contar para o Arctor – disse ele. – Consigo soltar essa sem ele encanar comigo. Ele é gente boa.

– E feio pra burro também – disse um dos trajes borradores. – Ele é esse cara que entrou pela porta com os ombros caídos e de ressaca?

– É... – disse Fred, girando de volta na cadeira e retomando suas reproduções.

Puta merda, pensou ele, *aquele dia que tomamos os tabletes do Barris na beira da estrada...* a consciência dele começou a dar voltas e a viajar pesado e depois se partiu em duas, bem no meio. Depois disso, ele se viu no banheiro do apartamento de segurança com um copo descartável de água, lavando a boca e sozinho, até onde se lembrava. *No fundo, no fundo, eu sou o Arctor*, pensou ele. *Eu sou o cara que aparece nos escâneres, o suspeito que Barris estava ferrando com aquele telefonema do chaveiro, e eu ainda estava me perguntando: O que será que Arctor fez para o Barris ficar na cola dele desse jeito? Tô na pior, meu cérebro tá na pior. Isto não é real. Não estou acreditando nisso, assistindo ao que sou, ao que o Fred é... aquele era o Fred sem seu traje borrador, aquela era sua cara sem o traje!*

E, no outro dia, Fred quase se escafedeu com pedaços de cogumelo tóxico, ele se deu conta. Ele quase não conseguira chegar a esse apartamento de segurança para botar os hologramas para funcionar, mas agora ele tinha conseguido.

Agora o Fred tem uma chance. Mas a duras penas.

Maldição de trabalho maluco que me deram, ele pensou. *Mas se não fosse uma atribuição minha, seria de outra pessoa, e poderiam entender tudo errado. Iriam tramar algo para ele... para Arctor. Iam entregá-lo em troca de uma recompensa; plantariam droga com ele e dariam o furo. Se alguém tem que ficar de olho nessa casa, de longe é melhor que seja eu, pensou, apesar de todas as desvantagens. O simples fato de proteger todo mundo desse sacana maldito do Barris já justifica estar aqui.*

E se algum outro oficial estiver monitorando o Barris e vir o que eu provavelmente vou ver, vão concluir que o Arctor é o maior traficante da Costa Oeste dos Estados Unidos e, Jesus!, vão acabar recomendando uma ação secreta por parte de forças não identificadas. Aqueles caras de preto que vêm do Leste e que chegam na surdina com suas Winchester 803 com mira de alcance. Aquelas novas miras de atirador de elite com infravermelho sincronizadas com balas de precisão. Esses caras que não ganham grana nenhuma, nem mesmo de uma máquina de Dr. Pepper; só tiram a sorte no palitinho para saber quem vai ser o próximo presidente dos Estados Unidos. Meu Deus, pensou ele, *esses filhos da puta conseguem derrubar na bala um avião passando no céu. E ainda deixam tudo parecendo como se um bando de pássaros tivesse sido sugado por uma turbina. Essas balas de precisão... porra, mano, por que eu?,* pensou ele; *eles deixariam rastros de penas nos restos das turbinas; seriam instruídos a fazer isso.*

Isso é horrível, refletiu ele, enquanto pensava a respeito. *Não o Arctor suspeito, mas o Arctor como... tanto faz. Alvo. Vou continuar de olho nele, o Fred vai continuar fazendo suas coisas de Fred, vai ser bem melhor, posso editar e fazer interpretações e abusar da desculpa "Vamos esperar até que ele faça tal coisa de fato" e assim por diante;* e, ao se dar conta disso, ele jogou longe o copo descartável e finalmente saiu do banheiro do apartamento de segurança.

– Você parece bem destruído – disse a ele um dos trajes borradores.

– Bom – disse Fred –, me aconteceu um negócio engraçado no caminho para a cova. – Em sua cabeça, ele viu uma imagem do projetor supersônico com holofote que fez com que o procurador local de 49 anos tivesse um ataque cardíaco fatal, justo quando estava prestes a reabrir o caso de um terrível e famoso assassinato político na Califórnia. – Eu quase cheguei lá – emendou em voz alta.

– Quase é quase – disse o traje borrador. – Não chegou de fato.

– Ah, é... – disse Fred. – Sim, certo.

– Sente-se e volte ao trabalho – disse o traje –, senão nada de sexta-feira para você, só auxílio público.

– Você já imaginou como listar essas qualificações no descritivo de trabalho do... – Fred começou a falar, mas os dois trajes borradores não se divertiram com a ideia, sequer o estavam ouvindo; então, ele se sentou, acendeu um cigarro e retomou a bateria de hologramas mais uma vez.

O que eu deveria fazer, decidiu ele, *era subir a rua até em casa agora mesmo, enquanto ainda estou pensando nisso e antes que eu mude de ideia. Aí é só chegar bem rápido no Barris e dar um tiro nele.*

No cumprimento do dever.

Vou simplesmente dizer: "E aí, cara, estou precisado, você consegue me arrumar um baseado? Eu te pago uma prata". E ele vai fazer isso, então posso prendê-lo, arrastá-lo até meu carro, jogá-lo lá dentro, pegar a estrada e depois dar uma coronhada e soltar o cara na frente de um caminhão. Depois posso só dizer que ele se soltou e tentou pular do carro. Acontece sempre.

Porque se eu não fizer isso, nunca mais vou poder comer ou beber nada que estiver aberto em casa, nem o Luckman, nem a Donna, nem o Freck, senão vamos empacotar com esses pedaços de cogumelos tóxicos; e, quando isso acontecer, o Barris vai ficar tentando explicar como todos nós tínhamos ficado no meio do mato pegando esses cogumelos ao acaso e comendo todos eles, e que ele tinha tentado convencer a gente do contrário, mas ninguém deu bola, porque ninguém fez faculdade.

Mesmo se os psiquiatras do tribunal acharem que ele está totalmente louco e lesado e acabarem prendendo-o para sempre, alguém já terá morrido por causa disso. Talvez a Donna, por exemplo. Talvez ela apareça do nada, chapada de haxixe, procurando por mim e pelas florzinhas de primavera que prometi a ela, até o Barris lhe oferecer uma gelatina especial que ele mesmo fez e, dez dias depois, ela vai ficar se contorcendo de agonia em uma ala de tratamento intensivo, aí nada mais poderá ajudá-la.

Se isso acontecer, pensou ele, *vou derreter esse cara com soda cáustica na banheira, com soda cáustica quente, até sobrarem só os ossos. Depois vou mandar esses ossos por correio para a mãe ou para os filhos dele, se é que ele ainda tem alguma dessas coisas e, se não tiver, vou simplesmente dar para os cachorros que estiverem passando na rua. Mas o acordo vai ser cumprido pela honra daquela garota, de qualquer jeito.*

Em sua cabeça, a viagem continuava e ele se imaginou perguntando aos outros dois trajes borradores: "Com licença, vocês sabem onde eu poderia conseguir uns cinquenta quilos de soda cáustica a essa hora da noite?".

Pra mim já chega, pensou ele, e tornou a ligar os hologramas para parar de atrair mais ondas de estática dos outros trajes da sala de segurança.

No Monitor Dois, Barris estava conversando com Luckman, que aparentemente entrara em casa cambaleando, bêbado até o talo, sem dúvida de vinho barato.

– Tem mais gente viciada em álcool nos Estados Unidos do que viciados em todos os outros tipos de drogas – era o que Barris estava dizendo a Luckman, enquanto este tentava encontrar a porta do seu quarto para capotar e ter uma noite daquelas. – E os danos cerebrais e hepáticos do álcool, junto com as impurezas...

Luckman desapareceu da cena sem jamais ter se dado conta de que Barris estava lá. *Só posso desejar sorte a ele,* pensou Fred. *Mas não pode continuar sendo assim, não por muito tempo. Porque o filho da puta continua lá.*

Mas agora o Fred também está aqui. Mas tudo o que ele pode fazer é ver as coisas em retrospectiva. A menos, talvez, que eu assista às fitas holográficas de trás para a frente. Assim vou chegar lá primeiro, antes do Barris. O que eu fizer vai acontecer antes do que

Barris fizer. Isso se, nessas condições, ele conseguisse fazer qualquer coisa que fosse.

E então o outro lado de sua mente se abriu e falou com ele com mais calma, como se fosse outra pessoa trazendo uma mensagem mais simples e esclarecedora de como lidar com as coisas.

"Para resolver esse cheque do chaveiro", disse a voz, "é só você ir até lá em Harbor amanhã bem cedo, cobrir o cheque e pegá-lo de volta. Faça isso primeiro, antes de qualquer outra coisa. Imediatamente. Desarme essa situação. Depois de resolver isso, faça outras coisas mais sérias. Entendido?"

Entendido, pensou ele. *Isso vai me tirar da lista de nomes sujos. Era mesmo o lugar por onde começar.*

Ele colocou a fita em fast-forward por um bom tempo, até se dar conta pelos indicadores de que chegaria a uma noite que todos passaram dormindo. Um bom pretexto para encerrar o dia de trabalho aqui.

As luzes estavam apagadas, os escâneres exibiam a visão noturna em infravermelho. Luckman e Barris estavam em seus respectivos quartos, e Arctor também, adormecido e com uma garota ao lado.

Vamos ver, pensou Fred. *Alguma coisa tem que ter. Já registramos essa garota nos arquivos eletrônicos totalmente chapada com umas coisas pesadas e se prostituindo e traficando. Totalmente derrotada.*

– Pelo menos você não teve que assistir ao seu suspeito tendo relações sexuais – disse um dos trajes borradores, assistindo às imagens nas costas dele e seguindo seu rumo.

– Isso é um alívio – disse Fred, assistindo calmamente às duas pessoas dormindo na cama, enquanto sua cabeça estava naquela história do chaveiro e o que ele precisava fazer a respeito. – Sempre detesto ter que...

– Uma boa coisa a se fazer – concordou o traje –, mas nem tão boa assim de assistir.

Bom, o Arctor está dormindo, pensou Fred. *Junto com essa vagabunda. Bom, eu posso vazar logo. Com certeza eles vão foder quando acordarem, mas não muito mais que isso.*

Apesar disso, ele continuou assistindo. A imagem ininterrupta de Bob Arctor dormindo... *por horas e horas*, pensou Fred. Então ele percebeu algo de que não tinha se dado conta antes. *Mas essa que está ali com ele é ninguém menos que a Donna Hawthorne!*, pensou. Bem ali na cama, entregue junto com Arctor.

Não faz sentido, pensou ele, e foi tentar interromper os escâneres. Ele voltou a fita, depois tornou a avançar. Viu Bob Arctor com uma garota, mas não era a Donna! Era aquela viciada da Connie, ele estava certo! Os dois estavam deitados lado a lado, ambos adormecidos.

Depois, enquanto Fred assistia à reprodução, os traços duros de Connie tinham se dissolvido em suavidade, transformando-se no rosto de Donna Hawthorne.

Ele parou a fita mais uma vez e ficou sentado, intrigado. *Não estou entendendo isso*, pensou. *É uma... Como chamam isso? É igual a uma transição! Uma técnica de filme. Porra, o que é isso? Tem edição prévia para mostrar na TV? Tem diretor, efeitos especiais e tudo?*

Mais uma vez ele voltou e avançou a fita. Quando chegou ao ponto da mudança dos traços de Connie, pausou a exibição, deixando o holograma preenchido por aquele frame congelado.

Em seguida, ampliou a imagem: todos os outros cubos pararam de transmitir e formou-se um grande cubo composto por todos os oito. Uma única cena noturna: Bob Arctor imóvel em sua cama e a garota igualmente imóvel ao seu lado.

De pé, Fred andou até o cubo holográfico e adentrou a projeção tridimensional, ficando bem perto da cama para conseguir esmiuçar o rosto da garota.

Bem no meio do caminho, reparou ele. *Ainda era metade Connie, mas já era metade Donna. É melhor eu levar isso para o laboratório*, pensou, *deve ter sido modificado por algum especialista. Acabaram me entregando fitas falsas.*

Mas quem fez isso?, perguntou-se ele. Saindo do cubo holográfico, ele fechou a visualização e voltou para as oito imagens diferentes e ficou lá sentado, matutando.

Alguém forjou a imagem da Donna, sobrepondo-a à de Connie. Alguém plantou a prova de que Arctor estava transando com aquela tal de Hawthorne. Mas por quê? Do mesmo jeito que um bom técnico é capaz de fazer em áudio ou vídeo e agora – como testemunhava – também nas fitas holográficas. Um negócio difícil, mas...

Se fosse um intervalo entre ligar e desligar o escâner, pensou ele, teríamos uma sequência mostrando o Arctor na cama com uma garota com a qual ele nunca foi para a cama nem nunca irá. Mas, ainda assim, está tudo ali na fita.

Ou talvez seja uma interrupção visual ou alguma falha eletrônica, ponderou ele, aquilo que chamam de espectro. Um espectro holográfico: de uma parte da fita de armazenamento a outra. Se a fita fica muito tempo parada, se o ganho de gravação for muito elevado no início, as imagens se sobrepõem. Jesus, pensou ele, a imagem da Donna deve ter ficado impressa de uma cena anterior ou posterior, talvez da sala.

Eu bem que gostaria de entender um pouco mais o lado técnico disso, refletiu ele. É melhor eu entender essas coisas um pouco mais a fundo antes de meter os pés pelas mãos. Tipo uma rádio AM se infiltrando, dando interferência...

Eram sinais cruzados, decidiu ele, simples assim: por acidente. Igual a espectros na tela da TV. Um problema funcional, uma falha. Um transdutor que se abriu por um instante.

Mais uma vez ele reproduziu a fita. Mais uma vez era a Connie, e assim continuou sendo. E então... Mais uma vez Fred viu o rosto de Donna se infiltrando na cena e, desta vez, Bob Arctor, o homem dormindo ao lado dela na cama, acorda depois de algum tempo e se senta repentinamente, tateando a luminária ao lado dele, que cai no chão enquanto Arctor continua encarando a garota adormecida, que era a Donna.

Quando volta a se definir o rosto de Connie, Arctor relaxa e, por fim, se afunda na cama e volta a dormir. Mas agitado.

Bom, isso derruba toda a teoria de "interferência técnica", pensou Fred. *Fosse um problema de impressão ou de imagens cruzadas, Arctor também tinha visto aquilo. Acordou, viu, ficou encarando e depois desistiu.*

Meu Deus, pensou Fred, e desligou totalmente o equipamento que estava diante dele.

– Acho que isso basta para mim por agora – disse ele em voz alta e levantou-se trêmulo. – Pra mim já deu.

– Viu uma trepada bizarra, não foi? – perguntou um dos trajes borradores. – Você vai acabar se acostumando com esse trabalho.

– Eu nunca vou me acostumar com esse trabalho – disse Fred. – Pode escrever isso.

11

Na manhã seguinte, de táxi, já que agora não só o cefaloscópio como também seu carro estava encostado para conserto, ele foi dar as caras na porta dos Chaveiros Englesohn com quarenta pratas em dinheiro vivo e um bom tanto de preocupação em seu coração.

O estabelecimento era todo de madeira, com um letreiro mais moderno e vários trecos relacionados a fechaduras nas vitrines: caixas de correio esquisitas e enfeitadas, maçanetas psicodélicas em formato de cabeça humana, grandes chaves falsas em ferro preto. Ele entrou naquele ambiente semiescuro. *Parecia o apartamento de um drogado*, pensou ele, apreciando a ironia.

No balcão onde ficavam duas imensas e imponentes máquinas de engastar chaves, junto com milhares de chaves virgens penduradas nas prateleiras, uma rechonchuda senhora de idade o recebeu:

– Pois não, senhor? Bom dia.

– Eu vim aqui para...

Ihr Instrumente freilich spottet mein,
Mit Rad und Kämmen, Walz´ und Bügel:
Ich stand am Tor, ihr solltet Schlüssel sein;
*Zwar euer Bart ist kraus, doch hebt ihr nicht die Riegel.**

---

* Este e os demais trechos em alemão deste capítulo são tirados da tragédia *Fausto*, de Goethe: *Vós, instrumentos, ai! de mim escarneceis: / Estava eu no portal, servir-me-íeis de chave; / Mas, com cilindros, palhetões, cinzéis, / Não removeis nenhum entrave* (668-671). Tirado de: GOETHE, Johann Wolfgang von. *Fausto*. Tradução de Jenny Klabin Segall. São Paulo: Editora 34, 2013. [N. de T.]

– ... cobrir um cheque meu que foi devolvido pelo banco – disse Arctor. – É de vinte dólares, se não me engano.

– Ah. – A senhora ergueu amigavelmente um arquivo de metal trancado e procurou sua chave até descobrir que ele não estava de fato fechado; então, abriu o arquivo e encontrou o cheque na sequência, junto com um bilhete. – Senhor Arctor?

– Sim – disse ele, já com o dinheiro.

– Isso mesmo, são vinte dólares – disse ela, tirando o bilhete que estava junto com o cheque e pondo-se a preenchê-lo laboriosamente, indicando que o cliente tinha aparecido e pago pelo cheque.

– Sinto muito por isso – ele disse a ela –, mas acabei preenchendo por engano um cheque da minha conta que foi fechada, e não da que está ativa.

– Hmm... – disse a senhora, sorrindo enquanto fazia suas anotações.

– Além disso – emendou ele –, eu gostaria que você dissesse ao seu marido, que me ligou outro dia...

– Na verdade, é o Carl, meu irmão – disse a senhora, olhando por cima de seu próprio ombro. – Se por acaso o Carl falou com o senhor... – e gesticulou, ainda sorrindo. – Às vezes ele exagera com essa história dos cheques... Peço desculpas caso ele tenha falado com o senhor de um jeito... O senhor sabe.

– Diga a ele que – disse Arctor, parte de seu discurso memorizado –, quando ele me ligou, eu estava distraído, e também peço desculpas por isso.

– Acho que ele falou algo a esse respeito, sim – disse ela, entregando-lhe o cheque enquanto ele pagava os vinte dólares.

– Alguma taxa extra? – perguntou Arctor.

– Nenhuma taxa extra.

– Eu estava distraído – disse ele, avaliando o cheque rapidamente e depois colocando-o no bolso – porque um amigo meu tinha acabado de morrer de maneira inesperada.

– Minha nossa – disse a senhora.

– Ele se engasgou até morrer, sozinho em seu quarto – disse Arctor, hesitante. – Com um pedaço de carne. Ninguém o ouviu.

– Sabia, senhor Arctor, que mais gente morre desse jeito do que as pessoas se dão conta? Eu li que quando se está jantando com alguém e essa pessoa fica um tempo sem falar, só sentada, você deve se aproximar e perguntar se ela está conseguindo falar. Porque muita gente não consegue, e essa pessoa pode estar sufocada sem conseguir contar para o senhor.

– Sim – disse Arctor. – Obrigado. Isso é verdade mesmo. E obrigado pelo cheque.

– Sinto muito pelo seu amigo – disse a senhora.

– Pois é – disse ele. – Era o meu melhor amigo.

– Isso é terrível – disse a senhora. – Quantos anos ele tinha, senhor Arctor?

– Uns 30 e poucos – disse Arctor, o que era verdade: Luckman estava com 32.

– Nossa, que horror. Vou dizer para o Carl. E obrigada por ter vindo até aqui.

– Obrigado – disse Arctor. – E agradeça ao senhor Englesohn também, por mim. Muito obrigado a vocês dois. – Ele foi embora, deparando com a calçada acolhedora da manhã, com aquela luz intensa e o ar poluído.

Ele chamou um táxi e, no caminho de volta para casa, pensando consigo mesmo em como tinha se saído bem dessa teia preparada pelo Barris, sem nenhum contratempo demasiadamente ruim. *Poderia ter sido muito pior*, argumentou consigo mesmo. O cheque ainda estava lá, e ele nem precisou enfrentar o próprio cara.

Então, Arctor pegou o cheque para ver o quanto Barris tinha conseguido se aproximar de sua caligrafia. Sim, era mesmo de uma conta que não existia mais; ele reconheceu a cor do cheque de imediato, de uma conta fechada fazia tempo, e o banco tinha carimbado CONTA FECHADA. Não era de impressionar que o chaveiro tivesse surtado. Aí, avaliando o cheque enquanto se deslocava, Arctor viu que a caligrafia era dele mesmo.

Não tinha nada a ver com a do Barris. Uma fraude perfeita. Ele jamais saberia que não tinha sido ele próprio a assinar, não fosse o fato de se lembrar de não tê-lo preenchido.

Meu Deus, pensou ele, *quantos cheques desses o Barris já deve ter feito a essa altura do campeonato? Se bobear, ele já afanou metade do que eu tenho.*

O Barris é um gênio, pensou ele. *Por outro lado, provavelmente é um decalque da assinatura ou alguma coisa mecânica. Mas eu nunca dei um cheque para os Chaveiros Englesohn, então como poderia ser um decalque? Esse cheque é único. Vou devolver para o departamento de grafologia*, decidiu ele, *e deixar esses caras descobrirem como foi feito. Talvez seja só uma questão de prática, prática e mais prática.*

Quanto à história do cogumelo, pensou ele, *vou simplesmente chegar nele e dizer que umas pessoas me contaram que ele estava tentando vender umas doses de cogumelo. E para ele parar com isso. Alguém me procurou preocupado com isso, como deveria ser mesmo.*

Mas, ele pensou, *essas coisas todas são só indicações aleatórias do que ele é capaz, descobertas em uma primeira reprodução. Elas só representam amostras do que tenho que enfrentar. Só Deus sabe o que mais ele pode ter feito: ele tem todo o tempo do mundo para ficar vadiando por aí e ler livros de referência e bolar cenas e intrigas e conspirações e assim por diante... Talvez*, pensou ele abruptamente, *seja melhor eu fazer um rastreamento no meu telefone para ver se ele não está grampeado. O Barris tem uma caixa de equipamentos eletrônicos, e até a Sony, por exemplo, faz e vende umas bobinas de indução que podem ser usadas como dispositivo de grampeamento telefônico. O telefone provavelmente está grampeado. E provavelmente já há bastante tempo.*

Quer dizer, refletiu ele, *além do meu próprio – e necessário – grampo telefônico recente.*

Mais uma vez ele avaliou o cheque enquanto o táxi chacoalhava pelo caminho, até que, por fim, pensou: *E se eu mesmo tiver* feito esse cheque? E se foi o Arctor quem preencheu? Acho que eu mesmo fiz isso, acho que foi aquele maluco da porra do Arctor quem preencheu esse cheque, às pressas – as letras tortas – porque, por algum motivo, ele estava na correria. Ele arrancou a folha, pegou o talão errado e depois se esqueceu completamente de todo o incidente.

Esqueceu-se, pensou ele, daquela vez em que Arctor...

Was grinsest du mir, hohler Schädel, her?
Als dass dein Hirn, wie meines einst verwirret
Den leichten Tag gesucht und in der Dämmrung schwer,
Mit Lust nach Wahrheit, jämmerlich geirret.*

... saiu chapado daquele evento de drogados em Santa Ana, onde ele conheceu aquela loirinha com dentes esquisitos, cabelo comprido e uma bundona, mas que era tão agitada e amigável... Ele não estava conseguindo dar partida no carro, estava doido até o último fio de cabelo. Ele simplesmente não estava conseguindo... foi tanta coisa que ele tomou e injetou e cheirou naquela noite que durou até quase de manhã. Tanta Substância D, e um monte de lance de primeira. De primeiríssima. Do jeito que ele curtia.

– Pode parar naquele posto Shell – disse ele, se inclinando. – Vou descer ali.

Ele desceu do carro, pagou o taxista e depois foi até o orelhão, procurou o número do chaveiro e ligou para ele.

Quem atendeu foi a senhora.

– Chaveiros Englesohn, bom...

– Aqui é o senhor Arctor de novo, desculpe por incomodar mais uma vez. A senhora poderia me passar o endereço onde foram chamados para o tal serviço que foi pago com o meu cheque?

---

* Caveira oca, tu! pra mim por que te ris? / É por que, como o meu, teu cérebro, outrora, / Sedento de verdade, erradiço, infeliz, / Buscava a luz pela penumbra afora? (664-667)

– Bom, deixe-me ver. Aguarde um instante, senhor Arctor – e ele ouviu o telefone sendo colocado de lado por ela.

Ao fundo, uma voz abafada de homem:

– Quem é? Aquele tal de Arctor?

– É, Carl, mas, por favor, não diga nada. Ele acabou de passar aqui...

– Deixe que eu falo com ele.

Pausa. Então, a senhora voltou ao telefone.

– Bom, senhor Arctor, o endereço que tenho é este – e leu o endereço da casa dele.

– Foi nesse lugar que o seu irmão foi chamado para fazer uma cópia da chave?

– Só um instante. Carl? Você se lembra aonde você foi com a caminhonete para fazer a cópia da chave para o senhor Arctor?

– Na avenida Katella – resmungou ao longe a voz masculina.

– Não foi na casa dele?

– Foi na avenida Katella!

– Em algum lugar da avenida Katella, senhor Arctor. Em Anaheim. Não, espere... O Carl está dizendo que foi em Santa Ana, na avenida Principal. Isso resolve...

– Obrigado – respondeu ele, e desligou o telefone.

Santa Ana. Avenida Principal. Foi justo lá que aconteceu aquela porra de festa de drogados, e eu devo ter denunciado uns trinta nomes e placas de carros diferentes naquela noite; não foi uma festa comum. Tinha chegado um grande carregamento do México, os compradores estavam dividindo e, como é de costume entre eles, iam experimentando conforme dividiam. Agora, metade deles provavelmente já tinha sido pega por agentes disfarçados que tinham sido mandados até lá... Nossa, pensou ele, *ainda me lembro daquela noite... ou talvez eu nunca vá me lembrar direito.*

Mas isso ainda não justifica o fato de Barris ter premeditado e se passado maliciosamente por Arctor naquele telefonema. Exceto que, ao que tudo indica, Barris tinha feito isso no momento, de improviso. Que merda, talvez o Barris estivesse chapado aquele dia e tenha feito o que muita gente faz quando está chapada: meio que tirar um sarro com o que acontecer na hora. Foi Arctor quem preencheu o cheque, com certeza; Barris só calhou de atender o telefone. Simplesmente achou, dentro de sua cabeça lesada, que era uma boa piada. Só estava sendo irresponsável, nada mais.

E Arctor, pensou ele enquanto ligava mais uma vez para o táxi, não tinha sido muito responsável em deixar de lado aquele cheque sem fundo por tanto tempo assim. E de quem era a culpa? Sacando-o outra vez, ele examinou quando o cheque foi datado. Um mês e meio. Jesus, isso que é falta de responsabilidade! Arctor podia ir em cana por causa disso – graças a Deus que aquele maluco do Carl ainda não tinha ido ao procurador local. Provavelmente foi sua velha e simpática irmã quem o impediu de fazer isso.

É melhor o Arctor colocar seu rabo na linha, decidiu; ele já tinha cometido vários desvarios que eu não sabia até agora. Barris não é o único e talvez nem mesmo o mais importante. Mas uma coisa é verdade: essa maldade intensa e orquestrada que Barris dedica a Arctor ainda precisava ser explicada. Um cara não gasta boa parte do seu tempo para sacanear alguém sem ter motivos para tanto. E o Barris não está tentando sacanear outra pessoa, tipo o Luckman ou o Charles Freck ou a Donna Hawthorne. Mais do que qualquer outra pessoa, foi ele quem mais ajudou a levar Jerry Fabin para a clínica federal, e ele é atencioso com todos os animais da casa.

Certa vez Arctor estava indo levar uma das cachorras – caramba, qual era mesmo o nome daquela pretinha... Popo ou algo assim? – para a carrocinha, para ser sacrificada. Ela não se deixava adestrar, e Barris tinha passado horas, na verdade dias, com ela, treinando-a cuidadosamente e conversando com ela até que ela se acalmasse e pudesse ser treinada, salvando-a do sacrifício. Se o Barris agia de má-fé com tudo, ele não faria ceninhas solidárias assim.

– Táxi – disse a voz do outro lado da linha.

Ele passou o endereço do posto Shell.

E se o Carl, o tal do chaveiro, tinha colado um rótulo de drogado de mão cheia em Arctor, refletiu ele enquanto descansava meio azedo à espera do táxi, não é culpa do Barris. Quando o Carl provavelmente chegou com sua caminhonete às cinco da manhã para fazer uma chave para o Olds de Arctor, este devia estar percorrendo calçadas de gelatina e subindo pelas paredes e dando tacadas em olhos de peixe imaginários e essas coisas de gente chapada. Foi aí que Carl tirou suas conclusões. Enquanto Carl preparava a nova chave, Arctor provavelmente estava do avesso, dando cabeçadas por aí, falando merda. Não era de impressionar que Carl não tenha achado isso engraçado.

Na verdade, especulava ele, talvez o Barris esteja tentando encobrir as cagadas cada vez maiores de Arctor. Bob não consegue mais manter nem seu carro em condições seguras, como fazia antes, estava dando cheques sem fundo não de propósito, mas porque seu cérebro estava derretido com as drogas. Mas, se isso significa algo, é pior ainda. Barris está fazendo o que pode, essa é uma possibilidade. Só que o cérebro dele também está derretido. Os cérebros de todos eles estão...

Dem Wurme gleich' ich, der den Staub durchwühlt,
Den, wie er sich im Staube nährend lebt,
Des Wandrers Tritt vernichtet und begräbt.*

... derretidos e interagindo mutuamente desse jeito zoado. É gente derretida tomando conta de gente derretida. Bem no caminho certo para a destruição.

Talvez, conjecturou ele, o próprio Arctor tinha cortado e torcido os fios e causado todos aqueles curtos no cefaloscópio. No meio da noite. Mas por que motivo?

---

* Igualo o verme que, faminto, / No pó se nutre; e ao qual, enquanto escava a vasa, / O pé do caminhante esmaga, arrasa. (653-655)

Essa pergunta ia ser difícil: Por quê? Mas com gente chapada assim, qualquer motivação torta dessas era possível, igual aos fios. Ele já tinha visto isso muitas, muitas vezes em seu trabalho de agente secreto de aplicação da lei. Essa tragédia não era novidade para ele; nos arquivos dos computadores, seria só mais um caso. Essa era a etapa antes da jornada rumo à clínica federal, como tinha acontecido a Jerry Fabin.

Todos esses caras estavam andando sobre o mesmo tabuleiro e estavam em diferentes casas, a diferentes distâncias do objetivo final e, ainda por cima, chegariam em momentos diferentes. Mas todos eles acabariam chegando lá: nas clínicas federais.

Estava marcado no tecido nervoso deles. Ou no que ainda restava disso. Nada podia impedir ou reverter essa situação agora.

E para Bob Arctor mais do que para qualquer outro, ele começara a acreditar. Era o que dizia sua intuição: estava só começando, independentemente de qualquer coisa que o Barris fizesse. Um novo insight profissional.

Além disso, seus superiores da Delegacia de Polícia do Condado de Orange tinham decidido se concentrar em Bob Arctor. Não há dúvidas de que eles tinham lá seus motivos, dos quais ele nada sabia. Talvez esses fatos confirmassem uns aos outros: o crescente interesse deles em Arctor – afinal, tinha custado uma nota para o departamento a instalação dos escâneres holográficos na casa de Arctor e ainda o salário dele para analisar as impressões, e também o de outras pessoas mais graduadas para julgar de tempos em tempos o que ele tinha entregado, alinhado com a atenção atípica que Barris dedicava a Arctor, ambos o tinham como alvo principal. Mas o que ele próprio tinha visto na conduta de Arctor que lhe parecera tão incomum? Em primeira mão, sem contar com esses dois outros focos de interesse?

Enquanto o táxi seguia, ele pensou que muito provavelmente teria que assistir a um bom tanto de material para deparar com algo. Tudo isso não se revelaria aos monitores num dia só. Ele teria que ser paciente e se resignar a um escrutínio de longo prazo e se colocar numa posição em que estivesse disposto a esperar.

No entanto, depois que ele visse algo nos escâneres holográficos, algum comportamento enigmático e suspeito da parte de Arctor, passaria a existir uma mira tripla nele, uma terceira confirmação dos interesses dos outros. Com certeza isso seria uma confirmação. Justificaria o gasto de dinheiro e de tempo por parte de todo mundo.

Eu me pergunto o que Barris sabe que nós não sabemos, imaginou ele. *Talvez a gente devesse encurralar o cara e perguntar para ele. Mas é melhor conseguir materiais desenvolvidos independentemente de Barris, caso contrário seria uma duplicata do que Barris sabia, fosse ele quem fosse e em nome de quem agisse.*

E então ele pensou: *que diabos eu estou falando? Devo estar enlouquecendo. Conheço Bob Arctor, ele é boa gente. Não está fazendo nada. Pelo menos nada de podre. Na verdade,* pensou ele, *ele trabalha secretamente para a Delegacia de Polícia do Condado de Orange. E esse provavelmente...*

Zwei Seelen wohnen, ach! in meiner Brust,
Die eine will sich von der andern trennen:
Die eine hält, in derber Liebeslust,
Sich an die Welt mit klammernden Organen;
Die andre hebt gewaltsam sich vom Dust
Zu den Gefilden hoher Ahnen.[*]

... é o motivo pelo qual Barris está atrás dele.

Mas isso não explicaria por que a Delegacia de Polícia está atrás dele – especialmente a ponto de instalar todos aqueles

---

[*] Vivem-me duas almas, ah! no seio, / Querem trilhar em tudo opostas sendas; / Uma se agarra, com sensual enleio / E órgãos de ferro, ao mundo e à matéria; / A outra, soltando à força o térreo freio, / De nobres manes busca a plaga etérea. (1112-1117)

escâneres e atribuir um agente em tempo integral para vigiá-lo e fazer relatórios sobre ele. Isso não conta como explicação.

A história não bate, pensou ele. *Tem mais coisa, muito mais, acontecendo naquela casa, aquela casa detonada e cheia de tranqueira, com um quintal cheio de mato e a caixa do gato sempre nojenta e um monte de bicho andando pela mesa da cozinha e um monte de lixo acumulado que ninguém tira nunca.*

Que desperdício de uma casa verdadeiramente boa, pensou ele. *Daria para fazer tanta coisa ali. Dava para viver uma família, filhos, esposa. Ela foi feita para isso, são três quartos. Que desperdício, que puta desperdício! Deveriam tomar a casa dele,* pensou, *intervir na situação e interditá-la. Talvez façam isso mesmo e deem um melhor uso para a casa, ela clama por isso. Essa casa já teve dias melhores, há muito tempo. Esses dias bem que podiam voltar, se outro tipo de gente assumisse o comando e a mantivesse nos trilhos.*

Principalmente o quintal, pensou ele, quando o táxi se colocou no caminho de entrada lotado de jornais velhos.

Ele pagou o taxista, pegou suas chaves e entrou em casa.

Imediatamente, sentiu que algo o observava: eram os escâneres holográficos bem em cima dele. Assim que ele cruzou a entrada de sua própria casa. Sozinho; não tinha ninguém além dele lá. Mentira! Ele e os escâneres, pérfidos e invisíveis, que ficavam assistindo e gravando o que acontecia. Tudo o que ele fazia. Tudo o que ele dizia.

Igual àqueles garranchos na parede quando você está num banheiro público, pensou ele. SORRIA, VOCÊ ESTÁ SENDO FILMADO! *E estou mesmo,* ele pensou, *assim que eu entro nesta casa. É bizarro.* Ele não gostava disso, sentia-se constrangido; uma sensação que tinha crescido dentro dele desde o primeiro dia, quando chegaram em casa... o "dia da merda de cachorro", como ele tinha guardado na memória, não conseguia parar de pensar nisso. A cada dia, a experiência dos escâneres só crescia.

– Parece que não tem ninguém em casa – disse ele em voz alta como de costume, ciente de que os escâneres tinham registrado isso. Mas ele sempre tinha que tomar cuidado: ele não deveria saber que eles estavam lá. *Igual a um ator diante da câmera, decidiu ele, você tem que agir como se a câmera não existisse, senão acaba estragando tudo. Fim.*

E pra essa merda não tem como fazer uma segunda tomada.

Em vez disso, você só se fode. Quer dizer, eu. Não as pessoas por trás dos escâneres, mas eu mesmo.

O que eu tenho que fazer para sair dessa, pensou ele, *é vender a casa. Ela está toda detonada mesmo. Mas... Eu amo essa casa. Sem chance.*

É a minha casa.

Ninguém pode me tirar daqui.

Sejam quais forem os motivos deles para querer ou fazer isso. Se é que "eles" existem de fato.

E pode ser só coisa da minha cabeça, esse "eles". Paranoia. Ou então um "algo". O "algo" despersonalizado.

O que quer que esteja me vigiando, não é um humano.

Não para os meus padrões, pelo menos. Não é algo que eu reconheceria como tal.

Por mais idiota que isso possa parecer, pensou ele, *é assustador. Estão fazendo alguma coisa comigo e por causa de uma bobagem, na minha própria casa. Bem na minha cara.*

Dentro dos olhos de alguma coisa; nas vistas dessa coisa. *E que, diferente da Donna, pequenina e de olhos escuros, não pisca nunca. O que um escâner vê?,* ele perguntou a si mesmo. *Quer dizer, o que ele vê de verdade? Entrando na cabeça? Descendo até chegar ao coração? Será que era um escâner passivo e infravermelho como os que eles costumavam usar, ou um escâner holográfico desses de cubo que eles usam agora, de última geração? Será que o que eles veem dentro de mim – dentro de nós – é nítido ou sinistro? Espero que seja nítido,* pensou ele, *porque eu mesmo não consigo mais olhar para dentro de mim. Só vejo trevas. Trevas do lado de fora, trevas do lado de dentro. Espero, para o bem geral, que os escâneres façam um trabalho melhor. Porque, se o escâner só*

222

consegue a mesma visão sinistra que eu tenho, então estamos mais uma vez condenados a continuar sendo do mesmo jeito que vamos continuar a ser e, assim, vamos acabar mortos, sabendo muito pouco e ainda entendendo tudo errado dessa parcela ínfima.

Na estante da sala, ele apanhou um livro qualquer, ao acaso. Acabou percebendo que era *O livro ilustrado do amor sexual*. Abrindo numa página a esmo, ele notou uma figura – que mostrava um homem mordiscando alegremente o mamilo direito de uma garota, e ela gemendo – e disse em voz alta, como se estivesse lendo para si próprio ou citando algum filósofo antigo e de peso, coisa que ele não era:

– Qualquer homem vê apenas uma pequena porção da verdade total, e muitas vezes, na verdade quase sempre...

Weh! steck' ich in dem Kerker noch?
Verfluchtes dumpfes Mauerloch,
Wo selbst das liebe Himmelslicht
Trüb durch gemalte Scheiben bricht!
Beschränkt mit diesem Bücherhauf,
Den Würme nagen, Staub bedeckt,
Den bis ans hohe.*

... de maneira perpétua, ele também se engana deliberadamente em relação a esse pequeno e precioso fragmento. Uma porção dele se volta contra si e age como outra pessoa, derrotando-o por dentro. Um homem dentro de outro homem. O qual não é, em absoluto, um homem.

Acenando com a cabeça, como se fosse comovido pela sabedoria das inexistentes palavras escritas naquela página, ele fechou aquele volume grande, de encadernação vermelha e com o título *O livro ilustrado do amor sexual* em letras douradas, e devolveu-o à

---

* *Céus! prende-me ainda este antro vil? / Maldito, abafador covil, / Em que mesmo a celeste luz / Por idros foscos se introduz! / Opresso pela livralhada, / Que as traças roem, que cobre a poeira, / Que se amontoa.* (398-404)

prateleira. *Espero que os escâneres não deem um zoom na capa deste livro*, pensou ele, *e estraguem o meu disfarce*.

Charles Freck, que estava ficando cada vez mais deprimido com o que vinha acontecendo com todo mundo que ele conhecia, decidiu finalmente acabar com a própria vida. Nos círculos que ele frequentava, não havia nenhum problema em tirar a própria vida; era só comprar bolinhas em grande quantidade e tomar com algum vinho barato tarde da noite e tirar o telefone fora do gancho para ninguém te interromper.

A parte do planejamento tinha a ver com os artefatos que você queria que fossem encontrados em você por arqueólogos no futuro, assim eles saberiam de que estrato social você vinha. E eles também poderiam determinar como estava sua cabeça na hora em que você tinha feito aquilo.

Ele tinha passado vários dias decidindo quais seriam esses artefatos. Muito mais tempo do que tinha gastado decidindo se matar, e aproximadamente o mesmo tempo necessário para conseguir aquela quantidade de bolinhas. Ele seria encontrado deitado em sua cama, com uma cópia de *A nascente*, de Ayn Rand (o que provaria que ele tinha sido um super-homem incompreendido, rejeitado pelas massas e, de certa forma, assassinado pelo desprezo delas) e uma carta inacabada para a Exxon reclamando do cancelamento de seu cartão de crédito para combustível. Desse jeito, ele acusaria o sistema e alcançaria algo com sua morte, algo maior e além do que a própria morte alcançava.

Na verdade, em sua cabeça, havia mais certeza do que os artefatos alcançariam do que a morte em si. De qualquer modo, tudo acabava se encaixando e ele começou a se preparar, feito um animal que sente que sua hora chegou e começa a seguir sua programação instintiva, determinada pela natureza, quando seu inevitável fim se aproxima.

No último momento (à medida que o prazo começava a apertar), ele mudou de ideia quanto a uma questão decisiva e decidiu tomar as bolas com um vinho elegante em vez de um vinho vagabundo qualquer. Então, decidiu dar uma última volta de carro até a Trader Joe's, loja especializada em vinhos caros, e comprou uma garrafa de Mondavi Cabernet Sauvignon de 1971, que lhe custou quase trinta dólares... tudo o que ele tinha.

De volta para casa, ele abriu o vinho, deixou que ele respirasse um pouco, bebeu algumas taças, passou alguns minutos contemplando sua página favorita d'*O livro ilustrado do amor sexual*, que mostrava a garota por cima, e aí colocou o saco plástico com as bolinhas ao lado de sua cama, deitou-se com o livro de Ayn Rand e com a carta de protesto inacabada para a Exxon e tentou pensar em algo significativo, mas não conseguiu, ainda que continuasse se lembrando da garota por cima. Então, com uma taça de Cabernet Sauvignon, mandou para dentro todas as pílulas de uma só vez. Depois disso, com o fato consumado, ele se deitou, colocou o livro de Ayn Rand e a carta em cima do peito, e esperou.

Entretanto, ele tinha sido sacaneado. Aquelas cápsulas não eram de barbitúricos, como indicado. Eram algum tipo de psicodélico esquisito, algum tipo que ele nunca tinha tomado antes, provavelmente uma mistura, coisa nova no mercado. Em vez de se sufocar calmamente, Charles Freck começou a ter alucinações. *Bom*, pensou ele filosoficamente, *essa é a história da minha vida. Pra sempre sacaneado*. Ele tinha que encarar o fato – ainda mais com aquele tanto de cápsulas que tinha tomado – de que ia bater uma viagem das boas.

A próxima coisa que ele notou foi uma criatura de alguma dimensão intermediária de pé ao lado de sua cama e encarando-o com ar de reprovação.

A criatura tinha muitos olhos, em toda a sua superfície, usava roupas ultramodernas que pareciam caras e tinha quase 2,5 metros de altura. Além disso, ela carregava um imenso pergaminho.

– Você vai ler para mim todos os meus pecados – disse Charles Freck.

A criatura anuiu com a cabeça e retirou o selo do pergaminho.

Deitado e desamparado em sua cama, Freck emendou:

– E isso vai demorar umas 100 mil horas.

Deitando seus inúmeros olhos sobre ele, a criatura de alguma dimensão intermediária disse:

– Não estamos mais no universo mundano. Categorias dos planos inferiores de existência material, como "espaço" e "tempo", não se aplicam mais a você. Você foi elevado ao domínio transcendental. Seus pecados lhe serão lidos ininterruptamente, em turnos, por toda a eternidade. A lista não vai acabar nunca.

Conheça seu traficante, pensou Freck, e desejou ter a capacidade de voltar atrás na última meia hora de sua vida.

Mil anos depois, ele ainda estava deitado em sua cama, com o livro de Ayn Rand e a carta para a Exxon sobre o peito, ouvindo enquanto liam seus pecados. Tinham acabado de chegar ao primeiro ano da escola, quando ele tinha 6 anos de idade.

Dez mil anos depois, chegaram ao sexto ano.

O ano em que ele descobriu a masturbação.

Ele fechou os olhos, mas ainda conseguia ver a criatura cheia de olhos e com quase 2,5 metros, com seu pergaminho, lendo sem parar, dizendo:

– E então...

Pelo menos eu tenho um vinho dos bons, pensou Charles Freck.

12

Dois dias depois, Fred, intrigado, assistia ao Escâner Hológráfico Três enquanto seu suspeito, Robert Arctor, pegava um livro, obviamente ao acaso, na prateleira da sala de sua casa. *Será que tinha droga escondida atrás do livro?*, imaginou Fred, aumentando o zoom das lentes do escâner. *Ou então um número de telefone ou endereço anotado?* Dava para ver que Arctor não pegara o livro para ler, ele tinha acabado de entrar em casa e ainda estava de casaco. Ele tinha um ar peculiar: ao mesmo tempo tenso e bem pra baixo, com uma espécie de urgência entorpecida.

As lentes de zoom do escâner mostraram que a página tinha uma foto colorida de um homem abocanhando o mamilo direito de uma mulher, os dois estavam nus. A mulher claramente estava tendo um orgasmo, os olhos semicerrados e a boca entreaberta emitindo um gemido sem som. *Talvez Arctor estivesse usando isso para bater uma punheta,* pensou Fred enquanto assistia. Mas Arctor não prestava atenção alguma à imagem. Em vez disso, ele ficou recitando meio chiado alguma coisa misteriosa com partes em alemão obviamente para confundir quem o estivesse ouvindo. *Talvez ele imaginasse que as pessoas que moravam com ele estavam em algum lugar da casa e ele estava tentando atraí-las para que aparecessem onde ele estava,* especulou Fred.

Ninguém apareceu. Luckman, Fred já sabia por estar acompanhando os escâneres há um bom tempo, tinha tomado várias bolinhas misturadas com Substância D e desmaiou todo vestido em seu próprio quarto, a poucos passos da cama. Barris tinha ido embora.

O que o Arctor está fazendo?, Fred se perguntou, e anotou os códigos de identificação dessas partes. *Ele está ficando cada vez mais estranho. Agora estou entendendo o que o informante que deu pistas sobre ele estava querendo dizer.*

Ou então, supôs ele, *essas frases que o Arctor disse em voz alta podiam ser um comando de voz para ligar ou desligar algum equipamento eletrônico que ele instalou na casa. Talvez até para criar um campo de interferência contra os escaneamentos... Como é o caso deste.* Mas ele duvidava disso. Duvidava que isso fosse de alguma maneira racional ou intencional ou significativo para alguém além de Arctor.

Esse cara é maluco, pensou ele. *De verdade. Desde o dia em que encontrou seu cefaloscópio sabotado – e com certeza também no dia em que ele chegou em casa com o carro todo fodido, e tão fodido que quase acabou por matá-lo –, ele está pirado desde então. E, em certa medida, até mesmo antes disso,* pensou Fred. *De todo modo, desde o "dia da merda de cachorro"*, como ele sabia que Arctor costumava chamar esse episódio.

Na verdade, ele não podia culpá-lo. *Isso,* refletiu Fred enquanto assistia a Arctor exausto tirando seu casaco, *bagunçaria as ideias de qualquer um. Mas a maioria das pessoas ia voltando aos poucos. Ele não. Ele está piorando. Lendo, em voz alta e para ninguém, mensagens que não existem e, ainda por cima, em língua estrangeira.*

A menos que ele esteja tirando comigo, pensou Fred inquieto. *Talvez ele tenha descoberto de alguma maneira que está sendo monitorado e começou... A esconder o que faz de fato? Ou está só fazendo seus joguinhos de chapado com a gente? Só o tempo dirá,* decidiu ele.

Eu acho que ele está tirando com a gente, decidiu Fred. *Algumas pessoas conseguem perceber quando estão sendo vigiadas. Uma espécie de sexto sentido. Não é paranoia, e sim um instinto primitivo, igual ao de um rato ou de qualquer outra criatura que seja caçada. Ele sabe que está sendo perseguido. Ele sente isso. Ele está fazendo essas cagadas só para a gente ver, levando a gente pelo bico. Mas... Não dá para ter certeza. Sempre tem alguém mais sacana do que os sacanas. São camadas e mais camadas sobrepostas.*

O som de Arctor fazendo suas leituras sombrias tinha acordado Luckman, de acordo com o escâner que ficava em seu quarto. Luckman se sentou meio grogue e ficou ouvindo. Então, ouviu o barulho de Arctor derrubando o mancebo enquanto tentava pendurar seu casaco. Luckman deslizou suas pernas compridas e fortes para baixo de si e, num só movimento, pegou um machado de mão que ficava escondido no criado-mudo ao lado de sua cama. Ele ficou de pé e foi se movendo suavemente feito um animal rumo à porta do quarto.

Na sala, Arctor pegou as correspondências na mesa de centro e começou a conferi-las. Ele arremessou um punhado de cartas indesejadas no cesto de lixo. Não acertou.

Em seu quarto, Luckman ouviu tudo isso. Ele se aprumou, erguendo a cabeça como se quisesse farejar o ar.

Arctor, lendo as correspondências, de repente franziu as sobrancelhas e disse:

– Vou me ferrar.

Em seu quarto, Luckman relaxou, colocou de lado o machado fazendo certo barulho, ajeitou os cabelos, abriu a porta e saiu.

– Oi. O que está acontecendo?

– Passei pelo prédio da Maylar Microdot Corporation – disse Arctor.

– Tá brincando.

– Eles estavam fazendo um inventário. Mas um dos funcionários tinha levado todo o inventário para fora na sola do sapato. Então todos eles estavam do lado de fora, no estacionamento da Maylar Microdot Corporation, com um par de pinças e muitas, muitas lentes de aumento. E um saquinho de papel.

– Tinha alguma recompensa? – disse Luckman, bocejando e batendo com as palmas das mãos em sua pança lisa e dura.

– Eles até estavam oferecendo uma recompensa – disse Arctor –, mas acabaram perdendo isso também. Era uma moeda minúscula, bem pequenininha.

– Você vê muitas coisas desse tipo quando está dirigindo por aí? – perguntou Luckman.

– Só no Condado de Orange – respondeu Arctor.

– E qual o tamanho do prédio da Maylar Microdot Corporation?

– Tem mais ou menos uma polegada de altura – disse Arctor.

– E quanto você acha que ele pesa?

– Incluindo os funcionários?

Fred adiantou a fita em alta velocidade. Depois de passar uma hora, conforme indicava o leitor, ele fez uma pausa momentânea.

– ... uns cinco quilos – Arctor estava dizendo.

– Bom, mas então como você consegue saber isso só de passar na frente, se tem uma polegada de altura e pesa míseros cinco quilos?

– Eles têm uma placa bem grande – respondeu Arctor, agora sentado no sofá e com os pés para o alto.

Jesus!, pensou Fred, e mais uma vez adiantou a fita e tornou a parar depois de terem passado apenas dez minutos em tempo real, com um palpite.

– ... como é essa placa? – dizia Luckman; ele se sentou no chão, limpando uma caixinha cheia de erva. – Tem néon e coisas assim? É colorido? Tô pensando se já vi isso. É algo visível?

– Venha aqui, vou te mostrar – disse Arctor, pegando algo no bolso de sua camisa. – Eu trouxe comigo para casa.

O agente Fred adiantou a fita.

– ... você sabe como dá para contrabandear esses micropontos eletrônicos para dentro de um país sem ninguém saber? – dizia Luckman.

– Praticamente de qualquer jeito que você quiser – disse Arctor se recostando e fumando um baseado. O ar estava enevoado.

230

– Não, estou falando de um jeito que eles nunca iam se ligar – disse Luckman. – Foi o Barris quem me sugeriu isso um dia, em segredo. Era para eu não contar para ninguém, porque isso vai entrar no livro dele.

– Que livro? *Drogas do lar comum e...*

– Não. *Maneiras simples de contrabandear objetos para dentro e fora dos EUA, dependendo de aonde você estiver indo.* Você contrabandeia junto com um carregamento de droga. Tipo com heroína. Esses micropontos ficam escondidos dentro dos pacotes. Ninguém ia perceber, eles são muito pequenos. Eles não vão...

– Mas aí algum viciado ia injetar uma dose metade heroína e metade micropontos.

– Bom, aí ele seria o viciado do caralho mais bem-educado que você jamais teria visto na vida.

– Depende do que teria nesses micropontos.

– O Barris tem outro jeito de contrabandear droga pela fronteira. Sabe quando os caras da alfândega perguntam se você tem algo a declarar? E que você não pode dizer que é droga porque...

– Certo. Como?

– Bom, você pega um grande bloco de haxixe e o esculpe no formato de um homem. Aí você cava um pedaço e coloca um motor com uma engrenagem de relógio dentro com uma pequena fita cassete, e fica na fila com ele. Então, logo antes de passar pela alfândega, você dá corda na chave e ele começa a andar na direção do cara da alfândega, que pergunta para ele: "Você tem algo a declarar?". E o bloco de haxixe responde: "Não, não tenho", e continua andando. Até que ele chega do outro lado da fronteira.

– Você podia colocar tipo uma bateria solar nele em vez de um mecanismo manual, e aí ele poderia ficar andando por anos. Para sempre.

– Qual a finalidade disso? Ele ia acabar chegando ao Pacífico ou ao Atlântico. Na verdade, ele chegaria à beira da Terra, tipo...

– Imagine um vilarejo de esquimós e um bloco de haxixe de um metro e oitenta valendo uns... Quanto você acha que valeria isso?

– Mais ou menos um bilhão de dólares.

– Mais. Dois bilhões.

– Esses esquimós estariam mascando peles de animais e esculpindo lanças em ossos, aí o bloco de haxixe de dois bilhões de dólares chegaria andando pela neve, repetindo sem parar: "Não, não tenho".

– Eles iam ficar se perguntando o que isso significa.

– Eles ficariam encucados para sempre. Ia virar uma lenda.

– Já se imaginou contando isso para os seus netos? "Eu vi com meus próprios olhos um bloco de haxixe de um metro e oitenta aparecendo em meio à névoa densa e seguindo em frente naquela direção, dizendo: 'Não, não tenho'." Seus netos mandariam te internar.

– Não, nada disso, lendas vão crescendo. Depois de alguns séculos, eles diriam: "No tempo dos meus antepassados, certa vez apareceu um bloco de trinta metros de haxixe afegão da melhor qualidade, que valia oito trilhões de dólares. Ele estava pingando fogo e gritando: 'Morram, seus esquimós malditos!'. E nós lutamos com ele sem parar usando nossas lanças, até que finalmente conseguimos matá-lo".

– As crianças também não iam acreditar nisso.

– Crianças já não acreditam em mais nada.

– É um saco contar qualquer coisa para uma criança. Dia desses um pirralho veio me perguntar: "Como foi ver o primeiro automóvel?". Que merda, cara, eu nasci em 1962.

– Jesus – disse Arctor. – Uma vez um cara que eu sabia que estava empapuçado de ácido me perguntou isso. Ele tinha 27 anos, eu era só três anos mais velho do que ele. Ele já não sabia de mais nada. Depois ele tomou mais umas doses de ácido, ou do que quer que tenham vendido para ele como se fosse ácido, e aí começou a mijar no chão e a cagar no chão, e quando você perguntava algo para ele, do tipo "Está tudo bem, Don?", ele só repetia depois de você, feito um papagaio. "Está tudo bem, Don?"

Então, fez-se silêncio. Entre dois homens fumando um baseado naquela sala enevoada. Um silêncio longo, sombrio. Até que Luckman finalmente retomou:

– Bob, quer saber de uma coisa... Eu costumava ter a mesma idade que todo mundo.

– Acho que eu também – disse Arctor.

– Não sei o que aconteceu.

– Claro que você sabe o que aconteceu com todos nós, Luckman.

– Bom, vamos deixar esse assunto de lado – e continuou a respirar de maneira ruidosa, seu rosto comprido e descorado tomado pela luz opaca do meio-dia.

Um dos telefones do apartamento de segurança tocou. Um dos trajes borradores atendeu a ligação e passou para Fred.

– Fred.

Ele desligou os monitores holográficos e pegou o telefone.

– Você se lembra de quando esteve no centro, semana passada? – disse a voz do outro lado. – E de ter feito o Teste de Figura e Fundo?

– Sim – respondeu Fred, depois de um intervalo em silêncio.

– Você deveria ter voltado – e a pessoa do outro lado fez mais uma pausa. – Processamos mais material recente seu... Eu mesmo assumi a tarefa de agendar para você a bateria completa de testes padrão de percepção, além de outros testes. Seu horário é amanhã, às três da tarde, na mesma sala. O processo deve demorar, ao todo, quatro horas. Você se lembra do número da sala?

– Não – disse Fred.

– Como você está se sentindo?

– Bem – respondeu ele, com um ar estoico.

– Está passando por algum problema no trabalho ou fora dele?

– Briguei com a minha namorada.

– Alguma confusão? Você tem experimentado dificuldades para identificar pessoas ou objetos? Você tem visto coisas que parecem estar invertidas ou ao contrário? E, enquanto te faço estas perguntas, você sente alguma desorientação em relação ao tempo-espaço ou à linguagem?

– Não – disse ele, taciturno. – Não para todas essas perguntas.

– Esperamos você amanhã na Sala 203 – disse o agente psicólogo.

– Que material relacionado a mim vocês acharam que pode ser...

– Vamos retomar esse assunto amanhã. Não falte, tudo bem? E, Fred, não perca o ânimo. – Clique.

Bom, clique para você também, e pôs o telefone no gancho.

Irritado, sentindo que estavam partindo para cima dele e obrigando-o a fazer algo que o incomodava fazer, ele colocou os hologramas em modo de execução mais uma vez, e os cubos se acenderam cheios de cores e dando vida às cenas tridimensionais lá dentro. Do grampo de áudio surgiu mais daquela baboseira que era (para Fred) frustrante e sem sentido:

– Essa mina – dizia Luckman, monocórdio – ficou grávida e tinha ido atrás de fazer um aborto, porque estava com umas quatro menstruações atrasadas e inchando a olhos vistos. Ela não fez nada além de reclamar do preço do aborto; por algum motivo, ela não tinha conseguido auxílio público. Um dia eu fui até a casa dela, que estava com uma amiga e esta dizia que o que ela tinha era uma gravidez histérica. "Você só *quer* acreditar que está grávida", a amiga ficou alfinetando. "Você está viajando por culpa. E essa história de aborto, além da grana preta que isso vai te custar, é pura penitência." Daí a garota, que eu curtia de verdade, encarou com toda a calma e disse: "Tá legal, então se é uma gravidez histérica, vou fazer um aborto histérico e pagar por ele com dinheiro histérico".

– Fico imaginando a cara de quem aparece estampada nessas notas histéricas de cinco dólares – disse Arctor.

– Bom, quem foi o nosso presidente mais histérico?

– Bill Falkes. Ele só *achou* que era presidente.

– E quando ele achou que foi seu mandato?

– Ele achava que tinha assumido dois exercícios lá pelos idos de 1882. Depois de muita terapia ele começou a achar que tinha assumido apenas um...

Enfurecido, Fred meteu o dedão nos hologramas e adiantou os registros em umas duas horas e meia. *Quanto tempo dura essa porcaria toda?*, ele se perguntou. *O dia inteiro? Para sempre?*

– ... então você leva seu filho para o médico, para o psicólogo, e diz a ele que a criança grita o tempo inteiro e tem ataques de birra. – Luckman estava com dois punhados de maconha na frente dele, na mesinha de centro, além de uma lata de cerveja; ele estava observando a maconha. – E ela mente, a criança mente. Inventa histórias exageradas. Aí o psicólogo examina a criança e dá o diagnóstico: "Senhora, seu filho é histérico. Você tem um filho histérico, mas eu não sei por quê". Então você, a mãe, vê que é a sua chance de retrucar: "Eu sei por quê, doutor. Foi porque eu tive uma gravidez histérica".

Tanto Luckman quanto Arctor começaram a rir, e também Jim Barris; ele tinha voltado em algum momento entre aquelas duas horas e estava junto com eles, se dedicando a seu cachimbo bizarro de haxixe, enrolando o tal do fio branco.

Mais uma vez, Fred adiantou a fita em uma hora inteira.

– ... esse cara – ia dizendo Luckman, enquanto se ocupava com uma caixinha cheia de maconha, debruçado sobre ela enquanto Arctor estava diante dele, meio que assistindo à cena – apareceu na TV dizendo que era um impostor de fama mundial. Vez por outra, tinha dito ao entrevistador, ele se passava por um grande cirurgião da Faculdade de Medicina Johns Hopkins, por um físico pesquisador de Harvard que estudava partículas submoleculares hipotéticas de alta velocidade, e ainda com bolsa do governo, por um romancista finlandês que ganhou o prêmio Nobel de literatura, por um presidente argentino deposto que era casado com...

– E ele conseguiu se safar com tudo isso? – perguntou Arctor. – Ele nunca foi pego?

– O cara nunca se passou por nada disso. Ele só se fazia de impostor mundialmente famoso. Depois acabou saindo no *L.A. Times*, eles confirmaram a história. O cara era varredor na Disneylândia, até que um dia acabou lendo a autobiografia desse impostor mundialmente famoso, esse cara que existia de verdade. Daí ele disse: "Que diabos, eu posso me passar por todos esses caras exóticos e me safar numa boa, igual a esse cara". E decidiu: "Mas, que diabos, por que fazer isso? Vou simplesmente me passar por outro impostor". E ganhou uma grana preta desse jeito, disseram no *Times*. Quase tanto quanto o impostor mundialmente famoso de verdade. E ainda disse que foi muito mais fácil.

Ensimesmado no canto e enrolando seus fios, Barris disse:

– Sempre encontramos impostores aqui e ali. Em nossas vidas. Mas não fingindo ser físicos subatômicos.

– Agentes da narcóticos, você quer dizer – retrucou Luckman.

– É, agentes da narcóticos. Fico pensando quantos desses a gente não deve conhecer. Qual é a cara deles?

– Isso é igual a perguntar: "Qual é a cara de um impostor?" – disse Arctor. – Uma vez conversei com um traficante de haxixe que tinha sido preso por posse de cinco quilos. Perguntei a ele qual era a cara do agente da narcóticos que o havia prendido. Vocês sabem, o... Como a gente chama isso?... O comprador que apareceu e ficou pagando de amigo de um amigo e conseguiu comprar um pouco de haxixe dele.

– Ele tinha a mesma cara que a gente – disse Barris, enrolando seus fios.

– Até *mais* – respondeu Arctor. – Esse cara que era traficante de haxixe – que tinha sido sentenciado e ia pro xadrez no dia seguinte – me disse: "Eles têm cabelos até mais compridos que os nossos". Então acho que a moral da história é esta: mantenha distância de gente que se parece com a gente.

– Também tem agentes mulheres na narcóticos.

– Eu gostaria de conhecer um agente – disse Arctor. – Quero dizer, com conhecimento de causa, para ter certeza.

– Bom, você pode ter certeza no dia em que um deles colocar algemas nos seus punhos.

– Quero dizer, será que esses agentes da narcóticos têm amigos? – disse Arctor. – Como será a vida social deles? Suas esposas sabem do que acontece?

– Agentes da narcóticos não são casados – disse Luckman. – Eles moram em cavernas e espiam de debaixo dos carros estacionados quando você passa. Tipo duendes.

– O que eles comem? – disse Arctor.

– Pessoas – respondeu Barris.

– Como um cara pode fazer uma coisa dessas? – continuou Arctor. – Se passar por um agente da narcóticos?

– *O quê?* – disseram ao mesmo tempo Barris e Luckman.

– Merda, eu tô chapado – disse Arctor, soltando uma risada, – "Se passar por um agente da narcóticos"... Nossa! – e balançou a cabeça, agora fazendo umas caretas.

– SE PASSAR POR UM AGENTE DA NARCÓTICOS? *SE PASSAR POR UM AGENTE DA NARCÓTICOS?* – disse Luckman, encarando-o.

– Meu cérebro tá todo confuso hoje – disse Arctor. – É melhor eu capotar.

Nos escâneres holográficos, Fred parou de adiantar a fita. Todos os cubos congelaram suas imagens, e o som se interrompeu.

– Está fazendo uma pausa, Fred? – perguntou a ele um dos outros trajes borradores.

– É... Estou cansado. Chega uma hora que essa porcaria te acerta em cheio – disse Fred, e levantou-se, pegando seus cigarros. – Não consigo entender metade do que eles falam. Tô muito cansado – e emendou. – Cansado de ouvir o que eles ficam falando.

– Mas quando você está lá com eles não é tão ruim assim, entende? – disse um dos trajes borradores. – Porque acho que você estava... lá em cena com eles, disfarçado. Não é isso?

– Eu jamais ficaria dando rolê com gente bizarra assim – disse Fred. – Falando das mesmas coisas o tempo inteiro, igual a presidiários. Por que eles fazem isso, ficam sentados lá falando besteira?

– Por que a gente faz isso que a gente faz? Também é algo bastante monótono, no fim das contas.

– Mas a gente tem que fazer isso, é o nosso trabalho. Não temos escolha.

– Igual aos presidiários – arrematou um dos trajes borradores. – Não temos escolha.

Passar-se por um agente da narcóticos, pensou Fred. *O que significa isso? Ninguém sabe...*

Igual a passar-se por um impostor, refletiu ele. *Alguém que vive embaixo de carros estacionados e come lixo. Não um cirurgião ou um romancista ou um político de renome mundial. Algo com que ninguém se importasse nem ouvisse falar a respeito na TV. Uma vida que ninguém, em plena consciência...*

Igualo o verme que, faminto,
No pó se nutre; e ao qual, enquanto escava a vasa,
O pé do caminhante esmaga, arrasa.

Sim, isso diz tudo, pensou ele. *Essa poesia. Luckman deve ter lido isso para mim, ou então talvez eu tenha lido na escola. É engraçado isso, o que a mente traz à tona, do que ela se lembra.*

As palavras bizarras de Arctor ainda estavam grudadas na cabeça dele, por mais que já tivesse desligado a fita. *Quem me dera poder esquecer isso*, pensou ele. *Eu bem que gostaria de me esquecer dele, pelo menos por um tempo.*

– Sinto como se às vezes sei o que eles vão dizer antes mesmo que o digam – disse Fred. – As palavras exatas.

– Isso se chama *déjà vu* – concordou um dos trajes borradores. – Deixe-me te dar umas dicas. Adiante a fita por intervalos compridos, e não estou falando de uma hora, mas, sei lá, seis horas. Depois vá voltando mesmo que aparentemente não tenha nada, até dar de cara com algo. Mas voltando, entende, em vez de ir adiantando. Assim você não entra no ritmo do fluxo de pensamento deles. Adiante umas seis ou até oito horas, depois vá fazendo grandes saltos para trás... Você vai pegar o jeito disso e logo vai entender como funciona e sacar quando tem quilômetros de nada que preste ou quando, em algum ponto, tem algo de útil.

– E você nem tem que ouvir de verdade todo esse nada – emendou o outro traje borrador –, até encontrar algo de fato. É igual a uma mãe quando dorme: não acorda de jeito nenhum, nem quando passa um caminhão, mas basta ouvir seu bebê chorando para despertar, ela fica em alerta. Não importa o quão fraco seja o choro. O inconsciente é seletivo quando aprende a distinguir o que deve ouvir.

– Eu sei disso – disse Fred. – Tenho duas crianças.

– Meninos?

– Meninas – disse ele. – Duas pequenas.

– Isso é óóótimo – disse um dos trajes borradores. – Eu tenho uma menina, de 1 ano de idade.

– Sem nomes, por favor – disse o outro traje borrador, e todos eles caíram na risada por um instante.

De todo modo, disse Fred a si mesmo, *há algo para se tirar das fitas e passar adiante. Aquela declaração criptografada sobre "se passar por agente da narcóticos". Os outros caras que estavam na casa com Arctor também ficaram surpresos com isso. Quando eu passar por lá amanhã umas três da tarde, pensou ele, vou pegar uma impressão desse trecho, deve dar para fazer isso sozinho, e discutir com o Hank, junto com o que mais eu conseguir reunir nesse meio-tempo.*

Mas mesmo que isso seja tudo o que eu tenha para mostrar ao Hank, pensou ele, já é um começo. Isso mostra que esse escaneamento contínuo do Arctor não é um desperdício de tempo.

Na verdade, pensou ele, isso mostra que eu estava certo.

Esse trecho era um deslize. Arctor estragou tudo.

Mas ele ainda não entendia direito o que aquilo podia significar.

Enfim, nós vamos descobrir, ele disse a si mesmo. *Vamos ficar na cola do Bob Arctor até ele cair na armadilha. Por mais desagradável que seja ficar o tempo inteiro assistindo e ouvindo o que ele e seus camaradas falam. Esses camaradas dele, aliás, são tão ruins quanto ele. Como é que eu pude ficar naquela casa sentado junto com eles por todo esse tempo? Que jeito de passar a vida; como o outro oficial tinha acabado de dizer, que sucessão interminável de nada.*

Bem no fundo, pensou ele, *nas trevas: trevas na cabeça, trevas do lado de fora, trevas por toda parte. Graças a esse tipo de gente que eles são.*

Carregando seus cigarros, ele foi novamente até o banheiro, encostou e trancou a porta, para então tirar dez tabletes de morte de dentro do maço. Enchendo um copo descartável de água, ele tomou todos os dez tabletes. Ele gostaria de ter trazido mais alguns consigo. *Bom*, pensou ele, *sempre posso tomar mais alguns quando acabar o trabalho e voltar para casa.* Olhando para o relógio de pulso, ele tentou calcular quanto tempo isso levaria. Sua cabeça estava confusa. *Por quanto tempo ainda iria durar aquele inferno?*, ele se perguntou, tentando imaginar o que tinha virado seu senso temporal. *Ficar assistindo aos escâneres holográficos tinha fodido tudo*, ele se deu conta. *Não consigo nem mais dizer que horas são.*

Eu me sinto como se tivesse tomado ácido e ido a um lava-rápido, pensou ele. *Várias escovas potentes e rodopiantes vindo na minha direção, sendo arrastado por uma corrente para dentro de túneis de espuma preta. Que jeito de ganhar a vida*, pensou ele, e abriu a porta do banheiro para voltar – com relutância – ao trabalho.

Ao retomar mais uma vez a reprodução das fitas, Arctor estava dizendo:

– ... até onde consigo entender, Deus está morto.

– Não sabia que Ele estava doente – respondeu Luckman.

– Agora que o meu Olds está encostado por tempo indeterminado – disse Arctor –, decidi que vou vendê-lo e comprar um Henway.

– O que é um Henway? – disse Barris.

240

"Mais ou menos um quilo e meio", Fred disse para si mesmo.

– Mais ou menos um quilo e meio – disse Arctor.

No dia seguinte, às três da tarde, dois agentes médicos – que não eram os mesmos da outra vez – realizaram vários testes com Fred, que estava se sentindo ainda pior do que no dia anterior.

– Você verá uma sucessão rápida de vários objetos supostamente familiares passando em sequência, primeiro pelo seu olho esquerdo, depois pelo direito. Ao mesmo tempo, no painel iluminado que está bem à sua frente, aparecerão os contornos de vários desses objetos familiares, e você terá que relacionar a reprodução do contorno correta com o objeto real que está visível naquele instante, usando um lápis. Vale frisar que esses objetos vão passar por você com muita rapidez, por isso não hesite por muito tempo. Você será avaliado tanto pelo tempo quanto pela precisão. Tudo certo?

– Tudo bem – disse Fred, com o lápis a postos.

Então, uma porção de objetos familiares passaram por ele, que foi marcando nas fotos iluminadas abaixo. Isso aconteceu primeiro com o olho esquerdo e, depois, tudo de novo com o olho direito.

– Em seguida, com o seu olho esquerdo tapado, uma imagem de um objeto familiar será mostrada em um lampejo no seu olho direito. Você tem que tentar alcançá-lo com a mão esquerda, repito, com a mão esquerda, em meio a um conjunto de objetos e encontrar aqueles que você viu na imagem.

– Tudo bem – disse Fred.

E apareceu para ele a imagem de um dado. Com a mão esquerda, ele apalpou em meio aos pequenos objetos que estavam diante dele até encontrar um dado.

– No próximo teste, várias letras que formam uma palavra serão colocadas ao alcance da sua mão esquerda, sem que você possa vê-las. Você vai ter que tateá-las e, então, com a mão direita, escrever a palavra que está soletrada.

Ele fez isso. As letras formavam QUENTE.

– Agora diga a palavra que está soletrada.

E foi o que ele fez:

– Quente.

– Em seguida, usando a mão esquerda, você tem que procurar um objeto nessa caixa totalmente escura e com os dois olhos fechados, até identificá-lo com o toque. Depois, nos dirá que objeto é esse, sem tê-lo enxergado. Na sequência, serão mostrados três objetos que têm alguma semelhança entre si, e você terá que dizer qual desses três se parece mais com o objeto que você tocou com as mãos.

– Tudo bem – disse Fred, e se pôs a fazer esse e outros testes por quase uma hora: apalpar, dizer, olhar com um olho, escolher; apalpar, dizer, olhar com o outro olho, escolher; anotar, desenhar.

– No próximo teste, você terá que pegar e apalpar um objeto com cada uma das mãos, de novo com os olhos tapados. Você deve nos dizer se o objeto apresentado para sua mão esquerda é idêntico ao objeto apresentado para sua mão direita.

Ele fez isso.

– Agora, serão mostradas imagens de triângulos em várias posições, em transição rápida. Você tem que nos dizer se é o mesmo triângulo ou...

Depois de duas horas, fizeram-no encaixar blocos complicados em buracos complicados e cronometraram o tempo que ele demorava para fazer isso. Ele se sentiu como se estivesse de volta ao primeiro ano da escola, e como se estivesse fazendo tudo errado. Ainda pior do que tinha feito naquela época. *A tia Frinkel, pensou ele, a velha tia Frinkel. Ela costumava ficar lá parada, me observando enquanto eu fazia essas merdas e transmitindo mensagens de "Morra!" na minha direção, como costumam dizer em análise transacional. Morra. Deixe de existir. Mensagens de bruxa. Um punhado delas, até que eu finalmente cagava tudo. Provavelmente a tia Frinkel já estava morta nessa altura do campeonato. Provavelmente alguém tinha conseguido transmitir de volta para ela essas mensagens de "Morra!" e acabou pegando.* Pelo menos ele esperava que sim. Talvez tivesse sido uma das mensagens dele. Igual a esses psicólogos agora, para quem ele estava transmitindo de volta essas mesmas mensagens.

Mas parecia que não estava funcionando direito. O teste continuava.

– O que tem de errado com esta imagem? Um objeto não faz parte do grupo apresentado. Você deve marcar...

Ele fez isso. E depois foi com objetos reais; um deles não fazia parte do grupo. Ele tinha que pegar e tirar com a própria mão o objeto discrepante e, depois, terminado o teste, tinha que pegar todos os objetos discrepantes de vários "conjuntos", como eles chamavam, e dizer qual característica todos esses objetos discrepantes tinham em comum, se fosse o caso: para ver se *eles* não compunham um "conjunto".

Ele ainda estava tentando fazer isso quando deram o tempo por encerrado, terminaram a bateria de testes e disseram para que ele fosse tomar um café e esperar do lado de fora até ser chamado de novo.

Depois de um intervalo – que, para ele, pareceu longo demais –, um dos psicólogos apareceu e disse:

– E tem mais uma coisa, Fred. Queremos uma amostra do seu sangue – e esticou para ele um pedaço de papel, um pedido de exame. – Siga o corredor até a sala com a placa "Laboratório de patologias" e entregue este papel. Então, depois que eles tirarem uma amostra de sangue, volte aqui e espere.

– Claro – disse ele, amuado, e foi se arrastando com o pedido em mãos.

Rastros no sangue, ele se deu conta, *estão pedindo o teste por isso.*

Ao voltar do laboratório de patologias para a Sala 203, ele pescou um dos agentes e disse:

– Tudo bem se eu for até lá em cima ter uma conversa com o seu superior enquanto espero pelos resultados? Ele vai encerrar o expediente logo mais.

243

– Positivo – disse o psicólogo avaliador. – Como resolvemos pedir uma amostra de sangue, ainda vai demorar um pouco até podermos concluir nossa avaliação, então, pode ir. Vamos ligar lá para cima quando estivermos prontos para te receber de volta. Hank, não é?

– Sim – disse Fred. – Vou estar lá em cima com o Hank.

– Com certeza você parece muito mais deprimido hoje do que estava na primeira vez que te vimos – disse o psicólogo avaliador.

– Perdão? – disse Fred.

– Na primeira vez que você veio aqui. Semana passada. Você estava fazendo piadas e dando risada. Mesmo que bastante tenso.

Encarando-o, Fred se deu conta de que era um dos dois representantes médicos que ele tinha encontrado originalmente. Mas ele não disse nada, limitou-se a soltar um grunhido e sair do consultório rumo ao elevador. *Que deprimente*, pensou ele. *Toda essa situação. Fico pensando qual dos dois representantes médicos é ele, imaginou: o de bigode pontudo ou o outro? Acho que o outro. Esse não tinha bigode.*

– Você irá apalpar esse objeto com a sua mão esquerda – ele disse a si próprio – e, ao mesmo tempo, olhar para ele com o olho direito. Depois, vai nos dizer com as suas próprias palavras... – Ele não conseguia pensar em nada mais *nonsense*. Não sem a ajuda deles.

Ao entrar na sala de Hank, ele deparou com outro homem que não estava usando um traje borrador, sentado no outro canto da sala, diante de Hank.

– Este é o informante que ligou denunciando o Bob Arctor, usando um grid. Eu mencionei isso a você – disse Hank.

– Sim – disse Fred, de pé, sem fazer um movimento sequer.

– Este homem ligou mais uma vez, com mais informações sobre Bob Arctor. Dissemos que ele tinha que dar um passo adiante e se identificar. Ele foi intimidado a aparecer aqui, e foi o que ele fez. Você o conhece?

– Claro que sim – disse Fred, encarando Jim Barris, que estava sentado, sorrindo de orelha a orelha e fuçando em uma tesoura. Ele parecia uma figura bastante ansiosa e feia. *Feio pra burro*, pensou Fred, com certo asco. – Você é o Jim Barris, não? Você já foi preso?

– Sua identidade prova que ele é James R. Barris – disse Hank. – E é essa pessoa que ele alega ser. Ele não tem nenhuma ficha na cadeia.

– O que ele quer? – disse Fred e, dirigindo-se a Barris, emendou. – Que informação você tem?

– Eu tenho provas de que o senhor Arctor faz parte de uma grande organização secreta – disse Barris, com a voz contida –, bem financiada, com arsenais à disposição, que usa uma linguagem codificada e provavelmente dedicada a derrubar o...

– Essa parte é especulação – interrompeu Hank. – O que você acha que ele está tramando? Quais são as suas provas? Não nos dê nenhuma informação que não seja de primeira mão.

– Você já passou por algum hospital psiquiátrico? – perguntou Fred.

– Não – disse Barris.

– Você assinaria uma asseveração – continuou Fred –, uma declaração reconhecida pela procuradoria local sobre suas provas e informações? Você se disporia a depor no tribunal sob juramento e...

– Ele já indicou que fará isso – interrompeu Hank.

– Minhas provas – disse Barris –, e eu não estou com a maioria delas hoje, mas posso providenciar, consistem em fitas que eu gravei das conversas telefônicas de Bob Arctor. Quer dizer, conversas que ele não sabia que eu estava gravando.

– Que organização é essa? – disse Fred.

– Acredito que seja... – começou Barris, mas Hank sinalizou para que ele parasse. – É algo político – disse ele, transpirando e tremendo um pouco, mas com um ar de satisfação – e contra o país. Vem de fora. Um inimigo contra os Estados Unidos.

– Qual é o relacionamento de Arctor com a fonte fornecedora de Substância D?

Barris, piscando os olhos, mordendo os lábios e fazendo uma careta, disse:

– Está no meu... – e então parou de falar. – Quando vocês analisarem todas as minhas informações, quer dizer, todas as minhas provas, vocês vão concluir com certeza que a Substância D é produzida por um país estrangeiro empenhado em destruir os Estados Unidos, e que o senhor Arctor está metido até o pescoço nas engrenagens dessa...

– Você saberia dar nomes específicos de algumas outras pessoas envolvidas nessa organização? – disse Hank. – Pessoas com as quais Arctor se encontrou? Você está ciente de que dar falso testemunho para autoridades legais é crime e que, se fizer isso, você pode ser, e provavelmente será, indiciado.

– Estou ciente disso – disse Barris.

– Com quem Arctor andou se encontrando? – disse Hank.

– Uma tal de senhorita Donna Hawthorne – disse Barris. – Ele usa diversos pretextos para ir até a casa dela e se mancomuna com ela frequentemente.

– *Mancomuna*... – Fred deu uma risada. – O que você quer dizer com isso?

– Eu já o segui com o meu próprio carro – disse Barris, falando lenta e claramente. – Sem que ele soubesse.

– Ele vai até a casa dela com frequência? – perguntou Hank.

– Sim, senhor – respondeu Barris. – Com bastante frequência. Tanto que...

– Ela é a namorada dele – disse Fred.

– O senhor Arctor também...

Barris ia continuando, até que Hank, dirigindo-se a Fred, disse:

– Você acha que tem algum fundamento nisso?

– Com certeza deveríamos dar uma olhada nas provas dele – disse Fred.

– Traga suas provas – solicitou Hank a Barris. – Tudo o que tiver. Queremos nomes, acima de tudo: nomes, placas de carro, números de telefone. Você já viu o Arctor envolvido a fundo com grandes quantidades de drogas? Mais do que um porte de usuário?

– Com certeza – disse Barris.

– De que tipo?

– De vários tipos. Eu tenho amostras. Fui cuidadoso a ponto de recolher amostras... para vocês analisarem. Posso trazer isso também. Tem um bom tanto de coisas, material bem variado.

Hank e Fred se entreolharam.

Barris, encarando diante de si sem nada enxergar, deu um sorriso:

– Tem algo mais que você gostaria de dizer nesta ocasião? – disse Hank a Barris e, então, voltou-se para Fred. – Talvez nós devamos mandar um oficial com ele para recolher essas provas. – O que significava "para garantir que ele não surte e desapareça, que não tente mudar de ideia e abandonar o barco".

– Tem uma coisa que eu gostaria de dizer – disse Barris. – O senhor Arctor é um viciado, viciado em Substância D, e está com a mente desajustada agora. Na verdade, vem ficando desajustada faz algum tempo, e ele é perigoso.

– *Perigoso* – repetiu Fred.

– Sim – declarou Barris. – Ele já tem apresentado episódios como os que acontecem com quem tem danos cerebrais causados por Substância D. O quiasma óptico deve estar deteriorado, já que um componente ipsilateral enfraquecido... Mas ele também apresenta – continuou Barris, pigarreando – uma deterioração do corpo caloso.

– Esse tipo de especulação infundada – disse Hank –, como eu já te informei e alertei, não tem validade. De todo modo, vamos mandar um oficial junto com você para recolher suas provas. Tudo bem?

Mostrando os dentes, Barris acenou com a cabeça:

– Mas naturalmente...

– Vamos providenciar um oficial à paisana.

– Talvez eu seja... – Barris gesticulou. – Assassinado. O senhor Arctor, como eu disse...

– Muito bem, senhor Barris – disse Hank, acenando com a cabeça. – Nós apreciamos sua colaboração e o risco extremo que o senhor está correndo. E se isso funcionar, se as suas informações tiverem um valor significativo para conseguir uma condenação no tribunal, então naturalmente...

– Não estou aqui por esse motivo – disse Barris. – Esse cara está doente. Tem danos cerebrais. Pela Substância D. O motivo pelo qual estou aqui...

– Para a gente não importa por que você está aqui – disse Hank. – Só queremos saber se as suas provas e materiais valem de algo. O resto é problema seu.

– Obrigado, senhor – disse Barris, e continuou com aquele sorriso de sempre.

13

De volta à Sala 203, onde ficava o laboratório de testes psicológicos da polícia, Fred ouvia sem interesse algum enquanto os dois psicólogos lhe explicavam os resultados de seus testes.

– Você está com um quadro do que consideramos mais como um fenômeno competitivo do que um dano de fato. Sente-se.

– Tudo bem – disse Fred, com um ar estoico.

– Um fenômeno competitivo entre os hemisférios direito e esquerdo do seu cérebro – emendou o outro psicólogo. – Não é como se fosse um sinal único, de mau funcionamento ou contaminação, e sim sinais duplos que causam interferências entre si e carregam informações conflitantes.

– Normalmente – explicou o outro psicólogo – uma pessoa usa o hemisfério esquerdo. É nele que se situa o sistema individual, também chamado de ego ou consciência. E ele é dominante porque é sempre no hemisfério esquerdo que fica o centro de atividades discursivas; para ser mais preciso, a bilateralização envolve uma habilidade verbal ou valência do lado esquerdo, ao passo que as capacidades espaciais ficam do lado direito. O esquerdo pode ser comparado a um computador digital, e o esquerdo, a um computador analógico. Assim, o funcionamento bilateral não é uma mera duplicação das funções; ambos os sistemas de percepção monitoram e processam de maneira diferente as informações recebidas. Mas, no seu caso, nenhum dos hemisférios é dominante e eles *não* agem de maneira compensatória, um com o outro. Um lado te diz uma coisa, enquanto o outro diz outra.

– É como se você tivesse dois medidores de combustível no seu carro – disse o outro homem –, e um deles dissesse que o tanque está cheio, enquanto o outro diz que está vazio. Os dois não podem estar certos, eles estão em conflito. Mas, no seu caso, não é que um esteja funcionando bem e o outro não; é que... o que estou querendo dizer é o seguinte: os dois medidores avaliam exatamente a mesma quantidade de combustível: o mesmo tanque, o mesmo combustível. De fato, eles estão examinando a mesma coisa. Você, no papel de motorista, tem apenas um relacionamento indireto com o tanque de combustível por meio do medidor ou, no seu caso, dos medidores. Na verdade, o tanque poderia se esvaziar completamente que você não ficaria sabendo até que algum indicador do painel te informasse disso ou até que, no fim das contas, o motor parasse. Não deveria acontecer isso de ter dois medidores relatando informações conflitantes, porque, quando isso acontece, você não tem conhecimento *algum* da situação que está sendo relatada. Não é a mesma coisa que ter um medidor normal e outro de reserva, em que o reserva entra em cena quando o medidor normal para de funcionar.

– Mas então isso significa o quê? – disse Fred.

– Tenho certeza de que você já sabe – disse o psicólogo que estava à esquerda. – Você já tem vivenciado isso sem saber o que é ou por que está acontecendo.

– Os dois hemisférios do meu cérebro estão competindo entre si? – disse Fred.

– Sim.

– Por quê?

– Substância D. Ela normalmente tem essas consequências funcionais. Já esperávamos por isso, os testes só confirmaram. Como ocorreram danos no seu hemisfério esquerdo, que normalmente é dominante, o hemisfério direito está tentando compensar a deficiência. Mas essas funções gêmeas não se fundem, porque é uma condição anormal para a qual o corpo não está preparado, algo que jamais deveria acontecer. Chamamos isso de *interpretação cruzada*, algo relacionado ao fenômeno de cérebro cindido. Até poderíamos fazer uma hemisferectomia do lado direito, mas...

– E isso vai passar quando eu parar de usar Substância D e ficar limpo?

– Provavelmente – disse o psicólogo da esquerda, acenando com a cabeça. – É uma deficiência funcional.

– Pode ser um dano orgânico – disse o outro. – Pode ser permanente. O tempo irá dizer, mas só depois que você estiver limpo de Substância D por um bom tempo. E limpo de verdade.

– O quê? – disse Fred, ele não estava entendendo aquela resposta... era um sim ou um não? Ele estava prejudicado para sempre ou não? O que eles tinham dito?

– Mesmo que seja algum dano ao tecido cerebral – disse um dos psicólogos –, atualmente existem alguns experimentos de remoção de pequenos pedaços de cada hemisfério sendo realizados, para interromper esses processamentos gestálticos conflitantes. Acredita-se que, por fim, isso seja capaz de fazer com que o hemisfério original retome a predominância das funções.

– No entanto, o problema aqui é que, assim, o sujeito só pode receber impressões *parciais*, dados de percepção recebidos, para o resto da vida. Em vez de receber dois sinais, passa a receber só meio. O que, em minha opinião, é algo igualmente prejudicial.

– Sim, mas ter uma função parcial sem concorrência é melhor do que não ter função nenhuma, já que essa interpretação dupla e cruzada resulta em zero recepção de informações, no fim das contas.

– Veja bem, Fred – disse o outro homem –, você não tem mais...

– Eu nunca mais vou voltar a tomar Substância D – disse Fred. – Para o resto da minha vida.

– Quanto você tem tomado atualmente?

– Não muito – disse ele, e depois de um intervalo, continuou. – Um pouco mais nos últimos tempos. Por causa do estresse do trabalho.

– Sem dúvida eles deveriam tirar essas suas atribuições – disse um dos psicólogos. – Tirá-lo de todas elas, na verdade. Você está com uma deficiência, Fred, e vai continuar assim por um bom tempo, no melhor dos casos. Para além disso, não se pode ter certeza. Você pode retomar tudo perfeitamente; mas isso pode não acontecer também.

– Mas como pode isso – grunhiu Fred – de os dois hemisférios do meu cérebro serem dominantes se eles não recebem os mesmos estímulos? Por que esses dois negócios não podem ser sincronizados, como acontece com aparelhos de som?

Silêncio.

– Quer dizer... – disse ele, gesticulando –, a mão esquerda e a mão direita, quando pegam um objeto, o mesmo objeto, elas deveriam...

– A questão destro *versus* canhoto, como um exemplo em relação ao que esses termos significam, digamos, uma imagem espelhada... na qual a mão esquerda "se torna" a mão direita... – o psicólogo se inclinou na direção de Fred, que não olhou para ele diretamente. – Como você definiria uma luva para a mão esquerda em comparação com uma luva para a mão direita, de modo que uma pessoa que não conhecesse essas definições entendesse e pudesse diferenciá-las? Sem pegar a outra? Confundindo a oposição espelhada?

– Uma luva para a mão esquerda... – disse Fred, e então parou de falar.

– *É como se um hemisfério do seu cérebro estivesse enxergando o mundo refletido por um espelho*. Através de um espelho. Entende? Assim, o lado esquerdo vira o lado direito, com tudo o que isso implica. E ainda não sabemos o que isso implica, ver o mundo invertido desse jeito. Em termos topológicos, uma luva para a mão esquerda é como uma luva para a mão direita *revirada até o infinito*.

– Através de um espelho – disse Fred.

Um espelho tenebroso, ele pensou; *um escâner tenebroso. E, ao falar em reflexo, São Paulo não estava falando de um espelho, porque eles não tinham desses naquela época, mas sim de um reflexo de si próprio, ao se ver no fundo de uma panela de metal polido. O Luckman tinha contado isso depois de alguma de suas leituras teológicas. Não era uma visão através de um telescópio nem de algum sistema de lentes nem nada disso, porque eles não invertem a imagem. Era como enxergar seu próprio rosto refletido diante de si e invertido, revirado até o infinito. Igual a isso que estão me dizendo. Não é através do espelho, mas refletido de volta por um espelho. E esse reflexo que volta até você... é você mesmo, é o seu rosto, mas ao mesmo tempo não é. E eles não tinham câmeras naquela época, essa era a única maneira que uma pessoa tinha de se ver, ao contrário.*

Eu já me vi ao contrário.

Em certo sentido, comecei a ver todo o universo ao contrário, com o outro lado do meu cérebro!

– Topologia – ia dizendo um dos psicólogos. – Uma ciência ou matemática, seja o que for, muito pouco compreendida. É igual aos buracos negros no espaço, que...

– Fred está vendo o mundo de dentro para fora – dizia o outro ao mesmo tempo. – Tanto pela frente como por trás, creio eu. É difícil para nós afirmar como isso aparece para ele. A topologia é um ramo da matemática que investiga as propriedades de configurações geométricas, ou de outra natureza, que ficam inalteradas quando algo está sujeito a uma transformação contínua e individualizada, mas de *qualquer* tipo de individualidade. Mas quando esse conceito é aplicado à psicologia...

– E quando isso acontece com objetos, como saber o aspecto que eles vão assumir nessa situação? Eles ficariam irreconhecíveis. Como acontece a um ser primitivo quando ele vê pela primeira vez uma imagem de si próprio: ele não se reconhece. Ainda que tenha visto seu reflexo várias vezes na água ou em objetos metálicos. Isso porque seu reflexo é invertido, mas a fotografia de si próprio, não. Daí ele não sabe que aquela é exatamente a mesma pessoa.

– Ele está acostumado a ver somente a imagem refletida e invertida, e acha que sua aparência é aquela.

– Com frequência, uma pessoa que ouve uma gravação da própria voz...

– Isso é diferente, tem a ver com a ressonância no sínus...

– Talvez o problema sejam vocês, seus merdas – disse Fred –, que estão vendo todo o universo ao contrário, como num espelho. Talvez eu esteja vendo do jeito certo.

– Você vê as coisas das *duas* maneiras.

– O que é a...

– Costumavam falar em ver somente "reflexos" da realidade – disse um dos psicólogos. – Não a realidade em si. O principal elemento que está errado em um reflexo não é o fato de não ser real, *e sim o fato de estar invertido*. Fico imaginando... – Ele estava com uma expressão estranha. – Paridade. O princípio científico de paridade. O universo e a imagem refletida que, por algum motivo, consideramos que é a realidade... Justamente porque nos falta paridade bilateral.

– Considerando que uma fotografia consiga compensar a falta de paridade bilateral entre os hemisférios, ela não é o objeto em si, mas também não está invertida. Assim, essa oposição faria com que imagens fotográficas não fossem nem um pouco imagens, e sim a forma verdadeira. O avesso do avesso.

– Mas uma foto também pode ser invertida acidentalmente, caso o negativo seja invertido e impresso ao contrário. Normalmente, só dá para identificar isso se tiver algo escrito, mas não com o rosto de uma pessoa. Você teria duas impressões de um determinado sujeito, uma invertida, a outra não. Uma pessoa que nunca o tivesse visto não saberia dizer qual é a certa, mas conseguiria notar que são diferentes e que não podem ser sobrepostas.

– E então, Fred, isso demonstra a complexidade do problema de formular a distinção entre uma luva para a mão esquerda e...

– Então se cumprirá a palavra da Escritura: A morte foi tragada pela vitória – disse uma voz, que talvez somente Fred tenha ouvido. – Pois assim que a palavra escrita aparecer ao contrário, saberás qual é ilusão e qual não é. A confusão chegará ao fim, e a morte, o derradeiro inimigo, a Substância Morte, será tragada não para dentro, mas para cima, na vitória. Eis que vos digo um mistério: *nem todos dormiremos ao som da última trombeta.*

O mistério, pensou ele, *a explicação, ele quer dizer. Um segredo sagrado. Não morreremos.*

Os reflexos devem partir

E acontecerá rapidamente.

Todos nós devemos ser mudados, e com isso ele quer dizer que seremos repentinamente invertidos, em um

piscar de olhos!

Porque, pensou ele com um ar taciturno enquanto assistia aos psicólogos da polícia redigindo suas conclusões e assinando embaixo, *estamos do avesso neste exato momento, porra, pelo menos é o que eu acho, cada um de nós; todos nós e todas essas coisas malditas, e também a distância, e até o tempo. Mas quanto vai demorar*, pensou ele, *quando uma impressão está sendo feita, uma impressão por contato, quanto vai demorar para que o fotógrafo se dê conta de que o negativo está invertido? Para tornar a invertê-lo e deixá-lo da maneira como deveria ser?*

Uma fração de segundo.

Entendo o que aquela passagem da Bíblia quer dizer, pensou ele, *através de um espelho tenebroso. Mas meu sistema de percepção está mais fodido do que nunca. É o que eles estão dizendo. Consigo entender, mas sou incapaz de ajudar a mim mesmo.*

Talvez, como eu enxergo das duas maneiras ao mesmo tempo, do jeito certo e invertido, pensou ele, *sou a primeira pessoa da história humana a ter acesso às duas formas simultaneamente, e, portanto, posso vislumbrar como as coisas serão quando estiverem certas. Embora eu também tenha o outro lado, o usual. Então, qual é qual?*

Qual é o lado invertido e qual não é?

Quando é que vejo uma fotografia e quando é que vejo um reflexo?

E quanto vou receber de licença por doença ou aposentadoria ou deficiência enquanto estiver me limpando?, pensou ele já tomado pelo horror, sentindo pavor e frieza por todos os lados. *Wie kalt ist es in diesem unterirdischen Gewölbe! Das ist natürlich, es ist ja tief.*[*] *E ainda preciso passar pela abstinência dessa merda. Já vi gente passando por isso. Jesus,* pensou ele, e fechou os olhos.

– Isso pode parecer metafísica – dizia um deles –, mas o pessoal da matemática diz que talvez estejamos na iminência de uma nova cosmologia, assim como...

– A infinidade do tempo – disse o outro, empolgado –, que se expressa como eternidade, em looping! Igual às voltas de uma fita cassete!

Ele ainda tinha uma hora de folga antes de ter que voltar ao escritório de Hank para ouvir e avaliar as provas de Jim Barris.

A lanchonete do prédio o atraiu, e então ele foi na direção dela, em meio a pessoas uniformizadas, outras com trajes borradores, e outras ainda com calça social e gravata.

Enquanto isso, os resultados encontrados pelos psicólogos estavam supostamente sendo encaminhados para Hank e já estariam lá quando ele chegasse.

Isso vai me dar um pouco de tempo para pensar, refletiu ele enquanto adentrava a lanchonete e entrava na fila. *Tempo. Suponha que o tempo é redondo, igual à Terra,* pensou ele. *Você veleja em direção a oeste para chegar à Índia. Riem da sua cara, mas, no fim das contas, lá está a Índia, bem na sua frente, e não atrás. Com o passar do tempo, talvez a crucificação esteja na nossa frente à medida que navegamos e enquanto pensamos que ela está lá atrás, a leste.*

Na frente dele, uma secretária. Blusa azul justa, sem sutiã... e quase sem saia também. Era legal, ficar de olho nela; e foi o que

---

[*] Os trechos que aparecem em alemão neste capítulo vêm da ópera *Fidélio*, de Beethoven, e aparecem aqui em tradução livre junto com o texto ou em nota de rodapé: Como faz frio neste calabouço! / Algo natural para um lugar tão fundo. [N. de T.]

ele continuou fazendo, até que finalmente ela notou sua presença e seguiu com sua bandeja.

O primeiro e o segundo adventos de Cristo eram o mesmo acontecimento, pensou ele. *O tempo era o looping de uma fita cassete. Não era de impressionar que tivessem certeza de que aquilo ia acontecer, Ele ia mesmo voltar.*

Ele ficou de olho na bunda da secretária, mas então se deu conta de que ela provavelmente não o estava notando do mesmo jeito, porque com o traje borrador ele não tinha nenhuma cara ou bunda. *Mas percebeu que estou de olho nela*, decidiu ele. *Qualquer garota com aquelas pernas perceberia isso facilmente, vindo de todos os homens.*

Olhe só, pensou ele, *com o traje borrador eu poderia dar uma pancada na cabeça dela e ficar transando com ela pra sempre... E quem saberia quem fez isso? Como ela poderia me identificar?*

Os crimes que podiam ser cometidos usando esses trajes, ponderou ele. *Junto com umas viagens mais de boa, sem cometer crimes de fato, coisa que você nunca fez... sempre quis, mas nunca fez.*

– Senhorita – disse ele para a garota de blusa azul justa –, é fato que você tem belas pernas. Mas imagino que você já saiba disso, senão, não estaria usando uma minissaia dessas.

– Ah... – arquejou a garota. – Nossa, agora eu sei quem é você.

– Sabe? – disse ele, surpreso.

– Pete Wickam – respondeu ela.

– O quê? – disse ele.

– Você não é o Pete Wickam? Você sempre senta de frente para mim... Você não é você, Pete?

– Eu sou esse cara que está sempre sentado na sua frente e esquadrinhando as suas pernas e imaginando muita coisa sobre... Quer saber sobre o quê?

Ela acenou que não com cabeça.

– Eu tenho alguma chance? – disse ele.

– Bom, depende...

– Posso te levar para jantar algum dia desses?

– Acho que sim.

– Você me daria seu número de telefone, para eu poder te ligar?

– É melhor você me passar o seu – murmurou a garota.

– Vou te passar – disse ele –, se você sentar comigo bem aqui, agora, comendo qualquer coisa que você esteja comendo enquanto eu tomo café e como um sanduíche.

– Não, estou com uma amiga ali. Ela está me esperando.

– Eu poderia sentar com vocês duas também.

– Nós vamos discutir um assunto particular.

– Tudo bem – disse ele.

– Bom, então a gente se vê, Pete – e saiu da fila carregando a bandeja e os talheres e um guardanapo.

Ele pegou um café e um sanduíche e foi se instalar sozinho em uma mesa vazia, molhando pedacinhos do lanche no café e observando o que fazia.

Eles vão me tirar do caso do Arctor, decidiu ele. *Vão me mandar para a Synanon ou para a Novos Rumos ou para algum lugar desses onde vou ficar em abstinência, e vão atribuir outra pessoa para ficar observando e avaliando o caso. Algum babaca que não sabe porra nenhuma sobre o Arctor... vão ter que começar tudo de novo, do começo.*

Pelo menos vão me deixar avaliar as provas do Barris, pensou ele, *e só serei suspenso depois de conferir todas essas coisas, seja lá o que for.*

Se eu transasse com ela e ela engravidasse, ruminou ele, *os bebês... Sem rosto, apenas borrões*. Ele sentiu um arrepio.

Sei que tenho de ser afastado. Mas por que fazer isso justamente agora? Se eu pudesse pelo menos fazer mais algumas... Processar as informações do Barris, participar da decisão. Ou então só ficar sentado e ver o que ele tem. Finalmente descobrir, para minha própria satisfação, qual é a do Arctor. Será que ele é alguma coisa? Ou não? Eles me devem isso, deixar que eu fique tempo suficiente para desvendar essa história.

Se eu pudesse pelo menos ficar ouvindo e assistindo, sem falar nada.

Ele ficou sentado lá por um bom tempo, depois voltou a reparar na garota de blusa azul justa e na amiga dela, de cabelos pretos e curtos, levantando da mesa e tomando o rumo da porta. A amiga, que não era tão gata, hesitou e depois foi até onde Fred estava sentado, debruçado sobre o café e os pedaços de sanduíche.

– Pete? – disse a garota de cabelos curtos.

Ele olhou para cima.

– Hmmm, Pete... – disse ela, nervosa. – Tenho só um minuto. Bom, a Ellen só queria te dizer uma coisa, mas arregou. Sabe, Pete, ela teria saído com você há um tempão, tipo um mês atrás, ou lá pelos idos de março, sei lá, se...

– Se o quê? – disse ele.

– Bom, ela me pediu para te contar que faz algum tempo que ela queria te deixar a par do fato de que você se sairia muito melhor se usasse aqueles enxaguantes bucais, tipo o Scope.

– Quem dera eu soubesse disso – disse ele, sem entusiasmo algum.

– Tudo bem, Pete – disse a garota, já aliviada e indo embora. – A gente se vê outra hora – e se apressou, abrindo um largo sorriso.

Coitado desse maldito do Pete, ele pensou consigo mesmo. *Essa história foi real? Ou só uma espinafrada das boas no tal do Pete por parte de duas garotas maldosas que bolaram isso ao vê-lo – no caso, a mim – sentado aqui sozinho? Só uma piadinha para... Ah, elas que vão pro inferno*, pensou ele.

Ou poderia ser verdade, pensou ele enquanto limpava a boca, amassava seu guardanapo e ficava de pé num golpe firme. *Fico pensando: será que São Paulo tinha bafo?* Ele perambulou pela lanchonete, de novo com as mãos afundadas nos bolsos... primeiro os bolsos do traje borrador, depois os seus próprios. *Talvez seja por isso que São Paulo tenha passado a maior parte do fim de sua vida na cadeia. Ele foi preso por causa disso.*

259

Essas viagens alucinantes sempre te acertam em momentos assim, pensou ele enquanto saía da lanchonete. *Ela mandou essa pra cima de mim depois de todas as chatices do dia de hoje... a maior delas, vinda diretamente dessa sabedoria composta por tantos anos de pontificação dos testes psicológicos. Primeiro aquilo e depois isto. Que merda*, pensou ele. Estava se sentindo ainda pior agora do que antes. Ele mal conseguia andar, mal conseguia pensar, sua cabeça estava zumbindo, confusa. Confusão e desespero. *De qualquer forma*, pensou ele, *enxaguante bucal Scope não é bom; a Lavoris é melhor. Tirando o fato de que, na hora de cuspir, parece que você está cuspindo sangue. Talvez outra marca, a Micrin. Essa deve ser a melhor.*

Se tivesse uma farmácia neste prédio, pensou ele, *eu poderia comprar um e usar antes de subir para encarar o Hank. Assim, talvez eu me sentisse mais confiante. Talvez eu tivesse um destino melhor.*

Eu poderia usar qualquer coisa que ajudasse, ele pensou, *qualquer coisa mesmo. Qualquer pista, igual à que aquela garota deu, qualquer sugestão.* Ele se sentiu sombrio e assustado. *Que merda*, pensou ele, *o que eu vou fazer agora?*

Estou fora de tudo, pensou, *o que significa que nunca mais vou ver nenhum deles, nenhum dos meus amigos, essas pessoas que eu investigava e conhecia. Vou ficar fora dessa; talvez eu seja aposentado para o resto da vida... de todo modo, foi a última vez que vi Arctor e Luckman e Jerry Fabin e Charles Freck e, acima de tudo, Donna Hawthorne. Nunca mais vou ver nenhum dos meus amigos, por toda a eternidade. Acabou.*

Donna. Ele se lembrou de uma canção que seu tio-avô costumava cantar há tempos, em alemão. *"Ich seh', wie ein Engel im rosigen Duft/Sich tröstend zur Seite mir stellet"* que, pelo que o tio explicara, significava "vejo, vestida como um anjo, de pé ao meu lado para me confortar" a mulher que ele amava, a mulher que o havia salvado (na canção). Na canção, não na vida real. Seu tio-avô já estava morto, fazia um tempão que ele tinha ouvido aquelas palavras. Seu tio-avô, nascido na Alemanha, cantando pela casa ou lendo em voz alta.

Gott! Welch Dunkel hier! O grauenvolle Stille!
Od' ist es um mich her. Nichts lebet auszer mir...

Meu Deus, como é escuro aqui, e totalmente silencioso.
Nada além de mim vive neste vácuo...

Mesmo se seu cérebro não estivesse ferrado, ele percebeu, até eu voltar a pegar no batente alguém vai ter assumido o caso deles. Ou então eles já estarão mortos ou na cadeia ou em uma clínica federal ou simplesmente espalhados, espalhados, espalhados. Lesados e destruídos, iguais a mim, incapazes de entender que porra está acontecendo. Em qualquer um dos casos, havia chegado o fim. Pelo menos para mim. Eu que, sem saber, já havia dado adeus.

O máximo que eu poderia fazer em algum momento, pensou ele, seria reproduzir de novo as fitas dos escâneres holográficos, para tentar me lembrar.

– Eu deveria ir até o apartamento de segurança. – *Olhando em volta, retomou o silêncio. Eu deveria ir até lá e roubar tudo deles agora mesmo, pensou. Enquanto ainda posso. Depois eles talvez sejam apagados, e eu não terei mais acesso. Foda-se o departamento, eles podem descontar isso do meu acerto salarial. Do ponto de vista ético, todas as fitas daquela casa e das pessoas que vivem nela pertencem a mim.*

E agora essas fitas são tudo o que me resta dessa história. A única coisa que posso esperar é levá-las comigo.

Mas também, pensou ele rapidamente, para reproduzir essas fitas, eu precisaria de todo o sistema de transporte e projeção em cubos de alta resolução dos escâneres holográficos que está lá no apartamento de segurança. Não vou precisar dos escâneres em si nem dos equipamentos de gravação. Só os componentes de transporte e de reprodução e especialmente todos os equipamentos de projeção dos cubos. Posso fazer isso aos poucos, tenho a chave do apartamento. *Vão me pedir para devolvê-la, mas posso fazer uma cópia aqui mesmo antes disso; é só uma fechadura Schlage padrão. Aí sim posso resolver isso!* Ele se sentiu melhor ao se dar conta disso; sentiu-se austero e moral e um pouco puto. Com todo mundo. E também experimentou certo prazer em imaginar como faria as coisas darem certo.

Por outro lado, pensou ele, *se eu roubasse os escâneres e os cabeçotes de gravação e coisas assim, eu poderia continuar monitorando, por conta própria. Manter a vigilância acontecendo igual eu vinha fazendo. Pelo menos por algum tempo. Mas, quer dizer, tudo na vida só acontece por um tempo... e esta situação é prova disso.*

Essencialmente, pelo menos a vigilância deveria ser mantida, pensou ele. *E, se possível, eu deveria fazer isso. Eu deveria ficar para sempre assistindo, assistindo e compreendendo, mesmo que eu nunca faça nada a respeito do que vejo; mesmo que eu só fique lá sentado e observando em silêncio, sem ser visto: isso sim era importante, que eu, como espectador de tudo o que acontece, deveria ficar no meu lugar.*

Não pelo bem deles, mas pelo meu.

Sim, mas pelo bem deles também, completou ele. *Caso algo aconteça, tipo quando o Luckman engasgou. Se alguém estiver assistindo, se eu estiver assistindo, posso perceber o que está acontecendo e conseguir ajuda. Ligar para conseguir ajuda. Mandar o tipo certo de serviço de assistência para eles bem na hora.*

Caso contrário, pensou ele, *eles poderiam morrer e ninguém ficaria sabendo. Ninguém saberia ou sequer daria a menor pelota para essa porra.*

Com essas vidinhas desgraçadas, alguém precisa tomar uma atitude. Ou pelo menos notar suas idas e vindas. Notar e, se possível, gravar permanentemente, para que eles sejam lembrados disso. Para um dia melhor, muito mais adiante, quando as pessoas possam entender.

De volta ao escritório, ele se sentou junto com Hank e um oficial uniformizado, mais o informante Jim Barris, que suava e sorria, enquanto uma das fitas que ele tinha trazido era reproduzida sobre a mesa diante deles. Ao lado, outro gravador registrava o que estava sendo tocado, fazendo uma cópia para o departamento.

– ... Ah, oi. Olha só, não posso falar agora.

– Pode quando, então?

– Eu te ligo de volta.

– Isso não dá para esperar.

– Mas o que é?

– Estamos pretendendo...

Hank moveu-se para a frente, indicando a Barris que parasse a fita.

– O senhor poderia identificar essas vozes para nós, senhor Barris? – perguntou ele.

– Sim – concordou Barris avidamente. – A voz de mulher é da Donna Hawthorne, e o homem é Robert Arctor.

– Tudo bem – disse Hank, acenando com a cabeça e lançando um olhar para Fred; ele estava com o laudo médico de Fred na sua frente e estava dando uma conferida nele. – Pode continuar com sua fita.

– ... Metade do sul da Califórnia amanhã à noite – continuou dizendo a voz masculina, identificada pelo informante como sendo de Bob Arctor. – O Arsenal da Força Aérea na Base de Vandenberg será atingido por armas automáticas e semiautomáticas...

Hank parou de ler o relatório médico e se pôs a ouvir, inclinando a mancha que era sua cabeça no traje borrador.

Para si mesmo e agora também para todos os outros que estavam na sala, Barris arreganhou os dentes; seus dedos estavam fuçando sem parar em clipes de papel que estavam na mesa, como se ele estivesse tricotando e mexendo e suando e tricotando.

A mulher, identificada como Donna Hawthorne, disse:

– E aquela droga desorientadora que os motoqueiros roubaram para nós? Quando vamos levar esse troço lá para a região de distribuição para...

– A organização precisa das armas primeiro – explicou a voz masculina. – Isso é a segunda etapa.

– O.k., mas agora preciso ir, chegou um cliente.

E os telefones foram desligados.

Balançando em sua cadeira, Barris disse em alto e bom som:

– Eu posso identificar essa gangue de motoqueiros de que eles falaram. Eles também são mencionados em outra...

– O senhor tem mais materiais desse tipo? Para sustentar as provas? – perguntou Hank. – Ou essa fita é basicamente tudo?

– Muito mais.

– Mas é esse mesmo tipo de coisa?

– Sim, diz respeito a essa mesma organização conspiratória e a seus planos. É essa mesma trama.

– Quem são essas pessoas? – disse Hank. – Que organização é essa?

– Eles são uma organização mundial de...

– Quero nomes. O senhor está só especulando.

– Robert Arctor e Donna Hawthorne, primeiramente. Também tenho outras anotações codificadas aqui... – e Barris se pôs a revirar um caderninho todo detonado que ia se desmontando enquanto ele tentava abri-lo.

– Vou confiscar tudo isso, senhor Barris, as fitas e as outras coisas que você trouxe – disse Hank. – Elas serão temporariamente propriedade nossa, vamos avaliá-las por conta própria.

– A minha caligrafia e o material criptografado que eu...

– O senhor estará à nossa disposição para nos explicar quando chegarmos a esse ponto ou quando sentirmos que algo precisa ser explicado. – Hank sinalizou para o policial uniformizado, e não para Barris, que desligasse a fita, ao que Barris foi na direção dela. Num só golpe, o policial o deteve e o afastou com força. Piscando os olhos, Barris encarou o espaço em volta, sempre com seu sorriso fixo. Hank continuou: – O senhor não será liberado enquanto estivermos estudando este material. Você está sendo acusado por dar falso testemunho intencionalmente para as autoridades, apenas como uma formalidade para que você fique aqui disponível. É claro que isso é só um pretexto para sua própria segurança, e todos nós sabemos disso, mas a acusação formal será registrada de todo modo. Ela será encaminhada para a procuradoria regional, mas marcada para ser retida. Isso lhe parece satisfatório? – Hank sequer esperou por uma resposta; em vez disso, indicou para o policial uniformizado levar Barris dali, deixando as provas e outras porcarias e sei-lá-mais-o-quê na mesa.

O policial conduziu Barris, com seus dentes sempre arreganhados, para fora da sala. Hank e Fred estavam sentados frente a frente, um de cada lado da mesa desarrumada. Hank não disse nada, apenas continuou lendo as conclusões dos psicólogos.

Depois de um intervalo, ele pegou seu telefone e ligou para um número interno:

– Estou com alguns materiais que precisam ser avaliados aqui... quero que você confira tudo e diga quanto disso é falso. Depois, me informe a respeito e aí te direi o que fazer na sequência. Pesa uns seis quilos ao todo, você vai precisar de uma caixa de papelão, tamanho três. Certo, obrigado – e desligou o telefone. – Estava falando com o laboratório de eletrônica e de criptografia – informou a Fred, e retomou sua leitura.

Dois técnicos do laboratório, uniformizados e armados até os dentes, apareceram trazendo junto com eles uma caixa de aço com trava.

– Só conseguimos encontrar isto – desculpou-se um deles enquanto enchiam a caixa cuidadosamente com os materiais que estavam na mesa.

– Quem está lá embaixo?

– O Hurley.

– Peça ao Hurley para conferir esse material em algum momento ainda hoje, sem falta, e para me mandar um relatório quando tiver traçado algum padrão de indícios espúrios. Deve ser hoje, avise isso a ele.

Os técnicos do laboratório fecharam a caixa de metal e arrastaram-na para fora do escritório.

Lançando o relatório de conclusões médicas na mesa, Hank tornou a se reclinar na cadeira e disse:

– E o que você... Então, qual é a sua resposta às provas de Barris até agora?

– Isso que você estava vendo é meu relatório médico, não é? – disse Fred, avançando para pegar o relatório e depois mudando de ideia. – Acho que isso que ele mostrou, o pouco que ele mostrou, me pareceu verdadeiro.

– É uma falsificação – disse Hank. – Não vale nada.

– Você pode estar certo – disse Fred –, mas eu não concordo.

– O arsenal de que eles estão falando em Vandenberg é provavelmente o arsenal do Escritório de Investigações Especiais – Hank se dirigiu ao telefone e continuou dizendo para si mesmo, em voz alta. – Vamos ver... Quem é o cara do Escritório de Investigações com quem eu falei na época... Ele apareceu na quarta-feira com algumas fotos... – Hank balançou a cabeça e se afastou do telefone para encarar Fred. – Vou esperar. Isso ainda pode esperar até termos o relatório preliminar de falsificação. Fred?

– O que o meu relatório médico...

– Eles estão dizendo que você está completamente biruta.

– Completamente? – disse Fred, dando de ombros (da melhor forma que foi capaz).

Wie kalt ist es in diesem unterirdischen Gewölbe!

– Possivelmente uns dois neurônios ainda estão funcionando, mas é basicamente isso. O resto é só curto-circuito e faíscas.

Das ist natürlich, es ist ja tief.

– São dois, então... – disse Fred – Num total de quantos?

– Não sei. Cérebros têm muitas células, ouvi falar em trilhões delas.

– Tem mais possíveis conexões entre elas do que estrelas no universo – emendou Fred.

– Se for assim, então você não está batendo muito bem para a média. Cerca de dois neurônios em meio a... Talvez 65 trilhões?

– Está mais para 65 trilhões de trilhões – sugeriu Fred.

– Isso é pior do que o antigo time do Philadelphia Athletics comandado pelo Connie Mack. Eles costumavam acabar a temporada com uma porcentagem de...

– E como eu fico, considerando que isso aconteceu no trabalho? – disse Fred.

– Você pode ficar em uma sala de espera e ler vários *Saturday Evening Posts* e *Cosmopolitans* de graça.

– Mas onde?

– Onde você gostaria de ficar?

– Deixe-me pensar mais um pouco – disse Fred.

– Vou te contar o que eu faria no seu lugar – disse Hank. – Eu não iria para uma clínica federal. Eu pegaria umas seis garrafas de uísque, tipo I. W. Harper, e iria para as colinas, até as montanhas de San Bernardino, perto de algum daqueles lagos, sozinho, e ficaria por lá só comigo mesmo até tudo isso passar. Onde ninguém pudesse me achar.

– Mas isso pode nunca acabar – disse Fred.

– Então você nunca mais voltaria. Você conhece alguém que tem um chalé pelas bandas de lá?

– Não – respondeu Fred.

– Você consegue dirigir numa boa?

– O meu... – ele hesitou, e uma força com potência de sonho o dominou, deixando-o relaxado e meio pastoso; todas as relações espaciais da sala se transformaram, e essa alteração atingiu até mesmo sua noção do tempo. – Está no... – e deu um bocejo.

– Você não se lembra.

– Eu me lembro que não está funcionando.

– Podemos arrumar alguém para te levar até lá. Acho que isso seria mais seguro, de todo jeito.

Alguém me levar até lá onde?, imaginou ele. *Onde é esse lá? Na estrada, nos trilhos, nas trilhas, fazendo uma caminhada num chão de gelatina, feito um gato de coleira que só quer voltar para casa ou ganhar sua liberdade.*

Ein Engel, der Gattin, so gleich, der führt mich zur Freiheit ins himmlische Reich, [*] pensou ele.

– Claro – foi o que ele disse, e deu um sorriso, sentindo alívio; fazendo força contra a coleira, tentando se libertar e, depois, só tentando se deitar. – O que você está achando de mim agora? Agora que eu me mostrei sendo assim... Todo lesado, ainda que temporariamente. Talvez permanentemente.

– Acho que você é uma pessoa muito boa – disse Hank.

– Obrigado – respondeu Fred.

– Leve a sua arma com você.

– *O quê?* – disse ele.

– Quando você for para as montanhas de San Bernardino levando os litros de uísque. Leve a sua arma.

– Você está dizendo isso caso eu não saia dessa nunca mais?

– Qualquer que seja o caso – disse Hank. – Para se limpar dessa quantidade que dizem que você está usando... Leve a arma com você.

– Certo.

– E quando você voltar, ligue para mim – disse Hank. – Me dê notícias.

– Porra, eu vou estar sem o meu traje.

– De todo jeito, me ligue. Com ou sem o seu traje.

Ele só respondeu mais uma vez com um "certo". Obviamente isso não importava. Obviamente tudo tinha acabado.

---

[*] Um anjo como a minha esposa que me conduzirá à liberdade no reino dos céus.

– Quando você for receber o seu próximo salário, vai ver um valor diferente. Uma mudança considerável desta vez.

– Eu vou ganhar alguma espécie de bônus por essa situação, por causa disso que aconteceu comigo?

– Não. Leia o seu Código Penal. Um oficial que se torna viciado por vontade própria e não relata isso imediatamente está sujeito a uma acusação por má conduta. Uma multa de três mil dólares e/ou seis meses de detenção. Provavelmente você só será multado.

– *Por vontade própria?* – disse ele, surpreso.

– Ninguém botou uma arma na sua cabeça e te obrigou a tomar. Ninguém colocou algo na sua sopa. Você tomou uma droga viciante, que destrói o cérebro e desnorteia os sentidos, por vontade própria e ciente disso.

– Eu tive que fazer isso!

– Você poderia ter apenas fingido – disse Hank. – A maioria dos oficiais consegue lidar com isso. E com a quantidade que estão dizendo que você toma, você tem que ser...

– Você está me tratando como se eu fosse um bandido. Eu não sou um bandido.

Pegando uma prancheta e uma caneta, Hank começou a calcular:

– Quanto você tem recebido ultimamente? Posso calcular agora para você se...

– Posso pagar a multa depois? Talvez em várias parcelas mensais ao longo de, sei lá, dois anos?

– Vamos lá, Fred – disse Hank.

– Tá bem – disse ele.

– Quanto você ganha por hora?

Ele não conseguia se lembrar.

– Bom, então, são quantas horas registradas?

Também não se lembrava disso.

Hank largou a prancheta mais uma vez e ofereceu seu maço de cigarros para Fred:

– Quer fumar um?

– Estou largando isso aí também – disse Fred. – Tudo, inclusive amendoins e... – ele não conseguia mais pensar; os dois ficaram sentados lá, ambos com seus trajes borradores e em silêncio.

– É como eu digo para os meus filhos – começou Hank.

– Eu tenho duas crianças – disse Fred. – Duas meninas.

– Não acredito que você tenha; você não deveria ter.

– Talvez não tenha – ele tinha começado a tentar adivinhar quando a abstinência ia começar, e então tentou adivinhar quantos tabletes de Substância D ele ainda tinha escondidos aqui e ali, e quanto lhe restaria de dinheiro, depois que fizessem o acerto, para comprar mais.

– Você talvez ainda queira que eu continue calculando quanto vai dar o seu acerto – disse Hank.

– Tudo bem – disse ele, acenando vigorosamente com a cabeça. – Faça isso. – E ficou sentado esperando, tenso e batucando na mesa, igual ao Barris.

– Quanto você ganha por hora? – repetiu Hank, e desta vez foi alcançar o telefone de verdade. – Vou ligar para o pessoal que cuida da folha de pagamento.

Fred não disse nada. Olhando para baixo, ele ficou esperando. *Talvez a Donna possa me ajudar*, pensou. *Donna, por favor, me ajude agora*, ele suplicou em pensamento.

– Acho que você não vai conseguir chegar às montanhas – disse Hank. – Mesmo que alguém te leve até lá.

– Não.

– Aonde você quer ir?

– Deixe-me ficar sentado e pensar um pouco.

– Clínica federal?

– Não.

Os dois continuaram sentados.

Ele ficou pensando o que significava aquele *você não deveria ter*.

– E se você fosse até a casa da Donna Hawthorne? – disse Hank. – A partir das informações que você mesmo trouxe até aqui, e com as que todas as outras pessoas trouxeram, sei que vocês são próximos.

– Sim, nós somos – ele disse, acenando com a cabeça; então, ele olhou para o alto e disse: – Mas como você sabe disso?

– Por um processo de eliminação – disse Hank. – Eu sei quem você *não é*, e não existe um número infinito de suspeitos dentro desse grupo... na verdade, são bem poucos. Pensamos que eles nos ajudariam a chegar ao topo dessa estrutura, e o Barris talvez nos ajude nisso. Nós dois discutimos isso por muito tempo. Eu juntei essas informações faz um tempão. Sei que você é o Arctor.

– Eu sou *quem*? – disse ele, encarando o traje borrador de Hank que estava na sua frente. – Eu sou Bob Arctor? – Ele não conseguia acreditar naquilo. Não fazia o menor sentido. Não batia com nada que ele tinha feito ou pensado, era algo grotesco.

– Deixe isso pra lá – disse Hank. – Qual é o telefone da Donna?

– Provavelmente ela está trabalhando – disse ele, com a voz trêmula. – Na perfumaria. O número é... – ele não conseguia manter sua voz estável nem se lembrar do número de telefone. *O caralho que eu sou esse cara*, ele disse a si mesmo. *Eu não sou o Bob Arctor. Mas quem sou eu? Talvez eu seja...*

– Providencie o número do trabalho de Donna Hawthorne – ia dizendo Hank rapidamente ao telefone. – Pegue aqui, vou te colocar na linha – disse ele, passando o telefone para Fred. – Não, talvez seja melhor não. Vou dizer a ela para vir te buscar... Onde? Vamos te levar até lá e te deixar; pode encontrá-la aqui. Em que lugar seria bom? Onde você costuma se encontrar com ela?

– Leve-me até o apartamento dela – disse ele. – Eu sei como entrar.

– Vou dizer a ela que você está lá e em abstinência. Só vou dizer que te conheço e que você me pediu para ligar para ela.

– De boa – disse Fred. – Eu consigo segurar essa. Valeu, cara.

Hank acenou com a cabeça e começou a discar para um número de telefone externo. Para Fred, parecia que ele estava discando cada número cada vez mais lentamente, aquilo estava durando para sempre. Ele fechou os olhos, respirou fundo e ficou pensando: *Nossa, eu tô realmente na pior.*

Você está mesmo, ele concordou consigo. *Chapado, ligadão, lesado, viciado e fodido. Totalmente fodido.* Ele sentiu vontade de rir.

– Vamos levar você até ela... – Hank começou a dizer, e então desviou sua atenção para o telefone. – Alô, Donna? Aqui é um amigo do Bob, sabe? Então, cara, ele está muito mal, não estou brincando. Olhe só, ele...

Eu consigo segurar essa, pensaram em uníssono as duas vozes dentro da cabeça dele enquanto ele ouvia seu colega mandando aquele papo pra cima da Donna. *E não se esqueça de pedir pra ela me levar alguma coisa, estou mal mesmo. Será que ela consegue arranjar um pouco pra mim ou coisa assim? Talvez me fazer uma peruana, como ela costuma fazer?* Ele tentou alcançar Hank, mas não conseguiu; sua mão não respondia.

– Ainda vou fazer a mesma coisa por você algum dia – ele prometeu a Hank, quando este desligou o telefone.

– Apenas fique sentado aí até o carro chegar lá fora. Vou chamar um agora – e mais uma vez Hank se pôs ao telefone, agora dizendo. – Garagem? Quero um carro sem identificação e um oficial à paisana. O que vocês têm disponível aí?

Dentro do traje borrador, aquele borrão nebuloso, eles fecharam seus olhos enquanto esperavam.

– Talvez seja melhor eu te mandar para o hospital – disse Hank. – Você está muito mal mesmo; talvez o Jim Barris tenha te envenenado. Estamos interessados mesmo é no Barris, não em você; desde o princípio, o escaneamento da casa toda era para ficar de olho no Barris. Queríamos atraí-lo até aqui... E conseguimos. – Hank ficou em silêncio por um momento. – Então é por isso que eu sabia muito bem que as fitas dele e as outras coisas todas eram falsas. O laboratório vai confirmar isso. Mas o Barris está metido em alguma coisa barra-pesada. Barra-pesada e suja, e tem a ver com armas.

– Então eu sou o quê? – disse ele, repentinamente em um tom muito alto.

– A gente tinha que conseguir chegar no Barris e armar alguma para ele.

– Seus filhos da puta – disse ele.

– Do jeito que fizemos as coisas, o Barris (isso se ele for mesmo essa pessoa) foi ficando cada vez mais desconfiado de que você era um agente disfarçado da polícia, à beira de abocanhá-lo ou de usá-lo para chegar ao topo da hierarquia. Então ele...

O telefone tocou.

– Tudo bem – retomou Hank. – Fique sentado, Bob. Quer dizer, Bob, Fred, sei lá. Console-se... pegamos esse arrombado, ele é um... bom, isso que você acabou de dizer que nós somos. Você sabe que isso valeu a pena, não sabe? Bolar uma armadilha para ele, alguma coisa assim, para descobrir o que quer que ele esteja fazendo.

– Claro, vale a pena – ele mal conseguia falar; só soltava uns chiados mecânicos.

E, juntos, eles ficaram lá sentados.

A caminho da Novos Rumos, Donna estacionou na estrada em um ponto onde eles pudessem observar as luzes que iam e vinham lá embaixo. Mas agora ele tinha começado a sentir dores; ela podia perceber, e não lhes restava muito tempo. Ela queria estar com ele mais uma vez. Bom, ela tinha esperado tempo demais. Lágrimas escorriam pelo rosto dele, que tinha começado a ter ânsias e a vomitar.

– Vamos ficar sentados por alguns minutos – ela disse a ele, conduzindo-o em meio aos arbustos e ao mato naquele chão arenoso, em meio a latas vazias de cerveja e outros restos. – Eu...

– Você está com seu cachimbo de haxixe? – foi o que ele tentou dizer.

– Sim – respondeu ela. Eles tinham que estar longe o suficiente da estrada para não serem notados pela polícia. Ou pelo menos longe o suficiente para poderem se livrar do cachimbo caso um oficial aparecesse. Ela veria o carro da polícia estacionando de faróis apagados, na miúda, e o oficial se aproximando a pé. Daria tempo.

Tempo suficiente para isso, pensou ela. *Tempo suficiente para estar a salvo da lei. Mas sem mais tempo para Bob Arctor. O tempo dele – pelo menos se fosse medido em padrões humanos – tinha se esgotado. Ele agora tinha entrado em outro tipo de tempo. Igual ao tempo que um rato possui*, pensou ela: *tempo de ficar correndo para a frente e para trás, de ser fútil. Mover-se sem nenhum planejamento, para a frente e para trás, para a frente e para trás. Mas pelo menos ele ainda pode ver essas luzes passando lá embaixo. Muito embora isso talvez não importe mais para ele.*

Eles encontraram um lugar protegido e ela tirou um pedaço de haxixe que estava enrolado em papel-alumínio e começou a acender o cachimbo. Ao lado dela, Bob Arctor parecia não notar isso. Ele tinha se sujado todo, mas ela sabia que ele não tinha como evitar isso. Na verdade, ele provavelmente sequer sabia o que estava acontecendo. Todo mundo passava por aquilo em abstinência.

– Tome – disse ela, se inclinando sobre ele para fazer uma peruana. Mas ele também não a notou. Simplesmente ficou sentado se curvando, encarando aquelas cãibras no estômago, vomitando e se sujando todo, tendo calafrios e soltando uns gemidos para si mesmo, algo como uma canção.

Então Donna pensou em um cara que ela tinha conhecido uma vez e que dizia ter visto Deus. Ele agia quase desse mesmo jeito, gemendo e chorando, ainda que não se sujasse todo. Ele tinha visto Deus em um flashback, depois de uma viagem de ácido; na época, ele estava experimentando doses homéricas de vitaminas solúveis em água. A fórmula ortomolecular que supostamente melhoraria o acionamento do cérebro, deixando-o mais ágil e sincronizado. No entanto, com aquele cara, em vez de simplesmente ficar mais inteligente, ele acabou vendo Deus. Foi uma surpresa e tanto para ele.

– Acho que a gente nunca sabe o que nos aguarda – disse ela.

Ao lado dela, Bob Arctor soltou um gemido e não respondeu.

– Você conheceu um cara chamado Tony Amsterdam?

Não houve resposta.

Donna deu uma tragada no cachimbo de haxixe e ficou admirando as luzes que se espalhavam abaixo deles. Ela sentiu o cheiro do ar e ficou ouvindo.

– Depois de ter visto Deus, ele ficou se sentindo muito bem por cerca de um ano. E depois se sentiu muito mal. Pior do que jamais tinha se sentido em toda a sua vida. Porque um dia lhe ocorreu que ele nunca mais veria Deus de novo, tinha começado a se dar conta: ele viveria todo o resto de sua vida, décadas, talvez uns cinquenta anos, e não veria nada além do que sempre via. Aquilo que a gente vê. Ficou se sentindo muito pior do que se não tivesse visto Deus. Um dia ele me contou que ficou puto mesmo. Surtou e começou a praguejar e a quebrar coisas no seu apartamento. Quebrou até o aparelho de som. Ele se deu conta de que ia ter que viver daquele jeito para sempre, sem ver nada. Sem qualquer propósito. Só um pedaço de carne se acabando por aí, comendo, bebendo, dormindo, trabalhando, cagando.

– Igual ao resto de nós – foi a primeira coisa que Bob Arctor conseguiu dizer, cada uma das palavras saindo com uma dificuldade aflita.

– Foi isso que *eu* falei para ele – emendou Donna. – Isso que eu disse. Que estávamos todos no mesmo barco e que isso não deixava nenhum de nós em pânico. Aí ele disse: "Você não sabe o que eu vi. Você não sabe".

Um espasmo percorreu Bob Arctor, em convulsão, e então ele soltou de uma só lufada:

– E ele... falou como era tudo isso?

– Umas faíscas. Uma cascata de faíscas coloridas, tipo quando acontece algo de errado com a sua televisão. Faíscas subindo pelas paredes, faíscas no ar. E o mundo inteiro era uma criatura viva, onde quer que ele olhasse. E aí não havia acidentes: tudo se encaixava e acontecia com algum propósito, com a finalidade de realizar algo... alguma meta futura. E então ele viu um portal.

275

Durante uma semana ele via isso onde quer que olhasse: dentro do seu apartamento, pelas ruas quando estava dirigindo ou indo comprar algo. E sempre tinha as mesmas proporções, era bem estreito. Ele disse que era algo muito... Agradável. Foi essa a palavra que ele usou. Ele nunca tentou atravessar esse portal, só ficava olhando para ele, de tão agradável que era. Contornado por uma luz vermelha e dourada bem viva, contava ele. Como se as faíscas tivessem se reunido em linhas, igual acontece na geometria. Aí, depois disso, ele nunca mais viu nada dessas coisas em toda a sua vida. E finalmente foi isso que o deixou todo fodido.

Depois de um tempo, Bob Arctor disse:

– O que tinha do outro lado?

– Ele disse que tinha um outro mundo do outro lado. Ele conseguia ver – respondeu Donna.

– Ele... nunca passou pelo portal?

– Foi por isso que ele saiu detonando todas as merdas que tinha no apartamento dele; ele nunca pensou em atravessar o portal, só ficava lá admirando e, depois, não podia mais vê-lo e era tarde demais. O portal tinha se aberto para ele por alguns dias, e então se fechara e foi embora para sempre. Depois ele tomou um monte de LSD várias vezes junto com essas vitaminas solúveis em água, mas nunca mais conseguiu ver isso de novo; nunca mais conseguiu reencontrar essa combinação.

– O que tinha do outro lado? – disse Bob Arctor.

– Ele dizia que era sempre noite do outro lado.

– Noite!

– Tinha água e a luz do luar, sempre a mesma coisa. Nada se mexia ou mudava. Uma água preta, que parecia tinta, e uma costa, a praia de uma ilha. Ele tinha certeza de que era na Grécia, na Grécia Antiga. Ele percebeu que o portal era um ponto frágil no tempo, e que ele estava enxergando o passado. Aí, depois, quando não conseguia mais ver isso, ele ficava dirigindo pela estrada, em meio a todos esses caminhões, e ficava puto da vida. Ele dizia que não conseguia suportar todo aquele barulho e movimento, tudo se mexendo para todos os lados, todas essas batidas e ruídos. Enfim, ele nunca conseguiu descobrir por que tinham mostrado aquelas coisas para ele. Ele acreditava de verdade que era Deus e o portal para o outro mundo, mas, no fim das contas, só o que isso fez foi bagunçar as ideias dele. Ele não conseguia se apegar a isso, então não conseguia lidar com essa história toda. Sempre que encontrava alguém, ele dizia depois de um tempo que tinha perdido tudo.

– É assim que eu estou – disse Bob Arctor.

– Tinha uma mulher na ilha. Não era bem uma mulher... Era mais uma estátua. Ele dizia que era a Afrodite cirenaica. Que ficava lá de pé à luz do luar, toda pálida e fria e feita de mármore.

– Ele devia ter passado pelo portal quando teve a oportunidade de fazer isso.

– Ele não teve essa oportunidade – disse Donna. – Era uma promessa. Algo que estava por vir. Algo melhor num futuro muito distante. Talvez depois que... – ela parou de falar por um instante. – Quando ele morresse.

– Ele comeu bola – disse Bob Arctor. – Você tem uma chance e é isso. – Ele fechou os olhos para tentar afastar a dor e o suor que percorriam seu rosto. – Enfim, o que alguém chapado de ácido pode saber? O que qualquer um de nós sabe? Não consigo falar. Esquece. – Ele se virou para o lado oposto a ela, rumo à escuridão, tendo convulsões e calafrios.

– Eles ficam mostrando trailers para a gente agora – disse Donna, envolvendo-o e dando-lhe o abraço mais apertado que conseguia, balançando-o suavemente para a frente e para trás. – Para que a gente consiga resistir.

– É isso que você está tentando fazer. Comigo. Agora.

– Você é um homem bom. Você foi metido num mau bocado. Mas a vida ainda não acabou para você. Eu me importo muito com você. Eu gostaria de... – Ela continuava a segurá-lo, em silêncio e em meio àquela escuridão que começava a tomá-lo por dentro; dominando tudo por mais que ela insistisse em abraçá-lo. – Você é uma pessoa boa e generosa. E isso é injusto, mas tinha que ser desse jeito. Tente esperar pelo fim. Algum dia, daqui a muito tempo, você voltará a enxergar como enxergava antes. Você vai reaver tudo isso. *Você será renovado*, pensou ela. *No dia em que tudo o que foi tirado de maneira injusta das pessoas lhes será restituído. Pode demorar uns mil anos ou até mais que isso, mas esse dia irá chegar, e todo o equilíbrio será corrigido. Talvez você tenha tido uma visão de Deus, igual ao Tony Amsterdam, algo que se foi temporariamente; retirado*, ela pensou, *e não algo que acabou. Talvez dentro desses circuitos já queimados e queimando dentro da sua cabeça, que se esturricam cada vez mais, mesmo enquanto eu te abraço, uma faísca de cor e luz disfarçada de alguma forma venha a se manifestar, irreconhecível, para te conduzir, através de sua memória, ao longo dos anos que virão, os tenebrosos anos que temos pela frente. Uma palavra que não foi totalmente entendida, alguma coisa mínima que é vista, mas não compreendida, algum fragmento de estrela misturado com o lixo desse mundo, algo para te orientar por reflexo até o dia em que...* Mas aquilo tudo era tão remoto. Ela própria não conseguia imaginar isso de verdade. Algo misturado ao lugar-comum, talvez alguma coisa de outro mundo tenha aparecido para Bob Arctor antes de chegar, de fato, ao fim. Tudo o que ela podia fazer agora era abraçá-lo e manter as esperanças.

Mas quando ele tornasse a reencontrar isso, se eles tivessem sorte, aconteceria um reconhecimento de padrões. Uma comparação correta no hemisfério direito. Até mesmo no nível subcortical disponível para ele. E aquela jornada, tão terrível para ele, tão custosa, tão obviamente despropositada, acabaria.

Uma luz brilhou nos olhos dela. Bem em sua frente, estava um policial com um cassetete e uma lanterna.

– Vocês podem ficar de pé, por favor, e me mostrar seus documentos? – disse o oficial. – Você primeiro, senhorita.

Ela então largou Bob Arctor, que escorregou de lado até ficar deitado no chão. Ele não tinha notado a presença do policial, que chegara até eles subindo a colina furtivamente, através de uma via de serviço que ficava abaixo. Tirando a carteira da bolsa, Donna fez um gesto para o oficial se afastar, indo a um lugar onde Bob Arctor não os pudesse ouvir. Por vários minutos, o policial ficou analisando a identidade dela com a luz esmaecida de sua lanterna, até que disse:

– Você trabalha com os federais, está disfarçada.

– Fale baixo – disse Donna.

– Desculpe. – O oficial lhe devolveu a carteira.

– Apenas some daqui, porra – ela disse.

O policial jogou sua luz brevemente bem na cara dela e então deu as costas; ele se foi do mesmo jeito que chegara, sem emitir ruído algum.

Ao voltar para junto de Bob Arctor, era óbvio que ele nem tinha notado o policial. Ele não estava ciente de praticamente nada agora. Mal notava a presença dela, que dirá de qualquer outra coisa ou pessoa.

Ao longe, ecoando, Donna conseguia ouvir o carro da polícia descendo pela via de serviço toda esburacada e invisível. Alguns insetos, talvez até um lagarto, abriram caminho pelo mato seco que havia em volta deles. De longe, a Estrada 91 brilhava com um padrão de luzes, mas nenhum som chegava até eles; tudo era muito remoto.

– Bob – disse ela, suavemente. – Você consegue me ouvir?

Sem resposta.

Todos os circuitos estão bloqueados, pensou ela. *Derretidos e fundidos. E ninguém vai conseguir desobstruí-los, não importa o quanto tentem fazer isso. E eles vão tentar bastante.*

– Vamos lá – disse ela, puxando-o e tentando fazer com que ele ficasse de pé. – A gente tem que começar.

– Eu não consigo transar – disse Bob Arctor. – Meu negócio desapareceu.

– Eles estão esperando a gente – disse Donna, com firmeza. – Preciso dar a sua entrada.

– Mas o que eu posso fazer se meu negócio desapareceu? Será que eles vão me aceitar mesmo assim?

– Eles vão te aceitar – disse Donna.

É preciso ter o tipo mais alto de sabedoria, pensou ela, *para saber quando aplicar uma injustiça. Como é que a justiça faz para sucumbir ao que é certo? Como isso pode acontecer? Porque existe uma maldição neste mundo*, pensou ela, *e essa história toda só prova isso; esta é a prova, bem aqui. Em algum lugar, no nível mais profundo possível, o mecanismo, a construção das coisas, se desmontou, e a partir do que restou disso veio nadando a necessidade de fazer todo tipo de maldades indistintas que a escolha mais sábia nos fez encenar. Isso deve ter começado milhares de anos atrás, e agora já está infiltrado na natureza de todas as coisas. E dentro de cada um de nós*, refletiu ela. *Não podemos dar as costas ou simplesmente abrir a boca e falar, tomar qualquer decisão que seja, sem fazer isso. Eu nem ligo para saber como, quando ou por que isso começou. Só espero que isso acabe em algum momento. Igual aconteceu com o Tony Amsterdam, só espero que um dia essa cascata de faíscas com cores vivas volte, e que, então, todos possamos vê-la. O portal estreito que mostra a paz do outro lado, bem distante. Uma estátua, o mar, e algo que se parece com o luar. E sem nada que destoe, sem nada que interrompa essa calma.*

Há muito, muito tempo, pensou ela. *Antes da maldição e antes que tudo e todos ficassem deste jeito. A Era de Ouro, quando a sabedoria e a justiça eram a mesma coisa. Antes que tudo se estilhaçasse em pequenos fragmentos cortantes. Em cacos que não se encaixam, que não podem ser restituídos, por mais que a gente tente.*

Abaixo dela, em meio à escuridão e à profusão de luzes urbanas, tocou uma sirene de polícia. Uma viatura policial em plena perseguição. Parecia um animal desembestado, sedento por morte. E sabendo que isso logo aconteceria mesmo. Ela foi tomada por um calafrio. O vento da noite tinha ficado gelado. Era hora de ir embora.

Isto aqui, agora, não é a Era de Ouro, pensou ela, *com todos esses barulhos em plena escuridão. Será que eu também emito esse tipo de ruído voraz?*, ela se perguntou. *Será que eu sou essa coisa? Encurralando ou sendo encurralada?*

Será que fui pega?

Ao lado dela, aquele homem se agitava e gemia enquanto ela o ajudava a se levantar. Ajudou-o a ficar de pé e a voltar para o carro, passo a passo, ajudou-o, ajudou-o a seguir em frente. Abaixo deles, o barulho da viatura tinha sido interrompido abruptamente, sua barulheira cessara; seu trabalho estava feito. E, abraçando Bob Arctor, ela pensou: *meu trabalho também está feito*.

Os dois funcionários da clínica Novos Rumos estavam de pé inspecionando aquela coisa que estava no chão, vomitando e tendo calafrios e se sujando, com os braços se apertando, abraçando o próprio corpo, como se tentasse contar a si mesmo, protegendo-o do frio que o fazia tremer tão violentamente.

– O que é isso? – disse um dos funcionários.

– Uma pessoa – disse Donna.

– É Substância D?

Ela acenou que sim com a cabeça.

– Devorou o cérebro dele. Mais um perdedor.

– É fácil vencer. Qualquer um pode vencer – disse Donna a eles. Inclinando-se sobre Robert Arctor, ela disse silenciosamente:

"Adeus".

Estavam envolvendo-o com um cobertor de campanha quando ela saiu, sem olhar para trás.

Ao entrar no carro, ela foi de uma só vez rumo à estrada mais próxima, em direção ao trânsito mais pesado possível. Da caixa onde ficavam guardadas suas fitas cassete no assoalho do carro, ela pescou *Tapestry*, de Carole King, de longe sua favorita em meio a todas aquelas, e colocou no toca-fitas; ao mesmo tempo, ela soltou de debaixo do painel sua pistola Ruger, que estava presa magneticamente. Com o carro na marcha mais alta, ela ficou na cola de um caminhão que estava carregando engradados de madeira com garrafas de um litro de Coca-Cola e, conforme Carole King cantava nas caixas de som, ela esvaziou o pente da pistola nas garrafas de Coca que estavam pouco à frente de seu carro.

Enquanto Carole King continuava com sua voz tranquilizante falando sobre pessoas sentadas que se transformavam em sapos, Donna conseguiu acertar quatro garrafas antes de acabar com o pente do revólver. Pedaços de vidro e manchas de Coca se espatifaram no para-brisa do carro dela. Ela se sentiu um pouco melhor.

Justiça e honestidade e lealdade não são propriedades deste mundo, pensou ela; e então, por Deus, ela bateu com tudo em seu velho inimigo, seu antigo adversário, o caminhão de Coca-Cola, que seguiu em frente como se nada tivesse acontecido. O impacto fez o pequeno carro dela dar voltas; seus faróis se apagaram, sons horríveis do para-lama contra os pneus se fizeram ouvir e, de repente, ela estava jogada no acostamento, na contramão, com água vazando do radiador e motoristas que reduziam a velocidade para observar a cena, boquiabertos.

Volte aqui, seu filho da puta, ela disse a si própria, mas o caminhão da Coca-Cola já tinha ido embora fazia tempo, provavelmente intacto. Ou talvez com um mero arranhão. Bom, isso estava mesmo para acontecer mais cedo ou mais tarde, essa guerra, ela enfrentando um símbolo e uma realidade que a sobrepujavam. *Agora o preço do meu seguro vai subir*, ela se deu conta enquanto saía do carro. *Neste mundo, você paga com dinheiro bruto e frio por se encrencar com o mal.*

Um Mustang último modelo reduziu a velocidade e seu motorista, um homem, disse a ela:

— Você quer uma carona, senhorita?

Ela não respondeu. Apenas continuou seguindo seu rumo. Uma pequena figura andando a pé, encarando uma infinidade de luzes vindo em sua direção.

14

O recorte de revista estava pregado na parede da sala do Lar Samarcanda, a residência da Novos Rumos em Santa Ana, na Califórnia:

> Quando um paciente senil acorda de manhã e pergunta por sua mãe, lembre-o de que ela morreu há muito, de que ele tem mais de 80 anos e vive em uma casa de repouso, de que estamos em 1992, e não em 1913, e de que ele precisa encarar a realidade e o fato de que

Um dos residentes tinha rasgado o restante do recorte; acabava ali. Obviamente o texto tinha sido tirado de alguma revista profissional de enfermaria, o papel era lustroso.

– Em primeiro lugar, o que você vai fazer aqui são os banheiros – disse George, integrante da equipe, enquanto o conduzia pelo corredor. – O chão, as pias e principalmente as privadas. Neste edifício são três banheiros, um em cada andar.

– Certo – disse ele.

– Tome este esfregão. E um balde. Você acha que dá conta de fazer isso, limpar um banheiro? Comece e vou te observar e dar algumas indicações.

Ele carregou o balde até a banheira que ficava na varanda de trás, jogou sabão dentro dele e começou a enchê-lo de água quente. Tudo o que ele conseguia ver era a espuma da água bem na frente dele; a espuma e o barulho que aquilo fazia.

Mas ainda conseguia ouvir a voz de George, que estava fora do seu campo de visão:

– Não encha muito, senão você não vai conseguir carregar.

– Certo.

– Parece que você tem um pouco de dificuldade em dizer onde está – disse George, depois de um tempo.

– Estou na Novos Rumos – ele colocou o balde no chão e a água começou a escorrer, ao que ele ficou apenas assistindo.

– Novos Rumos onde?

– Em Santa Ana.

George levantou o balde, mostrando para ele como segurar a alça e manuseá-lo enquanto andava.

– Acho que você vai ser transferido depois para a ilha ou para alguma das fazendas. Mas antes você precisa passar pela louça.

– Isso eu sei fazer, a louça – disse ele.

– Você gosta de animais?

– Claro.

– Ou prefere agricultura?

– Animais.

– Vamos ver. Temos que esperar até te conhecer melhor. De todo modo, isso vai acontecer daqui a um tempo. Todo mundo tem que passar pela louça por um mês, todo mundo que entra pela porta.

– Eu acho que gostaria de viver no interior.

– Nós temos vários tipos de instalações, vamos definir qual é a mais adequada. Você pode fumar aqui, sabia disso? Mas não incentivamos o hábito. Aqui não é o Synanon, lá eles não te deixam nem fumar.

– Eu não tenho mais cigarros – disse ele.

– Nós damos um maço por dia para cada residente.

– E o dinheiro? – Ele não tinha mais nada.

– Não tem custo. Nunca tem nenhum custo. Você já pagou o preço. – George pegou o esfregão, enfiou-o no balde e mostrou a ele como tinha que fazer.

– Mas como eu não tenho nenhum dinheiro?

– Pelo mesmo motivo que você não tem mais carteira ou sobrenome. Tudo vai ser devolvido a você, tudo. É isso que queremos fazer: devolver a você o que lhe foi tirado.

– Estes sapatos não me servem – disse ele.

– Nós vivemos de doações, mas só de produtos novos, vindos de lojas. Depois talvez a gente possa tirar suas medidas. Você experimentou todos os sapatos que estavam na caixa?

– Sim – disse ele.

– Muito bem, este aqui é o banheiro do subsolo; comece por ele. Depois, quando acabar este, quando estiver pronto, bem-feito de verdade, perfeitinho, aí você pode subir, com o esfregão e o balde, que eu te mostro o banheiro lá de cima. Feito isso, vem o banheiro do terceiro andar. Mas você precisa de permissão para subir até o terceiro andar, porque é onde vivem as mulheres, então você tem que pedir permissão para a equipe antes. Nunca suba até lá sem permissão – e lhe deu um tapinha nas costas. – Certo, Bruce? Entendido?

– Certo – disse Bruce, passando o esfregão.

– Você vai fazer esse tipo de trabalho, a limpeza dos banheiros, até provar que é capaz de fazer um bom trabalho – disse George. – Não importa o que uma pessoa faz, mas sim o fato de entender o que está fazendo, para poder fazer direito e se orgulhar disso.

– Será que algum dia eu vou voltar a ser como era? – perguntou Bruce.

– O que você era foi o que te trouxe aqui. Se você voltar a ser o que era, mais cedo ou mais tarde isso te traria de volta para cá mais uma vez. E da próxima vez pode ser que você nem chegue aqui. Não é verdade? Você tem sorte de ter entrado aqui; foi por pouco.

– Alguém me trouxe de carro até aqui.

– Você teve sorte. Da próxima vez isso talvez não aconteça. Podem acabar te largando em um acostamento qualquer e mandando você para o inferno.

Ele continuou passando o esfregão.

– A melhor maneira é começar pelas pias, depois a banheira, depois as privadas, deixando o chão por último.

– Certo – disse ele, e colocou o esfregão de lado.

– Tem um macete para fazer isso. Logo você vai dominar.

Concentrando-se, ele viu diante de si algumas rachaduras no esmalte da banheira; ele jogou detergente nas rachaduras e começou a jogar água quente. Subiu um vapor, e ele ficou de pé ali no meio, imóvel, à medida que o vapor aumentava. Ele gostava daquele cheiro.

Depois do almoço, ele se sentou na sala e ficou tomando café. Ninguém falou com ele, porque perceberam seu estado de abstinência. Sentado e bebendo o café de sua xícara, ele conseguia ouvir a conversa dos outros, todos eles se conheciam.

– Se você pudesse ver de dentro de uma pessoa morta, você ainda conseguiria ver, mas não operaria os músculos dos olhos, então não conseguiria focar. Não ia poder virar a cabeça ou os globos oculares. Só ia poder ficar esperando até que algum objeto passasse por você. Você ficaria congelado. Só esperando e esperando. Seria uma cena horrível.

Ele simplesmente olhou para o café fumegante. A fumaça subia; ele gostava daquele cheiro.

– E aí.

Uma mão o tocou. Era de mulher.

– E aí.

Ele desviou o olhar um pouco.

– Como você está?

– Tudo bem – disse ele.

– Está se sentindo um pouco melhor?

– Estou me sentindo bem – respondeu ele.

Ele ficou observando o café e a fumaça e não olhou para ela nem para os outros. Ficou olhando para baixo, encarando o café. Ele gostava de como aquele cheiro o aquecia.

– Você poderia ver alguém que passasse bem na sua frente, só assim. Ou de qualquer outro jeito que você estivesse olhando, mas só nesse caso. Se uma folha ou algo assim ficasse flutuando na frente do seu olho, seria só isso para sempre. Só a folha. Mais nada, você não teria como se desviar.

– Tudo bem – disse ele, segurando a xícara de café com as duas mãos.

– Imagine ser senciente, mas sem estar vivo. Enxergar e até mesmo saber, mas sem estar vivo. Só olhando para fora. Reconhecendo as coisas, mas sem estar vivo. Uma pessoa pode morrer e continuar assim. Às vezes, aquilo que está te olhando através dos olhos de uma pessoa pode ter morrido lá atrás, na infância. O que está morto ali dentro ainda olha para fora. Não é apenas o corpo olhando para você sem nada dentro; ainda tem alguma coisa ali, mas essa coisa morreu e fica só olhando; não consegue parar de olhar.

Outra pessoa disse:

– É isso que significa morrer, não ser mais capaz de parar de olhar para o que quer que esteja na sua frente. Alguma porcaria colocada bem ali, sem que você possa fazer nada a respeito, como escolher ou mudar alguma coisa. Você pode apenas aceitar o que está colocado lá, do jeito que está.

– O que você acharia de ficar olhando para uma cerveja para o resto da eternidade? Não seria tão mau assim. Não haveria nada a temer.

Antes do jantar, que era servido para eles na sala de jantar, era hora de uma sessão de Conceito. Vários Conceitos eram colocados na lousa por diferentes integrantes da equipe de funcionários e discutidos.

Ele ficou sentado com as mãos dobradas no colo, observando o chão e ouvindo a grande cafeteira se aquecendo. Ela ficou fazendo *toc-toc*, e aquele som o assustava.

"Coisas vivas e não vivas estão trocando de propriedades."

Sentados aqui e ali em cadeiras dobráveis, todo mundo ficava discutindo aquilo. Eles pareciam familiarizados com os Conceitos. Obviamente isso fazia parte da maneira de pensar da Novos Rumos, talvez tivessem memorizado aquilo e pensavam a respeito de novo e de novo. *Toc-toc*.

"O impulso das coisas não vivas é mais forte do que o impulso das coisas vivas."

Eles ficavam falando sobre isso. *Toc-toc*. O barulho da cafeteira foi ficando cada vez mais alto e o assustava cada vez mais, mas ele sequer se mexia ou olhava para ela. Apenas ficou sentado onde estava, ouvindo tudo. Era difícil ouvir o que eles falavam por causa do barulho da cafeteira.

– Estamos incorporando muito do impulso das coisas não vivas dentro de nós. E trocando experiência com elas... Alguém pode ir ver por que essa maldita cafeteira está fazendo isso?

Fizeram um intervalo enquanto alguém examinava a cafeteira. Ele ficou sentado, olhando para baixo e esperando.

– Vou escrever isso de novo: *"Estamos trocando muita vida passiva pela realidade que existe fora de nós"*.

Eles ficaram discutindo aquilo. A cafeteira ficou silenciosa, e eles iam aos bandos até ela para pegar café.

– Você não quer um pouco de café? – disse uma voz atrás dele, tocando-o. – Ned? Bruce? Qual o nome dele mesmo? Bruce?

– Tudo bem.

Ele se levantou e seguiu os outros até a cafeteira. Ficou esperando a sua vez. Eles observaram enquanto ele colocava leite e açúcar na xícara. Observaram-no voltar para sua cadeira, a mesma. Ele se certificou de encontrar o mesmo lugar, para tornar a se sentar e continuar ouvindo. O café quente e sua fumaça fizeram com que ele se sentisse bem.

"Atividade não necessariamente significa vida. Quasares são ativos. E um monge meditando não é inanimado."

Ele ficou sentado olhando para a xícara vazia; era de porcelana chinesa. Ao virar a xícara, ele descobriu algo impresso no fundo, além de algumas rachaduras no esmalte. A xícara parecia velha, mas tinha sido feita em Detroit.

"Movimentos circulares são as formas mais mortas do universo."

– Tempo – disse outra voz.

Essa ele sabia responder. O tempo é circular.

– Sim, precisamos fazer um intervalo agora, mas alguém tem algum comentário final rápido sobre o assunto?

– Bom, seguindo a regra de menor resistência, essa é a lei de sobrevivência. Seguir, e não liderar.

– Sim, os seguidores sobrevivem a seu líder – disse outra voz, que parecia ser de alguém mais velho. – Como aconteceu com Cristo. E não o contrário.

– É melhor a gente ir comer, porque agora o Rick tem parado de servir exatamente às 17h50.

– Fale sobre isso na sessão de Jogo, não agora.

As cadeiras rangeram, chiaram. Ele se levantou também, levou a xícara até a bandeja onde estavam as outras e se juntou aos demais na fila para sair dali. Dava para sentir o cheiro das roupas geladas em volta dele, um cheiro bom, mas gelado.

Parece que estão dizendo que a vida passiva é boa, pensou. *Mas não existe isso de vida passiva. Isso é uma contradição.*

Ele ficou imaginando o que era a vida e o que ela significava; talvez ele não tivesse entendido.

Uma doação de um punhado de roupas chamativas tinha chegado. Várias pessoas estavam de pé com os braços repletos delas, enquanto outros se punham a experimentá-las, ouvindo os comentários dos colegas.

– Olhe só, Mike, você é um cara elegante.

No meio da sala tinha um homem baixinho e robusto, parado, com seus cabelos encaracolados e cara de cachorro. Ele ajustou o cinto, franzindo a testa.

– Como é que faz com esse negócio aqui? Não sei como vocês fazem com que ele fique no lugar. Por que isso não solta? – Ele estava com um cinto de uns oito centímetros, sem fivela e com anéis de metal, e não sabia como lidar com os anéis; reparando em volta, os olhos piscando, ele emendou: – Acho que me deram um negócio que mais ninguém conseguia usar.

Bruce foi atrás dele, se aproximou e fechou o cinto passando a correia pelos anéis.

– Obrigado – disse Mike, com os lábios franzidos enquanto revirava várias camisas, e dirigiu-se a Bruce. – Quando eu me casar, vou usar uma dessas.

– Legal – disse ele.

Mike foi andando no rumo de duas mulheres que estavam no canto oposto da sala; elas sorriram. Segurando uma camisa floral bordô contra si, ele disse:

– Vou dar uma volta na cidade.

– Pronto, todo mundo para dentro, é hora do jantar! – gritou o diretor dali com sua voz forte e um tom enérgico, depois deu uma piscadela para Bruce. – Como você está, camarada?

– Bem – disse Bruce.

– Parece que você está gripado.

– Sim – concordou ele. – É por ter saído. Será que eu tenho como conseguir um antigripal, tipo Dristan, ou...

– Nada de produtos químicos – disse o diretor. – Nada. Vá logo para lá e coma algo. Como anda o seu apetite?

– Melhor – disse ele, seguindo os demais. Das mesas, algumas pessoas sorriam para ele.

290

Depois do jantar, ele se sentou no meio das amplas escadas que levam ao segundo andar. Ninguém falava com ele; tinha uma conferência acontecendo. Ele ficou lá sentado até acabar. As pessoas foram aparecendo, enchendo o corredor.

Ele sentia que o estavam olhando, e talvez alguém tenha lhe dirigido a palavra. Ele ficou sentado nas escadas, encurvado, envolvido por seus próprios braços, observando e observando. O carpete escuro diante de seus olhos.

De repente, não havia mais vozes.

– Bruce?

Ele não se mexeu.

– Bruce? – Uma mão o tocou.

Ele não disse nada.

– Bruce, venha para a sala. Você deveria estar no seu quarto, na cama, mas quero falar com você – disse Mike, acenando para que ele o seguisse. Então, ele acompanhou Mike pelas escadas e até a sala, que estava vazia. Depois de terem entrado, Mike fechou a porta.

Acomodando-se em uma poltrona funda, Mike fez sinal para que ele se sentasse na sua frente. Mike parecia cansado; seus olhos pequenos estavam pesados, e ele esfregava a mão na testa.

– Estou de pé desde as 5h30 da manhã – disse Mike.

Ouviram uma batida; a porta começou a se abrir.

– Não quero que ninguém entre aqui; estamos conversando. Entendido? – Mike gritou bem alto.

Alguns murmúrios. A porta tornou a se fechar.

– Sabe, é melhor você trocar de camisa umas duas vezes por dia – disse Mike. – Você está suando um tanto pesado.

Ele acenou com a cabeça.

– Você vem de que parte do estado?

Ele não disse nada.

– De agora em diante, quando você se sentir mal assim, é só me procurar. Passei pela mesma coisa, faz mais ou menos um ano e meio. Eles costumavam me levar para dar voltas de carro, vários funcionários diferentes. Você conheceu o Eddie? Aquele magro, alto, que fica sempre falando em beber água e deixa todo mundo pra baixo? Ele me levou para dar umas voltas sem fim, por oito dias. Nunca me deixou sozinho. – De repente, Mike começou a gritar. – Você pode sair daqui? A gente está conversando. Vá assistir TV. – Então, sua voz tornou a baixar e ele encarou Bruce. – Às vezes a gente precisa fazer isso. Nunca deixar alguém sozinho.

– Entendi – disse Bruce.

– Bruce, tome cuidado para não tirar sua própria vida.

– Sim, senhor – respondeu Bruce, olhando para baixo.

– Não me chame de senhor!

Ele acenou com a cabeça.

– Você serviu no exército, Bruce? Foi isso que aconteceu? Você entrou nessa quando estava no exército?

– Não.

– Você toma ou injeta?

Ele não emitiu nenhum ruído.

– Senhor – emendou Mike. – Eu mesmo fiquei dez anos na prisão. Certa vez vi oito caras no corredor das nossas celas cortarem suas gargantas, tudo no mesmo dia. Nós dormíamos com os pés na privada, as celas eram pequenas assim. Prisão é isso aí, você dorme com o pé na privada. Você nunca esteve na prisão, né?

– Não – disse ele.

– Mas, por outro lado, vi prisioneiros de 80 anos que ainda estavam felizes por estarem vivos e que queriam continuar vivos. Eu me lembro de quando eu usava droga e injetava; comecei a injetar quando era adolescente. Nunca fiz mais nada. Injetei e fui condenado a dez anos. Eu injetei tanto – heroína e Substância D misturadas – que nunca consegui fazer mais nada; enxergar mais nada. Agora eu tô limpo, fora da prisão, aqui. Sabe o que eu mais percebo por aqui? Sabe qual é a maior diferença que eu percebo? Agora eu posso descer uma rua e ver algo. Posso ouvir a água quando visitamos a floresta. Depois você vai conhecer outras instalações, as fazendas e coisas assim. Posso descer uma rua, uma rua qualquer, e ver cachorrinhos e gatos. Antes eu nunca via isso, só enxergava a droga. – Ele examinou seu relógio de pulso e acrescentou: – Então, eu entendo como você se sente.

– É difícil sair dessa – disse Bruce.

– Todo mundo aqui saiu dessa. É claro que alguns voltam. Se você saísse daqui ia voltar a usar, você sabe disso.

Ele acenou com a cabeça.

– Ninguém neste lugar teve uma vida fácil. Não estou dizendo que sua vida foi fácil. Eddie faria isso. Ele diria para você que seus problemas são moleza. Mas os problemas de ninguém são moleza. Estou vendo o quanto você está mal, mas eu também já me senti assim antes. Agora estou muito melhor. Com quem você divide o quarto?

– John.

– Ah, sim, o John. Então você deve estar lá embaixo, no porão.

– Eu gosto de lá – disse ele.

– Sim, é quente lá. Você provavelmente fica gripado com frequência. É assim para a maioria de nós, eu me lembro que comigo era assim; ficava tremendo o tempo todo, cagava nas calças. Bom, vou te dizer que você não vai precisar passar por isso de novo se ficar aqui na Novos Rumos.

– Por quanto tempo? – perguntou ele.

– O resto da sua vida.

Bruce ergueu a cabeça.

– Eu não posso sair daqui – disse Mike. – Eu voltaria para as drogas se saísse. Tenho muitos camaradas lá fora. Eu voltaria para a esquina, ia ficar traficando e injetando até voltar para a prisão por mais vinte anos. Ei... você sabe que eu estou com 35 anos e vou me casar pela primeira vez? Você já conheceu a Laura? Minha noiva?

Ele não estava certo disso.

– Uma garota bonita, cheinha? Com uma cara boa?

Ele acenou com a cabeça.

– Ela tem medo de sair pela porta, alguém tem sempre que ir com ela. Nós vamos ao zoológico... Vamos levar o filho do diretor executivo ao zoológico de San Diego na semana que vem, e a Laura está morrendo de medo. Está com mais medo do que eu.

Silêncio.

– Você ouviu isso que eu acabei de falar? – disse Mike. – Que estou com medo de ir ao zoológico?

– Sim.

– Que eu me lembre, nunca estive num zoológico – disse Mike. – O que se faz num zoológico? Talvez você saiba.

– Você fica olhando diferentes jaulas e outras áreas abertas de confinamento.

– Que tipos de animais eles têm?

– Todos os tipos.

– Animais selvagens, imagino. Normalmente animais selvagens e exóticos.

– No zoológico de San Diego eles têm quase todos os animais selvagens – disse Bruce.

– Eles têm desses... Como eles se chamam mesmo? Coalas.

– Sim.

– Eu vi um comercial na TV com um coala – disse Mike. – Eles dão uns pulos, parecem bichos de pelúcia.

– Aquele velho ursinho de pelúcia que as crianças têm foi criado inspirado nos coalas, na década de 1920 – disse Bruce.

– Então é isso. Acho que você tem que ir até a Austrália para ver um coala de verdade. Ou eles já estão em extinção?

– Tem aos montes na Austrália, mas é proibido exportá-los – disse Bruce. – Sejam vivos ou só a pele. Eles quase entraram em extinção.

– Eu nunca fui para lugar nenhum, tirando a vez em que transportei uns negócios do México até Vancouver, na Colúmbia Britânica – disse Mike. – Sempre peguei a mesma estrada, então nunca vi nada. Eu ia bem rápido para acabar logo com isso. Agora eu dirijo um dos carros da Fundação. Se você estiver a fim, se estiver se sentindo muito mal, te levo para dar uma volta. Eu vou dirigindo e a gente pode conversar. Eu não me incomodo. O Eddie e outros caras que não estão mais aqui faziam isso por mim. Eu não me incomodo.

– Obrigado.

– Agora nós dois temos que cair na cama. Eles já te colocaram para cuidar das coisas da cozinha de manhã? Tipo arrumar as mesas e servir?

– Não.

– Então você pode dormir o mesmo tanto que eu. Vejo você no café da manhã. Você pode se sentar comigo, e eu te apresento à Laura.

– Quando você vai se casar?

– Daqui a um mês e meio. Vamos ficar contentes se você for. Claro que vai ser aqui no prédio mesmo, por isso todo mundo vai aparecer.

– Obrigado – disse ele.

Bruce se sentou na roda de Jogo e começaram a gritar com ele. Rostos por todos os lados, gritando; ele ficou olhando para baixo.

– Sabe o que ele é? Um pela-saco! – uma voz estridente fez com que ele recobrasse a atenção. Em meio a todas aquelas distorções e gritos horríveis, uma garota chinesa berrava: – Você é um pela-saco, é isso que você é!

– Por que você não vai se foder? Por que você não vai se foder? – entoavam os outros na direção dele, em círculo.

O diretor executivo, de calças boca de sino vermelhas e chinelos cor-de-rosa, sorria. Seus olhos eram pequenos, brilhantes e desesperançosos, ele parecia uma assombração. Balançando para trás e para a frente, ele estava sentado sobre suas pernas cruzadas, sem uma almofada embaixo.

– Vamos ver você se fodendo!

O diretor executivo parecia gostar quando via algo se quebrando; seus olhos reluziam e se enchiam de alegria. Feito uma bicha velha dramática de alguma corte antiga, enrolada em um pano elegante e colorido, ele ficava observando em volta e gostava do que via. Então, de tempos em tempos, sua voz soltava uns gorjeios arranhados e monótonos, um som metálico. Uma dobradiça mecânica rangendo.

– O pela-saco! – berrava para ele a tal garota chinesa, enquanto, ao lado dela, outra garota mexia os braços e estufafa as bochechas, *plop-plop*. – Aqui! – continuava a chinesa, convocando todos em volta para se juntarem a ela naquela humilhação, apontando para ele e berrando sem parar. – Lambe meu rabo, seu pela-saco! Ele quer lamber os outros, então lambe isso aqui, seu pela-saco!

– Vamos ver você se fodendo! – entoava a família inteira. – Bate uma aí, pela-saco!

Ele fechou os olhos, mas seus ouvidos continuavam escutando tudo.

– Seu cafetão – o diretor executivo disse a ele monótona e lentamente. – Seu fodido. Seu tosco. Seu merda. Seu babaca escroto. Seu… – e assim continuou.

Seus ouvidos ainda recebiam aqueles sons, mas tudo estava misturado. Ele olhou para cima quando identificou a voz de Mike bastante clara durante um momento de calmaria. Mike estava sentado e o encarava impassível, o rosto um pouco vermelho e o pescoço espremido na gola apertada de sua camisa.

– Bruce, qual é o problema? – disse Mike. – O que te trouxe aqui? O que você quer contar para nós? Será que você consegue contar alguma coisa para nós?

– Cafetão! – gritou George, para cima e para baixo feito uma bola de borracha. – O que você era, hein, seu cafetão?

A garota chinesa veio num sobressalto, soltando uns guinchos:

– Conta, seu chupador de paus, boiola, cafetão, seu lambedor de cu, seu fodido!

– Eu sou um olho – disse ele.

296

– Seu babaca escroto – disse o diretor executivo. – Seu fracote. Seu nojento. Seu boqueteiro. Seu canalha.

Agora ele não estava ouvindo mais nada. Tinha esquecido o significado das palavras e, finalmente, as próprias palavras também.

A única coisa que ele pressentia era o Mike observando-o, observando e escutando, sem ouvir nada. Ele não sabia, não se lembrava, sentia pouca coisa, se sentia mal, queria ir embora.

O Vácuo dentro dele só crescia. E, na verdade, ele estava um pouco feliz com isso.

Era tarde.

– Olhe aqui dentro – disse uma mulher –, é onde deixamos os loucos.

Ele se sentiu assustado quando ela abriu a porta, que cedeu para o lado e o cômodo verteu barulho, de uma força que o surpreendeu; então ele viu várias criancinhas brincando.

Naquela noite ele ficou assistindo a dois homens mais velhos dando leite e outras coisas de comer para as crianças, sentados numa alcova diminuta e reservada, perto da cozinha. Rick, o cozinheiro, deu a comida das crianças primeiro para os dois homens, enquanto os outros esperavam na sala de jantar.

Sorrindo para ele, uma garota chinesa que estava levando os pratos para a sala de jantar, disse:

– Você gosta de crianças?

– Sim – respondeu ele.

– Você pode se sentar com as crianças e comer ali com elas.

– Ah.

– Daqui a um ou dois meses você vai poder dar de comer para elas – ela hesitou. – Quando tivermos certeza de que você não vai bater nelas. Temos uma regra: as crianças nunca podem apanhar, não importa o que façam.

– Tudo bem – disse ele. Ele se sentia de volta à vida ao ver as crianças comendo; ele se sentou e uma das crianças menores foi engatinhando até seu colo. Ele começou a dar comida para ela com uma colher. *Tanto ele quanto a criança se sentiam igualmente acolhidos,* pensou. A garota chinesa sorriu para ele e seguiu com os pratos até a sala de jantar.

Por um bom tempo, ele ficou sentado em meio às crianças, pegando uma no colo e depois outra. Os outros dois homens mais velhos ficavam ralhando com as crianças e um criticava o jeito que o outro dava de comer. Migalhas e pedaços e manchas de comida cobriam a mesa e o chão. Assustado, ele se deu conta de que as crianças já estavam alimentadas e iam para a sala dos brinquedos para assistir a desenhos animados na TV. De um jeito meio estranho, ele se inclinou para limpar a comida caída no chão.

– Não, isso não é trabalho seu! – disse um dos homens mais velhos de modo enérgico. – Eu que tenho que fazer isso.

– Certo – concordou ele, levantando-se e dando com a cabeça na quina da mesa. Suas mãos estavam cheias de restos de comida, e ele ficou observando isso maravilhado.

– Vá ajudar a limpar a sala de jantar! – disse a ele o outro homem mais velho, que tinha algum problema de dicção.

Ao passar, um dos ajudantes de cozinha, alguém que cuidava da louça, disse a ele:

– Você precisa de permissão para se sentar com as crianças.

Ele acenou com a cabeça e ficou ali parado, intrigado.

– Isso de ser babá é coisa dos velhos – disse a pessoa que cuidava da louça, soltando uma risada. – Que não conseguem fazer mais nada. – E seguiu seu caminho.

Uma das crianças ficou ali, estudando-o minuciosamente com seus olhos grandes, e disse:

– Qual o seu nome?

Ele não respondeu.

– Eu perguntei qual o seu nome.

Aproximando-se cuidadosamente, ele encostou em um pedaço de bife que estava na mesa, já frio. Mas, ciente da presença da criança ao seu lado, ele ainda se sentia acolhido; ele passou a mão rapidamente na cabeça dela.

– Eu me chamo Thelma. Você esqueceu o seu nome? – disse a criança. Ela o afagou. – Se você esquecer o seu nome, pode escrever na sua mão. Quer que eu te mostre como? – e fez mais um carinho nele.

– Mas não vai sair quando eu lavar? – ele perguntou. – Se você escrever na sua mão, quando você fizer alguma coisa ou tomar um banho, vai sair com a água.

– Ah, entendi – ela acenou com a cabeça. – Bom, você pode escrever na parede, em cima da sua cabeça. No quarto onde você dorme. Mas bem alto, num lugar onde não saia. E aí, quando quiser ver qual é mesmo o seu nome, você pode...

– Thelma – murmurou ele.

– Não, esse é o *meu* nome. Você tem que ter um nome diferente. E esse é um nome de menina.

– Vamos ver... – disse ele, pensativo.

– Se eu te encontrar de novo, vou te dar um nome – disse Thelma. – Vou inventar um pra você, tá?

– Você não mora aqui? – perguntou ele.

– Sim, mas a minha mamãe talvez saia. Ela está pensando em pegar a gente, eu e o meu irmão, e ir embora.

Ele acenou com a cabeça. Um pouco daquele acolhimento tinha se esvaído.

De repente, sem motivo aparente, a criança saiu correndo.

Enfim, eu deveria cuidar disso de ter um nome próprio, decidiu ele; *é minha responsabilidade*. Ele examinou a própria mão e ficou pensando por que estava fazendo aquilo, não tinha nada para ver ali. *Bruce*, pensou, *esse é o meu nome. Mas deve ter nomes melhores do que esse*. Aquele acolhimento que ele ainda sentia estava indo embora gradualmente, junto com a criança.

Ele se sentiu sozinho e estranho e perdido mais uma vez. E não muito feliz.

299

Um dia, Mike Westaway conseguiu ser mandado para buscar um carregamento de verduras e legumes semipodres doados por um supermercado local para a Novos Rumos. No entanto, depois de garantir que nenhum outro funcionário o estava seguindo, ele fez um telefonema e foi encontrar Donna Hawthorne em um quiosque do McDonald's.

Eles se sentaram juntos do lado de fora, com Cocas e hambúrgueres na mesa de madeira entre eles.

– A gente conseguiu mesmo sossegar o cara? – perguntou Donna.

– Sim – disse Westaway, mas pensou consigo: *Esse cara está tão lesado. Fico imaginando se isso faz alguma diferença, se a gente conseguiu fazer alguma coisa. Mas, ainda assim, tinha que ser desse jeito.*

– Não estão encanados com ele?

– Não – disse Mike Westaway.

– Você está pessoalmente convencido de que eles estão plantando o negócio?

– Eu não. Não acredito nisso. São eles. – *Os caras que pagam a gente*, pensou ele.

– O que significa o nome?

– *Mors ontologica*. A morte do espírito. Da identidade. Da natureza essencial.

– Será que ele vai ser capaz de agir?

Westaway ficou assistindo aos carros e às pessoas que passavam com um ar meio melancólico enquanto brincava com a comida.

– Você realmente não sabe.

– Nunca dá para saber até que acontece. Uma memória. Alguns neurônios queimados que de repente soltam uma faísca. Tipo um reflexo. Reação, e não ação. Só nos resta ter esperança. Lembrando o que Paulo diz na *Bíblia*: ter fé, esperança e doar o seu dinheiro. – Ele ficou examinando aquela moça bonita, jovem e de cabelos escuros que estava na mesa com ele e conseguia notar naquele rosto inteligente por que o Bob Arctor... *Não, não; sempre tenho que pensar nele como Bruce. Caso contrário viro cúmplice por saber além do que é da minha conta. Coisa que eu não deveria nem poderia saber. Por que o Bruce pensava tanto nela? Quer dizer, isso quando ele era capaz de pensar.*

– Ele estava muito ferrado – disse Donna, no que pareceu a ele uma voz extremamente desamparada, ao mesmo tempo que uma expressão de tristeza percorria seu rosto, deformando e entortando seus traços. – Um preço tão alto a pagar – continuou ela, falando um pouco para si, e tomou um gole de Coca.

Mas não tem outro jeito. De entrar lá, pensou ele. *Eu não consigo entrar. Isso já é certeza a essa altura; pense há quanto tempo eu venho tentando. Eles só deixam entrar uns vegetais lesados iguais ao Bruce. Inofensivo. Ele teria que... Do jeito que ele está... Senão eles não assumiriam o risco. É a política deles.*

– O governo pede uma porrada de coisas – disse Donna.

– A vida pede uma porrada de coisas.

Levantando o olhar, ela o encarou, com uma fúria sombria.

– Nesse caso, o governo federal, mais especificamente. De você, de mim. Do... – e parou de falar. – Do cara que era meu amigo.

– Ele ainda é seu amigo.

– O que sobrou dele – disse Donna, com firmeza.

O que sobrou dele ainda está procurando por você, pensou Mike Westaway. *Procurando à sua maneira.* Ele também sentia certa tristeza. Mas o dia estava bonito, as pessoas e os carros o deixavam animado, o ar cheirava bem. E tinha uma possibilidade de sucesso; e isso o animava ainda mais. Eles tinham chegado até aquele ponto, iam conseguir chegar até o final.

– Eu acho de verdade que não tem nada mais terrível do que o sacrifício de uma pessoa ou de alguma coisa, alguma coisa viva, sem que ela saiba disso. Se pelo menos ele soubesse, tivesse entendido e optasse por se candidatar. Mas... – ela fez um gesto. – Ele não sabe, ele nunca soube. Ele não se candidatou a...

– Claro que sim. Era o trabalho dele.

– Ele não fazia ideia, e ainda não faz, porque agora ele não tem mais ideia alguma. Você sabe disso tão bem quanto eu. E ele nunca mais vai ter nenhuma ideia na vida dele, enquanto viver. Apenas reflexos. E isso não aconteceu por acidente; era algo que deveria acontecer. Aí a gente fica... com esse carma ruim em cima da gente. Eu sinto o peso disso nas minhas costas. Como se fosse um cadáver. Estou carregando um cadáver... o cadáver do Bob Arctor. Por mais que, tecnicamente, ele esteja vivo. – Seu tom de voz tinha aumentado. Mike Westaway fez um gesto para ela que, com um esforço visível, conseguiu se acalmar. As pessoas que estavam apreciando seus hambúrgueres e milk-shakes nas outras mesas de madeira, intrigadas, tinham dado uma olhada.

Depois de uma pausa, Westaway disse:

– Bom, tente ver assim: eles não têm como interrogar alguém ou alguma coisa que não tem mais uma mente.

– Eu preciso voltar ao trabalho – disse Donna, examinando seu relógio de pulso. – Vou dizer a eles que as coisas parecem estar bem, de acordo com o que você me disse. Em sua opinião.

– Espere até o inverno – disse Westaway.

– O inverno?

– Vai demorar até lá. Desencane de saber por quê, é assim que funciona; ou vai dar certo no inverno, ou não vai funcionar de jeito nenhum. Vamos entender isso quando chegar a hora, ou então nunca mais. – *Bem na época do solstício,* pensou ele.

– Um momento apropriado, quando tudo estiver morto e debaixo da neve.

– Na Califórnia? – perguntou ele, rindo.

– O inverno do espírito. *Mors ontologica*. Quando o espírito está morto.

– Quando ele está adormecido – disse Westaway, se levantando. – Também preciso vazar, tenho que pegar um carregamento de legumes.

302

Donna encarou-o com um desalento triste, emudecido e aflito.

– É para a cozinha – disse Westaway gentilmente. – Cenouras e alface. Coisas assim. Foram doadas pelo Mercado McCoy para nós, os pobres da Novos Rumos. Desculpe por ter dito isso. Não era para ser uma piada. Não era para ser nada, na verdade – ele fez um afago no ombro da jaqueta de couro dela. E, ao fazer isso, ocorreu-lhe que provavelmente o Bob Arctor teria dado essa jaqueta de presente para ela em dias melhores e mais felizes.

– Nós trabalhamos juntos nisso há um bom tempo – disse Donna com uma voz firme e moderada. – Não quero ficar nessa por muito tempo mais. Quero que acabe logo. Às vezes, à noite, quando não consigo dormir, fico pensando que, merda, nós somos mais frios do que eles, os adversários.

– Eu não vejo uma pessoa fria quando olho para você – disse Westaway. – Embora eu ache que, na verdade, não te conheço tão bem assim. Mas o que eu vejo, e com bastante clareza, é que você é uma das pessoas mais acolhedoras que eu já conheci.

– Eu sou terna do lado de fora, no que as pessoas veem. Os olhos afetuosos, um rosto afetuoso, uma porra de um falso sorriso afetuoso, mas por dentro eu sou fria o tempo todo, cheia de mentiras. Não sou o que pareço ser, eu sou péssima – a voz dela continuava firme, e ela ia sorrindo enquanto falava, suas pupilas eram grandes e suaves e sem malícia. – Mas aí não tem outro jeito. Ou tem? Eu me dei conta disso há um bom tempo e me forcei a ser assim. Na verdade, não é tão ruim. Desse jeito pelo menos você consegue o que quer. E todo mundo é assim, até certo ponto. O que eu de fato acho tão ruim é que sou uma mentirosa. Menti para o meu amigo, menti para o Bob Arctor o tempo inteiro. Até falei a ele uma vez para não acreditar em nada do que eu dissesse, mas é óbvio que ele achou que eu estava brincando; nem me deu ouvidos. Mas se eu tivesse contado a ele, aí seria responsabilidade dele não me ouvir mais, não acreditar mais em mim, depois que eu disse isso. Eu tentei avisá-lo, mas ele logo se esqueceu do que eu disse e continuou na mesma. Continuou se afundando.

– Você fez o que tinha que fazer. Na verdade, fez até mais do que devia.

A garota se afastou da mesa.

– Tudo bem, então não tenho nada para relatar, por enquanto. Só o que você disse. Que ele está sossegado e que eles o aceitaram. Eles não conseguiram tirar nada dele naquelas... – ela estremeceu. – Naquelas sessões nojentas de Jogo.

– Correto.

– Te vejo depois. – Ela parou. – Os policiais federais não vão querer esperar até o inverno.

– Mas vai ser no inverno – disse Westaway. – No solstício de inverno.

– O quê?

– Apenas espere – disse ele. – E reze.

– Isso é uma baboseira – disse Donna. – Estou falando de rezar. Há um tempão eu até rezava, e muito, mas não faço mais isso. Nós não teríamos que fazer isso, o que fazemos, se essas rezas funcionassem. Isso é mais uma conversa pra boi dormir.

– A maioria das coisas é mesmo – ele foi seguindo a garota alguns passos atrás depois que ela partiu, estava atraído por ela, gostando dela. – Não acho que você tenha destruído seu amigo. Tenho a impressão de que você foi tão destruída quanto ele, a vítima. Tirando que, para você, isso não é aparente. Enfim, não havia escolha.

– Eu vou para o inferno – disse Donna. Ela deu um sorriso repentino, um sorriso largo, pueril. – É a minha educação católica.

– No inferno eles te vendem sacos de moedas e, quando você chega em casa, vê que estão cheios de M&M's.

– M&M's feitos com titica de peru – disse Donna. E então, de repente, ela tinha ido embora. Desaparecido no meio das pessoas que iam e vinham; ele piscou os olhos. *Será que era assim que o*

Bob Arctor se sentia?, ele se perguntou. *Deve ser. Lá estava ela, estável, como se fosse para sempre; então... mais nada. Desapareceu feito fogo, feito ar, feito um elemento da terra que à terra retorna. Para se misturar com todas as outras pessoas que nunca deixavam de ser. Despejada no meio deles. A garota evaporada,* pensou ele. *De transformação. Que vai e vem como ela bem entender. E nada nem ninguém consegue se agarrar a ela.*

Eu tento pegar o vento com uma rede, pensou ele. *E o Arctor fazia a mesma coisa. Em vão,* pensou ele, *tentar pegar de jeito um dos agentes federais que estão envolvidos nisso. Eles são furtivos. Sombras que desaparecem quando o trabalho manda que façam isso. Como se eles nunca tivessem estado lá, para começo de conversa. O Arctor estava apaixonado por um fantasma de autoridade,* pensou ele, *uma espécie de holograma que poderia ser atravessado por um homem comum, saindo sozinho do outro lado. Sem jamais ter conseguido colocar as mãos de fato na garota em si.*

O modus operandi de Deus, refletiu ele, *é transmutar o mal em bem. Se Ele estiver agindo aqui, está fazendo isso agora, ainda que nossos olhos não consigam perceber; o processo fica escondido debaixo da superfície da realidade, e só emerge depois. Talvez para os nossos herdeiros que estão à espera. Um povo miserável que não vai ter ideia dessa guerra terrível que enfrentamos, nem de todas as perdas que tivemos, a menos que esteja em uma nota de rodapé em um livro de história chinfrim para que eles tenham uma noção. Alguma referência breve. Sem uma lista daqueles que foram derrubados.*

Deveria ter um monumento em algum lugar, pensou ele, *listando aqueles que morreram nessa luta. E, pior ainda, aqueles que não morreram também. Aqueles que viveram além da morte. Como o Bob Arctor. O mais triste de todos.*

Tenho a impressão de que a Donna é uma mercenária. Não ganha salário. E esses são os mais fantasmagóricos, desaparecem para sempre. Com novos nomes, em novos lugares. Você se pergunta: onde será que ela está agora? E a resposta é...

Em lugar nenhum. Porque ela nunca esteve aqui, para começo de conversa.

Voltando a se acomodar na mesa de madeira, Mike Westaway terminou de comer seu hambúrguer e de tomar sua Coca. Porque era melhor do que o que serviam na Novos Rumos. Mesmo se o hambúrguer fosse feito de ânus de boi moído.

Chamar a Donna de volta, tentar encontrá-la ou possuí-la... Estou buscando a mesma coisa que Bob Arctor buscava, então talvez ele esteja melhor agora, desse jeito. A tragédia em sua vida já existia. Amar um espírito atmosférico. Essa era a verdadeira tristeza. A própria desesperança. O nome dela não apareceria em nenhuma página impressa, em nenhum lugar nos anais da humanidade: sem moradia, sem nome. Há garotas assim, pensou ele, *e são essas que você ama mais, aquelas pelas quais não se tem esperança, porque elas fogem no exato momento em que você acha que está conseguindo pegá-las.*

Então talvez nós o tenhamos salvado de algo pior, concluiu Westaway. *E, ao fazer isso, colocamos o que restava dele para algum uso. Algum uso útil e válido.*

Isso se nós dermos sorte.

– Você conhece alguma história? – Thelma perguntou certo dia.

– Eu conheço a história do lobo – disse Bruce.

– Do lobo e da vovó?

– Não – disse ele. – Do lobo preto e branco. Ele estava no alto de uma árvore e vivia caindo em cima dos animais do fazendeiro. Até que, finalmente, o fazendeiro juntou todos os seus filhos e os amigos dos seus filhos e eles ficaram lá parados esperando o lobo preto e branco descer da árvore. Por fim, o lobo caiu em cima de um animal marrom meio sarnento, e todos eles atiraram naquela sua pelagem preta e branca.

– Nossa – disse Thelma. – Isso é muito triste.

– Mas eles salvaram a pele – continuou ele. – Eles esfolaram o grande lobo preto e branco que caiu da árvore e preservaram sua pele bonita, para que os próximos, aqueles que viessem depois, pudessem ver como ele era e ficassem maravilhados com sua força e seu porte. E gerações futuras falaram dele e relataram várias histórias de proeza e majestade, lamentando sua morte.

– Por que eles atiraram nele?

– Eles não tinham escolha – disse ele. – Você tem que fazer isso com lobos assim.

– Você conhece alguma outra história? Alguma um pouco melhor?

– Não – disse ele. – Essa é a única história que conheço. – Então ele ficou sentado se lembrando de como o lobo apreciava sua própria habilidade de saltar, os ataques numerosos com seu corpo elegante, mas agora aquele corpo não existia mais, tinha levado vários tiros. E por meros animais magricelas, que seriam massacrados e comidos. Animais que não tinham força e não saltavam, que não se orgulhavam de seus corpos. Mas, de todo jeito, o lado bom da história é que esses animais persistiram. E o lobo preto e branco nunca reclamou; ele não disse nada, nem mesmo quando atiraram nele. Suas garras ainda enfiadas bem fundo em sua presa. Para nada. Exceto pelo fato de que era sua maneira de agir e que ele gostava de fazer isso. Era sua única maneira. Seu único estilo de levar a vida. Tudo o que ele sabia. E acabou sendo pego.

– Olhe aqui o lobo! – exclamou Thelma, saltando meio desajeitada. – *Grrrr, grrrr!* – ela agarrava as coisas e soltava, enquanto ele percebia consternado que havia algo de errado com aquela menina. Pela primeira vez, preocupado e imaginando como aquilo tinha acontecido, ele notava que ela tinha uma deficiência.

– Você não é o lobo – disse ele.

Mas ainda assim, à medida que ela tateava e mancava, ela tropeçava... Ainda assim, ele percebeu que a deficiência continuava. Ele ficou se perguntando como era possível que...

Ich unglücksel' get Atlas! Eine Welt,
Die ganze Welt der Schmerzen muss ich tragen,
Ich trage Unerträgliches, und brechen
Will mir das Herz im Leibe.**

... uma tristeza daquelas pudesse existir. E se afastou dali.

Atrás dele, ela continuava brincando, escorregando e caindo. *Como se sente alguém assim?*, imaginou ele.

Ele ficou vagueando pelo corredor, procurando o aspirador de pó. Ele tinha sido informado de que deveria aspirar cuidadosamente a sala de brinquedos onde as crianças passavam a maior parte do dia.

– No final do corredor, à direita. – Alguém indicou. Era o Earl.

– Obrigado, Earl – disse ele.

Ao deparar com a porta fechada, ele começou a bater, mas então resolveu abri-la.

Dentro da sala, uma velha mulher estava parada, segurando três bolas de borracha, as quais ela usava para fazer malabarismo. Ela se virou na direção dele, com seus cabelos grisalhos e sebosos caindo sobre seus ombros, e abriu um sorriso largo e praticamente sem dentes. Ela estava usando meias soquete brancas e tênis. Ele viu seus olhos afundados, junto com aquele sorriso arreganhado e a boca vazia.

– Você consegue fazer isso? – ofegou ela, jogando as três bolas no ar. Todas elas caíram de volta, acertaram a mulher e ficaram quicando no chão. Ela se curvou e ficou cuspindo e rindo.

– Eu não consigo fazer isso – disse ele parado ali, desesperançado.

---

* Trecho da canção "Der Atlas" de Schubert, parte da compilação Schwanengesang. No original, consta poema extraído de *Heinrich Heine: Lyric Poems and Ballads*. Tradução livre: Eu, malfadado Atlas! Um mundo, / o mundo inteiro das dores devo carregar, / Sustento o insustentável, e meu coração / quer se romper dentro de mim. [N. de T.]

– Eu consigo. – Aquela criatura magra jogou as bolas para o alto. Seus braços estalavam quando ela se mexia. Meio vesga, ela tentava fazer as coisas direito.

Outra pessoa apareceu na porta ao lado de Bruce e ficou ali parada com ele, assistindo à cena.

– Faz quanto tempo que ela pratica? – disse Bruce.

– Um bom tanto. – A pessoa começou a incentivar. – Tente de novo, você está quase conseguindo!

A velha soltou um riso de hiena enquanto se inclinava para pegar as bolas mais uma vez.

– Uma delas está ali – disse a pessoa ao lado de Bruce. – Embaixo do seu criado-mudo.

– Aaaaaaaah! – soltou ela, ofegante.

Eles assistiram à velha tentando incansavelmente, derrubando as bolas, pegando-as de volta, mirando com cuidado, se equilibrando, lançando-as no ar, bem alto, e então se curvando quando elas caíam de volta em cima dela, às vezes acertando na cabeça.

A pessoa ao lado de Bruce deu uma fungada e disse:

– Donna, é melhor você ir se lavar. Você não está limpa.

Inconformado, Bruce disse:

– Mas essa não é a Donna. Ela é a Donna?

Ele ergueu a cabeça para observar a velha e foi tomado por um imenso terror. Havia lágrimas nos olhos da mulher enquanto ela o encarava de volta, mas ela continuava rindo enquanto jogava as bolas na direção dele, tentando acertá-lo. Ele se esquivou.

– Não, Donna, não faça isso – a pessoa ao lado de Bruce disse para ela. – Não acerte as pessoas. É só continuar tentando fazer igual você viu na TV, você sabe, pegar as bolas de volta e jogá-las para cima de novo. Mas, agora, vá se lavar; você está fedendo.

– Tudo bem – concordou a velha e se apressou, toda corcunda e diminuta. Ela deixou as três bolas de borracha ainda rolando pelo chão.

A pessoa ao lado de Bruce fechou a porta e eles foram andando pelo corredor.

– Há quanto tempo a Donna está aqui? – disse Bruce.

– Há muito tempo. Desde antes de eu chegar, que já faz seis meses. Ela começou a tentar fazer malabarismo tem uma semana.

– Então, se ela está aqui há tanto tempo, não é a Donna – disse ele. – Porque eu acabei de chegar, faz uma semana.

E foi a Donna quem me trouxe aqui de carro, no MG dela, pensou ele. *Eu me lembro disso, porque a gente teve que parar enquanto ela enchia o radiador. E ela parecia estar bem naquele dia. Com os olhos tristes, sombria, quieta e serena, com sua jaquetinha de couro, suas botas e aquela bolsa com um pé de coelho pendurado. Do jeito que ela sempre é.*

Então ele continuou procurando pelo aspirador de pó. E se sentiu bem melhor. Mas não conseguia entender o porquê.

15

– Posso trabalhar com os animais? – disse Bruce.

– Não – respondeu Mike. – Acho que vou te colocar em uma das nossas fazendas. Quero ver como você se sai um pouco com as plantas, por alguns meses. Num lugar aberto, onde você possa tocar o chão. Andam tentando muito chegar ao céu com todas essas sondas espaciais e foguetes. Quero que você faça uma tentativa de alcançar...

– Eu quero lidar com algo vivo.

– O chão é vivo – explicou Mike. – A Terra ainda está viva. Acho que você consegue tirar mais proveito disso. Você tem alguma experiência com agricultura? Sementes e cultivo e colheita?

– Eu trabalhava num escritório.

– De agora em diante você vai ficar do lado de fora. Se a sua mente voltar a funcionar, vai ter que fazer isso naturalmente. Você não tem como se forçar a pensar outra vez. Só pode continuar trabalhando, tipo semeando as colheitas ou carpindo nossas plantações de vegetais, como costumamos chamá-las, ou então matando insetos. Fazemos muito isso, acabar com a existência de insetos usando os sprays certos. Mas somos muito cuidadosos com esses sprays, porque eles podem fazer mais mal do que bem. Eles são capazes de envenenar não só as plantações e o solo, como também a pessoa que lida com eles. Podem comer a cabeça do sujeito – emendou ele. – Como a sua foi devorada.

– Tudo bem – disse Bruce.

Você foi bem acertado pelo spray, disse Mike enquanto encarava aquele homem, *por isso agora você se tornou um inseto. Espirre uma toxina num inseto que ele morre; espirre em um homem, no cérebro dele, e ele vira um inseto que fica emitindo ruídos e se estrebuchando em curto-circuito eternamente. Uma máquina que opera com reflexos, tipo uma formiga. Sempre repetindo a última instrução recebida.*

Nada de novo vai entrar no cérebro dele, pensou Mike, *porque aquele cérebro já era.*

E, com ele, também aquela pessoa que olhava para fora. Aquela pessoa que eu nunca conheci.

Mas talvez, se ele for colocado no lugar certo, na posição certa, ele ainda consiga olhar para baixo e ver o chão. E reconhecer que aquilo está ali. E colocar nele algo que está vivo, algo diferente dele próprio. Para crescer.

Porque é isso que ele ou aquilo não consegue mais fazer: essa criatura ao meu lado está morta, nunca mais vai conseguir se desenvolver. Só pode ir decaindo gradualmente até que os seus restos também morram. E aí nos livramos disso.

Resta pouco futuro para alguém que já está morto, pensou Mike. *Normalmente, existe só o passado. E esse tal de Arctor-Fred--Bruce não tem mais nem o passado; só isto aqui.*

Ao lado dele, que dirigia o veículo usado pelo pessoal da clínica, aquela figura decadente chacoalhava. Animada pelo carro.

Fico imaginando se foi a Novos Rumos que fez isso com ele, pensou, *quem mandou essa substância para pegá-lo desse jeito e deixá-lo assim para que depois pudesse recebê-lo de volta.*

Tudo isso para construir a civilização deles em meio ao caos, pensou. *Se é que isso é mesmo uma "civilização".*

Ele não sabia. Não estava na Novos Rumos há tempo suficiente; as metas deles, como o diretor executivo o havia informado certa vez, lhe seriam reveladas somente depois que ele completasse dois anos como integrante da equipe.

Essas metas, explicara o diretor executivo, não tinham nada a ver com reabilitação do uso de drogas.

Ninguém além de Donald, o diretor executivo, sabia de onde vinham os fundos da Novos Rumos. Mas o dinheiro sempre estava lá. *Bom, tem muito dinheiro envolvido na fabricação de Substância D*, pensou Mike. *Espalhado em várias fazendas remotas, lojinhas e outras instalações chamadas de "escolas". Dinheiro que vinha da fabricação, da distribuição e, finalmente, das vendas. Pelo menos o suficiente para manter a Novos Rumos no azul e crescendo... e mais. O suficiente para uma série de objetivos derradeiros.*

Dependendo do que a Novos Rumos pretendia fazer.

Ele sabia (e o Departamento de Combate às Drogas dos Estados Unidos também sabia) de algo que a maioria das pessoas e até mesmo a polícia não sabia.

A Substância D, assim como a heroína, era orgânica. Não era produto de um laboratório.

Por isso ele tinha uma boa dose de razão quando pensava – e ele fazia isso com frequência – que todos aqueles lucros podiam muito bem manter a Novos Rumos no azul... *e crescendo*.

As pessoas vivas nunca deviam ser usadas para servir aos propósitos dos mortos, pensou ele. *Mas, se possível, os mortos*, e lançou um olhar para Bruce, aquela forma vazia ao seu lado, *deveriam servir aos propósitos dos vivos.*

Essa é a lei da vida, raciocinou ele.

E os mortos, se pudessem sentir, se sentiriam melhor por fazer isso.

Aqueles mortos que ainda conseguem ver, pensou Mike, *mesmo que não consigam entender nada: eles são as nossas câmeras.*

16

Embaixo da pia da cozinha, ele encontrou um pequeno fragmento de osso, junto com as caixas de sabão e as escovas e os baldes. Parecia ser um osso humano, e ele ficou imaginando se não era do Jerry Fabin.

Isso fez com que ele se lembrasse de algo que tinha acontecido há muito tempo em sua vida, de uma época em que ele morava com dois outros caras e eles costumavam brincar com a ideia de ter um rato chamado Fred que morava embaixo da pia deles. Até que, certa vez, eles ficaram tão duros que contaram para as pessoas que tiveram que comer o pobre Fred.

Talvez isso fosse um pedaço de osso dele, daquele rato que vivia embaixo da pia que eles tinham inventado para lhes fazer companhia.

Ele começou a ouvir os outros conversando na sala.

– Esse cara estava mais lesado do que parecia. Pelo menos foi o que eu achei. Um dia ele foi dirigindo até Ventura, atravessando todo o pedaço para encontrar um amigo das antigas no interior, pelos lados de Ojai. Ele reconheceu a casa só de bater o olho, mesmo sem número, parou e perguntou para as pessoas se o Leo estava lá. "O Leo morreu. Sinto muito em te dar essa informação", disseram a ele. Aí esse cara respondeu: "Tudo bem, eu passo de novo na quinta-feira". E foi embora, dirigindo pela costa, e acho que acabou voltando mesmo na quinta-feira procurando o tal do Leo. Que tal essa história?

Ele ficou ouvindo a conversa deles, enquanto bebia seu café.

– ... funciona assim, a lista telefônica só tem um número; você sempre liga para esse número, para qualquer coisa que precisar. É ele que aparece em todas as páginas... estou falando de uma sociedade totalmente lesada. E você tem esse número, *o número*, anotado também na sua carteira, em vários papéis e cartões, como se fosse de diferentes pessoas. E se você esquecer o número, não consegue ligar para *ninguém*.

– Você poderia ligar para o serviço de informação.

– É o mesmo número.

Ele continuava ouvindo; era interessante esse lugar que eles estavam descrevendo. Quando você ligava para lá, o telefone não funcionava, ou então, se estivesse funcionando, eles diziam: "Desculpe, você ligou para o número errado". Aí você ligava de novo para o mesmo número e falava com a pessoa que estava procurando.

Quando alguém ia ao médico (e só existia um, especialista em tudo), ele só receitava o mesmo remédio. Você levava a receita até a farmácia para comprar o remédio, mas o farmacêutico nunca conseguia ler o que o médico tinha escrito, então ele te dava o único comprimido que tinha lá, que era aspirina. E ela curava qualquer coisa que você tivesse.

Se você infringisse a lei, existia uma única lei, que era infringida por todo mundo, repetidas vezes. O policial anotava tudo laboriosamente: qual era a lei e qual era a infração em cada caso, sempre as mesmas. E sempre havia a mesma punição para qualquer infração da lei, desde atravessar uma rua fora da faixa ou sem olhar para os lados até crimes contra a nação: a punição era pena de morte, e havia todo um movimento para acabar com isso, mas não tinha jeito de contornar, porque aí, para crimes como atravessar fora da faixa, não haveria punição alguma. Então, tudo isso ficava só nos livros e, no fim, a comunidade inteira pegou fogo e morreu. Não, eles não se lesaram... já estavam todos lesados, desde sempre. Eles foram desaparecendo, um de cada vez, à medida que infringiam a lei, e aí meio que morreram.

Acho que quando as pessoas ficaram sabendo que o último deles tinha morrido, pensou ele, *devem ter dito: "Como será que eram essas pessoas? Vamos ver... Bom, a gente passa de novo na quinta-feira".* Apesar de hesitar um pouco em relação à piada, ele acabou rindo e, quando contou a história em voz alta, todas as outras pessoas na sala fizeram o mesmo.

– Muito bom, Bruce – foi o que lhe disseram.

Isso acabou virando meio que um bordão naquela época. Quando alguém lá do Lar Samarcanda não entendia alguma coisa ou não conseguia encontrar o que tinha ido buscar, tipo um rolo de papel higiênico, diziam: "Bom, acho que vou passar de novo na quinta-feira". Normalmente essa piada era creditada a ele, era coisa dele. Igual aos programas de humor da TV, que usam o mesmo bordão toda vez, todas as semanas. Isso acabou colando no Lar Samarcanda e significava algo para todos eles.

Mais tarde, em uma noite de Jogo, quando todos eles eram reconhecidos, um de cada vez, por suas contribuições à Novos Rumos, por exemplo por ter trazido novos Conceitos, reconheciam que ele tinha trazido um pouco de humor para aquele lugar. Ele tinha trazido consigo a capacidade de ver o lado engraçado das coisas, por pior que estivesse se sentindo. Todas as pessoas na roda o aplaudiam e, ao olhar em volta, surpreso, ele deparava com aquele círculo de sorrisos, todos com seus olhares afetuosos de aprovação, e o som daqueles aplausos permaneceu dentro de seu coração por um bom tempo.

17

No final de agosto daquele ano, dois meses depois de ter ido para a Novos Rumos, ele foi transferido para uma unidade rural em Napa Valley, que fica no interior do norte da Califórnia. É a região dos vinhos, onde ficam muitas das melhores vinícolas californianas.

Foi Donald Abrahams, diretor executivo da Fundação Novos Rumos, quem assinou o pedido de transferência, seguindo os conselhos de Michael Westaway, integrante da equipe que tinha ficado especialmente interessado em o que poderiam fazer com Bruce. Especialmente desde que o Jogo não tinha conseguido ajudá-lo. Na verdade, só o tornara ainda mais deteriorado.

– O seu nome é Bruce – disse o administrador da fazenda enquanto Bruce saía todo desajeitado do carro, arrastando sua mala.

– Meu nome é Bruce – disse ele.

– Vamos tentar usar você na lavoura por um tempo, Bruce.

– Certo.

– Acho que você vai gostar mais daqui, Bruce.

– Acho que eu vou gostar – disse ele. – Mais daqui.

O administrador da fazenda o avaliou de cima a baixo.

– Cortaram o seu cabelo recentemente.

– Sim, cortaram o meu cabelo – disse Bruce, levando a mão até sua cabeça raspada.

– Por que motivo?

– Cortaram o meu cabelo porque me encontraram no pavilhão das mulheres.

– Foi a primeira vez que te fizeram isso?

– Esta é a *segunda* vez que me fizeram isso – e, depois de uma pausa, Bruce continuou. – Da outra vez eu fiquei violento – e ficou ali parado, ainda segurando a mala, enquanto o administrador fez um gesto para que ele a colocasse no chão. – Eu quebrei a regra da violência.

– O que você fez?

– Arremessei um travesseiro.

– Tudo bem, Bruce – disse o administrador. – Venha comigo, vou te mostrar onde você vai dormir. Não temos uma residência central aqui; cada grupo de seis pessoas tem uma pequena cabana. É onde eles dormem e preparam suas refeições e vivem quando não estão trabalhando. Aqui não tem sessões de Jogo, só trabalho. Você não vai mais ter sessões de Jogo, Bruce.

Bruce pareceu ficar satisfeito; um sorriso se formou em seu rosto.

– Você gosta das montanhas? – perguntou o administrador da fazenda, apontando para a direita. – Olhe para cima. Montanhas. Não tem neve, mas continuam sendo montanhas. À esquerda fica Santa Rosa, eles cultivam umas uvas ótimas nas encostas daquelas montanhas. Nós não cultivamos uva nenhuma. Temos diversos outros produtos agrícolas, mas nada de uvas.

– Eu gosto de montanhas – disse Bruce.

– Olhe bem para elas – disse o administrador apontando mais uma vez, mas Bruce não olhou. – Vamos arrumar um chapéu para você. Não dá para trabalhar aqui no campo de cabeça raspada sem ter um chapéu. Não comece a trabalhar enquanto não conseguirmos um chapéu para você. Entendido?

– Não vou começar a trabalhar enquanto não tiver um chapéu – disse Bruce.

– O ar é agradável aqui – disse o administrador.

– Eu gosto de ar – disse Bruce.

– Sim – disse o administrador, indicando para que Bruce pegasse sua mala e o seguisse. Ele se sentia incomodado, olhando para Bruce; não sabia o que dizer. Mas essa era uma sensação comum para ele, quando chegavam pessoas naquela situação. – Todos nós gostamos de ar, Bruce. Todos nós, de verdade. Temos isso em comum. – *Ainda temos isso em comum,* foi o que ele pensou.

– Eu vou poder ver meus amigos? – perguntou Bruce.

– Você está falando dos seus amigos lá de onde você veio, da unidade de Santa Ana?

– O Mike e a Laura e o George e o Eddie e a Donna e...

– As pessoas das residências não vêm até as fazendas – explicou o administrador. – Operações como esta são fechadas, mas você provavelmente ainda vai voltar para lá uma ou duas vezes ao ano. Temos reuniões no Natal e também...

Bruce havia parado.

– A próxima reunião – disse o administrador, mais uma vez sinalizando para que ele continuasse andando – vai ser no dia de Ação de Graças. Vamos mandar alguns dos trabalhadores de volta para suas residências de origem por dois dias nesse feriado. Depois eles voltam para cá até o Natal. Então você vai vê-los de novo. Isso se eles não tiverem sido transferidos para outras unidades. Isso vai ser daqui a três meses. Mas você não deve estabelecer relacionamentos individuais aqui na Novos Rumos... Não te disseram isso? Você só pode se relacionar com a família como um todo.

– Sei disso. Eles fizeram a gente memorizar essa informação como parte do credo da Novos Rumos – disse Bruce, olhando em volta. – Posso tomar um copo d'água?

– Vamos te mostrar onde fica a fonte de água aqui. Tem uma na sua cabana, mas tem outra pública para toda a família aqui. – Ele conduziu Bruce até as cabanas pré-fabricadas. – Essas unidades de plantio são restritas, porque lidam com alguns cultivos experimentais e híbridos, e queremos que elas fiquem livres de insetos. As pessoas que vêm aqui, mesmo que sejam da equipe,

319

trazem essas pestes nas roupas, nos sapatos, nos cabelos. – Ele escolheu uma cabana a esmo e decidiu. – A sua é a 4-G. Você consegue se lembrar disso?

– Elas são todas parecidas – disse Bruce.

– Você pode pregar algum objeto na sua cabana para conseguir reconhecê-la. Algo de que você consiga se lembrar com facilidade. Alguma coisa colorida. – Ele empurrou a porta da cabana, de onde receberam uma lufada de ar quente e meio fedido. – Acho que vamos te colocar primeiro nas alcachofras – ele ruminou. – Você vai ter que usar luvas, porque elas têm uns espinhos.

– Alcachofras – repetiu Bruce.

– Diabos, também temos cogumelos aqui. Plantações experimentais de cogumelos, todas elas isoladas, claro – quem tem plantações domésticas de cogumelos precisa isolar a produção –, para impedir que os esporos patogênicos se espalhem e contaminem as plantações. Esporos de fungos são transportados pelo ar. Isso é uma ameaça para todo mundo que cultiva cogumelos.

– Cogumelos – disse Bruce, enquanto adentrava a cabana escura e quente sob o olhar do administrador.

– Sim, Bruce – disse ele.

– Sim, Bruce – repetiu o próprio Bruce.

– Acorde, Bruce – disse o administrador.

Ele acenou com a cabeça, parado em meio à escuridão estagnada da cabana, ainda segurando sua mala.

– Certo – disse ele.

Eles apagam assim que escurece, disse o administrador para si mesmo, *feito galinhas.*

Um vegetal em meio a outros vegetais, pensou. *Um fungo entre fungos. Como preferir.*

Ele agarrou a luz elétrica no teto da cabana e começou a mostrar para Bruce como ela funcionava. Bruce parecia não se importar; ele finalmente tinha vislumbrado as montanhas e ficou parado encarando-as fixamente, dando-se conta da presença delas pela primeira vez.

– Montanhas, Bruce, montanhas – disse o administrador.

– Montanhas, Bruce, montanhas – repetiu ele, e continuou encarando.

– Ecolalia, Bruce, ecolalia – disse o administrador.

– Ecolalia, Bruce...

– Certo, Bruce – disse o administrador, e fechou a porta da cabana atrás dele, pensando: *Creio que vou colocá-lo para cuidar das cenouras. Ou das beterrabas. Alguma coisa simples. Algo que não o intrigue.*

E outro vegetal na outra cama, bem ali. Para fazer companhia a ele. Assim eles podem continuar apagando pelo resto de suas vidas juntos, em uníssono. Fileiras deles. Hectares inteiros.

Eles o levaram até o campo, onde ele viu o milho, como se fossem projeções esfarrapadas. *Plantações de lixo*, pensou ele. *Estão cuidando de uma fazenda de lixo.*

Ele se inclinou e viu, crescendo perto do chão, uma florzinha de cor azul. Muitas delas reluzindo, saindo de talos pequenos. Parecia restolho. Umas sobras.

Tinha muitas delas, agora ele era capaz de ver, depois de ter colocado seu rosto perto o suficiente para conseguir entender. Campos inteiros em meio às fileiras mais altas de milho. Escondidas bem no meio, assim como vários outros fazendeiros faziam: um cultivo dentro do outro, tipo anéis concêntricos. *Como faziam os fazendeiros no México com suas plantações de maconha*, lembrou ele: *cercadas, rodeadas de plantas mais altas, para que os federales não as vissem quando passassem com seus jipes. Mas ainda dava para ver sobrevoando.*

E os federales, quando localizam uma plantação de maconha assim lá embaixo, metralham o fazendeiro, a esposa dele, os filhos e até os animais. E depois vão embora. E continuam suas buscas de helicóptero, escoltados pelos jipes.

Que florzinhas azuis mais bonitinhas.

– Você está vendo a flor do futuro – disse Donald, o diretor executivo da Novos Rumos. – Mas isso não é para você.

– Por que não é para mim? – perguntou Bruce.

– Você já abusou da sua cota de coisas boas – respondeu o diretor executivo, e soltou uma risada. – Então levante daí e pare com essa adoração... esse não é mais o seu deus, o seu ídolo, embora tenha sido um dia. Uma visão transcendental, é isso que você está vendo crescer aqui? Porque você está olhando como se fosse isso. – Ele deu um tapinha firme no ombro de Bruce, e então, abaixando sua mão, ele interrompeu a visão daqueles olhos congelados.

– Foram embora – disse Bruce. – As flores da primavera foram embora.

– Não, é você que simplesmente não pode vê-las. Esse é um problema filosófico que você não entenderia. Epistemologia... a teoria do conhecimento.

Bruce via apenas a palma da mão de Donald impedindo a luz, e ficou encarando essa imagem por milhares de anos. Ela bloqueava; ela havia bloqueado; ela o tinha bloqueado, bloqueado para sempre olhos mortos fora do tempo, olhos que não eram capazes de desviar daquilo e uma mão que não se afastaria. O tempo tinha parado enquanto seus olhos contemplavam e o universo ia se transformando em gelatina junto com ele, pelo menos para ele, ia congelando junto com ele e com seu entendimento, à medida que a inércia se tornava completa. Não havia nada que ele não soubesse; não restava mais nada a acontecer.

– De volta ao trabalho, Bruce – disse Donald, o diretor executivo.

– Eu vi – disse Bruce. *Eu sabia*, ele pensou. *Era isso: vi a Substância D crescendo. Eu vi a morte se erguendo do solo, da própria terra, um campo azulado, com cor de restolho.*

O administrador daquela fazenda e Donald Abrahams se entreolharam e então observaram aquela figura ajoelhada, aquele homem ajoelhado e toda aquela *Mors ontologica* plantada por toda parte, escondida no meio do milho.

– De volta ao trabalho, Bruce – disse a si mesmo o homem ajoelhado e, então, ficou de pé.

Donald e o administrador da fazenda foram passeando até seu Lincoln que estava estacionado. Estavam conversando; ele observava (sem se virar, ele era incapaz de se virar) os dois indo embora.

Abaixando-se, Bruce pegou uma daquelas plantas azuis rasteiras e colocou-a dentro de seu sapato do pé direito, enfiando-a para que não fosse vista. *Um presente para os meus amigos*, pensou ele, e esperou ansiosamente dentro de sua cabeça, onde ninguém podia ver, pelo dia de Ação de Graças.

Nota do autor

Este romance tratou de algumas pessoas que foram punidas um pouco demais pelo que fizeram. Elas só queriam se divertir, mas eram como crianças brincando na rua; testemunharam as crianças ao seu redor serem mortas – atropeladas, mutiladas, destruídas –, mas ainda assim continuaram brincando. Todos nós fomos de fato muito felizes por algum tempo, sentados à toa sem trabalhar, só falando bobagem e brincando, mas isso durou um período tão curto e foi seguido de uma punição que foi além do aceitável: mesmo quando podíamos ver, não conseguíamos acreditar no que estava acontecendo. Enquanto eu estava escrevendo isto, por exemplo, fiquei sabendo que a pessoa na qual o personagem de Jerry Fabin foi inspirado acabou se matando. O meu amigo em quem o personagem de Ernie Luckman foi baseado morreu antes mesmo que eu começasse o romance. Por algum tempo, eu mesmo fui uma dessas crianças brincando na rua. Assim como o restante delas, eu estava só tentando brincar em vez de ser um adulto, e fui punido por isso. Meu nome está na lista a seguir, que reúne todos aqueles a quem este romance é dedicado e conta o que aconteceu com cada um.

O abuso de drogas não é uma doença, é uma decisão, assim como a decisão de saltar na frente de um carro em movimento. Poderia se dizer que isso não é uma doença, e sim um erro de julgamento. Quando várias pessoas começam a fazer isso, passa a ser um erro social, um estilo de vida. E nesse estilo de vida em particular, o lema é: "Seja feliz agora, porque amanhã você estará morrendo". Só que essa morte começa quase de imediato, e a felicidade vira uma memória. Então, ela passa a ser apenas uma aceleração, uma intensificação da existência humana. Não é diferente do seu estilo de vida, só acontece mais rápido. Tudo acontece em dias ou semanas ou meses, e não em anos. "Pegue o dinheiro e abra mão do crédito", como disse Villon em 1460. Mas isso é um erro quando o dinheiro é uma quantia insignificante, e o crédito, toda uma vida.

Não existe moral neste romance; não é burguês; não diz que eles estavam errados em brincar quando deveriam ter trabalhado duro; ele apenas conta quais foram as consequências. No teatro grego, eles, enquanto sociedade, estavam começando a descobrir a ciência, o que significa a lei causal. Neste romance, o que há é a Nêmesis: não o destino, porque nenhum de nós podia escolher parar de brincar na rua, mas sim, já que narro a partir do âmago de minha vida e de meu coração, uma Nêmesis assombrosa para aqueles que continuaram brincando. Eu mesmo não sou um personagem neste romance; eu sou o romance. Assim como era nossa nação inteira naquela época. Este romance é sobre mais pessoas do que aquelas que eu conheci pessoalmente. Lemos sobre algumas delas nos jornais. Isso de ficar sentado de bobeira com nossos camaradas e falando bobagem enquanto gravávamos fitas cassete foi a pior decisão da década, os anos 1960, tanto do lado de dentro quanto do lado de fora do establishment. E a natureza nos massacrou com isso. Fomos forçados a parar por coisas terríveis.

Se houve algum "pecado", foi o fato de que essas pessoas quiseram continuar se divertindo para sempre, e elas foram punidas por isso. Entretanto, como eu digo, tenho a impressão de que, se foi isso mesmo, a punição foi grande demais, e prefiro pensar a respeito apenas como faziam os gregos, ou de maneira moralmente neutra, como se fosse mera ciência, uma causa e efeito imparcial e determinística. Eu amei todas essas pessoas. Eis a lista, à qual dedico todo o meu amor:

Para Gaylene	falecida
Para Ray	falecido
Para Francy	psicose permanente
Para Kathy	dano cerebral permanente
Para Jim	falecido
Para Val	dano cerebral, severo e permanente
Para Nancy	psicose permanente
Para Joanne	dano cerebral permanente
Para Maren	falecida
Para Nick	falecido
Para Terry	falecido
Para Dennis	falecido
Para Phil	danos pancreáticos permanentes
Para Sue	danos vasculares permanentes
Para Jerri	psicose e danos vasculares permanentes

... e assim por diante.

In Memoriam. Esses foram os camaradas que eu tive; gente melhor não há. Eles continuam em meus pensamentos, e o inimigo jamais será perdoado. O "inimigo" foi o equívoco deles ao brincar. Que todos eles possam brincar mais uma vez, de alguma outra maneira, e que eles possam ser felizes.

Nota à edição brasileira

Chuang-Tzu sonhou que era uma borboleta. Ao despertar, ignorava se era Chuang-Tzu que havia sonhado que era uma borboleta, ou se era uma borboleta e estava sonhando que era Chuang-Tzu.

Chuang-Tzu, filósofo chinês, 300 a. C.

O homem duplo, lançado em 1977, é considerado um dos mais sombrios livros de Philip K. Dick. É também provavelmente um dos que carregam em si a maior quantidade de traços biográficos do autor, que aproveitou, na elaboração da trama, fatos e casos de sua experiência com as drogas, entre as décadas de 1960 e 1970. Os extras que acompanham esta edição – uma entrevista com o autor e um artigo traçando um paralelo entre algumas psicoses e os efeitos colaterais da Substância D vivenciados pelos personagens – pretendem inserir o leitor no contexto em que o livro foi escrito, esclarecendo alguns aspectos dessa relação tão íntima entre a vida de Dick e a história.

Foi justamente essa coleção de aspectos, extremamente complexos e repletos de significados, que acabou trazendo um dos principais desafios para a publicação deste livro: a definição do título da edição em português. Em entrevistas – incluindo a que aqui consta como extra –, Dick associou a escolha do título a um versículo da segunda epístola de São Paulo ao povo de Corinto:

*For now we see through a glass, darkly; but then face to face: now I know in part; but then shall I know even as also I am known.**

1Co 13:12

Na versão em inglês da Bíblia (King James), há uma nota a respeito de *"darkly"*, que nesse contexto deve ser compreendido como algo enigmático, difuso, confuso, dificilmente decifrável. Ao mesmo tempo, a palavra carrega consigo a ideia de algo obscuro, sombrio. A opção da editora foi manter, o quanto fosse possível, esse conjunto de significados, atribuindo a "escuridão" não ao "reflexo" em si, por meio de adjetivação (reflexo escuro/sombrio), mas ao ato de ver-se refletido e de, por algum motivo, não se compreender a imagem em sua totalidade.

O livro foi adaptado para o cinema em 2006, pelo diretor Richard Linklater, recebendo no Brasil o nome de *O homem duplo*. O tema do duplo, especialmente quando este se manifesta na dúvida do indivíduo em relação à própria identidade, também teve como uma das inspirações a carta de São Paulo, sendo uma constante não apenas no versículo citado acima, mas reverberando em muitos outros trechos do texto bíblico.

O mito da duplicidade – do duplo – tem estreita relação com os gêneros literário da ficção fantástica e da ficção científica. A perturbação do cotidiano por um fato ou incidente estranho, inaudito, inesperado, contribui para que se estabeleça a recorrência temática do duplo. Em muitas obras da FC, essa duplicidade se coloca de forma relativamente clara, por oposição temporal (os diferentes "eus" em diferentes épocas, em romances que abordem viagens no tempo), pelo conflito homem vs máquina (e eventual questionamento sobre a verdadeira natureza do ser humano) ou, em última instância, pela comparação – simbólica ou

---

* "Hoje vemos como por um espelho, confusamente; mas então veremos face a face; agora conheço em parte, mas então conhecerei como também sou conhecido", na versão católica.

alegórica – de nossa realidade com outras, distintas, sejam utópicas ou distópicas.

A representação literária do mito da duplicidade não é de forma alguma algo recente. Platão, no discurso de Aristófanes em "O Banquete", já discutia a questão da bipartição da natureza humana, imposta como castigo aos homens, que ousaram desafiar os deuses. Estaria quebrado, então, o equilíbrio da duplicidade, estabelecendo-se, a partir daí, a eterna busca do duplo: o ser que busca sua face complementar, a fim de a ela associar-se ou de compreendê-la, simplesmente. O "eu" bipartido deixa de ser definido por sua posição no "aqui e agora", podendo chegar a viver o presente como uma ilusão ou a definir sua identidade pela própria busca em si – seu único propósito. O imaginário, nesses casos, muitas vezes prevalece sobre o real, e o sonho acaba se mostrando mais verdadeiro que a própria realidade. Esse "eu" acaba vivendo em um mundo que, em si, também se configura como uma duplicata, como reflexo de sua personalidade dual. Tudo é, a partir de então, um conjunto de aparências. A realidade de fato está em outro lugar, e tudo o que parece ser objetivo é na verdade subjetivo.

Dentro da perspectiva freudiana, a busca da verdadeira identidade é o que orienta as histórias em que o duplo se mostra de forma mais contundente. O "discurso do outro", fornecido pelo duplo, leva ao acesso ao inconsciente do personagem bipartido. Em *O homem duplo*, o protagonista Arctor/Fred é ao mesmo tempo um e o outro, tendo cada um deles dificuldade em se identicar com seu "reflexo". Quando o protagonista se vê confrontado com essa identidade bipartida, duvida de si mesmo e chega a perder a referência: quem é o reflexo de quem? Já não sabe quem é o original, quem é o duplo, ou mesmo se ele é definido justamente pelo cruzamento dessas vozes.

Como o próprio Dick diz em sua "Nota do autor": "Eu mesmo não sou um personagem neste romance; eu *sou* o romance". Em *O homem duplo* se desenvolve a busca pela compreensão de seu próprio "eu", tanto do autor e do protagonista como do leitor e de tantas outras pessoas, com menção especial àquelas que, em determinado momento de suas vidas, buscaram essa compreensão na relação com drogas.

332

O homem duplo:

Neuropsicologia e Psicose no romance de Philip K. Dick[*]

Vaughan Bell

Tradução: Ana Resende

Motivado em parte por seus contatos crescentes com a psicose, no início dos anos 1970, Philip K. Dick lutava com dúvidas cada vez maiores acerca da natureza da realidade e de sua identidade pessoal. Não é de se admirar que personagens com mundos instáveis e dúvidas existenciais sejam um foco comum em sua obra. Dick se interessava por mais que a mera descrição, porém, e frequentemente usava seus romances para explorar teorias pessoais acerca da existência.

Em suas pesquisas, ele descobriu a obra de Roger Sperry, que havia abalado as bases da neurociência ao perceber que, quando separados, os hemisférios cerebrais pareciam, ao menos em algum grau, independentemente conscientes. Preocupado com a

---

* BELL, V. "Through *A Scanner Darkly*: Neuropsychology and psychosis in Philip K. Dick's novel *A Scanner Darkly*". In: *The Psychologist*, v. 19 (8), pp. 488-489, 2006.

própria percepção da realidade, Dick considerou que isso poderia explicar seus sentimentos crescentes de alienação e autoalheamento. Essas reflexões resultaram em *O homem duplo*, um romance sobre um futuro próximo, em parte autobiográfico, que permanece como um comentário incisivo a respeito da sociedade, da psicose e do cérebro.

À primeira vista, trata-se de um romance sobre um policial disfarçado, que tenta rastrear a fonte misteriosa da perigosamente viciante "Substância D". Durante o dia, o protagonista de Dick vive como Bob Arctor, usuário de drogas e marginal que passa o tempo atrás da próxima onda, discutindo esquemas regados a drogas com seus companheiros igualmente viciados. Sem o disfarce, Arctor se torna o agente S.A. Fred, cujo trabalho é relatar o que descobriu e revisar as gravações dos escâneres de vigilância posicionados para reunir evidências sobre seus amigos e associados.

De modo incomum a obras de ficção científica, grande parte da ambientação foi tirada diretamente da vida do autor. Em carta a um amigo, ele admitiu descer "à sarjeta da vida quase-ilegal: narcóticos e armas e facas e, ah, tantos crimes... Não que eu os cometesse, mas me cerquei de quem os cometia" (Sutin, 1991, p. 202). Dick, porém, era um observador agudo, e seus personagens reproduzem, com considerável perspicácia, a linguagem grosseira e a política mesquinha desses amigos duvidosos. Não é de se admirar que os indivíduos e os episódios nos quais o livro se concentra sejam tão vividamente retratados.

Essa observação detalhada pode ser percebida desde a abertura do livro, na qual Charles Freck e Jerry Fabin acreditam estar infestados com "piolhos", que os dois tentam capturar em um pote de vidro, para exames médicos. Para inveja de muitos manuais acadêmicos, essas páginas contêm um relato detalhado do delírio de *parasitose*, uma forma de psicose frequentemente causada por abuso de drogas estimulantes. Nessa condição (também conhecida como Síndrome de Ekbom), os pacientes acreditam estar infestados por parasitas e, muitas vezes, são detectados pelo conhecido "sinal da caixa de fósforo", quando apresentam aos médicos os "parasitas" supostamente capturados em uma caixa de fósforo ou um recipiente semelhante (Enoch e Ball, 1999).

Além desses esboços cuidadosamente observados de uso de drogas e suas consequências, *O homem duplo* é notável como um estudo sobre a separação e a fratura da autoconsciência. Dick explora essa situação ao criar uma sociedade tão contaminada com drogas que os cartéis misteriosos se infiltraram em todos os níveis do governo. Como medida de proteção, os agentes devem manter sua identidade secreta de ambos os lados. Quando estão com os colegas, devem vestir "trajes borradores", projetando uma aparência externa que muda constantemente e é gerada a partir de uma base de dados de imagens armazenadas. Como medida extra, os agentes devem se reportar também sob disfarce; desse modo, por omissão, os relatórios não revelariam inadvertidamente sua identidade.

Devido à natureza de seu trabalho, o protagonista do romance está na posição pouco invejável de nunca se sentir inteiramente preso a uma única identidade, uma sensação agravada pelo fato de que muitas vezes ele tem de ver a si mesmo na terceira pessoa, ao assistir às gravações de vigilância. Graças a esse recurso literário, Dick consegue captar a sensação de alheamento existencial que aparece em muitos relatos descritivos de psicose, refletindo o sentido original de Eugene Bleuler do termo "esquizofrenia" (que significa literalmente "mente dividida"). Novos estudos da fenomenologia da psicose mostram paralelos impressionantes. O livro mais recente de Stanghellini (2004) capta tanto o estado psicótico quanto o dilema do protagonista com igual clareza, ao descrever o abalo da autoconsciência como algo que inclui:

> desordens da demarcação entre o eu e o não eu ("Não sou eu quem está vendo aquele objeto ali – eu sou o objeto"), experiências anômalas da unidade no momento presente ("Sinto como se eu fosse duas pessoas ao mesmo tempo") e da identidade constante ao lon-

go do tempo ("O tempo e, sobretudo, minhas próprias ações, estão fragmentados") e finalmente a perda do que torna as experiências próprias ("Não sou eu quem está realizando essas ações e tendo esta percepção"). (Stanghellini, 2004, p. 150)

Tendo isso em mente, talvez a ficção científica possa ser considerada o lar natural para um tratamento literário da psicose, pois alta tecnologia frequentemente é invocada em complexos sistemas ilusórios como um meio de explicar experiências estranhas e, de outro modo, inexplicáveis. Com efeito, Stanghellini parece fazer um elogio involuntário ao gênero ao escolher a linguagem da ficção científica para dar nome a um de seus capítulos, "Ciborgues e escâneres".

Por sua percepção dos estados alterados, o texto de Philip K. Dick é particularmente digno de nota; ele era altamente bem informado sobre doenças mentais, não apenas pela própria experiência – durante grande parte de sua vida, ele foi regularmente a um psiquiatra –, mas também graças ao conhecimento de textos-chave em psicologia e psiquiatria (Carrère, 2004). Consequentemente, seria fácil ler *O homem duplo* como um rearranjo de teorias radicais a respeito de doenças mentais, em particular as de R. D. Laing e Aaron Esterson (Laing e Esterson, 1964), que consideravam a loucura como uma tentativa de reconciliar papéis que teriam se tornado irreconciliáveis na vida moderna. Dick, porém, não estava satisfeito em simplesmente repetir as opiniões da moda contra o *establishment* e buscou uma explicação com base em uma compreensão da neuropsicologia.

No romance, a mente e o cérebro de Fred são regularmente testados pelos psicólogos do departamento de polícia, devido ao estresse de se manter uma dupla identidade e consumir drogas como parte da vida sob disfarce. Dick evita o tradicional clichê dos borrões de tinta e dos choques elétricos, pois o autor descreve situações realísticas de pesquisa, além de testes neuropsicológicos identificáveis. De modo preocupante para Fred, os resultados do campo visual dividido e dos testes psicotécnicos sugerem que seus hemisférios corticais passaram a funcionar em separado, perdendo gradualmente a capacidade de se comunicarem e deixando de integrar as informações.

Aqui o autor mistura ficção científica com ciência factual, com uma leitura inspirada da obra de Sperry sobre pacientes com cérebros divididos. Dick era fascinado pela descoberta feita por Sperry de que pacientes com hemisférios cerebrais desconectados cirurgicamente (um tratamento para a incurável epilepsia) pareciam demonstrar uma consciência dualista ou seccionada. Se anteriormente se pensava que o lado direito era amplamente "silencioso" e dependia do lado esquerdo dominante, a pesquisa recente sugeria que cada hemisfério "parecia usar seus próprios perceptos, suas imagens mentais, associações e ideias" (Sperry, 1993). No romance de Dick, a "Substância D" induz uma semelhante desconexão de cérebro dividido (ele menciona Sperry em algumas passagens), oferecendo uma explicação para a autoconsciência cada vez mais fracionada e incoerente do protagonista.

Muito longe de ser uma noção fantástica de uma trama remota, a ideia de que a psicose poderia resultar de um desligamento dos hemisférios foi posteriormente discutida na literatura científica, sendo ainda hoje influente. Dimond (1979), por exemplo, comparou pacientes diagnosticados com esquizofrenia a pacientes com o cérebro dividido e argumentou que em ambas as condições "há uma falha fundamental na transferência de informações entre os dois hemisférios", sugerindo que "sintomas de cérebro dividido estão presentes na esquizofrenia". Embora as semelhanças entre a psicose e os eventos das cirurgias de separação do cérebro não sejam mais tão bem vistas, permanece a evidência clara das diferenças na estrutura e na função dos hemisférios na psicose (Gur e Chin, 1999; Patelis *et al.*, 2003). Ironicamente, talvez, ideias que muitas pessoas descartariam como uma trama imaginativa, no fim das contas, são especulação científica razoável e bem informada.

Agora *O homem duplo* será adaptado para um filme hollywoodiano*, e, embora haja grandes esperanças em relação à adaptação, um dos aspectos mais comoventes do livro provavelmente estará ausente na versão para a tela grande. Dick acrescentou uma "Nota do autor" no fim do livro, dedicando o romance aos amigos que perdeu para as drogas, muitos citados como mortos ou incapacitados por doenças físicas ou mentais. Embora Dick diga que não há moral fácil e evite as platitudes óbvias, ele menciona, de modo comovente, a si mesmo entre as vítimas.

Apesar dos problemas de Dick – ou, talvez, por causa deles – há poucos romancistas que captem melhor a estranha irrealidade e a autoconcepção perturbada, tão características da psicose. Embora nem todos os seus romances sejam considerados grandes exemplos da chamada alta literatura, a obra de Philip K. Dick tradicionalmente transborda com ideias, refletindo sua tentativa de integrar uma experiência profundamente alterada da realidade a um amplo conhecimento das artes e das ciências.

Referências bibliográficas

BUTLER, A.M. *The Pocket Essential Philip K Dick*. Londres: Pocket Essentials, 2000.

CARRÈRE, E. *I Am Alive and You Are Dead: A Journey Into the Mind of Philip K. Dick*. Trad. do francês por T. Bent. Nova York: Metropolitan Books, 2004.

DIMOND, S.J. "Disconnection and psychopathology". In: GRUZELIER, J. e FLOR-HENRY, P. (org.). *Hemisphere Asymmetries of Function in Psychopathology*. Oxford: Elsevier, 1979.

---

* O filme, cujo título no Brasil é *O homem duplo*, foi lançado em 2006. Nele foram usadas técnicas de animação como a rotoscopia, garantindo um visual alucinógeno e de certa forma fragmentado. (N. de E.)

ENOCH, D. e BALL, H. "Ekbom's Syndrome (Delusional parasitosis)". In: ENOCH, D. e BALL, H. *Uncommon psychiatric syndromes (4th edition)*, pp. 209-223. Londres: Arnold, 2001.

GUR, R.E. e CHIN, S. "Laterality in functional brain imaging studies of schizophrenia". In: *Schizophrenia Bulletin*, V. 25, pp. 141-156, 1999.

LAING, R.D. & ESTERSON, A. *Sanity, Madness and the Family*. Harmondsworth, Middlesex: Pelican Books, 1964.

PANTELIS, C., VELAKOULIS, D., MCGORRY, P.D., WOOD, S.J, SUCKLING, J., PHILLIPS, L.J., YUNG, A.R., BULLMORE, E.T, BREWER, W., SOULSBY, B., DESMOND, P. e MCGUIRE, P.K. "Neuroanatomical abnormalities before and after onset of psychosis: a cross-sectional and longitudinal MRI comparison". In: *Lancet*, V. 25, 361 (9354), 281-8, 2003.

SPERRY, R.W. Discurso de Roger W. Sperry na cerimônia de entrega do Nobel, 8 de dezembro de 1981. In: FRÄNGSMYR, T. e LINDSTEN, J. (org.). *Nobel Lectures, Physiology or Medicine 1981-1990*. Singapura: World Scientific Publishing Co, 1993.

STANGHELLINI, G. *Disembodied Spirits and Deanimated Bodies*. Oxford: Oxford University Press, 2004.

SUTIN, L. (1991) *Divine Invasions: A Life of Philip K. Dick*. Nova York: Citadel Press, 1991.

Hour 25: Uma conversa com Philip K. Dick (excerto)

Apresentada por Mike Hodel

Rádio KPFK-FM, Norte de Hollywood, Califórnia, EUA
26 de junho de 1976
Transcrita e editada por Frank C. Bertrand
Tradução: Ana Resende

Disponível em: <www.philipkdickfans.com/literary-criticism/inter views/hour-25-a-talk-with-philip-k-dick>
Você também pode ouvir esta entrevista na página multimídia: <www.philipkdickfans.com/resources/multimedia>

A entrevista de Mike Hodel com Philip K. Dick foi ao ar no programa de rádio sobre ficção científica **Hour 25**. O programa foi ao ar em 1977, um pouco antes do lançamento de *O homem duplo*.

A entrevista original se divide em três partes:

Parte 1 (42 min.) – Por que ficção científica? O paradoxo: ficção comercial × ficção científica. Sobre *Deus Irae* e a pesquisa para um romance. Sobre o *I Ching* e *O homem do castelo alto*. Sobre *O homem duplo* e o desenvolvimento dos personagens.

Popularidade na Europa. A dificuldade financeira do autor de ficção científica estreante e sua própria experiência.

Parte 2 (20 min.) – Philip lê um trecho de *O homem duplo* (é incrível!). Ficção científica como um mundo feito de "massinha de modelar". De quais autores de ficção científica ele gosta ou não.

Parte 3 (13 min.) – Sobre ganhar os prêmios Campbell e Hugo. E muito mais

MH: John Brunner o chama constantemente de "o mais brilhante autor de ficção científica". Seu nome é Philip K. Dick. Por que ficção científica, entre todos os gêneros literários que você poderia escolher? Por que FC? Foi uma decisão consciente?

PKD: Sim. Na ficção científica, há mais latitude para a expressão de ideias puras do que em outros gêneros.

MH: Vamos nos livrar de alguns clichês, primeiro. FC é um gueto. As pessoas dizem que sim, que é um gueto. E, por outro lado, elas dizem que é uma literatura de ideias. Toda literatura deveria ser literatura de ideias. Certo? Então, por que a ficção científica é rotulada assim e, ao mesmo tempo, é rotulada como um gueto? E as pessoas podem falar esse tipo de coisa, pagar muito menos e obter um reconhecimento muito menor etc.

PKD: Bem, a ficção científica mudou muito nos últimos anos. Está saindo do gueto. Mas isso só fez piorar a situação. Em vez de melhorar, está piorando, porque o gênero está perdendo sua identidade, está perdendo sua forma. Tornando-se massinha de modelar. Quer dizer, agora você pode chamar o que quiser de ficção científica ou decidir não chamar alguma coisa de ficção científica. Meu livro vai sair em breve. A edição em capa dura vai ser chamada de "comercial" e a edição de bolso vai ser vendida como ficção científica. Se você compra a edição em capa dura, você lê um romance comercial. Se você compra a edição de bolso da Ballantine, lê um romance de ficção científica. Mas o texto é o mesmo nas duas edições. E elas são vendidas ao mesmo tempo pela Doubleday e pela Ballantine, que trabalham em conjunto. Então, se eu tivesse que falar com você sobre o meu romance, teria que perguntar se você leu a edição da Doubleday ou a edição de bolso da Ballantine. Se você leu a edição de bolso, eu diria, sim, foi um grande romance de ficção científica. E se leu a edição da Doubleday, eu diria, bem, foi um grande romance comercial, não foi, Mike? Fica difícil decidir como responder se, em sentido estrito, é a embalagem do texto. Não estamos falando sobre embalagem e marketing. Não estamos falando, de modo algum, sobre conteúdo. Sharon Jarvis, na Doubleday, leu as primeiras oitenta páginas. E disse: bem, não tem foguete espacial neste livro. Não é ficção científica. Vou jogá-lo aqui no corredor para os outros editores e deixar que eles o vendam. E a Ballantine deu uma olhada no manuscrito e falou: minha nossa, é uma ficção científica maravilhosa. Vamos ganhar milhões. E então eu falei: pessoal, melhor vocês conversarem. Eu não sei. Quer dizer, o livro saiu do gueto com a edição em capa dura e voltou para o gueto na edição de bolso.

MH: Qual das duas você acha que vai vender mais: a edição de bolso com a etiqueta FC ou a comercial, da Doubleday?

PKD: Eu acho, ah, cara, agora você me pôs mesmo contra a parede. É uma pergunta muito maliciosa.

MH: Tem razão.

PKD: Porque eu não consigo responder sem ofender alguém. Quer dizer, tenho que sentar em dois bancos ao mesmo tempo. Tenho que promover a ficção científica e tenho que me virar e promover a edição comercial. Não posso criticar uma sem imediatamente me tornar vítima da minha própria armadilha.

MH: Ok. Bem, vamos ver se podemos dizer isso de outra maneira sem ofender muita gente.

PKD: Eu não quero ofender ninguém. É um romance inofensivo. Não vai ofender leitor algum, em parte alguma. Não tem palavrões. E isso é outra história. Ele não podia ser publicado pela Doubleday como ficção científica porque tinha aquelas "palavras com quatro letras"*. E o catálogo de ficção científica deles não permite palavras de quatro letras em um livro. Tem um monte delas para retirar. Se fossem poucas, como em *Deus Irae*, que eles compraram de mim e de Roger Zelazny; nele havia raras palavras de quatro letras, então eles as riscaram e venderam como ficção científica. E eu nunca fiquei sabendo disso. Não sabia que a distinção entre ficção científica e ficção comercial era o número de palavras com quatro letras. Mas, nesse novo livro, Lary Ashmead, editor-executivo da Doubleday, disse que não dá para retirar tudo. Que elas são necessárias para o livro. Portanto, não dá para vender como ficção científica. Então voltamos ao bê-a-bá. Se você quer que seu livro seja vendido como um romance comercial, você diz bip-bip** no livro inteiro. E se você tiver certo número de bip-bips no livro, eles não podem vender como ficção científica porque acham que a maior parte do mercado de ficção científica é formada por crianças. Essa é a teoria deles, que não é a minha. Mas eles imaginam um público com óculos fundo de garrafa e acne, cabelo dividido no meio e o casaco que o sujeito comprou no Exército da Salvação, além da mochila com revistas velhas. E ele tem um hidrocor, e quer que você autografe cada cópia de cada revista *Astounding* que ele tem. Essa é a ideia que eles fazem do mercado de ficção científica. É a ideia deles, não a minha.

MH: Isso é a Doubleday, a edição capa dura...

PKD: Não estou dizendo que estou falando da Doubleday. Só me refiro a "eles".

---

* Uma referência a palavrões na língua inglesa, em especial ao verbo "*to fuck*". [N. de E.]

** Mais uma referência a palavrões, aludindo ao som de "bip" usado como censura de palavras obcenas ou ofensivas em programas de rádio e TV. [N. de E.]

MH: Ah, "eles". Ah, claro, os famosos...

PKD: Os famosos "eles". As pessoas que administram as coisas.

MH: Então essa é a distinção. Se você tiver certo número de palavras com quatro letras não é ficção científica.

PKD: É isso. Quem me disse foi um editor-executivo que não está mais na Doubleday. Ele foi para a Simon and Schuster.

MH: Como ele explica isso? Você perguntou a ele sobre alguém como Delany, com *Dhalgren*, que, sem dúvida, é FC e tem um monte de palavras com quatro e dez letras?

PKD: Sim, isso é verdade. Li uma parte do livro. Harlan Ellison e eu concordamos que é um livro horrível. Embora tenha um monte de palavras de quatro e dez letras, ainda é um livro horrível. Deveria ser vendido como trash. Isso é uma categoria, sabe, tem o trash. Há romances trash.

MH: Tem romances trash e de ficção científica. Ok, por quê? Por que é um livro ruim? É simplesmente porque...

PKD: Ah, é apenas um livro ruim. Não tenho que me aprofundar nisso. Quer dizer, não é necessário que eu seja crítico literário. Não sei nada sobre isso. Não é minha área. Não sei criticar. Simplesmente comecei a ler e disse que é o pior lixo que já li. E joguei fora. E Harlan fez a mesma coisa, sentado em Sherman Oaks, onde ele mora, no topo daquele morro íngreme. Harlan não está nisso pelo lucro. Harlan está nisso pela ideologia da ficção científica.

[...]

MH: E o próximo livro que você vai lançar, Phil, chama-se *O homem duplo*.

PKD: Isso.

MH: Algo a ver com os escâneres* de Cordwainer Smith ou...

PKD: Eu não sabia que alguém tinha usado isso em um título. Do que é que você está falando?

MH: "Scanners live in vain", um dos primeiros contos de ficção científica de Cordwainer Smith.

PKD: Minha nossa. Será que eu vou ter que trocar o meu título?

MH: Acho que não. Ele já morreu.

PKD: Não, não é essa a questão. Bem, eu sei que ele já morreu. Esse nem era o nome dele. Não. *O homem duplo* vem de Paulo, que vê a realidade em imagens distorcidas, por um espelho**.

MH: Ah.

PKD: É a história de um cara que se torna um agente da divisão antidrogas e então começa a se drogar. Ele improvisa um escâner de infravermelho em casa. Enquanto está lá, sente que está sendo observado. E, então, quando vai para um lugar seguro, ele passa a assistir a horas e horas de gravação, feito hologramas (a história se passa no futuro), do que ele fazia na casa; esse homem está tão desorientado pelas drogas que anda consumindo em seu disfarce que não sabe que está investigando a si mesmo. Ele acha que são dois caras diferentes. E, quando seus superiores comentam que ele, na verdade, é o mesmo cara que anda investigando, o personagem simplesmente tem um acesso de fúria e é demitido. Então, ele tem que se afastar das drogas; não consegue mais comprar, pois está sem dinheiro. E seu cérebro está totalmente destruído. Judy-Lyn del Rey me ajudou a organizar este livro, para

---

* Referência ao título original da obra: *A scanner darkly*. [N. de E.]

** Referência à segunda epístola de São Paulo aos cristãos residentes na cidade de Corinto: "Hoje vemos como por um espelho, confusamente; mas então veremos face a face. Hoje conheço em parte; mas então conhecerei totalmente, como eu sou conhecido" (1 Coríntios 13:12). [N. de E.]

que fizesse mais sentido. E uma das coisas que escrevi foi essa cena divertida de suicídio. Na verdade, eu acho que deveria haver mais coisas engraçadas sobre suicídio. Acho que é um assunto de grande humor. E é isso. É curtinha e está no livro, e é autoexplicativa, espero. Espero que o livro todo faça sentido. Judy diz que agora faz. Pois é, teremos o primeiro romance de Phil Dick que faz sentido. A cena é assim:

Charles Freck, que estava ficando cada vez mais deprimido com o que vinha acontecendo com todo mundo que ele conhecia, decidiu finalmente acabar com a própria vida. Nos círculos que ele frequentava, não havia nenhum problema em tirar a própria vida; era só comprar bolinhas em grande quantidade e tomar com algum vinho barato tarde da noite e tirar o telefone fora do gancho para ninguém te interromper.

A parte do planejamento tinha a ver com os artefatos que você queria que fossem encontrados em você por arqueólogos no futuro, assim eles saberiam de que estrato social você vinha. E eles também poderiam determinar como estava sua cabeça na hora em que você tinha feito aquilo.

Ele tinha passado vários dias decidindo quais seriam esses artefatos. Muito mais tempo do que tinha gastado decidindo se matar, e aproximadamente o mesmo tempo necessário para conseguir aquela quantidade de bolinhas. Ele seria encontrado deitado em sua cama, com uma cópia de *A nascente*, de Ayn Rand (o que provaria que ele tinha sido um super-homem incompreendido, rejeitado pelas massas e, de certa forma, assassinado pelo desprezo delas) e uma carta inacabada para a Exxon reclamando do cancelamento de seu cartão de crédito para combustível. Desse jeito, ele acusaria o sistema e alcançaria algo com sua morte, algo maior e além do que a própria morte alcançava.

Na verdade, em sua cabeça, havia mais certeza do que os artefatos alcançariam do que a morte em si. De qualquer modo, tudo acabava se encaixando e ele começou a se preparar, feito um animal que sente que sua hora chegou e começa a seguir sua programação instintiva, determinada pela natureza, quando seu inevitável fim se aproxima.

No último momento (à medida que o prazo começava a apertar), ele mudou de ideia quanto a uma questão decisiva e decidiu tomar as bolas com um vinho elegante em vez de um vinho vagabundo qualquer. Então, decidiu dar uma última volta de carro até a Trader Joe's, loja especializada em vinhos caros, e comprou uma garrafa de Mondavi Cabernet Sauvignon de 1971, que lhe custou quase trinta dólares... tudo o que ele tinha.

De volta para casa, ele abriu o vinho, deixou que ele respirasse um pouco, bebeu algumas taças, passou alguns minutos contemplando sua página favorita d'*O livro ilustrado do amor sexual*, que mostrava a garota por cima, e aí colocou o saco plástico com as bolinhas ao lado de sua cama, deitou-se com o livro de Ayn Rand e com a carta de protesto inacabada para a Exxon e tentou pensar em algo significativo, mas não conseguiu, ainda que continuasse se lembrando da garota por cima. Então, com uma taça de Cabernet Sauvignon, mandou para dentro todas as pílulas de uma só vez. Depois disso, com o fato consumado, ele se deitou, colocou o livro de Ayn Rand e a carta em cima do peito, e esperou.

Entretanto, ele tinha sido sacaneado. Aquelas cápsulas não eram de barbitúricos, como indicado. Eram algum tipo de psicodélico esquisito, algum tipo que ele nunca tinha tomado antes, provavelmente uma mistura, coisa nova no mercado. Em vez de se sufocar calmamente, Charles Freck começou a ter alucinações. *Bom*, pensou ele filosoficamente, *essa é a história da minha vida. Pra sempre sacaneado.* Ele tinha que encarar o fato – ainda mais com aquele tanto de cápsulas que tinha tomado – de que ia bater uma viagem das boas.

A próxima coisa que ele notou foi uma criatura de alguma dimensão intermediária de pé ao lado de sua cama e encarando-o com ar de reprovação.

A criatura tinha muitos olhos, em toda a sua superfície, usava roupas ultramodernas que pareciam caras e tinha quase 2,5 metros de altura. Além disso, ela carregava um imenso pergaminho.

– Você vai ler para mim todos os meus pecados – disse Charles Freck.

A criatura anuiu com a cabeça e retirou o selo do pergaminho.

Deitado e desamparado em sua cama, Freck emendou:

– E isso vai demorar umas 100 mil horas.

Deitando seus inúmeros olhos sobre ele, a criatura de alguma dimensão intermediária disse:

– Não estamos mais no universo mundano. Categorias dos planos inferiores de existência material, como "espaço" e "tempo", não se aplicam mais a você. Você foi elevado ao domínio transcendental. Seus pecados lhe serão lidos ininterruptamente, em turnos, por toda a eternidade. A lista não vai acabar nunca.

Conheça seu traficante, pensou Freck, e desejou ter a capacidade de voltar atrás na última meia hora de sua vida.

Mil anos depois, ele ainda estava deitado em sua cama, com o livro de Ayn Rand e a carta para a Exxon sobre o peito, ouvindo enquanto liam seus pecados. Tinham acabado de chegar ao primeiro ano da escola, quando ele tinha 6 anos de idade.

Dez mil anos depois, chegaram ao sexto ano.

O ano em que ele descobriu a masturbação.

Ele fechou os olhos, mas ainda conseguia ver a criatura cheia de olhos e com quase 2,5 metros, com seu pergaminho, lendo sem parar, dizendo:

– E então...

Pelo menos eu tenho um vinho dos bons, pensou Charles Freck.

MH: Ah, é incrível.

PKD: Eu simplesmente enfiei isso aí. Ela não pediu isso. Esse trecho que eu acabei de ler, um cara me contou que aconteceu com ele.

MH: Sério?

PKD: Sério. Que ele tinha comprado barbitúricos (ou alguma coisa que ele achou que eram barbitúricos) e tudo ali foi exatamente o que aconteceu com o cara, a não ser os artefatos que ele tinha. Eu esqueci o que era... Um abridor de lata ou coisa assim. Ele ia fazer isso para os arqueólogos, sabe. Imaginava que iam encontrá-lo milhares de anos depois... Não sei o que o fez pensar isso. Bem, acho que sei, foram os 300 quilos de psicotrópicos que ele consumiu. E ele ainda nem sabia onde estava. Mas foi isso que aconteceu, ele alucinou. Os policiais o encontraram debaixo de um arbusto. Ele teve muita sorte. Estava na rua. E um carro da polícia passou por ali. E ele estava deitado debaixo de um arbusto, com centenas de quilos de psicotrópicos em seu tum-tum e na corrente sanguínea, vendo criaturas de dimensões intermediárias. E a viatura o viu, e os policiais saíram do carro, o agarraram e o levaram para o hospital, simplesmente dirigiram até o hospital. Então, se ele tivesse feito isso dentro de casa, como fez o meu personagem... Esse personagem nunca mais é visto no livro, foi o que eu percebi. Nós imaginamos que ele ainda vai estar lá, alucinando. Esse cara me contou que, se ele tivesse feito isso no quarto, em vez de ter feito debaixo de um arbusto... O que o salvou foi a chegada dos policiais. Quer dizer, eu sou contra a polícia o tempo todo, mas penso com meus botões que este é um exemplo de uma verdadeira utilidade para um carro de polícia passando. O cara não podia se levantar, falar nem qualquer coisa assim. Ele não era capaz de dizer o que tinha consumido nem nada. O pior aspecto do suicídio é que você decide fazer isso e não dá para desistir e mudar de ideia. Como essas pessoas que tentam se matar com o escapamento do carro e viram um vegetal. Alguém as tira de lá e as salva, mas elas destruíram todos os neurônios por causa do monóxido de carbono.

MH: Na última vez em que você esteve no programa, contou que tinha se envolvido com aconselhamento para pessoas nessa situação, tendo que lidar com drogas, overdoses e coisas assim por um longo tempo, não foi?

PKD: Isso.

MH: Essa deve ser uma das partes mais cruéis de se lidar com a humanidade. Quando você vê alguém nessa condição, nesse estado...

PKD: Bem, *O homem duplo* é sobre isso, Mike. Sabe, tentei encontrar a ironia última no mundo das drogas. E a ironia última seria, bem, eu me lembro dos velhos tempos em que você era menor de idade e ficava em um bar com sua identidade falsa, bebendo, bancando o adulto, e um cara entrava no bar e pedia leite, e costumava ser um policial, porque não podia beber em serviço. Mesmo que o cara esteja à paisana, ele não pode pedir uísque. Então, todos os menores de idade se levantam e vão embora, no mesmo instante em que alguém entra e pede ginger ale. Eles simplesmente... Nós todos saímos do bar. Mas policiais disfarçados, esses têm que usar drogas, eu acho. Quer dizer, imagino que, se eles estragam o disfarce, são afastados, sabe? Então, suponho que, se todo mundo fumar maconha e um policial estiver sentado por ali, ele vai ter que fumar maconha. Não dá para dizer: não, eu só posso beber ginger ale. Porque, nesses círculos, eles vão atropelar e dar a ré e passar de novo com o carro por cima dele. Então, é uma ironia última, e aí a droga que o cara consome destrói o cérebro dele, e eu tentei ver quão longe é possível levar as tragédias terríveis do mundo das drogas. E seria esse cara investigando a si mesmo, e ele estaria doidão demais para ainda saber a diferença. E, mesmo quando contam para o cara, quer dizer, eu vi... Eu me lembro de uma coisa que vi quando costumava sair com viciados. O cara me levou para conhecer um sujeito que tinha muito dinheiro. E lá estava um sujeito que só conseguia fazer malabarismos com três bolas no ar, sabe, jogando e pegando. E eu pensei, caramba, que sujeito hebefrênico. O cara tem uns 30 anos e tudo que sabe fazer é ficar por aí jogando essas três bolas e rindo um bocado. E eu pensei, acho, quer dizer, a situação é ruim demais, provavelmente no nível retardado. E, então, eu peguei um livro que estava na prateleira, e era de Spinoza. E o cara tinha esse ex-libris na página do colofão e tinha sublinhado umas partes. Em outras palavras, antigamente ele tinha uma mente brilhante. E eu podia ver o sujeito de pé, jogando três bolas. Eu comentei: "Esse cara destruiu a cabeça com drogas, certo?". E meu amigo retrucou: "Destruiu, sim". Ele costumava ser... na verdade, ele tem 3 milhões de dólares. Ele tem tudo no mundo. E não sobrou nada dele, nada. Não dá nem para perguntar o que ele tomou. Nem ele sabe o que tomou. Nem era capaz de dizer para você o que ele tomou. E se você mostrasse o livro de Spinoza para ele, ele nem mesmo ia reconhecer. De certo modo, é pior do que *Flores para Algernon*, sabe. Eu não conseguia, eu simplesmente falei: "Eu quero sair daqui, cara. Quero sair daqui. Não quero ver isso". Quer dizer, olha o Spinoza. Era muito difícil ler Spinoza. É provável... Spinoza é o filósofo mais difícil de se ler, sério. E o cara tinha trechos sublinhados que eram muito importantes para ele. E lá está ele fazendo malabarismos com as três bolas. Ele nem consegue fazer isso. E eu disse: "Caramba!", e um monte de outras coisas que eu disse quando isso começou a chamar a minha atenção. E conversei com a ex-esposa de Avram Davidson, Grania Davidson. Ela escreveu um conto sobre isso e foi mais rápida do que eu. Espero que a gente não tenha se repetido demais. Mas o atual marido dela, Steve Davis, é médico. E ele teve essa ideia, com a qual eu andava brincando, de que seria envenenamento por chumbo por causa do escapamento do carro. Que todos os habitantes de uma cidade tivessem o cérebro destruído pelas toxinas do chumbo na atmosfera e ninguém soubesse disso. Como se nem os médicos soubessem disso, porque também estavam inspirando a coisa. E ele falou que isso realmente poderia acontecer. Ele comentou que começaria com o médico encontrando uma seringa hipodérmica, coisa que você nunca deixa por aí. E esse médico pensaria com seus botões que havia algo errado. Steve Davis não era escritor, e Grania escreveu um conto que eu nunca li. Mas ela e eu conversamos sobre essa ideia e, depois disso, eu fui hospitalizado. Não lembro o que eu tinha. Ah, uma namorada estava no hospital e eu fui visitá-la e, meu Deus, tinha uma seringa hipodérmica sobre a televisão ao lado dela. E eu pensei, sabe, é exatamente disso que Steve Davis estava falando. Quer dizer, talvez todo mundo... Isso aconteceu em Marin County... Talvez todo mundo em Marin County tenha chegado agora ao ponto em que todos estão caminhando por aí de lado e ninguém sabe a diferença, por causa das drogas e do escapamento dos carros. E, em *O homem duplo*, todos eles estão se drogando. Todos, ninguém sabe mais nada. E isso é terrível. Como em Tom Disch, que escreveu *Camp Concentration*, que eu acho que discutimos quando estávamos no ar antes e que eu sempre considerei um dos maiores romances de ficção científica já escritos, no qual todo mundo se torna brilhante por pegar sífilis. Eu sempre tive vontade de perguntar a Tom Disch de onde ele tirou a ideia de que pegar sífilis torna a pessoa brilhante, embora ele tenha me dito rapidamente que Thomas Mann tinha sífilis, sífilis terciária, na verdade, e que, quanto mais seu cérebro ficava destruído, mais brilhante ele ficava. E, da próxima vez que encontrasse Tom Disch, eu ia dizer que, bem, você está enganado, sabe, porque *Camp Concentration* afirma que a sífilis vai acelerar seu processo mental. Não faz isso, de modo algum. Você pode dar uma olhada na abertura de *Café da manhã dos campeões*, em que Vonnegut diz que vê vermes andando por aí e o cara não consegue sequer sair do meio-fio. Ele nem sequer sabe quando chegam ao meio-fio. Os pés deles sobem e eles caem. É isso que é sífilis terciária. Não sei onde Disch arrumou isso, quer dizer, onde Mann/Disch arranjou essa ideia. Mas acho que meu livro, de certa forma, é mais triste do que *Camp Concentration*.

[...]

MH: O nosso tempo está quase acabando. Quero saber se tem algo em particular que nós não tenhamos abordado que você queira tratar, sobre o que gostaria de falar.

PKD: Bem, deixe-me dizer uma única coisa. Eu espero que as pessoas entrem na área da ficção científica, que escrevam ficção científica e que não deem ouvidos a pessoas como Silverberg, Malzberg, Harlan Ellison e qualquer um que você queira citar, Vonnegut, que diz que não escreve ficção científica, que nunca escreveu ficção científica ou que não vai escrever no futuro. Eu quero dizer que é muito divertido escrever ficção científica. E que compensa todas as fases ruins sem dinheiro. Quero dizer que não me arrependo de nada – bem, isso não é verdade. Eu lamentei quando cortaram a luz. Teve épocas em que eu... Por exemplo, quando enviei o manuscrito de *Fluam, minhas lágrimas, disse o policial* ao meu agente, eu não tinha dinheiro suficiente para a postagem. Eu era pobre desse jeito. E isso é... uma merda quando você chega ao ponto de não poder pagar a postagem e enviar um manuscrito depois que ele já foi vendido. A Doubleday já tinha comprado com base no esboço. Então, quer dizer, é o artista no sótão novamente. Sabe, ele vai comer o pão que o diabo amassou se escrever ficção científica. Ninguém vai lhe dar coisa alguma, eles vão mostrar o dedo do meio para ele sempre. Nunca vai ter reconhecimento. Nunca vai ter dinheiro. Mas vai ter um bocado de diversão. E ele tem que saber o que quer. Se quer entrar nisso pelo dinheiro, melhor fazer outra coisa, mas se adora escrever ficção científica, tem que estar preparado para o que vai acontecer a ele. Não vai ter dinheiro nem reconhecimento. E vai morrer na sarjeta. Mas poderia morrer mais feliz e mais em paz consigo do que alguém que vai ganhar 15 mil, embora seja fazendo algo que pode não querer fazer. Quer dizer, faça o que você quer fazer. Sabe, essas pessoas são estúpidas se acham que estão nisso pelo dinheiro. Por que elas entram nisso, para começo de conversa? Quem lhes prometeu muito dinheiro? Onde prometeram muito dinheiro a Ellison? Onde prometeram a Malzberg? Onde disseram, quando Malzberg nasceu, que ele ia ganhar fama e dinheiro? Sabe, é como se fosse direito de nascença, sabe, patrimônio dele. Bobagem. De certa forma, temos sorte se eles nos publicam, sabe? Eles poderiam, na verdade, abolir o campo da ficção científica. E então nós realmente teríamos que escrever outra coisa. Temos sorte que a categoria ainda exista. Quer dizer, vamos dar valor aos escritores de ficção científica que estão progredindo, e que ainda escrevem ficção científica, e mostrar o dedo do meio para as pessoas que querem dinheiro.

MH: Palavras de Philip K. Dick. Este é Mike Hodel para **Hour 25**.

O homem duplo

TÍTULO ORIGINAL:
A Scanner Darkly

COPIDESQUE:
Opus Editorial

REVISÃO:
Hebe Ester Lucas
Pausa Dramática
Entrelinhas Editorial

DIREÇÃO EXECUTIVA:
Betty Fromer

DIREÇÃO EDITORIAL:
Adriano Fromer Piazzi

PUBLISHER:
Luara França

EDITORIAL:
Andréa Bergamaschi
Caíque Gomes
Débora Dutra Vieira
Juliana Brandt
Luiza Araujo
Daniel Lameira*
Renato Ritto*

CAPA E PROJETO GRÁFICO:
Giovanna Cianelli

ILUSTRAÇÃO:
Rafael Coutinho

DIAGRAMAÇÃO:
Join Bureau

ADAPTAÇÃO DE MIOLO:
Desenho Editorial

COMUNICAÇÃO:
Gabriella Carvalho
Giovanna de Lima Cunha
Júlia Forbes
Maria Clara Villas

COMERCIAL:
Giovani das Graças
Gustavo Mendonça
Lidiana Pessoa
Roberta Saraiva

FINANCEIRO:
Adriana Martins
Helena Telesca

*Equipe original à época do lançamento.

DADOS INTERNACIONAIS DE CATALOGAÇÃO NA PUBLICAÇÃO
(CIP) DE ACORDO COM ISBD

D547h   Dick, Philip K.
O homem duplo / Philip K. Dick ; traduzido por Daniel
Lühmann. - 2. ed. - São Paulo, SP : Editora Aleph, 2020.
360 p. ; 14cm 21cm.

Tradução de: A scanner darkly
ISBN: 978-65-86064-15-5

1. Literatura americana. 2. Ficção científica. I. Lühmann,
Daniel. II. Título.

2020-1408   CDD 813.0876
                             CDU 821.111(73)-3

ELABORADO POR VAGNER RODOLFO
DA SILVA - CRB-8/9410
ÍNDICES PARA CATÁLOGO SISTEMÁTICO:
1. Literatura americana : ficção científica 813.0876
2. Literatura americana : ficção científica 821.111(73)-3

Aleph

Rua Tabapuã, 81 – Conj. 134 – São Paulo/SP
CEP 04533-010 • TEL 11 3743-3202
www.editoraaleph.com.br

COPYRIGHT © PHILIP K. DICK, 1977
COPYRIGHT RENEWED © LAURA COELHO, CHRISTOPHER
DICK, ISA DICK, 1990
COPYRIGHT © EDITORA ALEPH, 2016

(EDIÇÃO EM LÍNGUA PORTUGUESA PARA O BRASIL)
Todos os direitos reservados.
Proibida a reprodução, no todo ou em parte, através de
quaisquer meios.

Excerpt from "The Other Side of the Brain: An Appositional Mind"
by Joseph E. Bogen, M.D., which appeared in *Bulletin of the Los
Angeles Neurological Societies*, Vol. 34, No. 3, July 1969. Used by
permission. Excerpt from "The Split Brain in Man" by Michael S.
Gazzaniga which appeared in *Scientific American*, August 1967,
Vol. 217. Used by permission. Untitled poem reprinted from
Heinrich Heine: Lyric Poems and Ballads, translated by Ernst
Feise. Copyright 1961 by the University of Pittsburgh Press. Used
by permission of the University of Pittsburgh Press. Other
German quotes from Goethe's *Faust*, Part one, and from
Beethoven's opera *Fidelio*.

Through A Scanner Darkly: Neuropsychology and Psychosis in
Philip K. Dick's novel "A Scanner Darkly", by Vaughan Bell –
Originally published by the British Psychological Society in "The
Psychologist", august 2006.

TIPOGRAFIA:
Versailles [texto]
Druk [entretítulos]

PAPEL:
Pólen Natural 70g/m² [miolo]
Supremo 250g/m² [capa]

IMPRESSÃO:
Gráfica Paym [junho de 2023]
1ª edição: março de 2016
2ª edição: agosto de 2020 [1 reimpressão]